五木寛之　城山三郎 ほか

永遠の夏

戦争小説集

実業之日本社

実業之日本社文庫

永遠の夏　戦争小説集《目次》

＊本書は実業之日本社文庫のオリジナル編集です。
＊本書は各作品の底本を尊重し編集しておりますが、明らかに誤植と判断できるものについては修正しました。また、差別的表現ととられかねない表現がありますが、著者本人に差別的意図がなく、作品の芸術性を考慮し、原文のままとしました。（編者、編集部）

草原に咲く一輪の花

―異聞　ノモンハン事件―

柴田哲孝

柴田哲孝《しばたてつたか》（一九五七〜）

東京都生まれ。日本大学芸術学部中退。カメラマンから作家に転身し、ノンフィクションと小説の両方を手掛けている。一九八四年に『私のサンタよ　オーストラリア大砂漠４ＷＤの旅』でノンフィクション作家としてデビュー。一九九〇年には『小説 KAPPA』で小説家デビューをしている。二〇〇六年、様々に検証されてきた事件に新たな視点で挑んだ『下山事件』で、日本推理作家協会賞・評論その他の部門と日本冒険小説協会大賞をダブル受賞。二〇〇七年、通信社の記者が二十六年前に群馬の寒村で起きた連続殺人事件を再調査する『TENGU』で、大藪春彦賞を受賞している。そのほかの小説に『黄昏の光と影』『デッドエンド』などがある。

1

駅を降りると、季節は冬だった。

この街の風景を眺めるのは、何年振りだろう。確か〝彼〟がまだM重工業の重役だった頃なので、あれから十五年経っていることになる。

だが、不思議なほどに異和感は感じなかった。何も、変わってはいない。〝私〟は駅前のロータリーを横切り、古く寂れた商店街を歩いた。まるで幾度となく通った道であるかのように、方角も体が覚えていた。やがて道は旧街道に行き当り、山へと向かっていく。正面に浮かぶ那須連山は厚い雲に霞《かす》み、いつの間にか空に粉雪が舞いはじめていた。

邸は、まだそこにあった。周囲を檜《ひのき》の高い板塀に囲まれた風情に、確かに見覚えがあった。表札を確認する。間違いはない。〝私〟はしばらく長屋門の前に佇《たたず》み、古い武家屋敷を見上げた。

〝彼〟――仮に八雲広重《やぐもひろしげ》としておこう。いまはそれ以上に書くことはできない。八雲は、ある意味で謎の多い人物である。戦時中はハルビン特務機関の情報将校という経歴を持ち、主に満蒙《まんもう》地域で暗躍。シベリア抑留を経て昭和二十七（一九五二）年に帰国した後は財界に転じ、黒幕として強大な権力を振った人物である。その裏にいかなる経緯があったのかについては、戦後六十年を経たいまも推察の域を出ない。出生地、本名、生年月日にすら異説があるが、いずれにしても齢九十をはるかに越えている。

〝私〟の職業は、ジャーナリストである。八雲との関係は、祖父の残した一通の書簡に起因した。

祖父もまた、八雲と同じように人生に空白を持つ人物だった。明治四十四（一九一一）年、愛媛県八幡浜の出身。上京の後は明治学院大学で英語、仏語、露語を学んだとされている。戦時中は関東軍少尉、後に中尉。やはりシベリア抑留を経て昭和二十四年に帰国し、戦後は某貿易商社に所属してＧＨＱ（連合国軍総司令部）の民生に協力した。昭和二十六年から民放ラジオ局の設立委員会に参画。後に同社役員。家族の知る祖父の経歴は、その程度だ。

〝私〟の記憶に残る晩年の祖父は、物静かで穏やかな一介の好々爺《こうこうや》だった。老いてなお隆々とした筋骨にかつての軍人時代の面影を垣間見せたが、けっしてそれを誇ることなく、むしろ寡黙な殻に閉じ籠ることを潔しとした。その祖父が亡くなったのが十六年前の平成四（一九九二）年。自らの八十一年の人生に頷《うなず》くと同時に、すべてを墓に持ち去るという覚悟の見える物静かな死でもあった。

だが遺品の中に、たった一通だけ書簡を残していた。消印は、昭和二十八年二月。

生前にすべての日記、写真、重要書類を処分した祖父が、なぜこの一通だけを残したのかも謎だ。それが八雲広重からの親書だった。

八雲は書簡の中で祖父を「血を分かつ盟友」と記し、自分も前年の暮に帰国したことを報告した後、次のように綴《つづ》っている。

〈……かつての盟友は最早、自分と貴君だけとなった。古《いにしえ》の極楽寺、海拉爾《ハイラル》、そして、あの蒼《あお》き大地の秘密を知る者も、他にはいない。菊花の誓いを常《とわ》に。黙して語ることなく。これからの貴君の健勝を祈る。

敬具〉

書簡は、そこで終わっている。端的だが、難解な文章でもあった。ハイラルとは、現内モンゴル自治区の主要都市である。戦前には満州国軍第十軍管区司令部がここにあり、後に日本の戦史に悲劇の烙印《らくいん》を残す「ノモンハン事件（昭和十四年）」の主戦部隊、第二十三師団の駐屯地としても知られている。

確かに祖父は戦前から戦中にかけての一時期、関東軍の情報将校としてハイラルに赴任していたと聞いたことはある。そして、ノモンハン事件に何らかの形で関与していたという噂《うわさ》も。だが文中にある「極楽寺」とは、そして「蒼き大地の秘密」とは何を意味するのか――。

〝私〟が初めて八雲広重を訪ねたのは、祖父の死の一年後、平成五年の八月のことだった。他意があったわけではない。あえていえば、敬愛する祖父の人生の空白を埋めてみたいという一念であった。ある意味では取材であることを断わった上で、祖父の名を出すと、八雲は意外にも快く会見に応じてくれた。

だが、和やかな空気は最初のうちだけだった。やがて〝私〟が書簡の存在を明らかにし、「ノモンハン事件」に触れると、八雲の態度は急に硬化した。祖父と八雲の「盟友」という関係の裏に、とてつもなく深い闇が広がっていたことを実感した記憶がある。以後、八雲は固く口を閉ざしたまま、会見に有無をいわさずに幕を引いてしまった。

あれから十五年――。

財界の一線を退き、世間から忘れ去られた八雲に、どのような心境の変化があったのかはわからない。正直なところ〝私〟も、八雲が存命であることさえ知らなかった。だが今年の正月、思いがけず八雲から賀状が届いた。多少は筆の力は衰えてはいるが、間違いなくあの書簡と同じ癖のある書体でこう書かれていた。

〈以前は失礼を申し上げた。つきましては貴殿にお話ししておきたいことがある故、一度お出掛け下されば幸いにて。

八雲広重〉

〝私〟はいま、八雲家の前に立っている。

強くなりはじめた雪の中で、静かに門柱のベルを押した。

2

妻なのか。それとも、単なる家人なのか。まだ六十代とおぼしき和服の女性に案内され、奥の部屋に通された。

久し振りに会う八雲は、見る影もないほどに老醜が滲《にじ》み出ていた。これが、歳を重ねるということなのだろうか。十畳間の窓際のソファーに膝掛けを掛けて沈み込む姿は、財界に君臨していた頃とは別人のように小さく、枯れていた。だが白濁した双眸《そうぼう》に宿る眼光だけは、かつての威厳の片鱗《へんりん》を偲《しの》ばせている。

「人間は、あまり長く生きるものではありませんな……」

〝私〟が座ると、八雲は静かな口調でそういった。窓はストーブの熱で曇り、灰色に沈んだ空には雪が舞い続けていた。

頃合を見計らって、〝私〟は例の書簡を差し出した。八雲は眼鏡を掛け、しばらく文面に見入っていた。そして、小さく頷いた。

「覚えていらっしゃいますか」

〝私〟は訊《き》いた。

「もちろんです。私がシベリアから帰国して間もなく、あなたのお爺様《じいさま》に差し上げたものだ。確か、以前にもここで拝見しましたな……」

「それで、私に話したいこととは」

「あれから、いろいろと考えました。この書簡は、いうなれば私からあなたのお爺様に対する最後の命令書です。〝何も話すな〟という。彼は、それを守り通した。しかし、なぜこの書簡だけを遺品の中に残したのか……」八雲は一度そこで言葉を切り、自らの心を落ち着かせるように茶をすすった。そして続けた。「しかし、もういいでしょう。ノモンハン事件でしたな。すでにあれから、七十年近い年月が流れてしまった……」

八雲は遠くを見るような目で、曇る窓の外の雪を眺めていた。

ノモンハン事件――。

昭和十四（一九三九）年夏、当時の満州国と外蒙古との間に起きた国境紛争である。日本――中でも関東軍――は、満州国建国以来、国境はホロンバイルの西に流れるハルハ川にありと主張。だが外蒙を援助するソ連はそれより一三キロ東にあるノモンハンが国境であるとして相譲らなかった。

第一次ノモンハン事件は五月十一日、外蒙軍の騎兵約百騎がハルハ川を越えたことに端を発する。満州国軍はただちにこれに応戦。関東軍の航空機もハルハ川を越境して外蒙に爆撃を加えた。だが小《こ》松原《まつばら》道《みち》太《た》郎《ろう》中将が率いる関東軍第二十三師団は、ソ連軍との地上戦により捜索隊約二百名がほぼ全滅（二十八日）。敗北を喫した。

第二次ノモンハン事件は七月一日、第二十三師団を中心とする関東軍の総攻撃によって火蓋が切って落とされた。関東軍歩兵部隊はハルハ川を渡って越境。だがソ連軍はこれに大型戦車三百輛《りょう》ともいわれる機甲部隊を投入して応戦した。結果、関東軍は壊滅的な打撃を受け、八月二十九日の時点で第二十三師団は約八割を死傷させて敗退した。

九月十六日、東郷《とうごう》茂徳《しげのり》駐ソ大使による和平交渉により、停戦協定に調印。ノモンハン事件は、一応の解決を見た。だが日本側の損害は、事件後七十年近くを経た現在も明らかにはされていない。ソ連側の発表によると日本側の死傷者は計四万五千人、ソ連側は計九千八百人となっている。

近年、ノモンハン事件の全容は、かなりの部分まで解明されつつある。悲劇の要因が一部の関東軍将校の暴走と、大本営陸軍部の無知、さらにソ連軍の軍事力に対する楽観的な誤算にあったことは否定しようがない。

だが、さらに理解し難い部分は残る。関東軍は——そしてソ連軍も——なぜあの広漠としたホロンバイルの大地で僅か一三キロの国境線の位置に固執し、双方合わせて五万五千人もの犠牲者を出さなければならなかったのか。世界地図に記せば誰も気付かないほどの微差の中に、軍事拠点となるような重要な都市も、資源も、何も存在しないのである。

事実、当時の大本営は満蒙国境にはまったく無関心だった。位置については国境を警備する関東軍に一任し、多くの参謀が〝ノモンハン〟の地名すら知らなかったという。大本営作戦部長の橋本群《はしもとぐん》中将などは、第二十三師団が激戦を繰り広げていた七月七日の時点ですら「……あのような大砂漠、なんにもない不毛地帯を、一〇〇〇メートルや二〇〇〇メートル局地的に譲ったとしても、なんということもないだろうに……」などと信じ難いことをいっている。その間にも、数千数万の兵が命を落していった。

関東軍とソ連軍にとって、あのホロンバイルの大地にいかなる価値があったのか。それは歴史に刻まれた永遠の謎だ。

「あの頃の時代背景を、振り返ってごらんなさい。昭和七年の満州建国。十二年には日中戦争の勃発。日本がアジア全域に軍事侵攻を繰り広げる中で、あの年の四月には天津事件が起きた。国内で一気に排英思想が高まると同時に、日本は世界から孤立していきました。加えて、ヒトラーは日独伊の三国同盟の締結を迫ってくる……」

「つまり、事件の起きる土壌はできていたということですか」

「ある意味ではそういえるかもしれません。しかし、よくいわれるように、ノモンハン事件は昭和十四年の五月十一日にはじまったわけではない。実はその二ヵ月ほど前に、決定的な事態が起きていたのですよ。あの日も、今日と同じように冷たい雪が舞っていました……」

八雲は、訥々《とつとつ》と語りはじめた。

ノモンハン事件は、なぜ起きたのか――。

3

昭和十四（一九三九）年三月八日――。

満蒙国境警備を担当する満州国境警察の一小隊が、定例の巡察任務を得てノモンハン分駐所を出立した。隊長は長瀬幸司警士、他三名からなる騎馬隊である。天候は曇り、一時雪。早朝は零下一五度。日中も零度を超えない極寒の一日であったと記録に残されている。

長瀬警士一行は当初、南街道をカンジュル廟《びょう》方面へと北進した。これも定例の巡察コースである。辺りには広漠とした砂丘としがみつくような草原がゆるやかな波のように広がり、視界にある三六〇度のすべてが地平線で囲まれている。大地は雪で薄く白く染まり、暗く沈む空との境目もぼやけていた。しばらくすると、周囲にはパオも、遊牧民が羊を追う姿も見えなくなる。

やがて前方に平坦なマンズテ湖が見えてくると、小隊は街道を逸れて西進。関東軍が国境と主張するハルハ川を目指した。タギ湖を右手に見て川に行き当ると、これに沿って南下。対岸にも、外蒙軍やソ連軍の人影は見えなかった。平穏な風景である。元来、ノモンハンとは、蒙古語で「平和」を意味する言葉でもあった。

さらに一行は外蒙軍の主力部隊が布陣するコマツ台地を目指し、川又まで南進。七三三バル西高地、七五五バルシャガル高地を巡察してホルステン川沿いにノモンハンに戻る全四七キロの行程を予定していた。

異変が起きたのは一三〇〇時、一行がタギ湖から川又の中間地点に差し掛かった時だった。左手に見える七三一高地の中腹に、小隊の一兵士が狼煙《のろし》のようなものが立ち昇るのを発見した。

地元の遊牧民はこの季節、狼煙はほとんど使わない。長瀬警士は即刻巡察を中止。行程を変更して七三一高地へと馬首を向けた。

現場到着は一三二〇時。火に毛布を被せた狼煙の近くに、蒙古服を着た男が一人と馬が倒れていた。男は、胸に銃弾を受けていた。当初長瀬警士は、男を遊牧民であると思ったという。

だが、男は流暢な日本語を話した。男の名は、波間高光。波間は長瀬に自分がハルビン特務機関に所属することを告げると、「ハイラルの八雲大尉に」といって密書を一通、さらにライカのカメラ一台を託した。密書には、次のように書かれていた。

〈――三月七日未明、我ラ、タギ湖東岸ニテ蒙軍斥候小隊ト交戦セリ。伊藤、木暮ノ両君戦死。我ノミ帰還ノ途中、同日夕刻ニ、一輪ノ花ヲ発見セリ――〉

「当時、我々の正式な身分はハルビン特務機関員でした。波間君も、伊藤、木暮の両君も私の直属の部下でした。彼らは、内蒙の民間人になりすまし、満蒙国境付近の情報収集に当っていた。しかし……波間君もそこで亡くなりました……」

「私の、祖父もですか」

〝私〟は訊いた。

「そうです。あなたのお爺様は関東軍に籍を置いていました。しかし、それは仮の身分です。お爺様もハルビン特務機関員、私の腹心の部下でした」

祖父が何者だったのか。少しずつ、わかってきた。

「では、先程の書簡にあった〝極楽寺〟とは……」

「そういうことです。あなたも、御存知でしょう。ハルビンの天台宗極楽寺は、一般には北満への仏教布教の本拠地として知られています。しかしその実体は、陸軍が後ろ楯《だて》となる特務機関員の養成施設でした。いわば陸軍中野学校の前身、その卒業生がハルビン特務機関へと送り込まれたわけです。私もお爺様も、昭和九年卒の第一期生でした……」

ある意味では、予想していた答だった。生前、祖父は明治学院大学でロシア語を修得したといっていた。だが、当時の明治学院ではロシア語を学べない。おかしいと思っていたが、やはり祖父は、ハルビン特務機関の機関員だった。戦後の米CIAが他国に進出する際にキリスト教会を基地としたように、諜報《ちょうほう》機関が宗教施設を隠れ蓑《みの》に使うのは常套《じょうとう》手段である。極楽寺にも、かねてからその噂はあった。

だが……。

〝私〟は訊いた。

「その波間という方は、いったい何を発見したのですか。〝一輪の花〟とは……」

極寒の三月初旬の満蒙国境付近に、花など咲いているはずはない。

「〝一輪の花〟とは、我々の暗号です。その意味は私と私の数人の部下を含め、ごく一部の者しか知り得ぬ極秘事項でした。いまはただ、その後の関東軍の作戦において重要なもの、満州国の存亡に係る存在とだけ申しておきましょう……」

八雲は、迷っているように見えた。だが、「絶対に話せない」というほど頑なでもない。〝私〟はしばらく様子を窺《うかが》うことにした。

「長瀬さんは、それを持ち帰りはしなかったのですね」

八雲は、ふと力を抜いたように笑みを浮かべた。

「一人の人間が持ち運べるような小さなものではありません。かといって、それが存在する正確な場所さえわかりませんでした。手懸《てがか》りは、波間君が残したライカのカメラだけです。中に入っていたフィルムには、〝一輪の花〟を含め、周囲の風景や特徴的な岩などその場所を示す何枚かの写真が写っていました。それを……」

八雲は、そこでまた言葉を切った。ゆっくりと、冷めた茶をすする。

「それを？」

「すみやかに、新京に報告しました」

「新京の、どなたにですか」

「甘粕正彦《あまかすまさひこ》にです」

甘粕正彦――。

憲兵隊大尉時代の大正十二（一九二三）年九月十六日、無政府主義者の大杉栄《おおすぎさかえ》、伊《い》藤野枝《とうのえ》らを逮捕殺害した甘粕事件で投獄されるが、三年で仮出獄。後に満州に渡り、満州映画協会理事長、右翼政治結社協和会総務部長などを歴任した。関東軍の特務工作に深く関与し、後に政治家に転身した岸信介《きしのぶすけ》と並び満州国の実質的支配者として知られている。新京陥落後の昭和二十年八月二十日、同地で服毒自殺を遂げたとされている。

「それにしても、甘粕がなぜ……」

〝私〟が訊くと、八雲は小さく頷いた。

「先程も申し上げたが……つまり、それだけ我々が携わっていた作戦は、満州国の運命をも左右しかねないものだったわけです」

「それが、ノモンハン事件へと繋《つな》がっていくわけですね」

「結論からいえば、そういうことになります。ともかく、〝一輪の花〟を探し出さなくてはならない。私は数名の部下を率いて、ハイラルからホロンバイルの大地へと向かいました……」

八雲は、〝私〟の目を見据えた。

4

三月十一日、八雲一行は軍用トラックでホロンバイルを目指した。八雲を筆頭に甘粕正彦直属の関東軍特務機関員が五名。さらに八雲と祖父の二人は現地の妻を連れていた。

当時、極楽寺で訓練を受けた者は卒業と同時に妻を娶《めと》ることが慣例となっていた。ハルビンや新京などの都市部に赴任する者には日本人の妻を、満州の僻地《へきち》や特に満蒙国境地帯で情報収集に当る者には現地人の妻が与えられた。遊牧民や現地の商人などに成りすまして活動するためには、妻がいた方が都合が良いとされていたからである。

八雲の妻の名はテプ、祖父の妻をマラルといった。テプとは〝天〟、マラルとは〝雌鹿〟を意味する。いずれも内蒙古のキヤト氏族の女だった。特に祖父の妻のマラルは、その名の雌鹿のごとく俊敏で美しい女だった。

一行は当初、関東軍第二十三師団が駐屯するカンジュル廟に身を寄せた。カンジュル廟は、ラマ教の遺跡を中心とする閑散とした遊牧民の村である。

この村で一行は現地人の衣服、食料、小型のパオ、馬と馬車など生活用具一式を揃《そろ》え、現地人の猟師の一家に扮《ふん》してノモンハンへと向かった。雪の降るこの時季、遊牧民は草地を追って南下し、ホロンバイル一帯にはほとんど残っていなかったからだ。もちろん銃も、日本軍のものは使えない。旧式のモーゼルの軍用拳銃や、ソ連軍から払い下げられたモシン・ナガン・ライフルなどを調達した。

三月十六日、カンジュル廟を出立。だが捜索は難航した。ホロンバイルの大地は、ともかく荒涼として広大である。いわゆるノモンハン事件の戦場となった一地域に限定しても、カンジュル廟から七四二ノロ高地まで南北におよそ六〇キロ。ハルハ川から将軍廟までの東西ですらおよそ三〇キロにも及ぶ。その間に目印になるものといえば、ゆるやかな丘陵や涸《か》れた湖、わずかに地面から突出した小さな岩や石以外には何もない。しかもこの時季、すべては雪に閉ざされている。

加えて手懸りは、死んだ波間高光の残した密書と数枚の写真。さらに一行が敵軍と交戦したタギ湖東岸という位置と、長瀬警士が波間を発見した七三一高地という地点だけだ。この間、直線距離でおよそ一〇キロ。しかも波間がどのような経路を辿《たど》って七三一高地に至ったのかはわかっていない。

八雲一行はタギ湖の東三キロにあるシャリントロゴイ山の麓にパオを張り、当初は半径五キロの円内を中心に捜索を行なった。だが寒さと食料の調達に苦しみ、作業は遅々として進まない。この時季、満蒙国境地帯の気温は夜になれば零下二〇度、日中も零度を上回ることはない。一応は無線機を携帯していたが、敵に傍受されることを考えるとほとんど使うことはできなかった。薪や食料が切れれば誰かがカンジュル廟かノモンハンの駐屯地に赴き、トラックで運ばせ、どこかでそれを受け取らなくてはならない。その都度、敵にこちらの動きを察知される危険を冒すことになる。ハルハ川の対岸のコマツ台地には外蒙軍が国境警備隊を配備し、常に満州側の動きを監視していた。何もないホロンバイルの大平原では、コマツ台地から望遠鏡で一〇キロ以上先の人影まで見渡せたという。

捜索を開始して十日ほど経った頃、さらに八雲を惑わす出来事があった。波間と行動を共にしていた伊藤、木暮の二人の遺体を、国境警察の偵察隊が巡察中に発見したのである。場所は八雲一行が捜索する範囲から、さらに南東に四キロ以上も外れた七五五バルシャガル高地の南側だった。これで八雲は、さらに捜索範囲を広げざるをえなくなった。

寒さに耐える日々は続いた。日中は男女各一名がパオに残り、他五名が二手に分れ、馬に乗って周辺を捜索する。数日に一度の割で、現地人と遭遇した。もしくは関東軍が主張するハルハ川の国境を渡り、満州側に侵入する外蒙の偵察隊を見かけることもあった。そのような時にはさりげなくやりすごし、日没を待ってパオを移動させた。夜は七人全員が身を寄せ合い、暖を取って浅い眠りをむさぼる。夜が明けると、お互いに命があることを喜び合うような日々が続いた。

〝私〟は、黙って八雲の話を聞き続けた。だが、胸の内には少なからず動揺があった。

祖父は昭和九年に極楽寺を卒業すると同時に、現地人の妻マラルを娶っている。だがその時点ですでに、日本に妻――〝私〟の祖母――がいたはずだ。祖父の娘である母は、昭和九年の生まれである。

「四月に入ると、いくらかは寒さも和らいできました。しかし、ちょうどその頃からです。外蒙軍の兵士が越境し、ノモンハンの国境警察分駐所の警士やカンジュル廟に駐屯する第二十三師団との交戦が多くなりはじめた」

「なぜ、彼らは越境してくるのですか」

「ひとつは、放牧のためです。ハルハ川東岸には豊かな牧草地が広がり、ホロン湖やバイル湖などの湖も点在していた。春になって牧草が芽を吹きはじめれば、当然のことながら遊牧民は侵入してくる。そして、外蒙兵が護衛についてきます」

「国境を越えて、ですか」

「そうです。しかしその国境が、曖昧《あいまい》だった。関東軍がハルハ川を国境と主張しはじめたのが昭和十二年の秋頃です。しかし当時、外蒙と同盟関係にあったソ連は、昭和九年の時点で兵要図に国境をハルハ川の東岸一三キロの地点と定めていた。実際に同年の関東庁の地図でも、国境はソ連側の主張する位置に書き込まれていたのです」

八雲のいわんとしていることは理解できる。外蒙兵が国境を侵犯したのではなく、後から国境を動かした関東軍の側に非があるということか。だが、疑問は残る。

「しかしなぜソ連軍は、外蒙兵に川を渡ることを許したのでしょう。彼らは、関東軍の主張する国境線も知っていたはずです。放牧のために外蒙兵を越境させ、わざわざ問題を大きくする必要はなかったと思うのですが。むしろソ連は、外蒙兵を使って関東軍を挑発していたようにも取れますね」

「そのとおりです。外蒙兵は国境を侵犯するだけでなく、内蒙の民間人に対して日常的に略奪や暴行を繰り返していました。明らかに、挑発です。そして、ひとつの悲劇が起きた……」

四月も半ばを過ぎた頃だった。すでに周囲から雪は消え、ホロンバイルの大地は新緑に覆われていた。だが〝一輪の花〟は、まだ発見されていなかった。

当時、八雲一行は、パオをバル西高地とバルシャガル高地の中間点に張っていた。例の伊藤、木暮の二人の遺体が発見された地点に近い。その日も朝から、馬に乗って周辺を捜索した。だが夕刻に戻ってみると、パオがなくなっていた。食料や馬車などの物資もすべて消え去り、留守を守っていた部下の志村幸助と八雲の妻のテプの遺体だけが放置されていた。

「外蒙兵の仕業です。辺り一面に、外蒙兵が使う馬の蹄鉄《ていてつ》の跡が残されていました八雲は、淡々と話す。だが、老いた顔には苦渋が滲み出ている。

「外蒙兵は、一行が関東軍の特務機関員だと知っていたのでしょうか。それとも……」

「わかりません。二人には、拷問を受けた跡がありました。しかし、秘密は保たれたはずです。一行の任務の本来の目的を知る者は、私と副官のお爺様だけでしたから……」

そして、事件は起きた。

5

昭和十四年五月四日、まず最初の交戦があった。外蒙兵の偵察小隊がハルハ川を越えてバルシャガル高地に侵入。これを満州国境警察隊が発見、攻撃し、敵少尉を含む兵二名を逮捕した。

国境をはさむ小競り合いは、さらに続く。五月十日、ハルハ川の川又下流の橋の近くを巡察していた満州国境警察隊が、突然対岸から攻撃を受けた。翌十一日未明には外蒙兵約百騎がノモンハン西南方面に越境。満州国軍に発砲した。その後、両軍は七時間にわたる激戦の末、満軍は国境線を回復。この時、外蒙軍の遺棄死体五名を確認している。

これらの報告は、すべて「日本側から見た」一方的な見解である。逆に外蒙側から見れば、「越境したのは日本であり、満州国軍」というまったく逆の理屈が存在する。当然外蒙軍は、これを当時「ソ蒙相互援助議定書」（一九三六年）を締結していたソ連側に報告することになる。

事態は、悪化の一途を辿る。

五月十二日、後に「ノモンハン事件の引き鉄《がね》」ともいわれる紛争が起きた。外蒙軍約七百騎が前日と同じ地点に越境（外蒙側はこれを兵六十名と主張）。満軍との間で銃撃戦となった。

事態は、すみやかにハイラルの満州国軍第十軍管区司令部に伝えられた。だが、司令部から報告を受けた第二十三師団長の小松原道太郎中将は、当初これをまったく重要視していなかった。「国境の小競り合いなど満軍にまかせておけばいい」というように、軽く受け流していた。

だが翌十三日、小松原の態度が一変する。同日午後二時に新京の関東軍司令部に向けて打たれた電報（小本参電第一九四号）の中に、次のような電文が残っている。

〈――一、昨十二日朝来外蒙軍少くも七〇〇はノモンハン南方地区に於てハルハ河を渡河し不法越境し来り、十二日朝来満軍の一部と交戦中。なお後方より増援あるものの如し。
二、防衛司令官（注・小松原中将）は師団の一部および在ハイラル満軍の全力を以てこの敵を撃滅せんとす――（後略）〉

つまり満蒙国境防衛を担当する西北防衛司令官でもあった小松原自らが、関東軍の上層部に対して第二十三師団の国境紛争への出動を宣言したことになる。なぜ十二日から十三日にかけて、小松原中将の考え方が百八十度転換してしまったのかは謎だ。原因として考えられるのは、この日〝偶然に〟東京の参謀本部から陸軍参謀四名がハイラルの第二十三師団司令部を訪れていたこと。さらに同日午前中に、第二十三師団の団隊長会議が招集されていたことくらいだ。だがともかくこの一本の電文が、単なる国境紛争を歴史を揺るがす大事件へと発展させる切っ掛けとなったことは事実だ。

こうしたノモンハン事件へと至る一連の経緯の裏で、もう一人きわめて不審な動きを見せた人物がいた。関東軍司令部第一課参謀の辻政信《つじまさのぶ》少佐である。

辻はよくいえば勇猛果敢。反面、参謀としては思慮が浅く、感情と豪気にまかせて暴走する傾向があった。昭和十二年七月、日中戦争が激化する天津駐屯軍に姿を現わし、陸軍作戦参謀の池田純久《いけだすみひさ》中佐に「自分が指揮を執って関東軍が盧溝橋《ろこうきょう》付近の支那軍を爆撃する」といい放ったという逸話が残っている。この時は池田中佐の断固たる反対により、事なきを得たが。辻は昭和十四年の三月、ホロンバイル地方の満蒙国境作戦を担当する関東軍第一課に転入した。これは八雲一行が、甘粕の命を受けてホロンバイルに潜伏した時期と奇妙に重なる。単なる偶然なのか。もしくはその裏に、何らかの目的が介在したのかは謎だ。

小松原師団長からの電報は、関東軍司令部の辻参謀にもたらされた。これに対する辻の対応もまた、異常なほど敏速だった。まず東京の陸軍参謀本部に〈一、外蒙兵約七〇〇はノモンハン南方に於て満領を侵犯し、第二十三師団は之が攻撃を準備中なり――〉と報告。ハイラル駐屯の飛行第二十四戦隊は元より、チチハル駐屯の飛行第十戦隊、自動車第一連隊などを現地に派遣して第二十三師団に編入した。

ソ連軍の戦力を「旧式かつ愚鈍」と過小評価していた辻は、陸軍参謀本部の憂慮を押し切り、早々に作戦を展開する。まず五月十三日夜、第二十三師団捜索隊が東八百蔵《あずまやおぞう》中佐指揮の下に歩兵第六十四連隊二個中隊、満州国軍第八団と共にハイラルより出撃。翌十四日、ノモンハン南西地区に国境侵犯して展開する外蒙軍と交戦。同日夜までに、外蒙軍の大半をハルハ川西岸に退却させることに成功した。

あえて拡大解釈を用いるならば、この時点ではまだ「単なる国境紛争」といえなくはない。だが戦闘は、これで終わらなかった。

五月十四日正午、飛行第十戦隊第三中隊に所属する九七式軽爆撃機五機が出撃。敗走する外蒙兵をハルハ川西岸まで追い詰め、五十二発の爆弾を投下。さらに二度にわたり低空に降下し、敵陣に機銃掃射を加えた。その結果、外蒙軍は、多大な被害と死者を出した。

なぜ日本軍は外蒙軍の越境に対し、爆撃まで行なったのか。問題は、爆撃地点にある。ハルハ川の西岸、すなわち、関東軍の空爆は自らが主張する満蒙の国境すら越境し、外蒙領土に向けて行なわれたことになる。これは単なる国境紛争の枠を越えて、明らかな〝戦争行為〟となる。

この空爆は、誰の命令によって行なわれたのかはわからない。だが前後して、きわめて興味深い事実が記録に残されている。爆撃が行なわれた日の朝、辻参謀が軍命伝達のために新京よりハイラルに向かっていたのだ。さらに翌十五日、辻は偵察機に乗ってハルハ川西岸を視察した。この機は辻が第二十三師団に編入し、前日に外蒙領土を空爆した飛行第十戦隊の所属機だった。

以上がいわゆる「第一次ノモンハン事件」の勃発の経緯である。

八雲は、表情を変えることなく話し続ける。だがその口調からして、八雲もまた辻参謀や小松原師団長の行動を不審に思っていたことは確かなようだ。〝私〟はその八雲に、あえて疑問をぶつけてみた。

「あまりにも〝偶然〟が重なっている。おかしいとは思いませんか」

八雲は、一瞬怪訝《けげん》そうな顔をした。

「と、いうと……」

「まず第一に、辻が関東軍第一課に転属になったのが昭和十四年三月です。八雲さんが私の祖父らと共に密命を持ってホロンバイルに入ったのが、同じ三月。これは偶然なのでしょうか」

「わかりません……。軍の情報機構は完全に縦割りであることはご承知でしょう。末端に知らされるのは個々の使命だけで、たとえ関連があったとしても横の繋がりについては一切秘匿されます。草……つまり特務機関員とは、元来がそのようなものです。しかし、あなたがいわんとしていることはわかる。甘粕正彦ですね」

「そうです。甘粕です」

「もし甘粕が裏で糸を引いていたというなら、そうなのかもしれない。甘粕は、満州の全体像を見渡せる地位にいた数少ない一人ですから」

もし甘粕が辻の転属の裏で糸を引いていたとしたら――。

甘粕は辻の性格を熟知した上で、彼の暴走を予測、これを政治的に利用したとも考えられる。だが、さらに疑問は残る。なぜその一ヵ月後あたりから、外蒙軍の動きが活発になりはじめたのか。なぜ外蒙軍は、五月十一日に大軍をもって越境を試みたのか。これは、明らかに関東軍に対する挑発である。確かに当時は日中戦争や日独伊の三国同盟の交渉をはさみ、国際情勢は揺れ動いていた。だがその火の粉が、あえてこの時期に満蒙国境の一地区に飛び火しなければならない明確な理由は思い当らない。

ハルハ川を巡る国境紛争に躍起になっていたのは、関東軍だけではない。外蒙軍の後ろ楯となるソ連軍もまた、ジョセフ・スターリン書記長の命によりハルハ川西岸に軍備を集結。まるで自国の国境紛争のように戦闘に荷担した。当時のスターリンは、「何かに取り憑《つ》かれているようだった」ともいう。

五月二十日、ハルハ川東岸にソ連軍戦闘機二機が飛来。これを関東軍機が撃墜。さらに二十二日にはノモンハン上空で関東軍対ソ連軍の戦闘機計十機による激烈な空中戦が起き、ソ連軍機三機が撃墜された。

だが関東軍航空部隊が連日戦果を上げる中で、地上部隊は逆に悲惨な末路を辿る。

五月二十三日深夜、山県《やまがた》武光《たけみつ》大佐率いる歩兵第六十四連隊第三大隊（山県支隊）約八百名がハイラルを出立。これに東捜索隊二百二十名、自動車部隊他を加え約千六百名の大軍勢がカンジュル廟に集結した。

これに対しソ連軍は機甲部隊一中隊、歩兵機関銃三個中隊、野砲一中隊、歩兵第百四十九狙撃部隊を満蒙国境に集結。さらに外蒙軍の騎兵二個中隊と砲兵一大隊が加わった。軍勢を見ても、日本軍の不利は明らかだった。しかも五月二十七日夕刻、ソ連軍はハルハ川に工兵部隊を派遣し、軍橋を架けることに成功する。これによりソ連軍は、ハルハ川東岸に戦車を含む機甲部隊、重砲火器を持つ砲兵大隊など主力部隊を送り込むことが可能になった。だが、それでも小松原師団長は、〈ハルハ川東岸に進出中の外蒙軍を攻撃、捕捉殲滅《せんめつ》せよ〉と命令を下した。

二十八日未明、歩兵第六十四連隊他出撃。だが、結果は目に見えていた。しかもこの時、山県支隊は常識では考えられないような作戦行動を取っている。まず自動車部隊はトラックに歩兵を乗せ、「灯火を点《つ》けたまま」ハルハ川、ホルステン川に向けて前進。これではわざわざ闇に乗じて出撃した意味がない。さらに兵力に不利があるにもかかわらず、「敵の退路を遮断し外蒙よりの援軍を阻止」として東捜索隊を川又の軍橋に向けた。兵法のイロハを無視した戦力の無駄な分散——すなわち愚挙である。さらに山県は、機動力を持たない主力歩兵部隊をホロンバイルの広大な大地にちりばめるように、広く展開させた。その結果、ソ蒙軍との交戦地帯はハルハ川東岸に南北三〇キロにも及んだといわれる。

いくら関東軍第二十三師団が勇猛でも、これでは勝てるわけはない。その結果、五月三十一日までに歩兵第六十四連隊は百十八名が死傷、もしくは行方不明。南部三角地帯で孤立した東捜索隊は二百二十名がほぼ玉砕した。

　当日午前九時四十分、小松原師団長は全部隊に退却命令を下す。これをもって、第一次ノモンハン事件は収束した。

6

　部屋の隅の石油ストーブは、赤々と炎を燃やし続けている。外の雪は一向に降り終《や》む気配はないが、室内は汗ばむほどに温かい。だが、ノモンハン事件について記憶を辿る八雲の姿は、なぜか〝私〟には凍えているように見えた。

「戦闘が起きていた間、八雲さんたちはどうされていたのですか。つまり、例の〝一輪の花〟の捜索は……」

「甘粕から一時中止命令が出され、ハイラルに待機していました。それが奇妙なのですが……。命令が出されたのは確か四月三十日。五月十日をもってハルハ川東岸を離脱、同二十五日まで待機せよという内容でした」

　確かに、奇妙だ。甘粕正彦は、第一次ノモンハン事件がいつ始まり、いつ収束するのかを四月三十日の時点で知っていたとしか思えない。いや、それ以前からか。甘粕は三月に辻参謀をハイラルに送り込んでいる。

そう考えていくと、他にもまだ奇妙なことがある。第一次ノモンハン事件の総攻撃が始まる前日の五月十三日、東京から四人の陸軍参謀がハイラルを訪れていた。辻は後に自らの手記の中で、「幕僚中誰一人ノモンハンの地名を知っているものはいない――」と語っている。そのような僻地に、なぜ事件前日に都合よく、大本営陸軍部の参謀が四人も居合わせたのか。そしてこの十三日を境に、小松原師団長は態度を急変させた。これがすべて〝偶然〟のわけがない。

〝私〟は、訊いた。

「すべてはその〝一輪の花〟に起因するのではありませんか」

「そうかも、しれません。いや、そう考えた方が自然でしょう」

八雲は、慎重に言葉を選ぶ。

「もうひとつ、お聞きしたいことがあります。その〝一輪の花〟の秘密を知っていたのは誰なのですか。八雲さんと私の祖父、そして甘粕正彦の他には……」

「確かなことはわかりません。しかし、少なくとも大本営参謀本部の何人かの耳には入っていたはずです。特に作戦課長の稲田《いなだ》正純《まさずみ》大佐は、確実に承知していなくてはならない。他には、関東軍の大内孜《おおうちつとむ》参謀長でしょう」

「五月十三日に日本から四人の参謀がハイラルを訪れていましたね。その四人の名前がわかりますか」

八雲は、意を決するように頷いた。

「作戦課長の稲田大佐、荒尾興功《あらおおきかつ》少佐。他に櫛田正夫《くしだまさお》少佐、井本熊男《いもとくまお》少佐の四名でした……」

やはり、そうだったのか。昭和十四年当時の大本営陸軍参謀本部第二課（作戦）の作戦参謀は計十二名。すべて陸大出のエリートだった。その中から二課筆頭の稲田、さらに荒尾と、上位二名を含む四名があの時期にハイラルで顔を合わせていたことになる。記録には「現地視察旅行」と記されているが、そのようなことは有り得ない。五月十三日当時のハイラル——すなわちノモンハン周辺——が、大本営にとってもいかに重要な作戦地点であったかを物語っている。

ノモンハン事件は、すべて辻参謀を筆頭とする関東軍の暴走によって引き起こされたとする説が、現在は歴史的な定説となっている。だが、情況証拠を分析すれば、陸軍参謀本部の一部が画策し、作戦の主導的立場にあったことは否定できなくなる。そう考えていけば、小松原師団長の急変にも説明がつく。

「辻参謀はどうだったのでしょう。彼は、すべてを知っていたのですか」

「いえ、おそらくあの時点では知らされてはいなかったはずです。彼は、笛を吹けば踊る。甘粕の計算どおりに踊らされた操り人形にすぎません」

甘粕は、辻の性格を熟知し、行動を予測した上でハイラルに転属させたということか。

「小松原師団長も同じでしょうか。彼も、知らなかった……」

「小松原はまた別でしょう。彼は、ハルビン特務機関の機関長の時代から甘粕とは昵《じっ》懇《こん》でした。事前に甘粕から、もしくは五月十三日の時点で稲田大佐からすべてを聞かされていたと考えた方が自然でしょう」

八雲の言葉に、嘘《うそ》は感じられない。すべて、理路整然としている。横の線が繋がり、ノモンハン事件の全体像が少しずつ浮かび上がってくる。

「それにしてもなぜ小松原は、あのような無謀な作戦を……」

八雲は、かすかに首を横に振った。

「それは違います。小松原は、ハルビン特務機関の機関長だったほどの男ですよ。むしろ、切れる男です。任務のために、自分の名誉も含めすべてを犠牲にする術を心得ていた。なぜ自動車部隊に灯火を点けたまま走らせたのか。なぜ東捜索隊を三角地帯に置き去りにしたのか。目的は偏《ひとえ》に、山県支隊の本来の任務を支援することにあった。つまり、囮《おとり》です」

それで、読めてきた。山県支隊のハイラル出動は五月二十三日の午前零時半。その未明にカンジュル廟に入り、二十八日早朝まで待機を命じられたとする記録がある。この空白の五日間に、何が行なわれたのか――。

「そういうことです。実際に山県支隊の教育にあたったのは、私でした。私はホロンバイルの地図を前に、特にタギ湖から七三一高地、バル西高地周辺の地形と特徴について詳しく説明しました。その上で各小隊の小隊長を集め、亡くなった波間君の残した写真──〝一輪の花〟の目印となる特徴的な岩の写真──を一枚ずつ手渡しました。そして、その岩を発見し次第、本部に報告するように伝達しました。もちろん、〝一輪の花〟という暗号もその意味についても教えてはいませんが……」

「〝一輪の花〟ですね」

山県支隊は、危険を覚悟で八百名の兵員を南北三〇キロにわたり広く展開させた。なぜなのか。彼らはソ連、外蒙軍と戦う使命の他に──本来の目的──ホロンバイルの草原に〝一輪の花〟を発見するという密命を帯びていた。そして自分達が何を探しているのかすら知らされることなく、広野の軀《むくろ》と化していった──。

思い当る節はある。山県支隊がカンジュル廟に入った翌日の五月二十四日、新京の関東軍大内参謀長より小松原師団長宛に、〈──〝目的〟を達したる後、すみやかにハイラルに帰還せしむるを可とす──〉という命令が入っている。電文はあくまでも〝目的〟であり、外蒙軍の〝捕捉殲滅〟とはなっていない。関東軍参謀長からの重要作戦に関する命令としては不自然なほど曖昧だ。つまり〝目的〟とは、〝一輪の花〟の発見を意味したということか。大内と小松原の間で話が通じていれば、用は足りる。

「それで、〝一輪の花〟は見つかったのでしょうか」

「いえ、発見できませんでした……」

五月二十六日、八雲と祖父の一行はホロンバイルに戻った。そしてそれは、新たなる悲劇の始まりでもあった。

7

五月のホロンバイルは、一年で最も過しやすい季節である。日中の気温は二五度近くにまで上がり、夜も零度を切る日は少ない。

ゆるやかにうねるような丘陵が続く大地は、豊かな牧草に覆われて光り輝く。草原には遊牧民の馬蹄の音が響き、南からの穏やかな風が羊たちの鳴き声を運んでくる。

何事もなかったかのように。そして、数日前までの激戦がまるで夢の中の出来事であったかのように。だが草葉の陰を見ると、いたる処に兵器の残骸や、時には名もない兵士の屍がさらされていた。

八雲の一行は二手に分かれ、内蒙の遊牧民の一家に紛れ込んだ。祖父と八雲、マラルの三名はシャリントロゴイ山の麓の大家族のパオに。峰岸、加藤という名の二人の部下は、東捜索隊が全滅した三角地帯に近いバル西高地南の小家族のパオに潜伏した。

周辺にはまだソ蒙軍の姿を見掛けたが、五月三十一日をもって全軍がハルハ川西岸に退却した。これを機に、一行は任務を再開する。だが、ホロンバイルの夏の夜は短い。日没から夜明けまでの捜索は、一向に進まなかった。

六月に入って間もないある日、バル西高地の遊牧民の少年が伝令を持って馬で八雲の元に走ってきた。峰岸、加藤の両名が、二日前の夜にパオを離れたまま戻らないという。二人が行方を断ったのは、川又のソ蒙軍の軍橋付近である。二人が敵に捕えられたことは明らかだった。これで八雲一行は、三名が残るのみとなった。

一方、戦闘で大打撃を受けた関東軍は、すでにノモンハン事件は終わったものと信じきっていた。実際に六月四日、新京で行なわれた関東軍の兵棋演習の場において、辻参謀はノモンハン事件の終結を宣言している。

だがその裏で、ソ連軍は不穏な動きを見せていた。六月五日、スターリンの命によりフェクレンコ第五十七特別狙撃師団長を解任。ソ連軍随一の知将として知られるジューコフ中将を同師団長に就任させた。ジューコフは狙撃師団の他に戦車旅団、砲兵連隊、飛行旅団などの大部隊を率いて即日満蒙国境へと向かい、ハルハ川西岸のハマル・ダバ山に司令部を置いた。

六月十八日、第二次ノモンハン事件は意外な形で幕が開くことになった。まず突然満州国領土内に飛来したソ連軍機十五機がハロンアルシャン方面を爆撃。さらに翌十九日には第二十三師団が駐屯するカンジュル廟が大規模な空爆を受け炎上した。

「そこがわからないんです」〝私〟は訊いた。「いったい、スターリンは何を考えていたのか……」

「そう、スターリンなのです。しかも彼は満蒙国境に、ソ連軍の事実上のナンバーワンといわれるジューコフを派遣した。さすがにそこまでは、大本営の連中や甘粕も読めなかったようです」

おかしい。当時、ソ連を取り巻くヨーロッパの情勢は、ヒトラーの動向を含め緊張の極限にあった。ドイツ軍のポーランド侵攻を控え、大草原の国境紛争に力を入れている場合ではない。しかもその国境は、ソ連には直接関係のない満蒙国境である。第一次ノモンハン事件が収束してひと月もしないうちに、あえてソ連側から第二次ノモンハン事件を起こす理由が思い当らない。

「関東軍が、なぜ国境をハルハ川とすることに固執したのかは理解できます。例の〝一輪の花〟ですね。しかし、ソ連軍は……」

「情報が、漏れていた。スターリンも知っていたのです。〝一輪の花〟の存在を……」

それなら納得できる。〝一輪の花〟とは、ソ連にとってもそれほど重要な意味を持つ存在だったということか。だが、どこから情報が漏洩《ろうえい》したのか。

「六月に入って、峰岸、加藤の両名が外蒙軍に捕えられたといいましたね。その二名の口から漏れたのでしょうか」

「いえ、それは有り得ません。彼らは、仮にもハルビン特務機関員です。たとえどのような拷問を受けたとしても、口を割るよりは死を選ぶ。それに彼ら二人は、〝一輪の花〟についてその意味を知らされていませんでした。しかもソ連軍はかなり以前……第一次ノモンハン事件の前からある程度の情報を得ていた節がある」

確かにそうなのだ。すでに四月の段階から、外蒙軍の動きは慌ただしくなりはじめていた。さらに五月十二日、七百騎にも及ぶ軍勢でハルハ川を越境し、第一次ノモンハン事件の火種を撒《ま》いたのも外蒙軍である。その動きの裏には、〝一輪の花〟の情報があったということか。

「では、どこから情報が漏れたのですか」

八雲は、その問いにしばらくの間を置いた。そしておもむろに、いった。

「ゾルゲです。それしか、考えられない……」

リヒャルト・ゾルゲ——。

戦前戦中の日本で暗躍した最も有名なドイツ人スパイである。本国でナチ党員として信頼を得、昭和八（一九三三）年九月に駐日ドイツ特命全権大使顧問として来日した。日本ではドイツの『フランクフルター・ツァイツング』の特派員の身分で活動し、フランスのアバス通信特派員のヴケリッチ、満鉄嘱託尾崎秀実《おざきほつみ》、画家の宮城与徳《みやぎよとく》らと結託してスパイ活動を行なった。昭和十六年十月十八日にスパイ容疑で逮捕、十九年十一月七日に治安維持法違反で死刑となるが、現在もその活動の多くは謎に包まれている。確かにゾルゲは昭和十四年当時、ソ連軍情報部の諜報員として頻繁にスターリンと連絡を取り合っていた。

「確証はあるのですか。ゾルゲだという」

「ゾルゲは満鉄の尾崎など、甘粕の周囲にも深い人脈を持っていた。大本営参謀本部もしかり。日本陸軍、関東軍の動きをスターリンに報告していたことは、彼自身も裁判の中で認めています」

「その中に、〝一輪の花〟の情報もあったということでしょうか」

「私は、そう考えています。あの年の六月四日でした。ゾルゲ配下のヴケリッチが日本陸軍の招待を受け、ハイラルを訪れているのですよ。目的は、満蒙国境付近の視察旅行です。これが、偶然だと思いますか。我々も、迂闊《うかつ》でした……」

六月四日。確かに、偶然とは思えない。翌六月五日にスターリンはフェクレンコを解任。ジューコフはハルハ川の満蒙国境へと向かっている。

八雲は続けた。

「後の歴史は知ってのとおりです。ソ連軍の挑発を受けて、辻参謀をはじめ関東軍が暴走をはじめるわけです。陸軍省は事の重大さに気がつきますが、後の祭でした。誰も暴走を止められなかった……」

六月十九日、当日のソ連軍によるカンジュル廟空爆を受け、辻参謀は関東軍随一の精鋭として知られる第七師団の投入を要請。翌二十日には陸軍省の反対を押し切り、第七師団の四個大隊を含む歩兵十三個大隊、戦車七十輛、飛行機百八十機、火砲百十二門、自動車四百輛という強力な布陣を敷いた。だがソ連軍の戦力は、それを遥かに上回っていた。

六月二十七日、辻参謀は陸軍省と大元帥である天皇に意向を伺うことなく、重爆・戦闘機を含む計百七機をもってソ連軍主要基地のタムスクを空爆。敵機百二十四機を撃墜破壊するという大戦果を上げた。だが関東軍が優勢に事を運んだのは、ここまでだった。

月が明けて七月一日、小松原師団長は総勢一万五千の大部隊を率い、ノモンハンの東一七キロメートルにある将軍廟を出立した。以後、関東軍は、未曾有の泥沼に足を踏み入れていくことになる。

8

七月、ホロンバイルは灼熱《しゃくねつ》の地獄に変わる。日中の気温は四〇度を超え、夜は零度近くにまで冷える。草は枯れ、大地は砂漠化し、点在する湖は塩分の濃い塩湖と化す。人の飲めるような水は、一滴も存在しない。その過酷な条件の中を、碌《ろく》な機動力も持たない関東軍歩兵部隊は自らの携える水筒の水だけを頼りに行進した。

七月二日、工兵部隊はハルハ川のタギ湖南東付近に軍橋を架けることに成功。だがこれは訓練用の資材を用いた不完全なもので、戦車や重砲はおろか自動車すら満足に渡すことはできなかった。結局、翌三日までに渡河できたのは歩兵第二十六連隊のみである。だがその第二十六連隊も外蒙軍歩兵部隊とソ連軍戦車部隊の猛攻を受け、二昼夜でほぼ全滅。以後関東軍は、一度も外蒙領に入ることなく、戦場はハルハ川東岸へと押し戻された。

一方ソ連軍はこの時点ですでに五本の軍橋をハルハ川に架けることに成功。続々と大部隊を東岸へと集結させた。その中で、関東軍が最も苦戦を強いられたのは戦車戦である。物量だけでなく、質も違った。当時のソ連軍の主力がBT型中戦車であったのに対し、日本軍の主力は九五式軽戦車である。厚さ一二ミリという装甲は、敵の戦車砲はおろか機関銃弾ですら貫通した。東岸攻撃隊に加わった吉丸戦車第三連隊、玉田戦車第四連隊は夜間の奇襲作戦をもって応戦。一時は戦果を上げるが、最終的には敵の圧倒的な物量の前に壊滅することになる。

こうした敵戦車隊を前に、意外なほど戦果を上げたのが歩兵部隊による白兵戦である。各地に展開する第二十三師団、第七師団の歩兵部隊は、なんと火焔《かえん》ビンを手にソ連戦車部隊に立ち向かった。敵の銃弾を掻《か》い潜《くぐ》り、時速五〇キロで向かってくる戦車の砲塔に火焔ビンを投げつける。正に、一人一殺の肉弾戦である。当時のソ連軍BT戦車はディーゼルではなくガソリンエンジンを使用していたため、この原始的な攻撃で面白いように炎上したという。だが、機甲部隊と歩兵部隊の戦いには、やはり限界があった。

関東軍には、さらにもうひとつの絶対的な不利があった。関東軍が展開するハルハ川東岸は、多少の丘陵があるとはいえほぼ平坦な草原である。対してソ蒙軍が布陣するハルハ川西岸は、バイン・ツァガン山、ハラ高地、コマツ台地と続く高台になっている。その標高差は、五〇メートル以上もあった。

中でもソ連軍砲兵部隊が陣を張るコマツ台地は、ハルハ川東岸を一望できる絶好の位置にあった。関東軍は重砲火器により、常にこのコマツ台地から狙い撃ちにされた。

八月に入り、戦局はさらに悪化した。戦線は、すでにホルステン川の南岸まで押されていた。そして八月二十九日、ノモンハン事件は第二十三師団の玉砕をもって幕を閉じた。その陰で第六十四連隊長の山県大佐、捜索隊長の井置中佐、歩兵第七十二連隊長の酒井大佐など七名の連隊長が敗戦の責任を取って自決、他五名が戦死している。だが第二十三師団長の小松原中将は自決せず、翌昭和十五年十月に癌《がん》のために病死。事件の主謀者ともいえる辻政信少佐は最後まで責任を逃れ、戦後は政治家に転身した。

八雲は、無残なほどに崩れはじめていた。ノモンハン事件について語り終えると、すでに精根尽き果てたように押し黙ってしまった。だが、〝私〟は訊かなくてはならない。ノモンハン事件の陰で、何が行なわれていたのかを。

「なぜノモンハン事件が起きたのか。なぜ関東軍が——そしてソ連軍も——なぜ双方数万の犠牲を払ってまであの大草原で僅か一三キロしか違わない国境の位置に固執したのか。すべては〝一輪の花〟の存在に由来する。それはわかります。しかし……。そもそも〝一輪の花〟とは、いったい何だったのですか」

〝私〟の問いに、八雲はまるで諦めたようにかすかに頷いた。迷っているように見えた。だがやがて、呟《つぶや》くようにいった。

「私がこれから話すことを、信じていただけますか……」

「もちろんです……」

八雲は、確かに真実を話そうとしている。その誠実な態度は、一貫して変わらない。

そして、〝私〟に視線を送った。

「ある偉大な人物の墓です。我々が探していたのは……〝一輪の花〟とは……あのチンギス・ハーンの墓だったのですよ……」

〝私〟は、息を呑《の》みながらその言葉を聞いた。手に汗が滲み出し、胸にせり上がるような高揚を覚えた。だが一方で、奇妙なほど冷静にその言葉を嚙み締めていた。心のどこかで、八雲の言葉を予測していたかのように。

チンギス・ハーン（成吉思汗）――。

十二世紀から十三世紀前半にかけて、中央アジアに大帝国を築き上げたモンゴルの英雄である。その征服域は東は現中国北辺から西はカスピ海東岸に至るまで、東西約五〇〇〇キロ、南北約一五〇〇キロのほぼアジア全域に及んだ。世界的な英雄でありながらチンギス・ハーンについて書かれた史書はきわめて少なく、その生涯は多くが謎に包まれている。後に現中国で編纂《へんさん》されたといわれる『元朝秘史』によると、一一六二年頃に蒙古族キヤト氏族イエスゲイの子として生まれたとされるが、それも確かなことはわからない。歴史の表舞台に突然登場するのは一一九五年以降になってからで、その後およそ三十年の間に女真族の金国、現イランのホラズム王国、現中国の西夏などを滅ぼした。一二二七年に病没。今際《いまわ》の言葉は「われこの大命をうけたれば、死すとも今は憾みなし。ただ、故山に帰りたし」であったという。その墓は二十一世紀になった現在も発見されていない。

確かにノモンハン周辺は、チンギス・ハーンの征服地に含まれる。多くの遺跡も残っている。だが……。

「チンギス・ハーンは、ヘンテイ山脈の起輦谷《きれんこく》に葬られたと聞いています。違うのですか」

八雲が、ふと笑ったように見えた。

「確かに、それが定説です。しかし、違うのですよ。ヘンテイ山脈……。それは後の中国やソ連がチンギス・ハーンの研究者を惑わすために流した捏造《ねつぞう》です。根拠など、何もない」

「なぜそういい切れるのですか」

「我々が、ホロンバイルでチンギス・ハーンの墓を、実際に発見したからですよ……」

十月に入ると、ホロンバイルにはまた元の静寂が戻っていた。間もなく、長い冬が始まる。延々と連なる大草原に、いまは人影もない。広い空は厚くどんよりとした雲に覆われ、やがて雪が舞いはじめる。僅かに残る戦火の跡も、白いビロードの下に包み隠していく。

八雲と祖父、マラルの三人は、その頃ハルハ川西岸のバイン・ツァガン山の山中に身を隠していた。関東軍の主張する国境を越えた、外蒙の領土である。七月三日、関東軍はハルハ川に軍橋を架け、歩兵第二十六連隊のみを西岸に送り込んでいる。なぜこのような無謀な作戦を取ったのか。ソ連軍指揮官のジューコフですら、日本軍のこの行動をまったく予期していなかったという。

目的は、八雲一行をバイン・ツァガン山に送り込むことにあった。五月から六月にかけて、ハルハ川の東岸は捜索しつくしていた。だが、チンギス・ハーンの墓は発見されていない。唯一可能性として残るのが、西岸のバイン・ツァガン山だったのである。八雲は帯同した工兵部隊に山の中腹に深い横穴を掘らせ、その中に大量の食糧と水を運び込んだ。二日後に、関東軍は撤退。それを追うように、ソ連軍も姿を消した。だが八雲一行は、それでもしばらくの間は穴の中で息を潜めていた。

雪が降りだすのを待って、行動を開始した。馬は、使わなかった。そして十一月に入って間もないある日、八雲一行はバイン・ツァガン山の東斜面で墓を発見した。蒙古の英雄チンギス・ハーンは、ハルハ川の悠久の流れとホロンバイルの大草原を見下す台地に眠っていた。

9

八雲の双眸は、空《くう》を見つめていた。遠い過去に、思いを巡らすように。

〝私〟は訊いた。

「それは確かに、チンギス・ハーンの墓だったのですか」

「間違いはありません。入口には、確かに波間君が写した写真と同じ岩がありました。岩の裏には人が一人やっと通れるほどの横穴があり、それを下っていくと、周囲を石積みで囲まれた広い石室に突き当ります。装飾品は、何者かによってすでに持ち去られていました。しかし、チンギス・ハーンの墓であることを示す墓石がひとつ。おそらくその下に棺が埋められていようことは、調べるまでもなく明らかでした」

チンギス・ハーンの墓――。

もしそれが発見されれば、一九三九年当時としても歴史的な快挙であったことは間違いない。だが、たかが遺跡である。その発見のために日本とソ連が戦い、両軍を合わせて数万の犠牲を払うほどの価値がはたしてあるものなのか。有り得ない。しかももし発見されていたとすれば、日本かソ連、いずれかによってすでに発表されていたはずだ。八雲は、まだ重要なことを話していない。

「チンギス・ハーンの墓は、いまでもバイン・ツァガン山に存在するのですか」

八雲は、その問いに顔を曇らせた。

「いえ、残念ながら。我々が発見した直後、ソ連軍の手によって爆破されました……」

やはり、そうだったのか。

「しかし、なぜそんなことを」

「先程、申し上げたはずです。我々が探していた〝一輪の花〟──すなわちチンギス・ハーンの墓には、満州国の存亡が懸かっていたと。当時のソ連と中国にとって、墓の存在はきわめて都合の悪いものでした。特にスターリンは、チンギス・ハーンの亡霊を畏《おそ》れてさえいた。かつて蒙古軍は、南部ロシアからウクライナまで広くロシア領土を制圧した記録がある。歴史上、ロシアをそこまで侵略したのはチンギス・ハーンだけです。しかし、理由はそれだけではない。スターリンがソビエト国内や外蒙、さらに中国に残るチンギス・ハーンの末裔《まつえい》に対し、長年にわたり徹底した粛清を加えてきたことは歴史的な事実です。スターリンはかつての蒙古の英雄の血筋を根絶やしにし、歴史そのものを墓と共に葬り去ろうとしていた……」

八雲の表情に、いつの間にか血色が戻りはじめていた。彼は、熱弁を振い続ける。だが、何をいわんとしているのか──それがわからない。チンギス・ハーンの墓が、なぜ満州国の存亡を左右するのか。なぜスターリンは、墓を爆破しなくてはならなかったのか――。

〝私〟は八雲に、ひとつの疑問をぶつけてみた。

「八雲さんと私の祖父の妻、テプとマラルとはいったい何者だったのですか」

「もう、おわかりでしょう。彼女たちはキヤト氏族の女です。スターリンに迫害されたチンギス・ハーンの末裔、その数少ない生き残りだったのです。二人は、先祖から代々伝わる歌によって、チンギス・ハーンの墓の位置を語り継いでいました。墓を発見し、守ること……。それが一族が彼女たちに与えた使命だったのです」

「その後、マラルはどうなったのですか」

「亡くなりました……」

八雲たち一行は、懐中電灯の光の中で、石室の中の風景に見とれていた。現実のものとは思えないような光景だった。だがしばらくして、石室の奥に続く通路に、八雲は異様なものを発見した。大量の爆薬が仕掛けられていたのである。

「ソ連軍が、すでに発見していたということですか……」

「そうです。いま思えば、ハルビン特務機関に対する罠《わな》だったのでしょう。我々は、すぐに墓を出ました。しかしハルハ川の渡河地点に向かう途中で、突然マラルが引き返すといいだした。自分一人で、爆薬を処理すると。彼女にとってもチンギス・ハーンの墓は、一族の存亡が懸かる大切なものだったのです。我々は、止められなかった。そしてマラルが墓に戻った直後、まるでバイン・ツァガン山が噴火したような大爆発が起きた……」

〝私〟は八雲の話に耳を傾けながら、なぜかその時、少年時代に見た祖父の姿を思い出していた。祖父は暗い部屋で一人酒を飲みながら俯《うつむ》き、何かを呟いていた。頰に、確かに涙が光っていた記憶がある。あの涙は、マラルを想ってのものだったのだ。そう思えてならなかった。

「その後は、どうなったのですか」

「我々は追手を逃れ、ハルハ川を渡り、ハイラルに戻りました。そこで事態を甘粕正彦に報告、任を解かれました。その時の甘粕の失望たるや、まるでこの世の終わりを覚悟したかのような有様でした。後に私は別の任務のためにハルビンに向かい、お爺様はハイラルに残りました。終戦後、お爺様とは何回かシベリアの収容所で顔を合わせたことがあります。しかし我々は、あえて一言も言葉を交わさなかった。以来、お爺様とは会っていません。私の知っていることは、それだけです……」

柱時計の音が、時を刻み続けている。窓の外は、すでに暗くなりはじめていた。八雲はすべてを話し終え、精根尽きたかのようにソファーに沈んだ。双眸から光が消えていく。だが、八雲の証言にはまだ決定的な部分が欠けている。

「そもそも軍部は——甘粕正彦はなぜチンギス・ハーンの墓に注目したのですか。テプやマラルの存在だけがその理由ではありませんね。それ以前に、何らかの発端があったはずです」

関東軍がハルハ川を国境と強引に主張しはじめたのは、満州建国から五年後の昭和十二年だった。

「いかにも。当時の北京宮廷の書庫に、『図書輯勘録《としょしゅうかんろく》』という全三十巻に及ぶ書がありました。代々の清朝の皇帝が編纂した国史です。本来は門外不出とされた秘書でしたが、その写本が日本の内閣文庫に一組、さらに大英図書館とエール大学にも残っていました。そしておそらく、モスクワにも……」

それで読めてきた。なぜチンギス・ハーンの墓が、満州国の存亡を左右するのか。

満州建国と日本による統治に最も危惧を持っていたのは、イギリスだった。

「そして、イギリスのデビスですね」

「そのとおりです。二つの書に記された清の歴史が事実ならば、満州国の存在に正当な理由を与える根拠になる。〝一輪の花〟とは、その動かざる物証だったのです……」

元英国公使だったデビスの書『清国総録』の中に、次のような有名な一文がある。

〈——成吉思汗の孫、忽必烈《フビライ》の子孫は、明朝のために放逐され、蒙古の故地及び満州に逃がれ長の娘と婚して諸公子を産んだ。彼らは朔地《さくち》に割拠して勢威をふるい、後に大挙して明朝を滅ぼし、国を清と号した。清帝を成吉思汗の孫、忽必烈の後裔とするのは、けだし、このためである――〉

一九三二年三月、日本は清王朝の後裔に当たる愛新覚羅溥儀《ふぎ》を執政に擁立し、満州国を建国。九月に『日満議定書』に調印し正式に承認した。元来、溥儀の祖となる清朝の開国については歴史の謎とされ、中国は現在もその秘密を明らかにしていない。だがイギリス国家の公職にあったデビスは、自著の中で溥儀がチンギス・ハーンの末裔であったと論じているのである。

「いったい、何を見たのですか。八雲さんと祖父は、チンギス・ハーンの墓の中で……」

八雲は、そこでひとつ大きく息をした。そして続けた。「我々がチンギス・ハーンの墓石に見たものは、笹竜胆《ささりんどう》ですよ……」

笹竜胆――清和源氏の家紋である。

清朝の六代皇帝、乾隆帝《けんりゅう》（一七一一年~九九年）は、前述の『図書輯勘録』の序文に、清国開国の故として次のように書いている。

〈――朕《ちん》の姓は源、義経の裔なり。その先は清和に出ず。故に国を清と号す――〉

チンギス・ハーンは、源《みなもとの》義経《よしつね》だった。もしデビスのいうとおり清王朝がチンギス・ハーンの後裔であるとすれば、溥儀を擁立して日本が承認した満州国を、世界は認めないわけにはいかなくなる。なぜなら、満州の国土に初めて国家を築いたのはチンギス・ハーン――つまり源義経となるからである。満州は、そもそも〝日本の国土〟だったのだ――。

〝私〟は、最後に質《ただ》した。

「しかし、なぜなのですか。八雲さんはなぜ七十年近くもたって、〝一輪の花〟のことを〝私〟に話そうと思ったのですか」

八雲は、暗い窓の外に視線を送った。

「雪……ですよ。毎年この季節になると、雪が降る。若い頃には、気になりませんでした。しかし歳を重ねるにつれて、少しずつその重さに耐えられなくなってきた……。私の人生の夏は、あの年、ホロンバイルで終わったのです。あとはただひたすらに長い冬に耐え、雪に埋もれて生きてきたような気がします……」

雪はまだ、深々と降り続いている。遠いホロンバイルの雪原を想うように、八雲は弱々しく呟いた。

「しかし……。その長い冬も、間もなく終わる……」

八雲は眠るように、静かに目を閉じた。

真珠

坂口安吾

坂口安吾《さかぐちあんご》（一九〇六〜一九五五）

新潟県生まれ。東洋大学印度哲学倫理学科卒。一九三一年、同人誌「青い鳥」に発表した「風博士」が牧野信一に絶賛され注目を集める。太平洋戦争中は執筆量が減り、同人誌「現代文学」の仲間とミステリーの犯人当てゲームをしていた。一九四六年に戦後の世相をシニカルに分析した評論「堕落論」と創作「白痴」を発表、〝無頼派作家〟として時代の寵児となる。純文学だけでなく『不連続殺人事件』や『明治開化安吾捕物帖』などのミステリーも執筆。信長を近代合理主義者とする嚆矢となった『信長』、伝奇小説「桜の森の満開の下」「夜長姫と耳男」など時代・歴史小説の名作も少なくない。

十二月八日以来の三ケ月のあいだ、日本で最も話題となり、人々の知りたがっていたことの一つは、あなた方のことであった。

あなた方は九人であった。あなた方は命令を受けたのではなかった。あなた方の数名が自ら発案、進言して、司令長官の容《い》れる所となったのだそうだ。それからの数ケ月、あなた方は人目を忍んで猛訓練にいそしんでいた。もはや、訓練のほかには、余念のないあなた方であった。

この戦争が始まるまで、パリジャンだのヤンキーが案外戦争に強そうだ、と、僕は漫然考えていた。パリジャンは諧謔《かいぎゃく》を弄しながら鼻唄まじりで出征するし、ヤンキーときては戦争もスポーツも見境がないから、タッチダウンの要領で弾の中を駈けだしそうに思ったのだ。ところが、戦争というものは、我々が平和な食卓で結論するほど、単純無邪気なものではなかった。いや、人間が死に就《つ》て考える、死に就ての考えというものが、平和な食卓の結論ほど、単純無邪気ではなかったのである。人は鼻唄まじりでは死地に赴くことができない。タッチダウンの要領でトーチカへ飛びこめるほど、戦争は無邪気なものではなかった。

帰還した数名の職業も教養も違う人から、まったく同じ体験をきかされたのだが、兵隊達は戦争よりも行軍の苦痛の方が骨身に徹してつらいと言う。クタクタに疲れる。歩きながら、足をひきずって眠っている。突然敵が現れて銃声がきこえると、その場へ伏して応戦しながら、ホッとする。戦争というよりも、休息を感じるのである。敵が呆気なく退却すると、やれやれ、又、行軍か、と、ウンザリすると言うのであった。この体験は貴重なものだ。この人達は人の為しうる最大の犠牲を払って、この体験を得たのであった。然《しか》し、これが戦争の全部であるか、ということに就ては、論議の余地があろうと思う。

つまり、我々は戦争と言えば直ちに死に就て聯想《れんそう》する。死を怖れる。ところが、戦地へ行ってみると、そこの生活は案外気楽で、出征のとき予想したほど緊迫した気配がない。落下傘部隊が飛び降りて行く足の下で鶏がコケコッコをやっているし、昼寝から起きて欠伸《あくび》の手を延ばすとちゃんとバナナをつかんでいる。行軍にヘトヘトになった挙句の果には、弾丸の洗礼が休息にしか当らなかったという始末である。なんだい、戦争というものはこんなものか、と考えると、死ぬなんて、案外怖しくもないものだな、馬鹿らしいほどノンビリしているばかりじゃないか、と考えるのである。——だが、成程、これが戦争でないわけはないが、戦争の全部がただこれだけのものである筈はない。

弾雨の下に休息を感じている兵士達に、果して「死」があったか？　事実として二三の戦死があったとしても、兵士達の心が「死」をみつめていたであろうか？　兵士達が弾雨の下に休息を感じていたとすれば、そのとき彼等は「自分達は死ぬかも知れぬ」という多少の不安を持ったにしても、無意識の中の確信では「自分達は死なぬであろう」と思いこんでいた筈だ。偶然敵弾にやられても、その瞬間まで、彼等の心は死に直面し、死を視つめてはいなかったのだ。

このようなユトリがあるとき、ヤンキーといえども、タッチダウンの要領で鼻唄まじりで進みうる。「必ず死ぬ」ときまった時に、果して何人が鼻唄と共に進みうるか。このとき進みうる人は、ただ超人のみである。

つまり、戦争の一部分（時間的に言えばそれが大部分であるけれども）は鼻唄まじりでも仔細《しさい》はいらぬ。然《しか》し、勝敗の最後の鍵は、そこにはない。爆弾を抱いてトーチカに飛びこみ、飛行機は敵に向って体当りで飛びかかる。「必ず死ぬ」ときまっても、尚、進まねばならないのである。こうして、超人達の骨肉を重ねて、貴重な戦果がひろげられて行く。

普通、日本人は、戦争といえば大概この決死の戦法の方を考えている。そうして、こんな大胆なことが、いったい、俺にも出来るだろうか、という不安に悩んでいるのである。だから、召集を受けて旅立つとき、決して楽天的ではない。だが、パリジャンやヤンキーは楽天的だ。娘達に接吻《せっぷん》を投げかけられて、鼻唄まじりで繰込むのである。この鼻唄は「多分死にはしないだろう」という意識下の確信から生れ、死というものを直視して祖国の危難に赴く人の心ではない。日本人はもっと切実に死を視つめて召集に応じているから、陽気ではなく、沈痛であるが、このどちらが戦場に於《おい》て豪胆果敢であるかといえば、大東亜戦争の偉大なる戦果が物語っている。必死の戦法というものが戦争のルールの中になかったなら、タッチダウンの要領でも、世界征覇が出来たであろう。

必ず死ぬ、ときまった時にも進みうる人は常人ではない。まして、それが、一時の激した心ではなく、冷静に、一貫した信念によって為された時には、偉大なる人と言わねばならぬ。思想を、義務を、信仰を、命を捨ててもと自負する人は無数にいるが、然し、そのうちの何人が、死に直面し、死をもって迫られても尚その信念を貫いたか。極めて小数の偉大なる人格が、かかる道を歩いたにすぎないのである。

ふだん飲んだくれていたってイザとなれば命を捨ててみせると考えたり、ふだんジメジメしていたのではいざ鎌倉という時に元気がでるものか、という考えは、我々が日常口にしやすい所である。僕は酒飲みの悪癖で、特に安易に、このような軽率な気《き》焔《えん》をあげがちである。

けれども、我々が現に死に就て考えてはいても、決して死に「直面」してはいないことによって、この考えの根柢《こんてい》には決定的な欺瞞《ぎまん》がある。多分死にはしないだろうという意識の上に思考している我々が、その思考の中で如何《いか》程《ほど》完璧に死の恐怖を否定することが出来ても、それは実際のものではない。

あなた方は、いわば、死ぬための訓練に没入していた。その訓練の行く手には、万死のみあって、万分の一生といえども、有りはしなかった。あなた方は、我々の知らない海で、人目を忍んで訓練にいそしんでいたが、訓練についてからのあなた方の日常からは、もはや、悲愴だの感動だのというものを嗅ぎだすことはできない。あなた方は非常に几帳面な訓練に余念なく打込んでいた。そうして、あなた方の心は、もう、死を視つめることがなくなったが、その代りには、あなた方の意識下の確信から生還の二字が綺麗さっぱり消え失せていたのだ。我々には夢のように摑みどころのない不思議な事実なのである。戦場の兵隊達は死の不安を視つめていても、意識下の確信には常に生還の二字があって、希望の灯をともしている筈なのだ。ところが、あなた方は余念もなく訓練に打込み、もう、死を視つめることがなかったのに、あなた方のあらゆる無意識の隅々に至るまで、生還の二字が綺麗に拭きとられていたのである。あなた方は門出に際して「軍服を着て行くべきだが、暑いから作業服で御免蒙《こうむ》ろう」などと呑気なことを言っていた。死以外に視つめる何物もないあなた方であるゆえ、死はあなた方の手足の一部分になってしまって、もはや全然特別なものではなかったのだろう。あなた方は、ただ、敵の主力艦に穴をあけることだけしか考えることがなくなっていた。それすらも、満々たる自信があって、すでに微塵も不安はないという様子である。「お弁当を持ったり、サイダーを持ったり、チョコレートまで貰って、まるで遠足に行くようだ」と、あなた方は勇んで艇に乗込んだ。然し、出陣の挨拶に、行って来ます、とは言わなかった。ただ、征きます、と言ったのみ。そうして、あなた方は真珠湾《しんじゅわん》をめざして、一路水中に姿を没した。

十二月六日の午後、大観堂《たいかんどう》から金を受取って、僕は小田原《おだわら》へドテラを取りに行く筈であった。三好達治《みよしたつじ》の家へ置いたドテラや夜具が夏の洪水で水浸しとなり、それをガランドウが乾してくれた筈であった。ガランドウは正確に言えばガランドウ工芸社の主人で、看板屋の親爺《おやじ》。牧野信一《まきのしんいち》の幼友達でもあり、熱海《あたみ》から辻堂《つじどう》にかけて、東海道を股にかけて、看板を書きに立廻《たちまわ》っている。僕はこの男の書体を呑込《のみこ》んでいるから、東海道の思わぬ所で彼の看板に会見して、噴きだしてしまうことがある。時には「酉《ゆう》水《すい》」などと雅号のようなものを書込んでおくことがある。「酉水」は合せて一字にすると「酒」になるのだが、怪しげな雅号である。尤《もっと》も、本人は年中こんな雅号を称しているわけではない。たまたま看板を書いているうちに、その日の天気だの腹加減の具合で、ふと思いついて書くのである。国府津《こうづ》駅前の土産屋の看板にも、たしか「酉水」が一枚あった。

僕は十月にも十一月にもドテラを取りに小田原へ行った。ところが、当時は、まだドテラの必要な季節ではないから、つい面倒になって、いつもドテラを忘れて戻って来たのである。愈々《いよいよ》冬が来たので、どうしてもドテラを取りに行かねばならぬ。

ところが、十二月六日の晩は、大観堂の主人と酒をのみ、小田原へ行けなくなって、誰かしら友人の家へ泊ってしまった。こういうことが度々だから誰の家だかハッキリしないが、多分、若園君か松下君の所であろう。真夜中に迷惑かけるのは、大概、両君の所と極《きま》っている。十二月六日の昼までは大井《おおい》君の所に泊っていた。たしか「現代文学」の原稿を書き終って大井広介《ひろすけ》を訪ね、二三日泊りこみ、それから大観堂へ出掛けて行った筈である。大井広介の所では、平野謙《ひらのけん》を交えた三人で探偵小説の犯人の当てっこをして、多分、僕が惨敗した当日ではなかったかと思う。大観堂へ出掛けるとき平野謙が居合したことだけ記憶しているからである。この時は惨敗したが、その次の時には平野謙が見るも無残に敗北し、大井広介が中敗、僕、完璧の勝利であった。だから、十二月五日から六日へかけて、僕達は一睡もしていない。小田原へ行ったら魚を買ってきて下さい、と大井夫人に頼まれた。

結局、小田原へ到着したのは十二月七日の夕刻であった。

ガランドウは国府津《こうづ》へ仕事に出掛けて、不在。折から彼の家で長男の元服祝い（なんのことだか分らないが、ガランドウがそういう風に言っていたから、多分、元服祝いなのであろう。長男は十七である）の終った直後で、そのために近郷近在から掻き集めた酒、ビール、焼酒、インチキ・ウイスキーの類い無慮数十本の残骸累々とあり、手のつかない瓶もあって、僕はそれを飲み、ガランドウが仕事から帰って来たとき、僕は酩酊に及んでいた。ガランドウも仕事の帰りに、国府津で飲んで、酔っ払っていた。子供達の夕餉《ゆうげ》のために、アカギ鯛《だい》を十枚ばかりブラさげ、国府津で見つけてきたけんどよ、小田原に魚がねえと言うだから、話にならねえ、と言った。

アカギ鯛を見るに及んで、俄《にわか》に大井夫人の依頼を思いだし、生きた魚が手にはいらぬかと訊《たず》ねてみると、小田原では無理だが、国府津か二《に》の宮《みや》なら金の脇差だという返事、ガランドウは翌日の仕事の予定を変更して、二の宮の医者の看板を塗ることとなり、僕と同行して、魚を探してくれることにきめる。そうなると、ドテラをぶらさげて東海道を歩くわけには行かないので、ドテラの方は、又、この次ということになった。何のために小田原へ来たのだか、分らなくなってしまったけれども、こういう本末顚倒《まってんとう》は僕の歩く先々にしょっ中有ることで、仕方がない。

翌日、七時すぎて、目を覚したがその気配に、ガランドウのおかみさんが上ってきて、オヤジは朝早く箱根の環翠楼《かんすいろう》へ用足しに出掛けたけれども、昼までには戻ってくる。それから二の宮へ行くそうだから、と言うがあんたの洋服着て、気取って出掛けて行ったよ。へえ、そうかい。なんだか、戦争が始ったなんて言ってるけど、うちのラジオは昼は止ってしまうから。……

東京の街の中では、このような不思議なことは有り得なかった筈である。然し、昼間多くのラジオが止ってしまう小田原では、ガランドウの仕事場の奥の二階にいると、何の物音もきこえなかった。おかみさんの報告も淡々たるもので、僕はその数日のニュースから判断して、多分タイ国の国境で小競合《こぜりあい》があったぐらいの所だろうと独り合点をし、三時間余り有り合せの本を読んでいた。いくらか冷たい風はあったが、快晴である。西の窓に明神岳がくっきりと見える。ガランドウが環翠楼へ行くんだったら一緒に行って一風呂浴びて来るのであったが、と考えた。環翠楼には知人もいる。僕は生来の出不精だけれども、小田原の天気の良い日は、ふと山の方へ歩きたいような気持になる。このあたりは、多分、空気に靄《もや》が少いのであろう。非常に陰影がハッキリしていて、道が光り、影があざやかに黒いのである。

ガランドウと行き違うと悪いので、箱根の入浴は諦めたけれども、顔でも剃《そ》って、旅らしい暗さを落そうと思った。街へ出たのは正午に十分前。小田原では目貫《めぬき》の商店街であったが、人通りは少なかった。小田原の街は軒並みに国旗がひらめいている。街角の電柱に新聞社の速報がはられ、明るい陽射しをいっぱいに受けて之《これ》も風にはたはたと鳴り、米英に宣戦す――あたりには人影もなく、読む者は僕のみであった。

僕はラジオのある床屋を探した。やがて、ニュースが有る筈である。客は僕ひとり。頬ひげをあたっていると、大詔《たいしょう》の奉読、つづいて、東条《とうじょう》首相の謹話があった。涙が流れた。言葉のいらない時が来た。必要ならば、僕の命も捧げねばならぬ。一兵たりとも、敵をわが国土に入れてはならぬ。

ガランドウの店先へ戻ると、三十間ばかり向うの大道に菓子の空箱を据え、自分の庭のように大威張りで腰かけている大男がいる。ガランドウだ。オイデオイデをしている。行ってみると、そのお菓子屋にラジオがあって、丁度、戦況ニュースが始まっている。ハワイ奇襲作戦を始めて聞いたのが、その時であった。当時のニュースは、主力艦二隻撃沈、又何隻だか大破せしめたと言うのであるが、あなた方のことに就ては、まだ、一切、報道がなかった。このようなとき、躊躇《ちゅうちょ》なく万歳を絶叫することの出来ない日本人の性格に、いささか不自由を感じたのである。ガランドウはオイデオイデをしてわざわざ僕を呼び寄せたくせに、当の本人はニュースなど聞きもしなかったような平然たる様子である。菓子屋の親爺に何か冗談を話しかけ、それから、そろそろ二の宮へ行くべいか、魚屋へ電話かけておいたで、と言った。

バスは東海道を走る。松並木に駐在の巡査が出ていた外には、まったく普段に変らない東海道であった。相模湾は沖一面に白牙を騒がせ、天気晴朗なれども波高し、である。だから、この日は漁ができず、国府津にも、二の宮にも、地の魚はなかった。

国府津では、兵隊を満載した軍用列車が西へ向って通過した。

国府津でバスを乗換えて、二の宮へ行く。途中で降りて、禅宗の寺へ行った。ガランドウの縁《ゆか》りの人の墓があって、命日だか何かなのである。寺の和尚はガランドウの友人だそうだ。ガランドウは本堂の戸をあけて、近頃酒はないかね、と、奇妙な所で奇妙なことを大きな声で訊ねている。本堂の前に四五尺もある仙人掌《さぼてん》があった。墓地へ行く。徳川時代の小型の墓がいっぱい。ガランドウの縁りの墓に真新しい草花が飾られている。そこにも古い墓があった。ガランドウは墓の周りのゴミ箱を蹴とばしたり、踏みにじったりしていたが、合掌などはしなかった。てんで頭を下げなかったのである。

ガランドウは足が速い。墓地の裏を通りぬけて、東海道線へでる。今に面白いものが有るだよ、と振向いて言う。二の宮では複々線の拡張工事中で、沿道に当っていたさる寺の墓地が買収され、丁度、墓地の移転中なのである。ガランドウはそこが目的であったのだ。

成程、墓地は八方に発掘されていた。土と土の山の間に香煙がゆれ、数十人が捻鉢《ねじり》巻で祖先の墓に鍬《くわ》をふるっている。一丈近くも掘りさげて、ようやく骨に突き当っただよ、と汗を拭いている一組もある。この近郷は最近まで土葬の習慣であったから、新仏の発掘に困《こう》じ果てている人々もあった。

ガランドウは骨の発掘には見向きもしなかった。掘返された土の山を手で分けながら、頻りに何か破片のようなものを探し集めている。ここは土器のでる場所だで、昔から見当つけていただがよ、丁度、墓地の移転ときいたでな。ガランドウは僕を振仰いで言う。

「これは石器だ」

土から出た三寸ぐらいの細長い石を、ガランドウは足で蹴った。やがて、破片を集めると、やや完全な土瓶様のものができた。壺とも違う。土瓶様の口がある。かなり複雑な縄文が刻まれていた。然し、目的の違う発掘の鍬で突きくずされているから、こまかな破片となり、四方に散乱し、こくめいに探しても、とても完全な形にはならない。

捻鉢巻の人達がみんなガランドウのまわりに集って来た。

「俺が掘っただけんどよ。知らないだで、鍬で割りもしたしよ、投げちらかしただよ。方々に破片があるべい。無学は仕方がないだよ。なあ」

と、鼻ひげの親爺が破片をなでまわして残念がっている。

「三四尺ぐらいの下から出たべい」

「そうそう。四尺ぐらいの所よ」

「今度あったらよ。手で丁寧に掘りだすだよ」

ガランドウはこう言い残して、僕達は墓地をでた。ガランドウは土器の発掘が好きなのである。時々、鍬をかついで、見当をつけた丘へ発掘にでかける。ガランドー・コレクションと称する自家発掘のいくつかの土器を蔵している。尤《もっと》も、コレクションを称する程のものではない。小田原界隈の海にひらけた山地には原住民の遺跡が多いのである。

二の宮の魚市場には二間ぐらいの鱶《ふか》が一匹あがっていた。目的の魚屋へついたが、地の魚は、遂に、一匹もなかった。日が悪いだ。こんな日に魚さがす奴もないだよ、と魚屋の親爺は耳のあたりをボリボリ掻いていたが、然し、鮪《まぐろ》をとっておいてくれた。鮪一種類しかなかったのである。

魚屋の親爺は労務者のみに特配の焼酒をだして、みんな僕達に飲ませた。サイダーで割って飲むと、焼酒も乙なものである。ガランドウから伝授を受けた飲み方のひとつだ。そのとき、丁度、四時半であった。太陽が赤々と沈もうとし、魚屋の店頭は夕《ゆう》餉《げ》の買出しで、人の出入が忙しい。異様な二人づれが店先でサイダーに酔っ払って鮪の刺身を食っているから、驚いて顔をそむける奥さんもいる。

必ず、空襲があると思った。敵は世界に誇る大型飛行機の生産国である。四方に基地も持っている。ハワイをやられて、引込んでいる筈はない。多分、敵機の編隊は、今、太平洋上を飛んでいる。果して東京へ帰ることができるであろうか。汽車はどの鉄橋のあたりで不通になるであろうか。そのときは、鮪を噛《かじ》りながら歩くまでだ、と考えていた。ナッパ服の少年工夫が街灯の電球を取り外している。ガランドウはどこからか一束の葱《ねぎ》の包みを持ってきて、刺身にして残った奴はネギマにするがいいだ、と言った。丁度、夜が落ちきった頃、二の宮のプラットフォームでガランドウに別れた。僕は焼酒に酔っていた。

十二月八日午後四時三十一分。僕が二の宮の魚屋で焼酒を飲んでいたとき、それが丁度、ハワイ時間月の出二分、午後九時一分であった。あなた方の幾たりかは、白昼のうちは湾内にひそみ、冷静に日没を待っていた。遂に、夜に入り、月がでた。あなた方は最後の攻撃を敢行する。アリゾナ型戦艦は大爆発を起し、火焔《かえん》は天に沖《ちゅう》して、灼熱《しゃくねつ》した鉄片は空中高く飛散したが、須臾《しゅゆ》にして火焔消滅、これと同時に、敵は空襲と誤認して盲滅《めくら》法の対空射撃を始めていた。遠く港外にいた友軍が、これを認めたのである。

日本時間午後六時十一分、あなた方の幾たりかは、まだ生きていた。あなた方の一艇から、その時間に、襲撃成功の無電があったのである。午後七時十四分、放送途絶。あなた方は遂に一艇も帰らなかった。帰るべき筈がなかったのだ。

十二月十日には、プリンス・オブ・ウェールスとレパルスが撃沈された。この襲撃を終えた海軍機が戻って来たとき、同じ飛行場を使用していた陸軍航空隊の人達は我を忘れて着陸した飛行機めがけて殺到していた。プロペラの止った飛行機から降りて来たのは、いずれも、まだうら若い海鷲《うみわし》であった。降りるやいなや、いずれも言い合したように、愛機を眺めながらその周囲をぐるりと一周し、機首へ戻ってくると、愛機の前へドッカと胡坐《あぐら》を組んでしまった。眼を軽くとじ、胸をグッと張って、大きく呼吸をしたが、ただ一言「疲れた」と言ったそうだ。これは一陸軍飛行准尉の目撃談であった。必死の任務をつくした人は、身心ともに磨《す》りきれるほど疲労はするが、感動の余裕すらもないのであろう。

話はすこし飛ぶけれども、巴里《パリ》・東京間百時間飛行でジャビーが最初に失敗したあと、これも日本まで辿《たど》りつきながら、土佐の海岸へ不時着して恨みを呑んだ二人組があった。僕はもう名前を忘れてしまったけれども、バルザックに良く似た顔の精力的なふとった男で、バルザックと同じように珈琲《コーヒー》が大好物で、飛行中も珈琲ばかりガブガブ呑んでいたという人物である。フランスの海岸は大体に飛行機が着陸できるほど土質が堅いものだから、日本の海岸も同じように考えて、砂浜へ着陸し、海中に逆立ちしてしまったのである。このとき近くにいた一人の漁師が先ずまっさきに駈《か》けつけた。逆立ちした飛行機からは大きな異国の男が一人だけ這いだして来て、手をうしろに組み、海岸を十歩ばかり歩いて行っては、又、戻っている。漁師の近づいたことも気付かぬ態で、同じ所をただ行ったり戻ったりしているのである。漁師は言葉が通じないので、一本と二本の指をだして見せて、一人か二人かということを訊いた。すると異国の男もその意味を解して、二本の指を示して答えた。漁師は驚いて逆立ちの飛行機に乗込み、傷ついた機関士を助け出して来たのであった。

この飛行家も死の危険を冒して、ただ東京をめざして我無者羅《がむしゃら》に飛んで来た。百時間に近い時間、満足に睡眠もとっていない。ただ、東京。それが全てであったのだ。普通の不時着の飛行機なら、先ず飛び降りて、住民の姿を認めれば、それに向って駈けだすのが当然である。ところが彼は漁師の近づいたことも気付かなかった。救いを求めることも念頭になかった。生死を共にした友人のことすら忘れていた。そうして、ただ、同じ海辺を行ったり戻ったりしていたのである。

生命を賭した一念が虚しく挫折したとき、この激しさが当然だと思わずにはいられない。これが仕事に生命を打込んだときの姿なのである。非情である。ただ、激しい。落胆とか悲しさを、その本来の表情で表現できるほど呑気なものは微塵もない。畳の上の甘さはこういう際には有り得ないのだ。

潜水艦が敵艦を発見して魚雷を発射したときは、敵艦の最も危険な時でもあるが、同時に、潜水艦自身も最も危険にさらされている時である。けれども、潜水艦乗りは、自分の発射した魚雷の結果を一秒でも長く確めたいという欲望に襲われる。魂のこもった魚雷である。魂が今敵艦に走っている。彼等は耳をすます。全てが耳である。爆音。見事命中した。すると、より深い沈黙のみが暫く彼等を支配する。言葉も表情もないそうである。

あなた方も亦《また》、そのようであったと僕は思う。爆発の轟音《ごうおん》が湾内にとどろき、灼熱の鉄片が空中高く飛散した。然し、須臾《しゅゆ》にして火焔消滅、すでに敵艦の姿は水中に没している。あなた方は、ただ、無言。然し、それも長くはない。

真珠湾内にひそんでいた長い一日。遠足がどうやら終った。愈々《いよいよ》あなた方は遠足から帰るのである。死へ向って帰るのだ。思い残すことはない。あなた方にとっては、本当に、ただ遠足の帰りであった。


十二月八日に、覚悟していた空襲はなかった。

三月四日の夜になって、警戒警報が発令された。その時もその前日の同人会から飲み始めて、僕はいくらか酔っていた。大井広介、三雲祥之助《みくもしょうのすけ》の三人で浅草を歩き、金龍館へ這入ろうかなどとその入口で相談しているところであった。浅草の灯が消え、切符売場の窓口からも光が消えた。ぶらぶら歩きだすと、飛行機の音がきこえる。敵機かね？　立止って空を仰いだ。すると街角にでて話していた三人のコックらしい人達が振向いて

「いや、あれはうちのモーターの音ですよ。あいつ、止めてしまおうじゃないか」

コック達は相談を始めている。馬鹿馬鹿しいほど明るい満月が上りかけていた。おあつらえむきの空襲日和である。愈々今夜は御入来かと覚悟をきめた。田島町を歩いていると、暗い道で、自転車と通行人が衝突して、自転車の大きな荷物が跳ねころがり、二人は摑み合いの喧嘩を始めた。三雲画伯は喧嘩の当人と同じぐらいいきりたって、分けて這入って、おい、こういう際に喧嘩するとは何事だ、荒々しく息を吐いて叱りとばしている。

翌朝、最初の空襲警報が発せられたが、やっぱり敵機は現れなかった。あなた方の武勲が公表されたのは、空襲警報の翌日、午後三時であった。僕は七時のラジオでそれをきいた。

裸一貫巨万の富を築いた富豪が死んで、自分の持山の赤石岳《あかいしだけ》のお花畑で白骨をまきちらしてくれと遺言した。八十を越した老翁であった。毎日鰻《うなぎ》を食べていたというが、然し、もう、衒気《げんき》などはなかった筈だ。まるで自分の生涯を常に切りひらいてきたような、自信満々たる人であったに相違ない。この遺言がどうして実現されなかったのだか分らないが、又、当人も、多分遺言の実現などに強いて執着は持たなかった様子である。こんな遺言を残す程の人だから、てんで死後に執着はなかったのだ。お花畑で風のまにまに吹きちらされる白骨に就て考え、これは却々《なかなか》小綺麗で、この世から姿を消すにしてはサッパリしている、と考える。この人は遺言を書き、生きている暫しの期間、思いつきに満足を覚えるだけで充分だった筈である。実際死に、それから先のことなどは問題ではない自信満々たる生涯であった。

あなた方はまだ三十に充たない若さであったが、やっぱり、自信満々たる一生だった。あなた方は、散って真珠の玉と砕けんと歌っているが、お花畑の白骨と違って、実際、真珠の玉と砕けることが目に見えているあなた方であった。老翁は、自らの白骨をお花畑でまきちらすわけに行かなかったが、あなた方は、自分の手で、真珠の玉と砕けることが予定された道であった。そうして、あなた方の骨肉は粉となり、真珠湾海底に散った筈だ。あなた方は満足であろうと思う。然し、老翁は、実現されなかった死後に就て、お花畑にまきちらされた白骨に就て、時に詩的な愛情を覚えた幸福な時間があった筈だが、あなた方は、汗じみた作業服で毎日毎晩鋼鉄の艇内にがんばり通して、真珠湾海底を散る肉片などに就ては、あまり心を患わさなかった。生還の二字を忘れたとき、あなた方は死も忘れた。まったく、あなた方は遠足に行ってしまったのである。

歩《ほ》哨《しょう》の眼について

大岡昇平

大岡昇平《おおおかしょうへい》（一九〇九〜一九八八）

東京生まれ。京都帝大仏文科卒。家庭教師の小林秀雄に、中原中也、中村光夫らを紹介される。大学卒業後は、会社勤めをしながら、スタンダールの研究者として知られるようになる。一九四四年に召集され、フィリピンのミンドロ島に送られ、アメリカ軍の捕虜となる。一九四八年、その時の体験を描いた『俘虜記』で小説家デビュー。戦争を題材にした『野火』『レイテ戦記』、歴史小説『将門記』『天誅組』、恋愛心理をとらえた『武蔵野夫人』『花影』、裁判小説『事件』など多彩な作品を発表。歴史小説における史実とは何かをめぐり、井上靖、海音寺潮五郎と論争をしている。

見るために生れ
見よと命ぜられ
塔の番を引受けていると
世の中がおもしろい。
遠くを見つめると
近くに見える、
月も星も
森も小鹿も。

『ファウスト』第二部、望楼守リュンコイスの歌である。「見るもの」の間に、いつも敵の出現を見張っていなければならない歩哨《ほしょう》にとって、世の中は別におもしろくはないが、敵は実はなかなか出て来ないから、「遠くを見つめると近くに見え」遂に、

幸福な両の眼よ

と歎《たん》じるぐらいの余裕はある。

帰還後ゴッホの風景画を見て、何よりも感心したのは、遠景がよく描いてあることであった。眼路遥《はる》か、耕地と林の尽きるまで、線と面が水底の礫《れき》のようにはっきりと刻まれている。友達の画家に聞いてみると、ゴッホの画では近景が却ってぼかしてあるそうで、そこが普通の視覚と逆になっているのだそうである。

ぼんやり遠くを見るのは誰でも気持のいいものである。これは眼球の立体視の機能を調節する筋肉が解放されるためで、例えば鱗雲《うろこぐも》の美感もまずこの快感に基くといわれているが、さて遠くのものをはっきり見なければならないとなると、なかなか眼の努力を要する。

私の駐屯したミンドロ島サンホセの兵舎の前面は、一粁《キロメートル》先の林際まで野が開けていた。一部気紛れに稲が植えてあるところもあるが、大抵は荒れた湿原で、そここの水溜りに水牛が物倦《ものう》く水を浴びているだけであった。

左側は椰子《やし》の並木道で縁取られている。兵舎前面に沿った道は、五十米《メートル》左の兵舎敷地が尽きるところで、その並木道と十字に交り、さらに五十米行って林に入ってしまう。

右方はこれも約五十米で、道が一つの濁った小川を木橋で越えると、サンホセの町になる。亭々《ていてい》たるアカシヤの立ち並んだ間に、くすんだ民家や砂糖会社社宅の赤屋根が川沿いに点綴《てんてい》して、正面の林際に到っている。

このほぼ幅百五十米縦一粁の矩形《くけい》の地面を、歩哨が見張っているわけである。

正面林の後は、木のない丘がゴルフ・リンクのような淡い整然たる緑を連ね、その上に我々が「鋸山《のこぎり》」と呼んでいた岩山が頭を出し、さらに遠くは標高二千米の中央山脈の山々が高く青く霞《かす》んでいる。

前面の草原には、時たまつば広の帽子をかぶった比島人が水牛を曳《ひ》いて通るぐらいなもので、明るく陽に照された緑の中で動くものは少い。歩哨の眼は左の椰子並木の幹の間から始めて、正面の林際を伝い、右のアカシヤに隠れた家の軒下を探る。それから正確に同じペースで今来たコースを逆戻りする。そうして振子のように、のろのろと首を左右に廻《まわ》している。この動作はいかにも退屈であり、やがて一種の放心が歩哨を囚える。

眼は屢〻《しばしば》一つの対象に固定したまま動かなくなる。私は湿原の中ほどに横ざまに倒れた一本の木を憶えている。雨に洗われて白く光ったその根を、一本二本と数えたものだ。今も画に描くことも出来るほど、その苦しみ悶《もだ》えるような不吉な形を憶えているのである。

何かを考えていたはずである。内容は憶えていないが、一種の sentiment として、今も再現出来るような気がする contemplation は「観照」或《あ》るいは「瞑想《めいそう》」と訳されるようであるが、眺めるという状態には、必然的に或る思考が随伴しているはずである。ただその内容は漠然として言葉とはなり難い。

夕方なら、椰子の並木の向うの空が夕焼けて、芋虫の立ち上ったような巻雲が真紅に染って、いくつもいくつも立ち上っている。その下には海がある。

古代の劇の俳優も、かくやとわれは眺めけり

ランボオ「酔いどれ船」中の一句である。

熱帯に黄昏《たそがれ》のないのは屢〻旅客の語るところであるが、北緯十度の比島中部の夕方が、日本と比べてそれほど短いとは私は感じなかった。日本の旅客は或いは高緯度の長い黄昏に馴れたヨーロッパの紀行家の感想を鵜《う》呑《の》みにしているだけではないだろうか。我々の熱帯に関する観念は、多く西欧人がそこに見出したもの、アメリカの猛獣映画とゴーギャンの随筆によって形成されている。

薄明は草の根に濃い紫の影を作り、遠く連なる丘や山の肌を乳色に染めた。

丘々は

胸に手をあて

退けり。
落陽は
慈愛の色の
金の色。

憂鬱なる歩哨は中原中也《なかはらちゅうや》の「夕照」を口ずさむ。出鱈目《でたらめ》な節が風に乗って、衛兵所や兵舎に届かないように、敷地の尽きる辺までぶらぶら歩いて行って、そこで低く歌うのである。

と同時に、この不幸な詩人の作品中、一番甘いこの詩を昔私が賞めた時、中原がした意地悪そうな眼を思い出した。

闇が野を蔽《おお》った後、我々が眺めるのは蛍である。内地の蛍より三倍は大きな蛍で、夜班内へ侵入して蚊帳《かや》の上で旋回する時なぞ、飛跡が殆《ほと》んど完全な円の残像を残すほど、よく光りよく飛ぶ。

或いは前面の湿原を地上一間ほどの高さで、一直線に火箭《かせん》のように飛び、或いは椰子の葉を一本一本、高く低くなぞって、眼まぐるしく飛ぶ。果ては一本の樹に数十匹が塊《かたま》って、その樹をクリスマス・ツリーのように輝かす。

憂鬱なる歩哨は敵前にある自分が何故こう感傷的なのであろうかと考えた。自ら省みて、私は自分の感傷のニュアンスが、正確に十六歳頃のそれと同じであるのを認めた。少年の私は親によって扶養され、どんな意味でも、自分の思想によって生きていなかった。だから思想は自由に動き、屢〻著しく感傷的になった。

今兵士として衣服・食糧・住居を与えられている私も正確に同じ状態にある。その代償として私は戦って死ぬという義務を負わされているが、その義務がこう閑散では、私の心は完全に少年に帰らざるを得ない。

下士官が我々に暇を与えないため、無用な作業を発明するのに汲々《きゅうきゅう》としていたのはもっともであった。

私は憂鬱なるのみならず、怠惰な歩哨であった。夜暗闇を窺《うかが》うのに私は全く退屈した。夜間歩哨は二時間交替となる。一人は衛門立哨、他は動哨となって、敷地左端の椰子の並木道と右端の木橋の間を往復する。

立哨は衛兵所がすぐ傍にあるから、ちゃんと立っていなければならないが、動哨は門から離れてしまえば、何をしてもわからない。少なくとも私にとって、これは怠ける時間であった。

椰子の並木道へ行けば、その暗い木下闇《このしたやみ》に銃を枕に寝て、硬い葉扇の風に鳴る音を聞き、葉越しに明るい星を数える。橋へ行けば、低い欄を枕に寝る。そして前方の暗闇から匍《は》い寄るべき敵よりは、衛門の方から来るべき巡視の下士官、或いは交替兵の気配を窺っている。

下士官はよく「歩哨は、ぼやぼやしていると拉致されちまうぞ」と脅かしたものであるが、これは中国戦線の話だ。比島で我々の警戒すべきはゲリラであるが、積極的に我々と戦う理由を持っていない彼等は、昭和十九年八月では、我々の行かない限り、決してやって来ないと私は信じているのである。

日中の勤務で夜は疲れている。そうして欄を枕に、思わずうとうとしたりする。

しかしやがて情勢は悪化して、歩哨は少し敏感になった。夜町に動く火は必ず二人の兵が行って理由をたしかめねばならなくなった。不意に叫声《きょうせい》と共に燃え上った火が、主婦がひっくり返した灯火であったり、ぶらぶらと木の間を行く怪火が、麻雀《マージャン》帰りの有閑人種の提灯であったりした。

歩哨が「曳光弾《えいこうだん》があがりました」と興奮して衛兵所に馳《か》け込むことが多くなった。衛兵司令共々外へ出て、歩哨の指さす空を眺めるが、何も見えない。やがて雲が切れ、星が現われる。

「どうもこの頃は兵隊が臆病になっていけねえ。雲が動くんで、星があがったりさがったりするように見えるんだ」と下士官がこぼした。

私もほぼ下士官の意見に賛成であった。地平に近く雲が下に動いて輝く星を現わせば、星はあがるように見え、もし上に動けば、さがるように見えるだろう。

或る夜私は同じ意見を抱いて動哨していた。椰子の並木の道を、兵舎の横へ廻った方は広い玉蜀黍《とうもろこし》畑で、遠く一つの部落の樹がかたまっている。その樹の梢の端れの空に、私は一つの光るものがあがるのを認めた。

一等星ほどの青い光である。見詰めると、光は停止し、やがて少し下へ動いた。そして消えた。光が現われてから、降り始めるまでの時間は、丁度曳光弾がのぼり切ってから、下降へ移るタイミングに合致していた。

私の心の一部は依然として自分の錯覚を確信していたが、この時悪寒に似た不快な感じが、背中を走ったのは事実である。

学生の頃、私は幽霊を見たことがある。夏休みで海岸の友人の家へ泊っていた時であった。闇夜淋《さび》しい丘上の家へ一人で帰って、私は軒下に一本の植木を見た。私はその家に馴れていなかったので、その場所にそんな木があるのに気がついていなかった。どこの家の裏手にもある、ちょっと鍵の手に凹んで、窓も何もない、そしてよく丸太やブリキの切はしなどの立てかけてある、そういう片隅である。

私は最初たしかにそれを木だと思った。ただ木は丁度女の丈の高さぐらいであった。私が立ち止ったのはやはりその形を異常に感じたからであろう。私は見詰めた。丘の頂上で周囲の家も木も低く、星明りがよく届く。ぼんやり枝の形を照らし出している。

木は無論動かない、じっと見ているうちに、もしこれが本当に女の幽霊だとしたら、こうしてぼんやり立ち止っていることが、どんなに怖ろしいことかと思った。その時木が変貌した。尖《とが》りながら少し円くなっているてっぺんは顔であり、それから首のように少しくびれた下が拡がり、あとはずんどうに地まで届いている形は、女が袖を合わせて立っている姿に見えた。顔はのっぺら坊である。私はぞっとした。

二、三間先の角を曲れば、縁側が開けて、灯が流れ出し、中には友人がいるはずである。事実笑い声も響いていたような気がする。私は声を押え、二、三歩歩いた。すると角度が変って、木はもとの木に返った。

この時の私の経験から推しても、星が動いて曳光弾に見えたのは、私がまず怖れ、次に見詰めすぎたからに相違ない。しかし私はそれまで僚友を嗤《わら》っていた手前、衛兵所に急報するのが恥かしかった。しかしもしあれが本物の曳光弾であったら大変である。

私は果して自分の錯覚であるかどうかを確かめるため、空の高いところの雲間に見える一つの星を選んでじっと見た。それはたしかに上下に運動した。私は満足し、報告しなかった。

無論何の結果も現われなかった。私は自分の沈着を誇るのではない。最初星が下降するように見えた時、沈着なる私を襲った恐怖が語りたいのである。
　その後米軍上陸の前夜、海岸方面に本物の曳光弾が上った時、多くの者は歩哨を信じなかった。

　視覚はそれほど幸福な感覚ではないと思われる。ゴッホの細い遠景に、私は一つの不幸を感じる。彼の絵はそういう精密な画でなく、一刷毛に描かれたような遠方の人物の形にも、奇妙な現実感があって、同じ不幸な悩んだ心を表わしているように、私は感じられる。眼が物象を正確に映すのに、距離の理由で、我々がそれを行為の対象とすることが出来ない。それが不幸なのである。
　物見リュンコイスもやがて不幸になる。

　　きらめく火花がぼだい樹の下の
　　二倍に暗いやみをついて飛散している。
　　……………………
　小屋の中が燃えあがる。
　早く助けてやらねばならぬが、
　救いの手は見あたらない。

……………………………………………
めらめらときらめく火が
葉や枝の間に立ちのぼる。
乾いた板はゆらゆらと燃え、
たちまち焼けて、崩れ落ちる。
お前たち、目よ、これを見きわめねばならぬのか！
おれはこんなに遠目がきかなくてはならぬのか。

蝗《いなご》

田村泰次郎

田村泰次郎《たむらたいじろう》（一九一一〜一九八三）

三重県生まれ。早稲田大学仏文科卒。大学在学中から同人誌「東京派」「新科学的文芸」に小説や評論を発表。一九三四年に「新潮」に発表した「選手」で文壇に登場、一九三六年には武田麟太郎が主宰する雑誌「人民文庫」に『大学』を連載する。一九四〇年に応召、中国各地を転戦し、一九四六年に帰国。帰国直後から、街娼たちの生態を通して性愛の世界を描く『肉体の悪魔』『肉体の門』『春婦伝』を立て続けに発表、肉体の解放こそ人間の解放という従軍体験から得たテーマは、「肉体文学」と呼ばれブームとなる。画廊「現代画廊」を経営するほどの美術品収集家で、美術評論家連盟にも所属していた。

ツチも草木モ　火トモエル
ハテナキ曠野《こうや》　フミワケテ
ススム日ノ丸　鉄カブト

……………………

その歌をいつもうたい馴れているので、女たちの合唱の歌声にあわせて口ずさみながら、原田《はらだ》軍曹は歌の文句を思い浮かべていたが、ほんとうをいえば、女たちの歌声は列車の走る轟音《ごうおん》とまじり、ただの喚声でしかなかった。鉄板の戸の桟《さん》にひっかかっているカンテラが、車輛《しゃりょう》の振動につれてゆれ、そのカンテラのまわりのあかるい部分もゆれていた。鉄板にかこまれた長方体の空間のなかで、あかるい部分は、そこだけであった。そこから、女たちの歌声が、さっきから何度もくり返されていた。あとの部分は、ほとんどもののけじめもつかない暗さで、その暗さのなかに、原田軍曹と、能見山《のみやま》上等兵と、平井《ひらい》一等兵とが横たわっていた。

歌声はもう長いあいだ、つづいている。それはまるでうたいやめることを忘れたように、次第に熱がこもり、たかまって行く。原田軍曹は寝返りを打った。女たちの姿が、光りのなかに浮きあがっているが、原田にはそれは見えなくて、彼の眼に見えるのは、うしろの鉄板の壁に映っている彼女たちの影だけである。レールの継ぎ目に列車がかかり、がたんとカンテラがゆれると、そのたびに、その影もひきつるようにのびちぢみする。

女たちと、兵隊たちの距離は、三メートルとははなれていない。この車輛の三分の二以上の空間は、底の面積五〇平方センチ、高さ七〇センチほどの、数えきれぬ白木の空箱の梱包《こんぽう》が占めている。実際は、数えきれないことはなかった。原田は、それらの空き箱を、原駐地の石太線楡次《ゆじ》の、兵団司令部出入りの御用商人から、ちゃんと員数をあたって、受領してきたのである。この車輛の前の車輛にも、うしろの車輛にも、天井までとどくぐらいに、白木の空箱は積みこまれていた。これらの白木の空箱を宰領して、黄河を渡り、洛陽《らくよう》をめざして、そこに近い、河南の平野のどこかにいる兵団司令部まで送りとどけるのが、原田軍曹の役目であった。彼は半月前、ここを一度、兵団司令部と一しょにすすんだ。戦死者は、あらかじめ用意した白木の箱だけでは、到底、おっつかないほど、作戦の進行とともにふえるばかりであった。いそいで、白木の箱を補給するために、彼は原駐地へ派遣され、いまはその帰途にあった。彼の任務は、実はそれだけではなかった。この車輛のなかで、夜ふけだというのに、狂ったように声はりあげて歌っている五人の女たちを、原駐地からそこへつれて行くのも、彼の別の任務にちがいなかった。そのほかに、もう一人の男が同行していた。女たちの抱え主で、朝鮮人の金正順である。前線の兵隊たちの欲望を満たさせるために、自分の抱えの女たちを、そこへつれて行くという、りっぱな名目の裏で、憲兵隊の眼の光らない場所で、阿片《あへん》を売買しようとするのが、この男の目的であった。

列車はよほど南下したらしく、むうっとする車内の熱気は、息苦しいほどになった。女たちはみんな、腕をまくり、スカートをまくって、同じ歌をいつまでもうたってい る。ぶよぶよした太腿《ふともも》をつつむ青白い皮膚が、汗でべっとりと濡れて光っている。それまで横になっていた原田は熱さに耐えられなくて、上体を起した。二本の軟体の肉塊が正面にあり、その肉塊のあいだには、どこまでもはいって行けそうに思える、奥深い暗部があるのを、原田は見た。その暗い暗部の上には、原田の知りすぎている女である、ヒロ子の顔があった。楡次にいるとき、原田はすくなくとも十回以上、彼女のもとにかよった。街のその一廓《いっかく》にいる女たちのなかで、ヒロ子は一番気立てがよく、兵隊たちに親切であった。兵隊たちにとっては顔は、二の次であるが、その顔にも、ヒロ子は、女たちのなかでは、とりわけ、男好きのするものがある上に、荒稼ぎの稼業に似ず、皮膚がなめらかで、すきとおるほど青白かった。

ヒロ子は朋輩《ほうばい》たちと同じように、一ぱいに口をひらき、上体を左右にゆすって、そのことに陶酔しきっているようにうたっている。原田は彼女の下腹部の底知れないように思える暗部をみつめていた。そこの内部は、どういう具合になっているか、なにがあり、どれほどの湿潤と温かさがそこにあるか、彼は知りすぎるほど知っていた。そこには、なんにもないのだ。強いていえばなんにもないということを感じさせられる、なにかがあるのだ。いつも彼がはいって行くと、すぐに火のような疼《うず》きが背筋をつきぬけて走り、ときには頭が痺《しび》れてしまうことさえあるが、その一瞬後は、心がからっぽになり、寒々しい風が吹きぬけ、いつもそこにはなんにもなかったことを、いやというほど感じさせられる。口のなかには砂のようなものがたまり、自分が生きているのか、死んでいるのかさえわからない、味気ない気持に陥る。だが、その味気ない気持は、原田にとって、明日、死ぬかも知れない自分を、一層、平気で死の世界に近づかせるための一歩前進である。その意味で、自分が生きているのか、死んでいるのかわからない世界にはいることの出来る眼の前にある、そのものは、彼が兵隊であるかぎり、まちがいなく、必要であった。

原田の必要なものが、三メートルの距離をおいて、二本の太い肉塊にはさまれて、そこにある。その熱気のこもった息苦しい暗がりのなかのいまも、それは必要であることを、彼は自分の身体で感じた。列車は作戦地帯にはいっている。いつなんどき、どんなふうに、自分に死が訪れるかわからない運命に、自分がおかれていると思うと、彼は熱っぽい凝視を、その暗部からはなせなかった。死の恐怖をおしのけ、死と仲よくするために、のめりこむようにその暗部へもぐりこみたかった。

……………

弾丸モタンクモ、ジューケンモ

シバシ、露営ノクサマクラ

……………

汽笛も聞えないで、突然、がたん、がたん、と、二、三回、大きな振動があって、列車が急停車したようだ。聞き馴れぬ人声がはなれたところに、聞えた。しばらくすると、原田たちのいる車輛のすぐそとで、大きな叫び声がした。

「おーい、女たち、降りろ、——どこにいるのか。出てこいっ」

酒に酔っているらしい、どこか舌のもつれた、だみ声である。女たちはうたうことをやめた。そして、お互いに顔を見あわせ、無言のまま、軽蔑《けいべつ》するような嘲笑《ちょうしょう》で、安口紅をぬりたてた、乾いた唇をひきつらせた。原田は、「またか」とひくくつぶやいた。そばに眠っている、能見山上等兵も、平井一等兵も、眼をあけたようである。

「班長」

「いいから、寝てろ」

原田はゆっくりと身体を起し、閉まっている戸の内側へ近づいた。能見山上等兵も起きだしてきた。

「平井、お前は、そのままでおれや」

平井一等兵は、胸部疾患で一年近くも北京の陸軍病院にいて、原隊へ復帰してきたばかりであった。楡次に帰ったが、自分の部隊が作戦に出て、しかも、そのあとには別の部隊が駐屯しているので、兵站《へいたん》宿舎でどうしたらいいか、わからないでいるのを、原田がみつけて、勝手につれてきたのである。補充兵だが、見た眼は、胸の悪かった男らしくもなく、血色がよく、ぶくぶくと頬っぺたも肥っていた。

「こらーっ、出てこいったら、出てこんか。チョーセン・ピーめ」

機嫌を悪くした猛獣が檻《おり》のなかで、身体ごと自分を檻にぶっつけるような、どすんどすんという、重々しいひびきが、鉄の車輛につたわった。

「おい、灯を消せっ」

女たちが立ちあがってカンテラの灯を消すのを見定めてから、原田は戸の錠に手をかけた。そういうあいだも、相手の怒号と、戸にぶっつかるものものしいひびきはやまなかった。原田は力を入れて、鉄の戸をあけた。むうっとする乾いた熱風が、彼の頬を搏《う》った。そのとたん、原田は思わず、自分の頬を両手でおおった。とっさに彼は、それを風のなかにまじる数知れぬ砂の粒だと直感したが、それにしてはちょっとちがう感覚である。砂の粒もまじってはいるが、それだけではない。砂の粒よりは、何倍か、何十倍も大きな固体のようだ。闇のなかに、熱風はひゅう、ひゅうと凄まじい咆《ほう》哮《こう》をあげて吹きまくり、なにかがぶっつかるのか、絶えまのない衝撃で、原田の頰はゆがんだ。

「貴様が、引率者か。チョーセン・ピーたちを、すぐ降ろせっ。おれは、ここの高射砲の隊長だ。降りろ」

そとの闇の砂地に、両肢《りょうあし》をひろげ、ふんばるようにしてつっ立っている男の怒号は、熱風の咆哮をひき裂くように、殺気がこもっていた。黒い男の影のまわりに、尚《なお》いくつかの男の影があった。原田は返辞をしなかった。ここが高射砲陣地地帯であるからには、すでに黄河の南岸に達しているのにちがいない。何故なら、それまで日本軍のまったくいなかった黄河の北岸の中原地帯へ攻めこみ、京漢線打通《だつう》を目的とした、こんどの作戦のために黄河に架せられた仮橋を敵の爆撃から護ろうとして、両岸におびただしい高射砲陣地が布かれていることを、原田は知っていたからだ。アメリカ軍の海上封鎖によって、仏印方面への補給路を断たれた日本軍は、大陸の奥地をとおる補給路をひらこうとして、約一箇月前から苦しまぎれに強引な作戦を展開していた。

原田は地面にとび降りた。足の裏のやわらかい粘着力のある砂地の感覚は、そこが黄河の流域であることを示していた。

「自分たちは、石部隊の者です。この車輛のなかには、前線にいる自分たちの部隊へ輸送する遺骨箱が載っているだけであります」

風の唸《うな》り声に、原田の声はかすれて吹きちぎれた。

「嘘《うそ》をいうな。前から八輛目の車輛のなかには、五名のチョーセン・ピーが乗っていることはわかっているんだ。新郷から無線連絡があったんだ。命令だ。女たちを降ろせといったら、降ろせっ」

酔っぱらい特有の、テンポの狂ったねちっこい語調で、そう叫びながら、将校は腰から、刀を抜いた。刀身は、腐りかけた魚腹のように、きらりと鈍く光った。

「女たちは、石部隊専用の者たちです」

「なにっ。文句をいうな。なにも、減るもんじゃああるまいし、ケチケチするな。新郷でも、さんざん、大盤振舞いをしたそうじゃないか。何故、おれのところだけ、それをいけないというのか」

「しかし、――」

「しかしも、くそもない。いやなら、ここをとおさないだけだ。絶対に、さきへ行かさない。いいか。わかったな。通行税だ。気持よく払って行け」

ここへくるまでに、開封を出発してまもなく、新郷と、もう一箇所、すでに二回も、彼女たちは、ひきずり降されていた。そのたびに、その地点に駐留している兵隊たちが、つぎつぎと休む間もなく、五名の女たちの肉体に襲いかかった。彼らはその地域の守備隊ではなかった。こんどの作戦のために、大陸のあちらこちらから、ひき抜かれて、そこへ移動してき、また明日、どこへ移動して行くかも知れない、そして、同時にそのことは、明日の自分たちの生命の保証を、誰もしてくれはしない運命のなかにおかれた兵隊たちなのだ。束の間の短い時間のそれは、彼らが頭のなかで、いつも想像しつづけている豊かな、重い、熱い性とは似ても似つかぬ、もの足りぬ、不毛のものではあったが、しかし、それは彼らがこの世で味わう最後の性かも知れないのだ。飢え、渇いた、角のない昆虫のように、彼らは砂地の上に二本の白い太腿をあけっぴろげにした女体の中心部へ蝟集《いしゅう》した。

将校は両手で刀を頭上にふりかぶり、その大上段にかまえた二つの拳の下から、

「頼む。な、兵隊たちのために、頼む」

痛切なという形容詞の、これほどぴったりとあてはまる語りかけは、ひとの一生でそれほどたびたび経験するものではない。大上段にかまえた刀身の鈍く、青黒いきらめきと、露骨に弱々しさをひびかせた懇願調の話しかけの矛盾は、原田の反抗心を萎《な》えさせた。そのときはすでに彼の古参下士官としての嗅覚は、相手が、歴戦の強《したた》かな将校ではなくて、見習士官から任官していくらもたたないような、まだ若い、戦場経験のすくない新品少尉であることを嗅ぎとっていた。そしてまた、その相手のこのような威丈高でありながら、自分自身の内部の不安にみずから脅えているように見える態度は、列車の進行阻止というその行動が、彼自身の発意からではなく、多勢の部下

のつきあげによったものであることをも、感じとっていた。

原田は眼の前の黒い影のうしろに、ややはなれた場所に、風の唸りと、砂嵐と、闇とにへだてられて、はっきりとは見えないが、こちらのなりゆきを、身体じゅうのすべての感覚を獣みたいに鋭くはたらかせて見守っている数知れない人影を見た。それは彼の部下たちであると同時に、督戦部隊にちがいない。

「おーい、みんな、降りろっ」

数分後、原田は貨車のなかへむかってどなっていた。その声のひびきは、われながら案外、乾いて、さばさばとしたものだった。

そのとき、防暑用の布をうしろに垂れた彼の戦闘帽のひさしに、さっきからつづいている奇妙な、大きな砂粒のようなものの衝撃の一粒があたったのを覚えた。彼はそこへ反射的に、手をやり、掌のなかに、ところどころ、骨ばった感じの生きものをつかむ触覚をおぼえた。その掌のなかのものは、それくらいの大きさのものにしては、信じられないような力でうごめいた。

暗いなかで、ゆっくりと掌をひろげながら、原田軍曹は、少年のときの、同じ触覚の記憶が、不意にあざやかによみがえり、思わず、咽喉の奥で叫んでいた。

——あっ、蝗《いなご》だ。

蝗の大群が、黄河をはさんで、河南省に、今年の春から夏にかけて、異常に多数発生したという情報は、原田もすでに聞き知っていた。だが、一箇月前、この地帯を最初に進撃したとき、彼の部隊は、その大群に出喰《でく》わさなかった。その後も、蝗の大群が、あっちこっち移動し、そのために昼間でも、空がうす暗くなったとか、砲や、トラックの車輪の中心にはいりこみ、すりつぶされた蝗の脂で、心棒が動かなくなったとか、直接、作戦行動を阻碍《そがい》するようなことになることも、耳にはしていた。蝗の大群の襲撃を受けると、村じゅうの農民たちは総出で炊きだしをし、蝗の大群を自分たちの土地からよその土地へ追っ払うのに、銅鑼《ドラ》や、鉦《かね》を、気ちがいのように、昼も、夜も、叩きつづけるという話を聞いて、蝗の身体の機関のある部分は音響に弱いのかなと考えた。だが、実際の体験がないので、蝗のことを実感として、自分の内部につかむことは出来なかった。

蝗の大集団の移動には、蝗自身にはそのときどきの理由があるのかも知れないが、人間にはわからない。東か、西か、南か、北か、つぎにどの方向へ彼らは移動するのか、また円型にその地域にあつまるか、帯状にのびるか、それとも幾個の小集団にわかれて、ちらばるか、皆目、人間には見当がつかない。原田は、いま自分たちのぶっつかっているそれが、どの程度の集団であるかは、見当がつかなかったが、熱風のあい間に、しゅっ、しゅっという、蝗たちの羽根をすりあわすことによって発する、一種の金属的な、重い音を耳にすると、それは想像以上の大集団かも知れないと思った。威嚇されて、下車させられた女たちが、闇のなかに消えてから、すでに小一時間をすぎていた。あとからごそごそと貨車から降りてきた、能見山上等兵、平井一等兵、金正順たちも、原田のそばに立って、彼女たちの消えて行った方向をじいっとにらみながら、その方向に耳をそばだてるようにしている。夏の軍衣の下は、ここまでくると、もう、身体を動かさないでも、汗がにじみ、べとべととして気味悪い。熱風が吹きつけるたびに、空間に真空の部分が出来るのか、ちょっとの間息苦しくなる。それがつぎつぎと間をおかず、濡れ雑巾かなにかで眼鼻をぴったりふさぐように襲うので、胸が締めつけられるような圧迫を覚える。

「ちえっ、畜生っ、奴さんら、いつまで乗っかってやがるんや。ええかげんにせんかいっ」

関西育ちの能見山上等兵は、半ばおどけた口調で、威勢よく舌打ちしながら、闇にむかって叫んだ。が、そのおどけた口調が、かえって彼が、そのことを心の底から真剣に思いつめていることをあらわしていた。目前の現実から、自分の心をそらそうとするとき、そういうふうにそのものをまともから、はっきりと、だが、軽くいってのけるのは、長く戦場に風雪を経た兵隊だけの持つ、生きる知恵である。原田には、能見山上等兵の気持がよくわかった。

原田はいうまでもなく、能見山も、平井も、石太線の楡次から、女たちと行動をともにして以来、彼女たちの身体にはふれなかった。しかし、それは原田の意志であって、必ずしも能見山や、平井の意志ではなかった。二人は、原田が自分たちの上官であるが故に、やむを得ず、原田の意志に表面上従っているだけであった。楡次に駐屯ちゅうは、原田自身、何度かヒロ子の部屋を訪れ、ほかの二人も、恐らくは彼女たちのなかの誰かの部屋にあがりこんだことがあるにちがいないのであるが、楡次を出発以来、彼らは、とにかく、ここまでは、女たちの肌に触れなかった。だが、原田は数日前から感じていた。二人の兵隊の眼は日を追うて、どきりとする、ねばりつくような底光りを見せてきていた。

原田の心は、どうしても女たちを抱けなかった。そうしようと思えば、この輸送班の長である彼が、その気持になりさえすれば、それでこと足りた。女たちはいい返しもしなければ、抵抗もしないにちがいない。原田にそうさせないものは、一体、なんなのだろうか。女たちを、無事、最前線の自分の部隊へ届けねばならないという自分の任務に対する責任感なのか。兵団司令部へとどけるまでは、彼女たちは、彼が同じ車輛のなかに、そして、前後の車輛のなかにも、山積みにして宰領しているこれから出るにちがいないと想像される新しい戦死者たちのための遺骨箱と同じく、公用物であり、みだりに自分の勝手な欲望だけで、手を触れてはいけないと、神妙に考えているためなのか。そんなことはない。彼らが、いま、むかって行く場所には、彼らの戦友である兵隊たちが、女体に飢えて、ひしめいているだけである。それは飢えた狼《おおかみ》たちが、牙を鳴らして、自分たちの餌食を待ちかまえているのにすぎないのだ。その狼たちの眼の前にはるばると遠くから運んできた餌食を、投げあたえる前に、途中で、その運搬者である自分たちが、ほんのちょっといただいても、別に悪いことではない。古参下士官である原田が、そのようなくそ真面目な、四角張った考え方で、自分の心をしばっているわけではなかった。

原田は自分が女たちに触れようとしない、もっとも大きく、そして、それが真実である理由は、自分でも見極めがついていたが、彼はそれを、そのようにみずからみとめることを拒もうとしていた。鉄道沿線の一応安全な地帯で、彼女たちとむかいあっているときとちがい、いつなんどき、地上の敵か、上空の敵の襲撃を受けるかも知れない、この戦場では、彼女たちは自分たちの遊び相手ではなく、あらゆる瞬間、あらゆる場所で、死によって絶えず待ち受けられている共通の運命を持つ者の同族意識で、いつのまにかむすびつけられていた。その意識は前線に近づくほど、強くなって行き、それと同時に原田のなかの不安と、焦燥感もまた昂《たか》まってきていた。実際、彼は自分でも、決して他人より余計に臆病であるとは思っていないが、自分の生命の火が日ごとに煌々《こうこう》と明るくなって燃えあがって行くことが、寒気がするほど、いやな気持になるときがあった。火は炎となって燃えあがり、ある瞬間に、突然、ふっと吹き消されるかも知れない。戦場は、そういう作用を、人間の生命の火にほどこすものを持っている。しかし、原田は、自分がこの小さな輸送班の統率者であることを、あまりに自覚しすぎていた。共通の運命におかれている彼女たちと抱きあうかわりに、彼女たちに自分の内部のたたずまいを察知されることを、恥かしいと思った。このとき、この場所で、彼女たちの肉体を求めることは、彼女たちに自分の内部をのぞかれることである。ふたたび、生きて帰れるか、どうか、誰にもわからない、いまというとき、女体を力一ぱい抱き締め、生の確証をつかみたいという欲望と、人間としての弱々しさを、他人に見られまいとする、人間としての、そして同時に、兵隊としての虚栄心とが、彼の心のなかで、血みどろな格闘をつづけていた。

原田たちのみつめつづけている方向の闇のなかから、白いものがふわりと浮きあがった。それがゆらゆらとゆれながら、次第にあざやかに色と形を見せて、近づいてきた。女たちが帰ってきたのだ。白いものは、女たちの裸身にまとったシュミーズである。

「どうした？　おい、大丈夫か」

女たちをここまで送りとどける、一名の兵隊の姿も見当らない。女たちは原田たちのそばへたどりつくのが、精一ぱいらしく、よろめく足もとで、砂をふみ、前のめりの姿勢で、宙を泳いでくる。女たちのうしろから、もう用のなくなった彼女たちを、一刻も早く、この土地から追いだそうとするかのように、蝗の群れと、砂粒をまじえた、火照った風が、ひっきりなしに吹きつけ、原田たちはまともに面をむけていることが出来なかった。

「ハラタ、――」

ヒロ子は、そこに原田軍曹の姿をみとめると、張りつめていた気持が、にわかに崩折れたように、彼のほうへがっくりと身体を投げかけてきた。ほかの女たちも、それぞれ、能見山上等兵と、平井一等兵のほうへ、自分たちの身体を倒れるようにもたせかけた。

「よーしっ、――乗車っ」

原田は精一ぱいの声を張りあげて叫んだが、咽喉がからからに乾いているために、語尾がひゅーっとかすれ、われながらびっくりする、笛みたいなひびきを発した。

女たちも、能見山たちも、乗車したのをたしかめると、原田は前部の機関車のところへ駆けて行って、

「全員乗車、発車して下さーい」

と叫び、またひっかえして、みんなの乗っている貨車にとび乗った。

ごとんと一つ、大きく車輪を軋《きし》ませ、ふたたび列車はゆっくりと動きはじめた。

「チキショー、バカニシヤガッテ。アイツラ、アソプナラ、アソプテ、ナゼカネハラワナイカ。カネハラワズニ、ナニスルカ」

空っぽの遺骨箱のあいだのもとの座に戻った彼女たちを見降しながら、原田は彼女たちの口々の叫び声を聞いていた。兵隊たちは彼女たちを抱くだけ抱くと、まるで汚物を棄てるように、未練気もなく、その場にほうり出した。

「馬鹿野郎、作戦ちゅうに、金なんか持ってるかってんだ」

と、兵隊たちは彼女たちの当然の請求を嘲笑した。

「アッ、イタイ、イタイ」

ヒロ子はシュミーズの裾を、太腿の上までまくりあげた。

「イタイ――」

マチ子たちも、みんな、一せいにシュミーズを思いっきりよくまくった。男たちの視線が、そこにむけられていることなど、まるで気にかけなかった。脂肪のよく乗った白い太腿をはだけ、彼女たちはそのへんを、タワシでこするように、両手でひっかきはじめた。

カンテラの灯の下の黄いろい皮膚のあちらこちらが、うす紅く変色している。マチ子のシュミーズのなかからは、大きな褐色をした昆虫がつまみだされた。

「コイツガ、イタイ」

ヒロ子はそれを鉄板の壁に力一ぱい叩きつけた。

「コノバカヤロー」

脂ぎった、白い太腿の皮膚と、それをひっかいた部分の、入りみだれた淡紅のみみず脹《ば》れとが凄いいきおいで近づき、ひろがって、みひらいた原田の眼をふさいだ。そして、原田は思わず、その瞬間、めまいを覚え、自分の身体の下腹部に、かーっと熱感が疼いた。瞼《まぶた》の裏側には、淡紅に染まった痛々しい皮膚に、喰い入るように六本の骨張った肢をひろげてとまっている、一匹の蝗が灼《や》きつき、その場面が、彼の胸もとに疼痛をあたえた。ヒロ子も、そして、ほかの女たちも、その部分になにもはいってはいないのは、不思議はないが、彼女たちが原田たちの眼の前に、いま、その部分をそのままに曝《さら》していることが、彼らの欲望を駆りたてた。ふだん、彼女たちがそこを男たちの眼に見せびらかすのは、男たちに対する挑みかけ、そして、もっと正確にいうならば、彼女たち自身に対する、そのことに羞恥を覚えることに対する抵抗、そしてそうすることによってしか、生きられない自分たちの生き方を、すすんで忘れようとする積極的な身ぶりがはたらいている。いまの場合は、そうでなかった。その部分を原田たちの眼から隠し、おおおうとする肉体的な余力もないようであった。彼女たちは、ぐったりとなって、そこにのびていた。もはや、自分のものであるその部分に、いまの場合、なんの関心もないように見えた。それはものとして、そこにあった。カンテラの灯のあかるさに、ほの白く浮きだした二本の太い円筒のあわさった場所に、ほんとうはそれはあまり密生はしていないことを、原田はよく知っているが、まわりのひくい光度の関係で、さも一ぱいに毛が生えむらがっているかのように、黒々としたかたまりとなって浮きあがっていた。そして、その黒々としたかたまりのなかに、深くて暗い亀裂があるはずである。たったいま、そのことに飢えかつえた男たちを、ごぼりと呑《の》みこみ、また、それを吐きだす動作を、無限に反覆することによって、けものめいた男たちの欲望を静めてきた、不思議な能力を備えたものが、そこにある。だが、いま、原田の眼の前、一メートルにも満たない距離にあるそれは、そのような神秘性もひそめているもののようでなかった。ただのものとして、呼吸《いき》づくことも忘れてそこにある。それは、それだけでみごとに完成した、一つの造形であった。そして、その造形が、一切の考えることをしりぞけた、ただの造形であることによって、いま、烈しく彼の中心をゆすぶった。

　長いこと、ヒロ子は、その姿態を、そこに彫られたもののように動かさなかった。彼女は瞼をふさぎ、いくらかうわむいた、その鼻腔《びこう》からは、すでにかすかな、苦しげな寝息をたてていた。ヒロ子だけではなく、マチ子、美和子、京子、みどりたちのみんながいずれも疲れ果てて、人間以外のなにか別の存在として、兵隊たちの眼の前に横たわっていたのだが、彼女たちの人間であることをやめたような、残酷という、形容詞も超えた、うちひしがれた姿態が、一層、兵隊たちの欲望をかきたてた。彼らは自分の身内に、荒っぽい血がさわぐのを、これまでのようにこらえきれなかった。このような女たちの肉体にむしゃぶりつくことで、自分たちも人間であることをやめたい衝動をおぼえた。彼らは、人間である必要はなかった。人間であることによってしばられる自分の心を、捨て去ることが、ここでは一番幸福に思えた。男たちの眼の前で、股をひらき、その恥部をのびのびと蒸し熱い空気に曝すことの出来る無心さを、彼らは自分のものにしたかった。そう出来ることが、この環境では、強さであった。彼らは強くなりたかった。その強さがなくては、この戦場を生き抜けないことを、彼らは知っているのだ。

「班長、ええやないか。よその兵隊には、さんざん、あいつらを好きなようにさせといて、なんでおいらにだけおんなじことさせんのや。班長の気持が、さっぱりわからんわ」

遺骨箱の山の反対側につくった兵隊たちの寝場所に、原田が戻ると、横になっていた能見山上等兵が、半身を起し、いつもよりも一段とねばっこい関西弁で、からみつくように原田に喰ってかかった。能見山は原田とは、中隊はちがうが、同じ年次の古年兵であり、同じ年次ということによる軍隊の慣習で、原田に対して気易い口を利いていた。

「なあ、班長、おいら、もう辛抱出来んわ。たかが、チョーセン・ピーやないか。そら、おいらはあいつらを、自分の部隊のおるとこまで、輸送せんならん任務があることはわかっとるが、員数だけ、そろえれゃ、ええやないか。さっきの将校のいい草やないが、ほんまに減るものやあるまいし、途中で、おいらが使うて、悪いのかい。よその兵隊に使わせて、おいらにだけは使わせんというのは、理窟にあわんな」

「どうしても、辛抱出来んんか」

「班長、頼むぜ。ここへくるまでに、こんなことが、何回あった？　他人様のために、ご馳走《ちそう》運びなんて、もう馬鹿らしなったわ。班長、おいら、いつ敵さんの弾丸にあたって死ぬかわからんのやぜ、死んでしもたら、元も子もないわ。そやないか。よしというてくれ」

「黄河を渡ったら、あと数日の辛抱だがなあ」

「そんなことが、わかるもんか。現在、部隊はどこにいるのか、わからんのに、数日で、部隊のおるところまで行けるもんか。黄河を渡ったら、当然、敵の襲撃も考えんならんし、この調子なら、よその部隊も、ますます、ほうっておかないだろうしな。それに、無事にあいつらを、部隊にひき渡したら、こんどはおれたちは、何百人という列のなかに、並ばんならんのやぜ。あいつらと一発やるのに、何時間も立ちん棒せんならんのやぜ。そんな阿呆《あほ》くさいことって、あるかいな」

「よしっ、それじゃ、お前たち、勝手にしろ。おれは、とにかく、いままでの状態をつづけて行く。そのかわり、お前たちは、自分で勝手に彼女たちを口説くんだな」

原田は答えた。能見山たちの不平もわからないではなかった。原田自身が、ヒロ子のぷりぷりした、白い肌を思いっきり抱き締めることで、いまの不安と、焦燥と、責任感を、その瞬間だけでも、忘れたかった。彼にはそれが出来なかったが、その自分に出来ないことを、ほかの二人の部下に、これ以上押しつけることはまちがいかも知れないと、原田は思い返した。

「ありがと。そんなら、行こか、平井」

能見山上等平は、平井一等兵を促して、のっそりと立ちあがり、遺骨箱の梱包の山の端っこをまたぎながら、女たちのいるほうへ歩いて行った。原田は鉄板の壁にあたって、ことことと音をたてている水筒をとり、開封で停車したとき、つめこんできたパイチューをぐうっと、一息に飲んだ。パイチューはここへくるまでに大方飲みつくして、わずかしか残っていなかったが、それでもその残りの分量だけで、一息に飲むと、咽喉の粘膜が灼けるように、かーっと燃えた。そして、しばらくはその部分がひりひりとして、熱した鉄棒でも呑みこんだように、感覚が麻痺《まひ》した。

彼は、乱暴な仕草で、床に敷いてあるアンペラの上に寝転んだ。車輪の重い音が、突然、高くなったように、身体の節々にひびいてきた。

空っぽの遺骨箱の梱包の山のむこう側では、どんなふうに、能見山と、平井とが女たちを口説いているのか、無論、その話し声は聞えないで、なにごとも、そこで起きてはいないかのように、鉄の車輪の軋む音だけが、彼の耳をふさぎ、身体じゅうにひびきわたっていた。

原田は瞼を閉じて、仰むけに横たわっていた。軍衣を脱いではいたが、ますます汗はにじみだし、胸から脇腹にかけて、なまぬるい、湯に浸っているような、にえきらぬ気味の悪さがはいずりまわっていた。その胸の上へ、ひどく重量のあるやわらかいものが、いきなり、かぶさってきた。

「ハラタ、……」

耳たぶに熱い呼吸がかかった。相手は原田のくびに腕をまわし、重い身体をのしからせながら、自分の唇で原田の唇をふさいだ。分厚くて、いつも湿めり気の絶えない、そして、適度の弾力性を備えた唇の感触は、それだけで、彼にはそれが、誰のものであるか、すぐわかった。

「どうした？　あいつら、よろしくやってるか」

「アイツタチ、スケペータヨ。ヒトガツカレテイルトイウノニ……。トスケペータヨ
……」

「ヒロ子、あいつたちにも同情しろよ。毎日、よその部隊の兵隊たちが、お前たちと遊ぶのを、指を喰わえてみているだけだぜ」

彼らの駐屯していた山西省の奥地にも、鉄道沿線の街には、芸妓《げいぎ》と称する日本のしょうばい女たちも、いなくはなかった。だが、彼女たちは、決して鉄道沿線の街から、生命の危険の多い、もう一つ奥地へはいってこようとはしなかった。街での彼女たちは将校専用で、小粋な部屋に起居し、そこへは、たまに街へ出ても、兵隊たちは立入禁止になっていた。

兵隊たちは、奥地で指定された場所にいる中国人の女か、また別の、ちがった場所にいる朝鮮人の女たちのところへかようことになっていた。朝鮮娘たちもみんな国防婦人会にはいっていて、天長節そのほかの記念日や、祭日には、洋服を着たり、和服姿で肩に、「国防婦人会楡次支部」と黒く染めぬいた白いタスキをかけ、同じ服装をした芸妓たちと並んだ。すると、にわかに、そのときだけ、最前線にも、兵隊たちにとって故国に帰ったような媚《なま》めかしさが漂った。

「オトコハ、ミンナ、トスケベーゾ。アタシトージョーシナイ。タレガ、トージョースルモノカ」

「日本語の話せる、兵隊の遊ぶ相手は、お前たちだけなんだ。同情しろよ」

「ヘイタイタチハ、アレタケタ。アタシタチトアソブ、ソレハアレノタメタケタヨ。

ハラタ、オマエ、ヘイタイニトージョースルコトナイヨ。オマエ、ヒロコト、ナカヨクスルタケデ、イイヨ」

ヒロ子の小さめの顔に似ない、小肥りの腕が、原田の衿《えり》もとをつかんではなさない。原田には彼女が、昂奮《こうふん》しているのがわかった。彼女は自分の身体を、原田を抱くことで、自分のものであることを、自分にたしかめたいのだ。彼女の相手にしたさっきの幾名かの兵隊の行動は、ヒロ子の身体を、彼女の心からひきはなす役割しかしなかったのだ。兵隊たちが彼女の身体からはなれたとき、彼女の身体は、彼女から完全にはなれていた。自分の身体を、自分のものであると、自分自身に確認するには、ヒロ子は原田に抱かれねばならないのだ。だが、原田の手肢は動かなかった。

「ハラタ……ネ、ハラタ……」

鼻を鳴らして、自分の身体をすり寄せるのだったが、原田の身体は硬直したみたいになって、眼をみはり仰むけに横たわったままだった。

「ハラタノパカヤロー」

原田は自分の耳もとで罵るヒロ子の声を聞きながら、歯を喰いしばって、内部の衝動を耐えていた。素直な彼女の誘いに応じられぬ自分の卑怯《ひきょう》さと優柔不断さに、ヒロ子の言葉よりももっとひどい、烈しいありったけの悪罵を投げかけることで、彼自身のいまの姿勢をかろうじて保たせながら、そのひとときがすぎるのを祈っていた。

列車は黄河北岸までしか通じていなかった。それからさきは、列車から降り、みんな、徒歩で、こんどの作戦のために工兵隊が黄河に架けた仮橋を渡らなければならなかった。

昼間の渡河は、いつ敵の戦闘機P四〇の銃撃を受けるか知れないので、危険であり、大部隊の行動は夜間にきめられていた。地上は日本軍の制圧下にあっても、制空権は敵ににぎられていた。夜があけると、P四〇はきまって南方から機影をあらわし、わがもの顔に日本軍の頭上をとびまわって、容赦のない銃撃をほしいままにした。

夜間だけの進撃をつづけることによって、日本軍は河南平野の大半を占領しているが、陽のあるうちはあらゆる行動を停止して、住民の逃げた、ひと影のない部落にひそんでいなければならないという奇妙な作戦であった。戦場生活の長い原田軍曹にとっても、そんな作戦は、はじめての経験であった。だが、彼はそのことが、まだ日本軍が、戦争の全局で、頽勢《たいせい》を見せはじめていることであるとは解せなかった。

夜どおしの行軍で、行軍部隊の兵隊たちはあかるいうちは、死んだように横たわり、家のなかで眠っているので、女たちは彼らにつかまる気づかいはないが、それでも原田は、彼女たちに宿泊している家から、そとへ出ることを厳重に警《いまし》めた。

原田たちは女たちを、一しょに行動している兵隊たちの眼から隠すために、夜間の行軍ちゅうも、気を使い、彼女たちには口を利きあうことさえも禁じ、夜明けに休息のための部落にはいると、なるべく、部落の端っこの民家に逃げこむ。住民と敵とが別のものではない敵地区のなかでは、そうすることは、つねに、住民たちにみつけられ、敵に通報される危険がともなっているのであるが、原田はそうするより仕方がなかった。それを避けて、兵隊たちの宿営している部落の中心部に泊れば、こんどは彼女たちは兵隊たちにみつかり、たちまち、彼女たちは明日の生命の保証のないということで自暴自棄的な気持になっている、兵隊という飢えた獣たちの、肉体の、休みない襲撃を受けねばならないのである。

空っぽの遺骨箱は、三台のトラックに積み、それはその行軍部隊のなかの自動車隊が、輸送の責任を持ってくれ、原田はときどき、それを確認しに行けばよかった。鄭州、謝荘、薛店、和尚橋と、京漢線沿いに南下し、許昌から西へはいって、禹県の近くの無名部落に行軍部隊がはいったのは、その日も明け方近かった。原田軍曹たちの兵団の所在は、的確には、まだわからなかった。だが、一週間前には、たしかに禹県をすぎたことだけは、たしかめることが出来た。

この作戦の完結が、洛陽占領にあることは、兵隊たちのあいだに噂《うわさ》されていた。渤《ぼっ》海《かい》、黄海、東支那海と米軍の潜水艦に制圧されて、満州、北支那の豊富な物資を、南方へ送る海上補給路を封鎖された日本軍が、戦争初期に国府軍によって破壊された京漢線の打通をはかるのが、究極の目的であった。それには、河南における敵の最大の要衝である洛陽を押える必要があるのにちがいない。自分たちの兵団が洛陽まで進撃するか、それともずうっと、このあたりに駐留するのか、それはわからないが、目下の兵団は敵を追って、このあたりの地区を移動していることは、まちがいなく想像される。その司令部まで、原田軍曹は、女たちの身柄を無事に送りとどけねばならない。だが、いずれにしても、もうすぐ兵団の所在がわかり、その兵団とそれほど遠くない距離にまで、自分たちがすでにとりついたことは、たしかである。途中、いくつかの出来事があったが、さいわい、彼女たちの身体には、異常がなく、原田のこの奇妙な旅は、おわりに近づいているようだ。あんなに、そのときどきは大きな騒ぎを起した兵隊たちは、結局、彼女たちの身体のなかをとおりすぎて行っただけだった。そこに、なにものも残してはいなかった。いろんな顔の、いろんな身体つきの、いろんな過去を背負った兵隊たちではあるが、彼女たちの身体のなかを通過するときは、一人の兵隊であった。燃えたのは兵隊自身の身体であり、彼女たちの身体は燃えることなく、ただ、彼らを通過させただけにちがいない。彼女たちの身体のなかには、またその心のなかには、鉄鋲《てつびょう》を打った、いかつい軍靴の跡さえも、残しては行かなかった。

原田はほうっとし、胸の緊張が解きほぐれて行くような、ほのぼのとした安らぎを覚えた。

「ハラタ、アタシモ、ココニネルヨ」

初夏の大陸の空は、紺碧《こんぺき》に澄みわたっていて、今日は日課のように訪れる敵機の爆音も聞えなかった。院子《ユワンズ》（中庭）に咲いている石榴《ざくろ》の朱色の花かげに、部屋の、色さめてはいるが、まだ赤い春聯《しゅんれん》の貼ったままの扉をとりはずして持ちだし、両端を積み重ねた煉瓦《れんが》の上にさし渡し、その上へ、ごろりと寝転んで、うとうととまどろんでいた原田のそばへ、ヒロ子が同じようにとりはずした扉を、両手に重そうに抱えながら近づいてきた。原田はうすく瞼をひらいたが、別に異議を唱えず、彼女のするままにまかせていた。

「ホントニ、イイテンキタナ。センソーヤッテイルヨウニハ、ミエナイヨ。トコニ、センソー、アルカ」

ヒロ子は原田と並んで横になり、口のなかで、そんなことをつぶやいていた。原田はまた眼をつぶった。外界が見えなくなると、日かげの乾いた空気が、快く彼の皮膚に密着した。かすかな蝗たちの羽音が、凝固したように動かない大気に、あるかなしかの振動をあたえている。それはさっきから頭上をとんでいる、蝗たちであることを、原田は知っていた。昨夜、行軍ちゅうもまだ、顔や、手にひっきりなしにぶっつかるほど多かった蝗の群れも、今日はよほどすくなくなっていた。すくなくとも、その集団の中心部は、ここからそれたのにちがいない。蝗たちは蝗たちの、人間にはわからない意志によって移動するのかも知れないが、兵隊は兵隊たちで、彼らの意志でない命令によって移動する。黄河北岸以来、執拗《しつよう》に、ときには濃密になり、ときには散らばりながらも、絶えず、原田たちについてはなれなかった蝗の大集団とも、ようやく、はなれるときにきたようだ。いま、頭上に、ちらほらととんでいるのはその大集団の移動にとり残された蝗たちにちがいない。老いたのか、疲れたのか、傷ついたのか、それとも不意にその機能に故障を生じ、方向感覚を喪失したのか、なんにしても、どこまでも、そして永遠にとびつづけるように見える大部分の蝗たちのような逞《たくま》しさを、すでに失ってしまった蝗たちにちがいない。落伍者《らくごしゃ》の蝗たちだ。

「アア、コンナイイテンキハ、ユジヲデテカラハジメテタヨ、ハラタ」

ヒロ子はヒロ子なりに、心の底から、そう思うのだろう。お互いに扉の上に横たわったまま、ヒロ子は青白い腕をのばして、原田の手をにぎりにきた。楡次にいるときから、毎日、多勢の兵隊を送り迎えする彼女たちを知っている原田には、ここへくるまでのたびたびの同じような出来事も、それほど気持の負担にはならないだろうと、ともすれば思いこもうとしていた原田にとって、彼女のそのやすらいだ嘆息は意外であった。原田はいまはじめて、ヒロ子を人間として身近に感じるように思えた。原田の手をしっかりとにぎっているその握力の強さに、彼に対するヒロ子の愛情の深さが感じられた。そこにいるのは、多勢の兵隊たちを、日毎夜毎に、迎え入れては送りだす、つめたい機械のような女体ではなかった。心を持ち、愛憎をひと一倍豊かに持ち、それを表現する、敏感な、そして、まちがいなく、呼吸をしている、まぎれもない人間らしい女体であった。この広大で、いつ果てるともない戦いのたたかわれているひろい戦場で、彼女に逢《あ》ったことが、原田には自分の生涯のなかで、なによりも意義のある、美しいことのように思えた。それは一人の人間にとって、一生のうち、そうたびたびはあるはずのない、一つのめぐりあいである。空は底知れぬ深みをたたえてよく晴れわたり、空気は乾き、石榴の花は顔の上に咲いている。原田は、この時間が、いまここにあることを、十分に心に嚙《か》みしめようと思った。それは自分の生涯の、ひょっとすると、明日にもおわるかも知れない時間のなかから、特別に切りとられたすばらしい時間である。この時間をこそ、ひとの一生にとって貴重といわずに、なにを貴重といえるだろう。少しばかり大げさかも知れないと思いながら、原田のいまの感慨は、そのとおりであった。

門の扉は、堅くカンヌキが施してある。ここだけは、別世界である。みんな、それぞれに、今日のこの天気を気持よく感じているらしく、院子のあちらこちらに、適当な場所をみつけ、思い思いの姿態で寝そべり、また、うずくまって、うとうととしたり、また、もそもそと身体を動かして、なにかをしている。

ここが戦場のなかであるということを、どうしても自分の心に納得させることが出来ないような、のどかで、静寂な時間が、そこにあった。みんなは、その時間のなかにひたり、陶酔していた。そのとき、だしぬけに、原田は眼の前の石畳に、轟音とともに、黄いろい火柱が立ち、耳のあたりがなにかで殴りつけられるのをおぼえた。鼓膜がひどい衝撃を受け、無感覚になった。扉をはずして、院子に持ちだし、その上に横たわって、さっきから快さそうな昼寝をむさぼっていたヒロ子の身体が、その瞬間、弾かれたみたいに、二、三回、回転して、両肢を思いっきり伸ばし、小刻みに痙攣《けいれん》するのを見た。だが、そのように見えたのは、原田の眼の錯覚で、右の肢は左肢のように伸びてはいなかった。伸びていないどころか、それは、普通、誰でも知っている肢というものの形ではなかった。膝関節から下の部分は、単にぶらさがっているにすぎないように思えた。それを見たとき、彼は一種いうにいえない不快感をおぼえた。そこになければならない、足の形をした部分がなくて、別の場所に、その欠落した部分がくっついているのである。

「おい、どうした？　ヒロ子っ」

いきおいこんで、問うまでもなかった。欠落したと見えた部分は、そうではなくて、皮膚と筋肉のようなもので膝から上の肢にくっついているのであるが、むきがちがっていた。つまり、膝から上の肢をふくめた身体は、数回、回転したのであるが、膝から下の部分だけは、身体にくっついた、当然の運動をしないで、二つのもののあいだの箇所は、向脛《むこうずね》の骨が折れ、そういう飴《あめ》ん棒《ぼう》のようにくるくるとうすい筋肉がねじれてしまっているのだった。ヒロ子はなんにも考えていないかのような表情で、ぼんやりと自分の右肢のその部分を眺めている。ほかの女たちもまた、信じられぬものを眼にしたときのように、懸命にすばやく、そのことを頭のなかで理解しようとして、顔の表情が留守になり、なかば口をあけた顔で、それをみつめている。傷口には、赤い色も、まだにじんでこずに、白身の魚肉のような色が、皮膚の色とないまぜにねじれた飴ん棒のだんだら模様を形づくっている。だが、その赤くなる前の白身の色が、彼女たちの心臓を締めつけた。なにかが、その院子のまんなかに爆発したことは、まちがいなかった。その爆発音のあとの幾秒かの時間は、なんという奇妙なからっぽで満たされていることだろう。その時間のなかには、なんにも存在しないで、時間はそこに停止していた。みんなの眼に、はっきりとそのことがわかった。

「平井、患者収容所へ行って、衛生兵を呼んでこい」

この鎮のまわりに散在するいくつかの小部落のうちの、そのどれかの一つの部落から、そこに潜んでいる残敵の放った一発の砲弾が、原田たちの眼の前に、いま存在する場面をくりひろげたのだった。そして、その砲撃は、ただの一発だけでおわった。原田が、そういったのは、しばらくたってからである。彼の咽喉は乾き、かすれた声しか出なかった。

三十分ほどして、一名の衛生下士官が一名の兵隊をつれ、平井一等兵に案内されて、屋根の崩れかけた門をはいってきた。衛生下士官は、原田の知らない顔の男であった。

「ご苦労さん」

原田はヒロ子のそばに片膝をついたままの姿勢で、衛生下士官を迎えた。衛生下士官は、そこに、それを持ってあらわれたはじめからの、むうっとした顔つきを変えずに、だまって、原田と反対側の、ヒロ子のそばにうずくまり、足首をとりあげた。

足首だけは持ちあがり、ヒロ子の膝から上は、すこしも動かなかった。彼女の顔の表情は、死者のそれのように眼をとろんとさせているだけで、なんの反応もない。これほどの大きな負傷に苦痛が伴わないわけはないが、まだ苦痛が彼女の神経につたわらないようであった。

「患者収容所へ、すぐつれていってもらいたいんですがね」

原田は、その衛生下士官にいった。相手はうつむいて、ヒロ子の傷口をみつめたまま、返辞をしなかった。

「ただの負傷じゃないと思うんだ。つれて行ってもらえないんですか」

「つれて行っても、仕方ないですね」

相手は相変らず、直接に視線を原田にむけずに、ぼそりとつっぱなすように答えた。

「仕方ないとは?」

「収容出来ないんですよ。この行軍部隊のなかには、第一、患者収容所なんてないんだよ。自分たちは、この部隊にくっついて、順店まで行くんだが、この部隊の者じゃないんでね。それだのに、もう、七名も患者を預かっているのでね、手がないね」

聞いてみると、順店に彼らの部隊がいるらしく、そこへ追及して行くために、この補給部隊に便宜上くっついているだけで、指揮系統がまるでちがうという。

「七名の患者も、順店までという約束なんですよ。あとは知らないんだ」

「なんとか、ならんかね」

「苦力《クーリー》がいないからね。どうしても運ぶなら、担架をかつぐ者を、自分でみつけるんですね」

衛生下士官は、それでも一応繃帯《ほうたい》だけはして、帰って行った。足首を持ちあげて、副木をあてると、ヒロ子ははじめてこちらの腸をえぐるような、深い、鋭いうめき声をあげた。ようやく、感覚が戻ってきたのである。それからは、ある一定の短い時間をおいて、激痛は間歇《かんけつ》的に襲ってくるらしく、そのときは、凄まじいうめき声をあげつづけた。そして、その間隔は次第に一層短くなって行った。彼女のうめき声はみんなの魂をちぢみあがらせ、瞳を不安と恐怖とでおののかせた。

原田は院子のなかに、能見山上等兵を残して、ほかの女たちと一しょに、ヒロ子を看護《みと》らせ、自分は平井一等兵をつれて、その鎮のなかを見まわった。日本兵にみつかれば、乱暴されて殺されるか、つれて行かれて、重い荷物をかつがされるかすることを知っているために、どこにも用に立ちそうな男の影はなかった。根気よく何度も見てまわったが、一名も、男という男の影をみとめることは出来なかった。たまに人影を見かけると、生きているのさえ不思議なくらいの腰の曲った老婆たちであった。原田の一番、恐れていた日暮れが近づいていた。それは、敵の飛行機の出動しない時間であり、日本軍の行動を開始する時間であった。その時間は、すでに訪れてきていて、あたりにはうす墨色の夕闇が漂いはじめていた。出発の時刻は、毎日きまっていて、すでにその準備をすませた者たちは、分宿の単位である一個分隊ぐらいごとに、鎮のまんなかを東西に走る道路上に、姿を見せていた。

「班長殿、こうなったら、あの婆アたちをひっぱってきましょうか」

一刻ごとに原田軍曹のあせりがひどくなるのを重苦しく感じながら、平井一等兵もまた気が気でないらしかった。

「馬鹿っ」

その罵声は平井へむかって、原田は発したのではなかった。そのときの彼自身の気持のなかでは、自分にむかって投げつけたつもりであった。さっきから、原田はあの老婆たちの力で、それが出来れば、彼自身もそうしようとしている自分に気づいていた。その罵声のなかには、例によって安易に自分が獣の気持になっていることに対するやりきれなさに挑みかかろうとする、どうにも消しきれない人間的ななにかがあった。だが、彼女たちでは、五名の女たちのなかでは、大柄なヒロ子の身体を載せた戸板を運ばせたところが、ものの一丁も行かないうちに、へなへなと地上に崩れるように坐りこんでしまうにちがいない。

「平井っ。とにかく、男を探すんだ」

原田は表通りから横丁にはいり、横丁からまた別の横丁をかけぬけ、民家の土塀を乗り超えたり、ときには蹴破ったりして、気がちがったように、危険を冒して走りまわった。実際、それは危険な行動であった。表通りの商家や、裏通りのところどころの民家には、兵隊たちが分宿してはいたが、彼らのいない家屋はがらんどうで、そこにはなにものが潜んでいるか知れなかった。行軍ちゅう、表通りに部隊が小休止し、そのあいだに、がらんどうの民家の厠《かわや》を借りにはいった兵隊たちが、そのまま、帰ってこなかった例もあった。急行軍で、部落のなかを横ぎっている部隊が、部落を抜け出て、ふり返ると、最後尾のおくれていた数名の兵隊たちが、いつのまにか、消えてしまっていたこともあった。夕闇は次第に色濃くなってきていた。わずか二名で、そのうす暗がりのなかに沈んで行く裏街の民家の奥の奥までを、男を探しまわることは、この上もない危険な行動であった。中国人の大きな家屋には、院子にしても、前院子《チエンユワンズ》と後院子《ホーユワンズ》があり、なかには、もう一つ奥に、別の院子があったりして、それらの院子のあいだには障壁がつくられ、お互いが独立した空間を形づくっている。そのことは、一つの空間からつぎの空間に、人間がはいりこんだ場合、前の空間は、あとの空間の人間臭さをすぐに拭いさってしまう魔術的な作用を有している。そのことは、現在、日本軍の占領している鎮のなかにいながら、頼りあうことの出来る者は、結局、彼ら二名だけしかいないような不安感に、彼らを陥らせた。

「しゅっぱーつ」

道路のほうで、声がひびいた。つづいて、軍靴や、車輛部隊の重々しい地ひびきがつたわってきた。

「班長殿っ」

「わかっている」

原田軍曹は平井一等兵をうながして、道路上にとびだした。兵隊たちの縦列の黒い影が、眼の前を黙々と動いて行く。その動きに逆行しながら、彼は自分たちの宿営している民家に帰ってきた。能見山上等兵と、金正順と、女たちとは、門のところにあつまって、いらいらしながら、彼の帰りを待っていた。

「駄目だ。男はいない。おれたちで、かつごう」

原田は自分自身にむかって、どなった。扉をかつぐには、四名の人間の力が要る。女たちはだまった。兵隊たちも沈黙した。すくなくとも、あたりが明るくなるまで、八時間はそれに耐えねばならない。自分を入れて、八名が、それでなくても自分の装具や、荷物だけでも精一ぱいの重量を肩にしょっているというのに、その上に尚、果してそれが可能だろうか。だが、原田はほんのさっきまでは、二名でも、三名でも、中国人の男をみつければ、その不可能に近い苛酷な仕事を、その男たちに強いようとしていたのである。途中で、斃《たお》れても、斃れるところまでは、殴りつけてでもひっぱって行こうとしていたのだ。

「班長、あんなんじゃ、もう……」

能見山上等兵が、原田のそばへきて、耳に口をよせ、小声で囁《ささや》いた。原田は、院子をふりむいた。そこはもう、ほとんどものの見わけがつかないくらいに暗くなっていた。ヒロ子の横たわっている扉のかげが、灰色の煉瓦を敷きつめた院子に、ぼんやりとその輪郭を浮かびあがらせていた。そこから、よくぞ人間がそんな声を出せると思えるような、圧しつぶした、地面にひびくうめき声があがっている。ときどき、ひゅっという笛に似た奇声が、それにまじった。だが、そのうめき声には、さっきのような、うめき声ならうめき声なりの力強さは、すでになかった。彼女の身体そのものも、苦痛に耐えられないで暴れまわるほどの余力はなくなったのにちがいない。黒い扉の影は、そこに静止したままになり、そこからはみだす手肢の形は、まったく見られなかった。

「時間の問題だっせ」

しかし、原田は、このまま、ヒロ子をここに見捨てて行く気持には、まだなれなかった。ヒロ子は、彼の馴染みの女ではあるが、それと同時に、彼女は彼の多くの仲間の兵隊たちの女にちがいなかった。兵隊たちは彼女を抱いているとき、原田と同じように、いつも自分が彼女を独り占めにしているという気持を持つかわり、多くの仲間たちと、彼女の身体を抱くことによって、自分のものとすることの出来る、彼女にしかあたえることの出来ない官能的な陶酔をとおしてむすびついているという意識が持て、そのほうが、かえって兵隊たちを一種の連帯感に似た安心のほうへみちびいて行くにちがいなかった。そして、それは、ほかの女たちの一人一人についてもいえることではあるとはいえ、その意味で、彼女を知っている何百名かの兵隊たちにとっては、彼女は貴重な存在なのだ。

「途中で死んでも仕方がない。なんとか、車輛部隊に頼んでみよう」

トラック群には、前線へ補給する食糧や、そのほかの物資が山積されていて、人間一人を乗せる余裕がないことは、原田にもわかっていた。遺骨箱の梱包を車に積載することを頼みこむだけでも、原田軍曹はこの輸送部隊全部の輸送指揮官に、何度も足を運び、頭をさげねばならなかった。その輸送指揮官は、すでにこの鎮をはなれていた。車輛部隊の隊長や、下士官たちは、まったくよその部隊の連中であり、軍隊のなかで、よその部隊の者であることが、世間での赤の他人以上に、お互いに押しのけあう対立した存在であることを知っている原田には、いままでそれに気づきながら、頼めないのであった。銃弾のとびかう一定の空間を、多くの兵隊の肉体がひしめきあって占めるとき、その命中率の上からも、食糧の絶対量の上からも、戦場のようなある限られた状況のなかでは、全部が全部は生き残れない場合が珍しくなく、お互いに相手を自分の生き残るための障害物と感じる考え方は、兵隊たちの本能のようになっていた。

だが、それらのことを知りながら、原田は表の道路に出て、ゆっくりと眼の前を進んで行くトラックの群れのなかの隊長に呼びかけた。隊長の影は、運転台の助手席の暗闇に埋れこんで、その輪郭もはっきりとは見えなかったが、彼の呼びかけに対するその答えは、音のひびきが返るように息つく間もなく明瞭そのものであった。

「断わる」

いささかのためらいもない、その発音には、一種のさわやかささえあった。

「廃品はどんどん捨てて行くんだ。いつまでも、そんなものを抱えこんでいたんでは、戦闘は出来んぞ。身軽になれ、身軽に」

「ちえっ、また、きやがった」

まっ暗な闇のなかで、かなりの手応えのあるものが、しきりに顔にぶっつかりはじめた。顔ばかりではなく、軍衣をとおして、肩や、胸も、そのおぼえのある鋭い衝撃感を、あきらかに受けとめている。姿こそ見えないが、ここ三日ほど原田たちの眼の前から消えていた蝗の集団である。黄河北岸で、はじめて原田たちの前にあらわれ、それからずうっと、渡河のときも、その衝撃感につつまれどおしであった。鄭州にはいる寸前で、突然、それは姿を消し、鄭州を出るとまたどこからともなくあらわれて、許昌、禹県と、あるときは、層厚く、あるときは、その一匹ずつの形がはっきりと見えるくらいにちらばって、彼らにつきまとっていた。層の厚いときは、濃密な暗い雲のように、陽ざしさえかげった。昼間の休息のときに、その濃密な暗雲と数知れない微小なモーターがまわっているような羽音にとりまかれると、呼吸苦しさをおぼえた。日かげに横になっていても、じっとりと汗が額ににじんだ。いくら歩いても、幾日がすぎても、同じもののなかから脱けだせずにいることは、頭までがへんになりそうな圧迫感で、心臓を締めつけた。それが禹県を出はずれると、まるで通り魔がすぎたように、どこかへ消えて行った。ひさしぶりに、ここ数日間は、のびのびとした行軍が出来た。いきなり、一発の砲弾がとびこんできて、一名の女を失ったが、そのほかは、肩に喰い入る装具の重さなどには馴れきって、ほとんど無感覚になって、順調な行軍をつづけた。蝗の集団の何度目かの襲来は、みんなの気持を、こんどはまた、いつ晴れるかわからない頭上のひくい曇り空のように、うっとうしくさせた。

「畜生っ、こんどの作戦はえらい目えにばっかし逢うな」

能見山が腹だたしげに、何度も舌打ちした。

「班長、こいつらは、黄河のあっちから、自分たちと一しょにとんできたのかね」

「さあ、どうかな」

原田はあいまいな返辞しか出来なかった。実際、彼にはわからなかった。いま、自分たちの顔や、身体に、小さいつぶてのように、つぎつぎとぶつかっている、この体長五センチほどの昆虫の群れは、自分たちと同じように黄河を渡り、何百キロも飛翔をつづけているのか、それとも黄河の北岸や、南岸の鄭州、許昌で出逢った集団とは、別の集団なのか、彼には皆目わからなかった。

「こいつらは、一体どこへとんで行くつもりなんかね。あてがあるんかねえ」

「さあ、そいつは蝗にきいてみなけりゃ、わからんな。だが、おれには、一匹々は、なんにも考えずに、みんながとぶから、そっちへ自分もとんで行くとしか思えないな」

恐らく、自分だけのはっきりとした意志があるわけではなく、すべてを集団に任せて、自分自身は目的を持たない、盲目の飛翔をつづけている。そして、その行きつくさきには、確実に、死が待っていることだけはまちがいないのである。それはなにも、蝗だけではないにちがいない。

「いややで。いややで、ほんまに、ひつこいやっちゃ。どこまでついてきくさるつもりやろうな」

「アタイ、モウ、キチガイニナリソウ」

この短い、旅のあいだだけ、能見山上等兵のものになっている京子も、心の底からの嫌悪感に堪えられぬように、身慄《みぶる》いしながら溜息をついて、能見山に応じた。誰もそれに答えない。また、黙々とした暗闇のなかの行軍がつづいた。

軍衣の下は、汗でゆだるようであった。今夜は、風がなかった。熱風のあるときは、風がなければどんなにか呼吸がらくだろうと思うが、風のないことも、熱気が黄土の地上をおおって、動かないために、熱風のあるときに、劣らないほどの息苦しさである。夜行軍は、特に音をたてることを禁じられている。出発して、三、四時間は、それでも小声で話しあう者もいるが、疲れてくると、こんどは誰も、夜行軍の掟《おきて》がなくても、自分から話しだす者はなくなる。行軍序列のなかにはいって、徐行する車輛部隊のエンジンの活動している音だけが、鈍く、しかし、重々しい地ひびきとなって、軍靴のひびきのあいだにつたわってくる。

さっきから原田の左の肩さきに、一匹の蝗がとまっているのを、彼は感じながら歩いていた。その一帯は、どういうわけか、土がやわらかいので、一足ごとに、ざっく、ざっくと、くるぶしのあたりまで、軍靴がめりこみ、上体の動きも、普通の地上を行くのとは、まるでちがった。蝗は、だが、彼の肩からとびたたなかった。

　原田は、そこに蝗の体重を、そして、蝗のいのちを、はっきりと感じとっていた。数日前の、名も知らぬ鎮の民家の院子に、見捨ててきたヒロ子のことを、原田は思い浮かべた。中国特有の黒く塗ってある、扉の上に載せられて、彼女の影は、輪郭がぼけて見え、それもまもなく、次第に深まって行く闇のなかに消えた。そこに彼女が横たわっているということを、最後にたしかめることが出来たのは、それだけしか彼女が生きていることを証明し得ない、さし迫った息遣いと、かぼそいうめき声だけであった。だが、とにかく、原田たちが、彼女をひとり残してそこを出発したときまでは、彼女はまだ生きていた。そして、恐らく、何時間かすぎて、彼女の心臓はその搏動《はくどう》をやめたにちがいない。

　どうして、自分は貨車のなかでも、または、昼間の休息の時間でも、能見山や、平井たちのように、おおっぴらに彼女を抱かなかったのか。山西の駐屯地では、外出ごとに、あれほどしげしげとヒロ子のもとへかよい、自分自身のすべてを、その官能の陶酔のなかへ埋めこみながら、こんどの輸送期間だけ、ひとが変ったように、彼女に一指も触れなかったのか。ヒロ子は、朋輩たちと同じようにそれを望み、いつも彼を待ち受ける態勢にあったのではないか。たしかに、ヒロ子は原田に対して、何故、そんなふうに彼女に思われているのか、原田にはわからなかったが、一人の兵隊と、それを相手とする馴染みのしょうばい女という関係以上に、もっと深い、強い人間的な思慕を持っていたと、原田自身も思う。従って、そうすることが、彼女をして、生命の危険のいっぱいに満ちている、この最前線へ出て行く彼女の心をささえ、たとい、一時的にしろ、彼女に自分の生きていることの確証をたしかめさせることが出来たのではないか。そんな彼女のことを考えず、原田は彼自身の偽善的な気持を満足させるためにだけ、りっぱそうな口を利き、りっぱそうな行動をとったのではないか。そうだとすれば、彼自身こそ、いくら軽蔑しても飽き足りない下卑た、醜悪なエゴイスト以外のなにものでもない。そして、確実なことは、原田はヒロ子と、この世で、ふたたび、逢うことが出来ないということである。

　原田に対するヒロ子のさげすみに満ちた憎しみは、彼の行くところ、どこまでも追っかけてくるにちがいない。自分の左肩にとまって動かない一匹の蝗が、彼には不気味に思えた。そう思うと、その蝗は、ほかの蝗たちよりも、並はずれて大きく、体重があるように思えるのである。その一匹の昆虫の体重が、彼には急に大きな重さに思え、その重さに必死に堪えながら、彼は、自分の前や、自分の横を歩いている者の顔さえも識別出来ない、どこまでも限りなくひろがっている闇のなかを、一歩一歩、やわらかい黄土のなかへ、くるぶしまで埋めてはすすんだ。

太い眉の載っている骨のつきでた、そのために、眼が険しく見える、陽に灼けた顔を、これがあの夜の男かと、原田ははじめて見る相手をみつめた。中尉の衿章の金筋が、茶褐色にさめているところは、いかにも歴戦の将校を思わせた。

「ここは探すのに苦労したよ。片っぱしから、民家をのぞきまわったんだぜ。一つ、頼むよ」

先夜のくらがりでの声とは、別人のように、その声の調子には、どこかへつらうようなひびきがあった。

「兵隊たちは、飢えているんだ。赤ん坊が、おっぱいを欲しがるようなもんだよ。察してやってくれ」

「女たちも、疲れてます。みんな、憔悴《しょうすい》しきっているんです」

それは事実である。馴れない行軍と、乏しい補給と、それに山西とはまたちがった湿気の多い炎熱の上に、不断に襲ってくる兵隊たちへの警戒心とで、誰一人として、眼がくぼみ、頬の肉の落ちない者はいない。昼間の休息の時間は、いずれも日かげで、死んだようにぐったりとのびている。いまも、院子をさけて、ひんやりとする屋内にはいり、彼女たちはかりそめの眠りを眠っているのだ。

「そこを、なんとか頼むよ。兵隊たちが可哀そうじゃないか。明日のいのちの知れないあいつたちのことを、考えてくれ。ただでとはいわない。土産を持ってきた。頼む」

中尉は、つれている当番兵にかつがせた麻袋を降させ、その口をひらいた。パイ缶や、牛缶が、ごろごろと、原田の足もとまで転ってきた。全部で、十箇以上もあるようである。他部隊であるばかりでなく、特に下士官と兵しかいない、しかも、地方人のまじっている原田軍曹たちの班は、この行軍部隊からはまったくかまってもらえなかったので、彼らはそういうものから、もう幾日遠ざかっていることだろう。院子の隅っこに腰を降して、こっちをぬすみみている能見山と、平井の眼には、あきらかに渇望の色が浮かんだ。家屋の入口に、屋内を守るような恰好《かっこう》で、同じく腰を降ろしている金正順も、もの欲しげな眼を光らせた。

中尉のへつらうような声のひびきや、まるで腹のへっている犬にでも餌をくれることで、自分のいうことをきかせようとするような、見降した態度に、原田は反撥《はんぱつ》を覚えたが、それればかりでなく、なによりも、その男があの夜の男であるからであった。原田には、その将校がまるでヒロ子を見殺しにした犯人のように思えるのである。

「女たちは、中尉殿の部隊の者ではありません。ほうっておいて下さい」

「なにをいうか。うちの部隊にくっついて、行動していながら、そんないい方があるか。君のところの遺骨箱だって、うちの部隊で運んでやっているのだぜ」

「それと、これとは、別です」

原田たちがいい争っているとき、五、六名の兵隊がはいってきた。裸の上体に、汗と黄土とでよれよれになった日除けのタレをつけた帽子をかぶった、髭《ひげ》だらけの顔の、古年兵たちである。彼らは将校や、下士官の姿を、そこに見ても別にひるんだふうもなく、がやがやいいながら原田たちのそばをとおりぬけて、屋内へはいって行こうとして、金正順の身体を、ぐいと乱暴に押しのけた。

「待てっ。なにをしようというんだ」

いままで原田といい争っていた将校が、鋭く叫んだ。

「ピーを探しているんです」

ふてぶてしさを、表情にも、言葉つきにも、露骨にあらわして、一人の兵隊が答えた。ほかの兵隊たちも、同じような態度を、全身にみなぎらせて、白い眼をこっちにむけている。

「誰の許可を得て、ここへきたのか。お前たちは、どこの部隊の者だ」

「こんな作戦間の兵隊の行動にも、一々、外出許可が要るんですか。ここは戦場ですぜ」

「外出許可じゃない。女を探しまわることだ」

「女を探しちゃ、いけないんですかい」

「無論だ。お前たちは、古年兵だろうが、それくらいなことが、わからんのか」

「相手は、金で買えるしょうばい女じゃないですか。しょうばい女というのは、兵隊をサービスする女のことだと思いますがね」

「帰れっ。お前たちだけに、勝手なことはさせられん。そのときは、そのときで、別命があるはずだ」

「へえ、別命がね」

将校相手では仕方がないというように、兵隊たちは、やがて、不満を顔いっぱいに見せ、口をとがらせて、また門のそとへ出て行った。「ふん、こんなやり方じゃ、老《ラオ》百姓《バイシン》（民衆）の女が強姦《ごうかん》されるのも、無理はねえや。おれたちあ、知らねえよ」と、門のところで、原田たちに、彼らは聞えよがしに捨てゼリフをいい放った。

兵隊たちの気配がなくなると、

「なあ、君、ほんとに頼むよ。出発までには、送らせて帰すから、なんとかしてくれよ。このとおりだ」

中尉は右手を胸のところに持って行き、片手拝みにして、こんどは懇願調に変った。

原田は答えなかった。能見山上等兵と、平井一等兵とはだまりこくって、成行を見ている。この二人にとっては、恐らくどうでもいいことだろう。ただこの場がどうおさまるかが、興味があるだけにちがいない。

向い陽ざしのなかに、点々と、ときどき、きらりと光りながら、高い宙をとんでいる昆虫の黒い輪郭が、浮かんでは消えて見える。院子のなかには、灼けて、静止した、白痴めいた空気のつまった空間があった。屋内の女たちの耳に、そとの男たちのやりとりが聞えているのか、いないのか、そこには沈黙だけがある。

その沈黙を、金正順の頭のてっぺんから出るような甲高い声が破った。

「ハンチョーサン。イイテスヨ。オンナタチ、ツレテイッテモライマショ。チューイサン、トーゾ」

風に乗った蝗の群れは、霰《あられ》のように痛いほどの衝撃を、行軍ちゅうのみんなの頬にぶっつける。だが、みんなはもうそのことに馴れっこになっていた。蝗たちの姿は、見えなかった。その日は、昼すぎから風が起り、黄塵《こうじん》が一条の竜巻きのように、くるくると渦巻きながら、空高く舞いあがり、その景色を奇異な感じで眺めているあいだに、たちまち、あたりは濛々《もうもう》とした厚い層の暗い黄塵でつつまれてしまっていた。夜明けに部落に着き、一夜ぶっとおしの行軍で疲れきっているために、手早く飯盒炊《はんごうすい》さんをおえ、腹を満たし、四時間ほど身体を横たえたとき、突然、出発命令が出た。日が暮れるまでは、いつものようにゆっくりと眠れると思っていた兵隊たちは、集合までに大きな狼狽《ろうばい》をつづけた。こうして出発してから、すでに二、三時間はすぎていた。

黄塵の層は、いよいよ、濃密になり、その風のなかに巻きこまれた蝗の群れは、もはや、自分の羽根の力でとんでいるのではなく、風の吹いている方向に、それぞれが速度のある一つのつぶてとなって、並行線をひきながら、兵隊たちの頰や、身体を打った。まむかいの風と、その数知れないつぶての衝撃に抗しながら、兵隊たちはすすんだ。歩度は当然のように落ちて行くばかりであるが、この昼間の出発は、黄塵が行軍部隊を隠し、敵の飛行機の空からの銃撃を困難にするという計算がなされた結果である。

だが、夜間の行軍のほうが、まだしもいくらか、炎熱が避けられるために、らくであった。地上の輻射熱《ふくしゃねつ》は夜を徹して、おさまることはないが、それでも昼間ほどではなかった。兵隊たちは咽喉が乾き、つぎつぎと襲う風の速度の凄まじさでつくられた空間の稀薄《きはく》な部分へはいると、自分の肺がいまにも破れそうに苦しかった。

ひろびろとした麦畑のなかの道をすすんでいるとき、不意に前方に、耳の鼓膜の破れるようなエンジンの音がひびいた。

「敵機だーっ」

兵隊たちは、さーっと両側に散った。滝の水の一どきに落下するような、そのときは、その音しか聞えない、だ、だ、だっという音をまじえた、たけだけしい音が、頭上をすぎて、むこうへ駆けぬけた。空高くあがった黄塵の脚部のうすい層のところを、それは兵隊たちの手のとどくくらいのひくいところであるが、敵の飛行機は、大きな魔物のようにすぎた。あっという間もない速さであった。すでに、そのとき、麦畑の左右に散った兵隊たちが応戦する小銃の音が、あちらこちらから聞えた。

敵機は、そのままでは、去らなかった。敵の操縦士は、ここが勝負のきめどころと考えるらしく、何度もくり返し、銃撃を反覆した。そのたびに、地上から応戦する銃声が、次第に多くなった。勝負は黄塵のなかに隠れて、誰にも見えなかったが、敵機が去るまでには、原田はかなりうんざりした。彼も小銃を射ちつづけていたが、おしまいに飽きて、麦畑のなかに腰を降ろしていた。よっぽど横になろうかと思ったが、敵の銃撃に、それだけ余計に自分の身体の面積を曝すことになることを考え、それを耐えている。

「おーい、能見山ーっ、平井ーっ」

敵機が去ったとき、麦畑のなかにあくびをするように両手をのばして、彼は自分の部下を呼んだ。どこに、誰がいるか、皆目見当がつかなかった。

「金ーっ、女たちをあつめろ。さっさとあつまれっ」

ほかの部隊の兵士たちも、もとの場所に、すでに集合をはじめていた。お互いに自分の戦友の名や、部隊名を呼び交わす声が、一しきり、騒がしく、黄塵でいっぱいの風のなかにひびきあっていた。

「しゅっぱーっ」

「しゅっぱーっ」

「しゅっぱーっ」

はるかな前方から、つぎつぎと、近くに、同じ命令が、はじめはかすかに、次第にはっきりと、ちがった声でつたわってきた。

「おーいっ、能見山ーっ」

原田はいらいらしながら、あたりを見まわしていた。まだ誰一人と、彼と一しょに行動している連中は、彼のいる場所へ戻ってはこなかった。


原田軍曹たちの兵団の戦闘司令部は、白沙鎮にあった。ひろい大馬路から一つ裏側の、大馬路と並行している細いとおりにある、その鎮の豪族の邸宅を占めていた。

後院子の西側の部屋に、「ふっかんぶ」と書いた紙が貼りつけてあった。そのもう一つ隣りの部屋に、原田は副官部付の将校につれられてはいって行った。

「なにっ、女は二名だけだと」と、褌《ふんどし》一枚になって、彫刻のある紫檀《したん》の椅子にあぐらをかいた高級副官は、将校からの報告を聞きおわると、それが持ち前のドスの利いた大声を張りあげた。

「一万の兵隊に、二名じゃ、どうするんだ。一体、どういう計算になると思うか。兵隊は女がくるということを嗅ぎつけて、すでに殺気だっておるぞ。だれの責任か」

まるで、自分の眼の前に直立不動の姿勢で立っている、その副官部付将校と、そして、その将校の斜めうしろに、同じ姿勢で直立している原田軍曹の二人が、当の責任者であるかのように、眼をみひらいてにらみつけた。

原田のここまでつれてきたのは、結局京子、美和子の二名である。マチ子と、みどりは、黄塵のなかを出撃してきた敵機の銃撃でやられた。金正順も、胸部貫通で即死した。みどりは右耳の上のこめかみの部分を、ざっくりとなにか鋭い刃物でえぐりとったようにくりぬかれ、白い脳漿《のうしょう》が魚のはらわたみたいにはみだしていて、これは即死であった。マチ子は、平井一等兵と、麦畑のなかで、折り重なっているところを、一発で同時に二人とも腹部に貫通銃創を受けた。平井一等兵はマチ子を護ろうとして、彼女の身体の上におおいかぶさっていたのにちがいない。なにしろ、相手はＰ四〇戦闘機で、その据えてある機関砲の銃弾は、大人の親指ほどの太さがあるのである。

「三日前の敵機は、二機撃墜という報告がきている。いくらか応戦したんだな」

「はいっ」

原田は、はじめて聞く戦果に、自分たちの行動が、まったく、徒労ではなかったことを知った。

「それで、その女たちは、みんな、即死か」

「一名だけは、腹部をやられて、まだ生きていました」

「馬鹿っ。何故、射殺してこなかった。生きているうちに、敵の手中に落ちては、味方の情報が敵に筒ぬけではないか」

高級副官は、そこでまた一段と大声を張りあげ、ぎょろりと眼をむき、原田をどなりつけた。その表情と、どなり方には、長年、その考え方の千編一律さと同じく、それを持ちつづけてきた職業軍人特有の、もの馴れた、たかをくくった安易な態度が原田には感じられ、相手の期待に反し、すこしも原田を怖れさせなかった。


高く晴れあがった空に、今日はこの前の日のように、蝗の集団の飛翔はすくなく、そのすくない群れは地上近くをとびつづけている。蝗たちの多くは、地上に降りたって、強烈な陽ざしを避けるように、日蔭《ひかげ》にはいり、そこでうごめいていた。

原田軍曹はさっきから、もう二時間以上も、列に並んでいた。正面には、一棟の家屋があり、そこの左側と右側との二つの部屋に、兵隊たちはいるために、根気よく列をつくって並んでいるのだった。油と汗と黄土とのまざりあって、しみの出来た軍衣の列は、まるで百年でもそうしていることに耐えるかのように、じいっと執念深く、灼けつくような煉瓦畳の上に、それでも煉瓦畳の火照りと、直射日光をつとめてよけて、家屋の蔭の部分をなぞりながらつづいているので、上から見れば、蜿蜒《えんえん》と、不規則な幾何学模様を描きだしていた。

「ちえっ、早くすまさねえかな。待つ身になってみろよ。あの野郎っ、巻脚絆《まききゃはん》なんか、とっているんじゃねえだろうな」

「おーい、巻脚絆をとっていたら、表へ出てから巻くんだぞ」

ときどき、思いだしたように奇声を発し、それに呼応する声があるが、ほとんどの兵隊たちは、もうそんな心の余裕もなかった。ただ、お互いに見交しては、これから同じ女体を抱くことに、ある種の親愛感をおぼえ、一つの安心に似た気持を、感じあっていた。が、その一ぽうでまた、自分のなかの肉体の欲望だけに、眼を据えることで、そして、それだけが、いま自分たちに出来るすべてであるということにおいて、みんな、孤独であった。死が明日にも、自分を待ち受けているかも知れない、いまの瞬間だからこそ、自分の生をひろげる、それが生のあかしである満足感をつかみたかった。その生のあかしを、いま、確実につかむことが出来れば、それからさきの自分の生は、どうでもよかった。

一度、部屋にはいったものは、そとから野次ったり、皮肉ったりされても、容易にそこから出てこなかった。一秒でも長く、兵隊たちは、そこでの、そこにしかない特有の満足感にひたっていたかった。

原田の順番がきたのは、うんざりするほどの時間がすぎてからであった。だが、それまでの時間を、これからそこへ自分が浸ることの出来る陶酔感を考えると、すこしも彼は苦にしなかった。

「班長、早いとこ頼むぜ」

兵隊たちの半畳を背に聞き流しながら、うすよごれた、ニンニク臭い、はげた藍色の布の垂れ幕をひらいて、原田は右側の部屋にはいった。閉めきった窓のために、うす暗い光りと、湿った埃《ほこり》臭い空気しか、部屋のなかにはなかったが、アンペラの上にひろげたうすい支那布団の上に、彼は奇怪な形をした、青白い塊りを見た。それがなんであるかを見定めようと、ちょっとのま、彼はそこに立って、瞳を凝らした。

「コラ、ハヤク、ヤリナヨ。グズグズシテルト、ヤラサナイゾ」

その白い塊りは、思いきり両側に押しひろげた女体の彎曲《わんきょく》した二本の太腿であった。ぐったりとのびているようであるが、声だけは威勢がよかった。その声はまちがいなく、京子のものであった。

「ナンダ、ハンチョーカ。オマエ、ヤルノカ。ヨシ、コイ。ハヤク、コイ」

原田は軍袴《ぐんこ》の前をひらき、ひざのところまで押しさげ、死んだ動物のような、京子の動くことのない、のびきった、白い肉体の上に乗りかかった。

「あっ」

そのとたん、彼は内股に、刺すような、鋭い触覚を感じ、身体をはなした。そして、いま、自分の内股に、刺すような、鋭い触覚をあたえたものの正体を見極めるために、彼女のその部分に、自分の顔を近づけた。たてに暗紫色に縁どられて、たるみきったもりあがりにかこまれた、深い、大きなたての亀裂が、そこにあった。そして、その亀裂と、彼女の右の太腿とのあいだに、一匹の褐色の蝗が、よちよちとはっているのを、原田の瞳ははっきりと見た。が、女の身体はさっきからの人間の能力の限界を超えていると見える、つぎつぎと彼女の前にあらわれる、果てない兵隊たちとの格闘で、そこの部分が完全に麻痺してしまったように、そのことに気づかないのか、気づいていても、それを手で払う気力さえないのか、節くれだった六本の肢と、堅い羽根を備えた昆虫の、はいずりまわるに任せて、完全に死んでしまっているなにものかのようにぐったりと、そこにのびていた。

糊塗《こと》

古処誠二

古処誠二《こどころせいじ》（一九七〇〜）

福岡県生まれ。高校卒業後、様々な仕事を経て航空自衛隊に入隊。二〇〇〇年に朝香二尉と野上三曹が、自衛隊の部屋に盗聴器が仕掛けられた謎を追う『UNKNOWN』でメフィスト賞を受賞してデビュー。同年に地震で倒壊したビルの地下で発生した不可解な死に、取り残された六人が挑む『少年たちの密室』を発表。二作が各種ミステリーベスト10にランクインして注目を集める。二〇〇二年、フィリピン戦線を描く『ルール』を発表、戦争を知らない世代の新しい戦争小説として評価される。それ以降、戦争小説が中心となり、『分岐点』『遮断』『ニンジアンエ』『中尉』などを発表している。

1

天幕へ押し込む間も、富下《とみした》一等兵を殺したのは自分だと紺野《こんの》上等兵は繰り返した。第三伐採所の佐々山《ささやま》班に所属している兵隊だった。

「銃剣で殺しました。道路で言い争ううちに頭に血がのぼって、気がつけば腹に突き刺していたのです」

准尉という階級への敬意を示すように大庭《おおば》の天幕は念入りに設《しつら》えられている。対空遮蔽《しゃへい》や水はけが特に考慮された本部にあって、中隊長の天幕にも見劣りしないものだった。わざわざ切られた炉を見たときは年寄り扱いされているようにも感じたが、ニューギニアの夜と雨を考えれば自然な心遣いと言えるだろう。もっとも用途は寝床にすぎない。くつろげるような空間ではなく、あぐらをかけば頭が天井につかえた。

「富下は敵機の弾に当たって死んだのだ。お前自身がさっき見たとおりだ。肋骨《ろっこつ》がのぞいて、腸《はらわた》が飛び散っていた。あれは十三ミリだ」

「被弾は自分が刺し殺したあとなのです。敵機の弾は富下の死体にたまたま命中しただけなのです」

「年寄り扱いされているうちに耄碌《もうろく》してきたらしい。お前が何を言っているのか俺にはさっぱり分からん」

「准尉殿、どうか立腹なさらずに聞いてください。自分は准尉殿を尊敬しております。いずれ准尉殿のようになれれば男の誉れだろうと信じております。あざむくようなつもりは一切ありません。ただありのままを語るべきだと考えているだけです」

中隊は、いくつかの班を兵站《へいたん》路上に置いていた。道路が被爆するたびに修復し、大雨が降るたびに補修するのが任務だった。そのための木材の切り出しは毎日のことである。爆索を使うわけにもいかず、兵はなかば樵《きこり》と化している。むろん楽な日々ではなかった。紺野上等兵の顔にも疲労が濃く、目にいたっては真っ赤だった。

「富下は敵機にやられたのだ」

「敵機の飛来はきっかけにすぎません。准尉殿、順を追ってご説明いたします」

後生《ごしょう》だから黙って耳を傾けてくれ。そんな切実な思いを紺野上等兵は滲《にじ》ませていた。大庭の了解も待たずにまくしたてた。

「敵機の爆音が聞こえてきて、班長殿が作業の中止を指示しました。班員は皆伐採所にいましたから退避の指示は特に必要ありませんでした。伐採所も空襲には慣れています。自分も敵機の爆音を小休止の報《しら》せとだけ受け止めたほどです。近づく爆音を確かめたあと、我々はそれぞれ遮蔽の利く大木を選んで腰をおろしました。一服つける者はさすがにいませんでしたが、誰かがそうしたところで不思議ではなかったでしょう。こういうことを准尉殿の前で口にするのは不謹慎だと承知していますが、自分はそのとき敵機が長く在空してくれるよう祈りました。やはり塩の節約が響いています。ここのところ体が重くて仕方ありません。敵機が十分か二十分頭上を旋回してくれるならば、また道路に大穴があいたところで構わないとさえ思いました」

爆音が頭上に来たのは、それからいくらも経《た》たないうちだったという。梢越《こずえ》しに見えた敵機を紺野上等兵は手振りを交えて語った。

「五、六機だったとは思いますが正確な機数は分かりません。そうこうするうちに東で爆弾の炸裂音《さくれつおん》が轟《とどろ》きました。いかにも道路から外れていましたから、なにか別の目標を狙っていたのでしょうか。その後のことはよく知りません。自分はもう、うとうとしかけていました。他の班員も目を閉じていました。上がり始めた鼾《いびき》と爆音を夢うつつに聞いたような気がします。そのうち、ふと人の動く気配を感じたのです。不思議なことでしたが自分は反射的に警戒しました。緒戦でちりぢりになった濠州兵の話を思い出して、一帯に視線を走らせました。木々がいくらか間引きされて、羊歯《しだ》も踏み分けられて、伐採所もそこそこに見通しが利きます。道路の方向をふと見ると兵隊の後ろ姿がありました」

それが富下一等兵だった。敵機の翼下で動き回る兵隊はただただ奇異だったと紺野上等兵は言った。不穏なものを感じると同時に富下を追ったと言葉は続いた。

「あいつはトンマですから、寝ぼけているのではないかと思いました。准尉殿は聞いていますか。マレーであいつは敵機に手を振ったことがあるのです」

その話は耳にしている。マレー戦では航空優勢だった。特にシンガポールを間近にする頃は爆音といえばまず友軍機のものだった。

よく確かめもせずに両手を振った富下一等兵は確かに迂闊《うかつ》だったが、状況を考えれば避けられない珍事のひとつではあっただろう。幸い攻撃を受けることもなく、中隊本部においては勝ち戦《いくさ》における笑い話として済まされた。

「樵の毎日にすっかり辟易《へきえき》していますし、密林は蒸すし、あいつの頭も鈍っていたはずです。マレーのときのように敵機に手を振り始めるような気がして自分は恐ろしく思いました。いくら呼んでも富下は振り向きもしないのです。自分が肩を摑《つか》むまで足も止めませんでした」

どこへ行くつもりだ。

強引に振り向かせたあと紺野上等兵はそう問うた。

緩慢な瞬《まばた》きをはさんで富下一等兵は答えた。

厠《かわや》です。

「野戦の規定通りの厠が伐採所には設けられています。ですが方向は逆でした。思わずカッとなって自分は手をあげました。富下の目はどこか虚《うつ》ろで、心ここにあらずという感じでした」

しっかりせんかと紺野上等兵は叱った。

殴られた頬を押さえつつ、富下一等兵は反抗的な目でにらみ返してきた。

「投弾をとうに終えていたはずですが、敵機は旋回を続けていました。ときどき機銃掃射の音が聞こえました。敵機の在空中にうろうろする奴があるかと、自分はもう一度殴りました」

すると富下一等兵は思いがけないことを言った。

うるさい。

「強引に腕をふりほどいたかと思うと、あいつは道路へ向かって駆けだしました。自分は頭が混乱しました。マラリア患者はときに理性を失うという話を思い出して、あいつはいつの間に罹患《りかん》していたのだろうと考えもしました。もちろんそんなはずはありません。確かに班では熱発者も出ていますが、あいつが寝込んだことは一度もありません。バカが風邪を引かないなら、トンマはマラリアにかからないのだと我々は笑っていたほどですから」

羊歯を踏みつけて駆ける富下一等兵を、紺野上等兵は再び追った。敵機の目を引かないよう伐採は広範囲で行われている。しかし道路沿いであることに変わりはない。紺野上等兵が追いつく前に富下一等兵は道路へ飛び出していた。

「自分はぞっとしました。道路に出ると不意に空がひらけて、敵機の爆音がより大きく聞こえました」

トラックの轍《わだち》を踏みつけて道路の真ん中に出たとたん、富下一等兵は空に向けて両手を振り始めた。

「准尉殿、上級者として自分はどうすれば良かったのでしょうか。とにかく富下が正常を欠いていることは間違いありませんでした。三度四度と殴りつけましたが、そのたびにあいつは立ち上がって爆音の方向に手を振るのです。おーいおーいと敵機を探して叫ぶのです」

いったん言葉を切り、紺野上等兵はかすかに目を潤ませた。現役の三年兵である。兵隊として充実した時期にあると言っていい。軍隊ずれしすぎず、ほどほどに度胸も据わり、そこそこに兵務を任せられる。各班に人員を割り振るおりに中隊がまず考慮したのは主戦力としての三年兵の配分だった。しかし紺野上等兵はまるで初年兵のような面持ちをしていた。

「富下がこのまま死んだところで構わないと自分は思いました。そう思ったときには銃剣を抜いていました。いったん兵隊の姿を見られたら、明日も明後日も敵機は飛んでくるでしょう。そして伐採所の一帯に集中的な攻撃を加えるでしょう。その割りを食って死ぬ班員も出るかも知れません。なにより伐採に支障が出れば道路の補修維持どころではなくなります。どうせ放っておけば富下は敵機に見つかる。ならば見つからないうちに殺してしまうのが利口だ。自分は確かにそう考えました」

紺野上等兵の全身は泥に汚れている。その一部はすでに乾き、白く変色していた。

富下一等兵と摑み合いになったことだけは間違いなかった。

「いくら密林に引きずり込もうとしても無駄でした。富下は執拗《しつよう》に抗《あらが》いました。爆音がますます大きくなり、近づいてくる敵機が空に見えたとき、自分は銃剣を突き刺していました」

2

富下一等兵が道路に飛び出したことも不可解なら、紺野上等兵の行動も不可解である。確かに順を追っての説明はなされたが、大庭の中には釈然としないものだけが残った。

どこがどうおかしいのかは言葉にできない。はっきりとしているのは、にわかには信じられない話だということと、このまま中隊長に報告するわけにはいかないということだけである。

「お前、もともと富下が気にくわなかったのか？」

「腹立たしくは思っていました」

「理由は」

「トンマだからです」

言葉を探す間もあけなかった。むしろそれを言いたくて仕方ないとの様子すらあった。

「あいつはマレーでも敵機に手を振りましたし」

「それはさっき聞いた」

「今朝も、伐採所までの行軍中に野糞《のぐそ》を垂れましたし」

「富下は腹でもこわしていたのか」

「不用意なのです。班にかける迷惑をまったく考えないのです。動作は鈍いし、頭は鈍いし、班長殿に戦友の指名をされたとき自分は不運を嘆きました」

厳密には、兵営において寝台が隣り合う初年兵と二年兵を戦友といった。語意としては相棒に近かったが、ようは新兵とその世話役の古兵である。できの悪い新兵を押しつけられた古兵が憤慨し、たちの悪い古兵にあたった新兵が嘆くのは、どの部隊にもあることだった。

「富下と戦友になったのはいつだ」

「シンガポールの直前です」

その前の戦友は誰だと問いかけて、大庭は危うく言葉を呑《の》み込んだ。

マレー半島の戦いで、中隊は四名の死者を出している。ゲマスの攻防戦で思いがけず砲撃を受けたのだった。

死者のひとりは確か佐々山班の所属だった。斎田《さいた》という一等兵である。シンガポール陥落後の合同葬儀で大庭自身が白木《しらき》に名を入れた。

「斎田のようないい兵隊が死んで、富下のようなでき損ないを押しつけられて、つくづく自分は不運です」

大東亜戦争となって以来ふたりの戦友が死んだ工兵となれば決して多くはないだろう。その点で紺野上等兵は確かに不運である。

不運の根深さに気づかないまま大庭はタバコをくわえた。

「富下はでき損ないだったか」

「はい。でき損ないでした」

「だからといって殺す理由にはならんな」

「お言葉ですが准尉殿、では自分はどうすれば良かったのでしょうか。道路で騒ぐ富下をどう処置すれば良かったのでしょうか」

事の是非を問うたところで意味はないような気がした。やりとりのすべてが本質から外れているようにすら思える。紺野上等兵の説明そのものが浮世離れして感じられるのだった。

味方殺しの話は決して珍しくない。

ただでさえ鬱憤《うっぷん》のはけ口のない軍隊で、日々憤怒《ふんぬ》を募らせたあげく凶行に出る兵隊の話は平時にも聞かれる。ただしその多くは兵隊民話とでもいうべきもので、実例となればいくつあるか疑わしい。しかもことごとくは上官や上級者に対する反逆であり、揉《も》み消されたとの落ちがつくと相場が決まっていた。戦死を殺害と主張することと合わせて考えれば、紺野上等兵と富下一等兵の場合はすべてが逆だった。

「では、お前にとっての富下は死んでも構わない兵隊だったとしよう。手がかかるばかりで役に立たず、殺してしまいたいほどお前は腹を立ててもいた。こんな場所に置かれていれば人間些細《ささい》なことで頭に血がのぼるものだ。人を殺傷できる道具を携行していれば発作的に使ってしまうこともあるだろう」

「あいつはいなくてもいい兵隊でした。いえ、いないほうがいい兵隊でした。これで班の苦労は減ります」

「とにもかくにもお前は富下を刺した。そうだな?」

「はい、刺し殺しました」

「で、それからお前はどうした」

「密林に隠れました。敵機は間違いなく我々を見つけました。いったん木々に見えなくなりましたが、旋回音をはさんですぐに現れました。そのまま道路に沿って降下したあと一連射がなされました。掃射は道路沿いの密林にも何度か行われました。敵機が引き揚げるまで自分は大きな樹木にすがりついていました。泥や木片が飛び散る中でただ息を殺していました」

「敵機が引き揚げたあと道路へ出てみたんだな」

「はい」

「富下はどうなっていた」

「体の真ん中に大穴があいていました。准尉殿もごらんになった通りです。班は准尉殿が駆けつけてくるまで富下に触れていません。班長殿の指示でした」

班長の佐々山軍曹も、死体を動かすべきではないと感じたのだろう。空襲中、部下が道路に出て死んだというだけでも奇妙な話だった。中隊本部に伝令を飛ばしたあとは紺野上等兵からも話を聞いたはずだが、内容はむろん不可解でしかない。大庭が駆けつけたとき、佐々山軍曹は困惑も露《あら》わな表情をしていた。

トラックの轍が刻まれた道路で、当の富下一等兵はなかば泥に埋もれて死んでいた。掃射に舞い上がった泥が何度も降りかかったことが一目で知れた。大穴の穿《うが》たれた胴体は今にもちぎれそうなほどで、まったく目も当てられなかった。

「ではなぜ隠さない」

吸い差しを炉へ投げ込んで大庭は問うた。

「刺し殺したことなど律儀に告白する必要はなかろう。敵機の弾が命中した。銃剣の刺し傷は吹き飛んだ。まったく僥倖《ぎょうこう》ではないか。お前さえ黙っていれば誰にも真相は分からない」

「自分は嘘をつくのが苦手であります」

それは事実である。むしろ実直すぎるところが紺野上等兵の欠点だった。そうした性分はしかし、三年兵であることを考えれば目をつむっていい。これから磨きがかかろうかという兵隊だった。

「陸軍刑法で裁かれて両親を泣かせるくらいなら、死ぬ気で嘘をつくべきだと思うがな」

「准尉殿や班長殿に嘘はつけません」

「銃剣を出せ」

理解を待たず、大庭は紺野上等兵の腰に手を伸ばした。

紺野上等兵の銃剣はしっかりと剣止めがかけられていた。そっと外し、抜き身を摑み、大庭は振って見せた。

「ほら、よく見ろ紺野。人を刺したにしてはきれいなもんじゃないか。うっすらと油も乗っている。昨日の就寝前に手入れしたのだろう。まったくお前のような律儀者には似合いの銃剣だ」

　立てられた刃には、こぼれの一箇所とてない。そもそも使用場面はマレーにもニューギニアにもなかった。本来の仕事は歩兵の支援である。中隊が所持している火器は自衛用にすぎず、銃剣は実質的に飾りだった。手入れの必要があるだけ武器は逆に疎ましく、所持を嫌う者すら少なくなかった。

「握って自分で確かめてみろ。どうだ、きれいなもんだろう」

「刺したあとすぐに拭きましたから」

「血と脂をていねいに拭き取って、また油を引いたのか」

「この環境ではすぐに錆《さび》が浮きますので」

「お前は油缶とぼろ布を持ち歩いているのか」

　銃剣に目を落とし、紺野上等兵は口をつぐんだ。不思議なことだったが表情には動揺が一切なかった。言い訳を探しているふうもない。いくつかの呼吸をはさみ、ふと記憶をたどるような顔を作ると、ごく自然な声で言った。

「……富下の銃剣でした」

「なんだと」

「自分が抜いたのは富下の銃剣だったのです。今、思い出しました」

　死体処理のため、佐々山班は現場に残している。富下一等兵の死はすでに漏れ伝わっているはずだったが、紺野上等兵の言動はひとまず伏せられ、中隊本部の密林にあるのは空襲後の恒常業務と化しつつある被害確認の声ばかりだった。

天幕越しにそのひとつひとつを確かめて、大庭は再びタバコをくわえた。

兵站《へいたん》線にある限り、敵機の監視下からは逃れようがなかった。それゆえ肝の太い兵は開き直り始めている。爆音を小休止の合図と見なすのは第三伐採所に限った話ではない。爆音を聞いては体を休め、爆音が去っては被害確認を行い、将兵は再び隊務に戻る。すべては日課だった。

「お前、自分が口にしたことを忘れちゃいないか。准尉殿や班長殿には嘘はつけませんと、お前はさっき言ったはずだ」

「嘘ではありません。抜いたのは富下の銃剣でした」

「ならば血と脂を拭き取ったという話は嘘だったわけだな」

「勘違いでした。申し訳ありません」

「富下はお前を振り払おうとして暴れたのだろう」

「揉み合っているうちに手が伸びたのだと思います」

「いちいち剣止めを外して抜くような余裕があったのか」

「富下はトンマですから、剣止めをかけ忘れていたのです。簡単に抜けました」

衝動の自覚もないまま、大庭は拳を叩《たた》きつけていた。

不良兵隊でもない三年兵が、その場しのぎで言葉を紡ぐ姿こそが腹立たしく思えてならなかった。

どういう理由があって出任せを口にするのかは知らない。被弾による死を殺害にしたがる理由など見当もつかない。ただ、中隊が軋《きし》み始めていることだけは認めざるを得なかった。

軋みの理由を挙げていけばきりがないだろう。頭上には敵機が飛び回り、地表には蚊が飛び回り、落ち着ける時間は皆無である。夜のスコールは寝床を冷やし、昼のスコールは密林を蒸しあげる。そこに節食節塩が重なれば、体力だけが取り柄と嘲《あざけ》られる工兵も参って当然だった。心の支えとしていた戦況にも翳《かげ》りが出始めている。

重畳《ちょうじょう》とする山をいくつも越え、歩兵はついにポートモレスビーを視界に入れた。そうした話に喜んだのもつかの間、後退話が聞こえてきた。命令受領におもむく将校の顔色は近頃とみに冴《さ》えず、負傷兵の後送を見る機会が増えていく。明らかに戦は傾き始めていた。

「お前、後方に送られたいのか？」

切れた唇を拭って、紺野上等兵は頼りなげな顔をあげた。

「……どういう意味でありますか」

「法で裁かれてでもこの地から逃げたいのかと訊《き》いてるんだ」

「准尉殿はそんなふうに思っているのでありますか。自分はそんな恥知らずではありません。本当に富下の銃剣を抜いたのです。それで思わず刺してしまったのです」

心外だという表情に演技の色はまるでなかった。泥をまとった全身をにわかに震えさせて、紺野上等兵は涙をこぼした。

「信じてください。自分は富下を殺したのです。本当に殺したのです」

3

戻るまで一歩たりとも天幕を出るなと厳命し、本部の下士官をひとり監視につけ、大庭は露営地をあとにした。

大庭が単身で出歩くのは、そうそうあることではない。道路までの間にすれ違った兵のことごとくは、敬礼を寄越しつつ怪訝《けげん》な顔をした。

低い雲のかかる空に爆音はなかった。日中の輸送や部隊移動は困難になりつつある。今のうちにと南下し、あるいは北上する小部隊がいくつか見られた。

第三伐採所までは一時間弱の距離でしかなかったが、その間の道路ですら無事ではない。富下一等兵を殺した編隊による弾痕《だんこん》が、露営地から五分とかからない地点にひとつ穿たれている。輜重《しちょう》のものだろうトラックがその前で停止し、操縦手に修復の按《あん》配《ばい》を問われた兵隊が「黙って待ってろ」と怒鳴り返していた。

ぶつ切りにされた木材を投げ込んで泥をかぶせるだけの応急修復が続く。一雨くればまた補修が必要になることも、明日になればまたどこかしらに投弾されることも分かり切っている。終わりの見えない工兵の苦役はまるで囚人のそれだった。

飛行機には飛行機で対抗する以外にない。しかし友軍機は数を減らしていく。ソロモン群島の島のひとつに米軍が上陸したのが原因だと言われていた。支隊が態勢の立て直しに入ったのもそのためだというのが中隊長の憶測である。いい加減なことを口にする将校ではなく、たぶん事実だろう。つまり軍司令部は東部ニューギニアはひとまず防戦と決めたのだった。

では肝心のソロモンが片づくのはいつかとなれば、それは誰にも分からない。判断材料も満足にない大庭たちは、正確な場所も知らない島の戦況が自分たちの苦役時間に直結しているという事実を黙って受け止めるしかなかった。道路を巡る敵機とのイタチごっこがことさら長く感じられる理由は、そこにこそある。

後方に送られたいのか。

そう問うた自分の声が頭をかすめた。

戦友を刺し殺したと言い張る真意をはかりかねた結果だとはいえ、その邪推は今さらながらに悔やまれてならなかった。ようするに自分自身が抱えている欲である。

ニューギニアに上陸した直後から、一刻も早くポートモレスビーを占領せねばならないとの焦りが支隊にはあった。節食は上陸前から計画に組み込まれており、将官も無理を承知でいたことは明らかだった。

原住民の山道しかない山脈を越えての作戦行動は極言すれば大博打《おおばくち》だろう。時間がかかるほどに勝ちは遠のき、いったん止まった勢いを取り戻すのは困難だった。

博打に失敗しつつあることは、もはや隠しようがない。苦役に耐えるだけの日々を過ごすうちに、いっそ死にたいと考える者が現れたところでなんら不思議はない。事実、他隊では自殺騒ぎが起きていた。

心の弱い者、そして階級の低い者ほど、その欲を覚える。紺野上等兵の語る内容を信じるなら、富下一等兵もそうしたひとりだった可能性がある。

弱音の連鎖を止める方法を誰も持たないことにこそ問題の本質はあった。大庭にできるのは、富下一等兵の死を体裁良く取り繕うことだけである。つまりは戦死とすることだった。

兵站病院へ向かっているのだろう独歩患者の集団とすれ違って間もなく、第三伐採所に達した。

富下一等兵が倒れていた場所はすでに軍靴の跡に覆われ、流れ出た血も見分けられなかった。道路に沿ったせまい草地をはさんで、佐々山班はすでに伐採作業を再開していた。

「富下は向こうに」

そこはかとない戸惑いを見せつつ、佐々山軍曹は急造担架に乗せた富下一等兵の死体を示した。

死体は防水布をかけられ、ひとまず密林の際に安置されていた。中隊葬といえるものを行う余裕はない。本部まで運んだあとは、形ばかりに線香をあげての土葬になるだろう。

おもむろに防水布をめくると、泥を落とされた富下一等兵の死相は存外に穏やかだった。「手首は切り落としました」という佐々山軍曹の言葉をみなまで聞かず大庭は問うた。

「軍装はそのままだな」

「手をつけていません。准尉殿、中隊長殿は何かおっしゃっていましたか?」

「報告はまだだ」

敵機が去ったあと佐々山班からの伝令が駆け込んできた時点で、中隊長も何かしらの不穏は感じただろう。道路上で被弾したと聞けば当然のことだった。あるいは自殺の可能性も考えているかも知れない。配属の衛生兵を出さなかったのも衛生部に漏れることを懸念したからである。その結果が大庭に対する確認指示だった。ただし、自分が刺し殺したと主張する兵隊の出現までは想像もできずにいるだろう。どうあろうと大庭は、隊務の支障となる事実を排除した上で報告をまとめねばならなかった。

たかり始めている蠅を追い払い、ひとつ息を吐いた。

防水布をすべて剝《は》ぎ取ると濃い血のにおいが立ちのぼった。

胴体のちぎれかけた富下一等兵の体は、やはり正視に堪えない。帯革に腸が絡みつき、血液は黒く変色していた。予想をまったく裏切り、その鞘《さや》には銃剣がなかった。

「……銃剣はどうした」

気のせいでなければ、そのとき佐々山軍曹は体を強《こわ》ばらせたように見えた。防水布をかけ直すことも忘れて大庭は問い重ねた。

「なぜ黙る。銃剣はどうしたと訊いているのだ」

「銃剣はありません」

「ないとはどういうことだ」

「紺野と争ったとき道路に落ちたのだと思います。実は先ほどまで探していたのですが、いくら泥の中を探っても見つからず途方に暮れておりました」

死者のものであろうと官給品は返納の必要がある。天皇陛下から預かったものだとの教育は戦地にまで持ち込まれ、それは強迫観念になっていた。

佐々山軍曹はいくらか肝の細いところがある。唐突で奇妙な部下の死と陛下からの預かりものの紛失に血の気を引かせていた。

「見つからないはずはなかろう。道路上だ」

「もしかしたら密林のどこかかも知れません。紺野は伐採所から追いかけたと言っていましたから」

他の兵は黙々と伐採作業を続けていた。木々に隠れがちではあったが、銃剣を探し回ったような徒労感はどこにもうかがえなかった。

思えば、作業を再開していることが不自然である。銃剣が密林に落ちた可能性を本気で考えたなら、今なお全員で探しているはずだった。佐々山軍曹はおそらく、大庭が戻ってくるとは予想もしていなかったのだった。

「紺野は道路で富下の銃剣を抜いたと言っている」

「それは嘘です」

「なぜ嘘だと断言できる」

「嘘でなければ、思い違いでしょう。ここのところ紺野は疲れているようですから」

「そうだな。全員が疲れている。お前もすっかり参っている。紺野と富下の銃剣を確かめもせずにいたのだからな」

天幕でのやりとりをかいつまんで教えると、佐々山軍曹は目をそらした。

「兵のひとりひとりの心を斟酌《しんしゃく》している余裕などない。隊が回ればそれでいいと割り切る必要が将校にはある。俺みたいなお飾りの立場でもそれは同じだ。准尉殿准尉殿と兵が敬ってくれるのは、兵卒からの叩き上げなら下の苦労をよく知っていると思い込んでいるからだろう。とんだ錯覚だよ。いいか佐々山、同じ苦労をした人間同士なら労《いたわ》り合えると思ったら大間違いだ。苦労人ほど苦労を嫌う者はいないぞ。苦労人はな、苦労のあしらいに慣れているだけだ」

銃剣はどこにあるのだと改めて問うたとき、大庭はかすかな痛みを頭に覚えた。溜《た》まった疲れによるのかマラリアの前兆なのか分からなかったが、どちらであろうと構うつもりはなかった。苦役に終わりが見えないなら、踠《もが》いたところで益はないとあきらめるのが無難である。いったん踠きに走れば、富下一等兵や紺野上等兵のように自分を見失う予感があった。

「申し訳ありません」

佐々山軍曹は、踠くに足る踏ん切りがつかずにいるように見えた。それが階級というものの拘束力ならば、軍隊という組織の完成度には感謝するしかなかった。

「詫《わ》びはいい。とにかく全部正直に話せ。その結果がどこにどう作用しようとお前が気に病む必要はない」

「紺野の言っていることが本当なのか、自分には分かりません。ですが争ううちに富下の銃剣を抜いたというのは明らかに嘘です。もし准尉殿の目に嘘と映らなかったのでしたら、紺野はきっと本気でそう思い込んでいるのです。富下の銃剣がなくなったのは今朝早くのことなのです」

苦しげにそこまで言ったあと、佐々山軍曹はわずかに顔を伏せた。

4

時間の過ぎるほどに、事実を確かめることの虚《むな》しさが深まった。ひとりひとりが無自覚のうちに記憶を改竄《かいざん》しているような感触すら大庭は覚えた。

「今朝とはどういうことだ」

「ここまでの行軍中です」

天幕における紺野上等兵の言葉のひとつが、必然的に思い返された。

「富下は行軍中に野糞でもしたのか」

「はい。少し腹をこわしていまして」

体調不良のことごとくは班長に報告するよう厳命されていても、兵の多くは辛抱する。それが内地からの習慣だからだった。伝染病の類《たぐい》でさえなければ、すべては個人の問題である。赤痢でないことを確認したあとは自前の征露丸《せいろがん》で凌《しの》ぐだけだった。

行軍中の用便がすでに叱責の対象である。その不用意を詫びながら富下一等兵は列を離れたと佐々山軍曹は説明した。

不用意な兵隊のために止まる隊列はない。「小便一丁、糞八丁」との言い回しを持ち出すなら、富下一等兵は一キロ弱遅れて隊列へ駆け戻ったことになる。

「富下が追いついてきたのは伐採所に入る頃でした。そのときよく見ていれば良かったのでしょうが」

今さら言ったところでどうにもならないし、それをもって佐々山軍曹の落ち度だとするのは酷だった。大庭は事の前後だけを確認した。

「で、紛失に気づいたのはいつだ」

「作業にかかろうかというときです。紺野が気づきました。銃剣はどうしたと指摘されて富下は蒼白《そうはく》になっていました」

その後のことは詳しく聞く気になれなかった。銃剣の抜け落ちた鞘を見て、富下一等兵は生きた心地がしなかっただろう。戦友の指名を受けている紺野上等兵もおそらくは同じである。

「罵倒とともに紺野がビンタを取りました。探して来いと自分は富下に言いました」

ただでさえ人手の足りない伐採作業を抜けることが、いっそう富下一等兵を蒼白にさせた。道路へと駆け戻るその背中は見るに堪えなかったと佐々山軍曹は言った。

藪《やぶ》で軍袴《ぐんこ》を降ろしたときに抜け落ちた可能性が最も高い。鉤《かぎ》を灌木《かんぼく》の枝に引っかけた事例は皆無ではなかった。そうした事故を防止するために剣止めはつけられていた。

——富下はトンマですから、剣止めをかけ忘れていたのです。

少なくともその点では、紺野上等兵の言葉は事実だったことになる。

用便を済ませた場所を特定することから容易ではなく、富下一等兵は焦っただろう。密林に目印を求めるのがそもそも困難だった。藪をかき分けるうちにますます記憶はあやふやになり、隊列へ駆け戻るときに落ちたのではないかとやがて考える。

「二時間ほどして戻ってきたとき、富下の軍衣袴は泥だらけでした。正直に申し上げますと、自分は富下の不注意が腹立たしくてなりませんでした。銃剣を紛失したなどと中隊に報告する勇気はありませんでした」

他の班員も多かれ少なかれ憤っただろう。その感情を表に出したかどうかはさほど重要ではない。無用な迷惑を班にかける事実に富下一等兵がいっそう打ちのめされたことは動かない。

紺野上等兵は再びビンタを取ったという。詫びる富下一等兵を許さず、もう一度探して来いと怒鳴った。

「敵機が来たのは、それから間もなくしてでした。今とやかく言ってもどうにもならないと、自分はひとまず小休止を告げました。ですが、それがかえってよくなかったのかも知れません。普段なら仮眠を取るところです。横たわる者のひとりとしていない班を見ながら、富下は詫び続けていました。ここで詫びる暇があるなら早く探して来いと紺野は言いました」

そこまで戦友を追いつめる紺野上等兵の姿を想像するのは決して簡単ではなかった。実直ゆえに富下一等兵の失態が許せないのは分かる。しかし、敵機の在空に構わず探せと要求する非情はいかにも度を超えている。ともすれば死んで来いと言っているも同然だった。

「紺野は銃剣そのものをとやかく言っていたわけではないのです。教育通り剣止めをしていなかったことが許せなかったのです。戦友指導にはことさら熱心でしたから」

紺野上等兵の熱心さは中隊長も把握している。下士官として覇気に欠ける佐々山軍曹にそうした三年兵をつけたのは、補強の意味合いからでもあった。

班長に代わってより強く叱責する必要を紺野上等兵が感じていたのだとすれば、中隊長の配慮は裏目に出たことになる。

「マレーで斎田を失ってから、紺野は戦友指導に神経質になった嫌いがあります」

佐々山軍曹は静かに溜息《ためいき》をついた。重い記憶をうかがわせる表情には、何かしら引っかかるものがあった。

根本的な部分で事実誤認があることに、大庭はそこで気づいた。

マレー半島における隊の被害は、いわば不可抗力だった。あえて原因を追及するなら、敵砲兵の位置を把握しないまま工兵を押し出した佐官や将官にこそ原因があるだろう。だからといって、それを恨む者など隊にはいない。マレーでは道路の補修と架橋がなによりも急務で、それこそが友軍の前進速度を支えていたからである。

「マレーでの四人は敵の砲撃で死んだのだ。なぜ紺野が戦友指導に神経質になる必要がある」

指摘の意味するところに佐々山軍曹は理解がおよばずにいた。どこか虚ろな目を返してきた。

「斎田が砲弾にやられたことと、紺野が指導に神経質になることと、どう関係ある。説明してみろ」

「……ですから、ぼんやりしていなければ斎田は死なずに済んだわけですから」

「斎田はぼんやりしていて砲弾に当たったのか。伏せずにいたとでもいうのか」

偽りの報告がなされていたことは明らかだった。

息を呑み、目を泳がせる佐々山軍曹を見るうちに、否応《いやおう》なく忸怩《じくじ》たるものが込み上げた。ニューギニアへの上陸が隊の軋みを生んだと考えていた時点で、大庭は兵隊の感覚を忘れていたに違いない。

「中隊長殿がなぜ俺を動かしたか、お前は分からんのか。いいか佐々山、これだけは心得ておけ。報告とは責任を上に回すことだ」

偽りの報告の前例があるからこそ紺野上等兵はあそこまで強弁した。そう確信してしまうと、自分がひどく不甲斐《ふがい》なく思えてならなかった。

「お前らが事実をあれこれこね回したところで浅知恵にすぎん。なによりそれは将校を愚弄《ぐろう》する行為だ。お前のそうした行為が紺野をして嘘をつかせたのだ」

自殺に追い込んだのではなく自分が刺し殺したと思い込む努力は、班友にかかる心の負担を軽減するためでしかない。同時に、班長に嘘をつかせないためでしかない。

紺野上等兵は確かに実直な兵隊だった。

実直な兵隊はいつでも、上官の顔に泥を塗るまいとする。ましてや准尉という階級は彼らから見れば隠居も同然である。生活苦を隠居に悟られまいとする家族のような気配が佐々山班には濃かった。

「いつまでもくどくどやりとりできるほど俺も暇ではない。マレーで何があった。単刀直入に言え」

「……暴発です。手榴弾《しゅりゅうだん》の」

大庭の言葉が効いたわけではないだろう。詭弁《きべん》の構築に疲れ果てたような顔で佐々山軍曹は語った。

「インド兵の遺棄死体から鹵獲《ろかく》した手榴弾でした。斎田がそれをいじり回しているうちに安全栓が抜けて、導火索から煙があがったのです。不用意に触るなと紺野が注意した直後のことでした」

　思い出すのもつらいのか一度声が詰まった。木々の向こうで伐採を続ける班員を振り返ったあと、佐々山軍曹の視線は富下一等兵の死体へ流された。

「手榴弾から煙があがったときの斎田の顔は今でも忘れられません。ちょっと不思議なものを前にした子供のようでした。放り投げようにも、周りには班員が散開しています。自分の体で押さえ込むより他ありませんでした」

　手榴弾の威力は、戦意高揚映画で信じられているほどには大きくない。抱き込んでしまえば、腹を割り、下顎《したあご》を砕く程度だった。

「目の前で斎田が爆死して、自分はただ呆然《ぼうぜん》としていたように思います。それからすぐに敵の砲撃が始まりました。あるいは、あの砲撃は偶然ではなかったのかも知れません。敵の観測兵が手榴弾の爆煙に気づいた結果ではないかと」

　だとすればより真実は語れない。佐々山軍曹が他言無用を命じるまでもなく班員は口をつぐんだだろう。それが紺野上等兵の自責を深めさせたことは疑う余地がなかった。

「その後も紺野は、ことあるごとに斎田の死を思い出したでしょう。ふとしたときにぼんやりしている姿をよく見ました。一度は注意した上での暴発ですから、なおさら悔やまれたはずです」

富下一等兵が剣止めをかけ忘れていたことは、手榴弾の作りの違いを忘れていた斎田一等兵を連想させもする。

どちらも些細なことでありながら大事を招いた。

腸を出した戦友の死体を二度まで前にし、そこに自分の指導力欠如を見た紺野上等兵を思うと、大庭に言葉はなかった。

「銃剣を探し出す必要を紺野がより強く感じたのは確かだと思います。ですがそれは、探し出さねば富下がより追い込まれると案じたからです。小休止の間に密林の中を探してきますと、紺野は富下を連れて伐採所を離れました。その後のことは紺野にしか分かりません。自分に言えるのは、敵機に撃たれようとする富下を紺野が懸命に止めただろうということだけです」

「年寄り扱いされているうちに耄碌《もうろく》してきたらしい。お前が何を言っているのか俺にはさっぱり分からん」

説明のすべてを聞き流し、大庭は最後の言葉にのみ反応した。

「いいか佐々山。富下は自殺を選んだのではない。殺されたのでもない。戦死したのだ。被弾場所はこの伐採所だ。探り撃ちの流れ弾がたまたま命中した。富下が道路へ出る理由などない。よって銃剣の紛失もない」

銃剣の紛失を直接の原因とするには富下一等兵があまりに不憫《ふびん》だった。富下一等兵を自殺に追い込んだと思い込ませていては紺野上等兵があまりに哀れだった。「お前らは夢を見たのだ」と口にし、大庭自身そう思い込む努力をした。

「お前らは小休止の間に夢を見た。戦が長引くとよくあることだ。夢の中でも軍務をこなすようになる。それも苦しい軍務ばかりで、内容は取り返しのつかない失態ばかりだ。よく考えろ、ここは銃剣一本の行方を気にするような場所ではない。陛下から預かったものだと？　笑わせるな。空襲でどれだけ物資がやられたと思う」

伐採所の兵が倒木を告げ、密林が騒いだ。技を折り、幹の破片を飛ばしながら、大木のひとつが倒れていった。

近くに隠れていた鳥が驚き、奇声をあげた。曇天に羽ばたく鳥は色彩も鮮やかだった。

オウムの一羽が道路のほうへと飛んでいくのを大庭は見つめた。鳥を羨《うらや》む気持ちが心のどこかにある。飛べることを羨んでいるのではなく、責任というもののない生活を羨んでいるのだった。穏やかな富下一等兵の死相を前にしていると、それは動かしがたい実感となって押し寄せてきた。

「佐々山、この戦は簡単ではないぞ。それこそ兵の死が日常化しかねない戦だ。陛下から預かった兵隊の死が日常化しかねないのだ。心の挫《くじ》けたときが終わりだ」

今後は紺野上等兵をよく見ていることと、兵の死に心を煩わせる必要のないことを大庭は告げた。相反していながら、どちらもゆるがせにできない指示だった。結果、無理を押し通すしかない現状が強調された。

おそらくは自分を叱咤《しった》するための言葉である。「はい」とか細い声を発し、強くあごを嚙みしめる佐々山軍曹に、大庭は腹のくくりを確かめた。

抗命

帚木蓬生

帚《はは》木《きぎ》蓬《ほう》生《せい》（一九四七〜）

福岡県生まれ。東京大学卒業後、ＴＢＳに勤務するが二年で退職。九州大学医学部を卒業し精神科医となる。医師をしながら小説を書き、一九九〇年にノーベル賞をめぐる陰謀を描く医療ミステリー『賞の柩』で日本推理サスペンス大賞佳作を受賞。医療小説、ミステリー、歴史時代小説など幅広いジャンルの作品を発表している。『三たびの海峡』で吉川英治文学新人賞、『閉鎖病棟』で山本周五郎賞、『逃亡』で柴田錬三郎賞、『水神』で新田次郎文学賞、『ソルハ』で小学館児童出版文化賞、『蠅の帝国』『蛍の航跡』で日本医療小説大賞、『日御子』で歴史時代作家クラブ賞作品賞を受賞している。

マニラ陸軍病院第一分院、通称ケソンの敷地には柵も鉄条網もなく、私は敷地のはずれと思われる場所に専用の小屋を作ってもらっていた。小屋といっても、四本の柱の上に椰子《やし》の葉を並べただけの粗末なものだ。しかしそれが日除けになり、風も吹きさらしなので、ハンモックでも吊るしておけば、板造りの兵舎よりはよほど涼しかった。午前と午後の診療の間、簡単な昼飯をすませたあと、ハンモックにのぼり、うたた寝をしたり、本を読んだりした。不意にスコールがやってきて、椰子の葉がけたたましい音をたて始めると、飛び起きて一目散で兵舎の中に駆け込む仕儀になる。しかしそんな不運に見舞われるのは十日に一度くらいだ。

戦況がおもわしくないことは、病院上層部からそれとなく知らされていたが、分院自体はごく平穏で、敵機の機影さえ見なかったし、戦闘の砲撃音も聞こえなかった。南方諸島の前線から後送されて来る将兵の手足がもがれていたり、腹部が銃創でえぐられているのを見て、ここが戦場であると、ようやく思い知らされた。

昭和十九年七月初め、ハンモックで半睡していたとき、「軍医殿、山下《やました》大尉殿」という声で目が醒《さ》めた。当番兵が敬礼をしていた。

「本院の方に行って下さい。軍医部長が呼ばれております」

当番兵は無線係が書いた紙片を私に見せた。

用件など書いていない。しかし予想はついた。分院を出る前に、分院長の田村《たむら》軍医大佐に報告する必要があった。

「やっぱり、きみに白羽の矢が立ったか。例によって推挙しておいたんだ」

大佐は口髭《くちひげ》を撫《な》でながら表情を引き締めた。私はもう間違いないと思った。

「先日ちょっと話をした鑑定の件だ。陸軍始まって以来の不祥事だよ。兵団長が抗命罪に問われている」

「抗命罪ですか」四、五日前に分院長から打診されたときは、通常の往診くらいだと思っていたのだ。「どこの兵団でしょうか」

「ビルマだ」

「ビルマ」私はどっと疲れを感じた。まさかビルマの兵団長をマニラに連れてくることはないはずだ。鑑定となれば、私がそこに赴かねばならない。一体何千キロ離れているのか。私は頭のなかで地図を思い浮かべた。四千キロは優に超えるだろう。

「この前は軍用トラックだったが、今回は飛行機でひとっ飛びだ」

田村大佐はようやく笑って私の肩を叩《たた》いた。なるほど、軍医部長に私を推薦した理由はそこにあった。田村大佐と私は第十四軍に転属される前、ガダルカナルの兵站《へいたん》病院にいた。そのとき、敵に包囲された大隊長の精神鑑定を命じられたのだ。トラックに揺られ、二日かかって戦場に着き、夜陰に紛れて陣地にはいって、気がふれたと噂《うわさ》のたった大隊長に会った。大隊長は確かに躁《そう》病に罹患《りかん》していた。何日も眠らずに作戦案を書き散らし、突撃を命じる。命じたかと思うと、作戦を変更して呼び戻す。そして別の中隊に号令をかけて別方向への攻撃を促す。副官の助言など聞き入れない。これでは部下はたまったものではない。

大隊長の過去の行状を調べると、躁状態のほかにうつの病状もあることが分かり、最終診断がついた。大隊長は直ちに更迭《こうてつ》されて、マニラ陸軍病院に送られた。その後は内地に送還後、国府台《こうのだい》陸軍病院に入院になったと、報告が届いた。

その際の手際の良さと鑑定書の出来を、田村大佐は手放しで誉《ほ》めてくれ、私は面映《おもはゆ》い思いをした。外科医の田村大佐からすれば、精神鑑定書が手品のように思えたのかもしれない。しかし本来精神科医の私にしてみれば、外科医の手術記録みたいなもので、取り立てて云々《うんぬん》するほどの手柄でもなかった。

田村分院長は簡単だと言ってはくれたものの、概略を聞くと、簡単どころではない。まず被鑑定人が、前回は大隊長、今度は第三十一師団、通称烈兵団の兵団長だった。前回は、大隊長の辻褄《つじつま》の合わない行動を不審に思った部下が、軍司令部に直訴しての鑑定だった。今回はそれとは全く経緯が違っていた。軍司令官が自分の部下を、それ

辞した。
医部長梛野《なぎの》軍医中将の前に立った。部長は気さくにソファを勧めてくれたが、私は固
私は事の重大さをひしひしと感じながら、翌日マニラの南方総軍司令部に行き、軍
も親補職《しんぽしょく》の師団長を告訴し、精神鑑定を要すると、方面軍司令官に訴えていた。

「ビルマには、九州大学の医局で一年後輩である中本《なかもと》軍医がおります」
「それは調べた。中本軍医は確かにビルマ戦線にいるが、今は山奥にいてどこにいる
か判然としない。探すのにも何日かかるか分からん。それに、烈兵団長の所属部隊
だ」
「そうでありますか」
私は中本軍医の物静かな顔を浮かべた。彼は不運といえば不運で、二度も赤紙をも
らっていた。最初は昭和十二年の暮で、私より早かった。中支《ちゅうし》戦線で三年を過ごし、
復員したのは十六年の四月だった。そこで延び延びになっていた結婚式を挙げ、大学
の医局で研究も始めた矢先の七月、再び赤紙が来た。そのいきさつを知らせてくれた
のは同門の後輩だ。彼自身も中本軍医の召集のあと、赤紙で呼び出され、南方に赴く
途中、このマニラの陸軍病院で会っていた。ニューブリテン島が行く先と言っていた
後輩も、今はおそらくその島のジャングルの中だろう。二人の後輩に比すれば、今の
私は数段恵まれた環境にいた。

「それでは自分がお引き受け致します」私は直立不動で答えた。

「そうか、行ってくれるか」軍医部長の顔に安堵《あんど》の色が見えた。

「しかし、もしも私の鑑定結果に不満が生じたり、内地で再鑑定が行われるようなことになるのであれば、自分は辞退したいと思います」

多少遠回しの言い方だと感じながらも、胸に秘めていた決意を口にした。これは私の傲慢《ごうまん》でも過剰な自信でもなかった。精神科の門をくぐって十三年、この道での自信はあった。しかも専門医として、精神鑑定に従事することは当然の義務だ。ただし、今回の鑑定の相手は、天皇陛下の任命になる親補職の師団長だった。南方総軍の名誉のためにも、また帝国陸軍としても、正確な判定を誤れば、将来に汚名を残すのは間違いない。私は自分で背水の陣をしいたのだ。

「まあ、かけ給《たま》え」軍医部長から再度ソファを勧められ、私は向かい合わせに腰かけた。

「その件は、一週間待ってくれんか。東京に問い合わせてみる」

軍医部長は言い、私に煙草をさし出した。私は煙草はやらず、遠慮すると、部長は自分で火をつけ、煙をふっと吐き出した。

「ともかくこれは前代未聞の事件だよ」

「烈の兵団長は、現在解任されておられるのですね」

私は当初から気になっていたことを確かめた。現役の師団長を鑑定するのと、親補職を退いた前師団長を鑑定するのとでは、こちらの緊張度が異なる。

「牟田口《むたぐち》軍司令官から師団長解任の命令が出されたのが七月五日だ。佐藤《さとう》師団長はビルマ方面軍司令部付になった。後任の師団長は決まっていないそうだ」

「それで、鑑定の場所はどこになりましょうか」

「ラングーンだ。きみが先に行っておいて待機してもらうことになると思う」

軍医部長は鋭い視線を私に向け、「しかしこれは大変な事件だよ」と繰り返した。

「ことによっては、皇軍のあり方を根底からひっくり返すことにもなりかねない」

私は頷《うなず》く代わりに、ソファの上で背筋を伸ばした。

総軍司令部を辞したあと、軍医部長から再度の呼び出しがあったのは、一週間後だった。

「東京から電報が来た。この件は南方総軍に一任する。内地は一切関与しない、という内容だ」

棚野軍医中将は当然といった表情で、電文を机の上に広げてみせた。

「参謀総長からの電報でしょうか」私は直立不動のまま訊《き》いた。

「そう。首相兼陸軍大臣の東条《とうじょう》大将、自らの判断だ」

これでもう私の任務は決定した。第一分院に戻った私は、腰椎穿刺《ようついせんし》用のルンバール針を磨き、試験管を消毒し、試薬を準備した。

　南方総軍の寺内寿一《てらうちひさいち》総司令官からの出張命令が届いたのは翌日だった。〈ビルマ派遣軍の衛生業務援助のためビルマへ出張を命ず〉という文面を何度も読みながら、内心で苦笑を禁じ得なかった。師団長の精神鑑定が衛生業務の援助とは、言い得て妙でもあり、事実をはぐらかす詭弁《きべん》にも思えた。

　ビルマ派遣軍との交渉係には、総軍軍医部高級部員の宮本《みやもと》軍医中佐が任命された。二人でマニラを出発したのは七月十四日だ。飛行機には総参謀副長の和知中将も同乗し、途中でボルネオ一泊となった。アピーの軍司令官山脇《やまわき》中将の宿舎で、夕食会が開かれた。

　和知中将や宮本中佐と私の他にも、現地の参謀や副官が同席し、にぎやかな食卓になった。斜め前に坐《すわ》ってよくしゃべり、よく食べる山脇中将の顔を見ながら、初対面にもかかわらず私はどこかで見た顔だと思った。気がついたのは宴もたけなわになった頃で、医学部の前にあった東公園の日蓮《にちれん》そっくりだったのだ。私は毎日下宿からその日蓮の銅像下を歩いて、医学部そして医局に通ったものだ。

「俺は鰐《わに》のペニスを持っているが、お二人に見せようか」

　山脇中将は私と宮本中佐に笑顔を向けた。私たちが軍医と知っての半ば冗談、半ば本気だったに違いない。

「はい、後学のために是非」と、私より先に答えたのは宮本中佐だ。

さっそく副官が隣室から、その代物を両手に抱えて持って来た。五十センチはある逸物に、私は圧倒された。

「和知中将、これを半分に切って進呈しようか。奥さんに送ってやると喜ばれること請け合い」

山脇中将からもちかけられた和知中将は、「半分でなく、そのまた半分で結構です」と切り返し、一座大笑いになった。

ボルネオを飛び立った飛行機は、泰緬《たいめん》国境を越える際、雲の上に出たり突っ込んだりして曲芸飛行なみの操縦になった。ラングーンに近づくと、今度は海上の霧の中を飛行する。霧を抜けた瞬間、十数メートル下にデルタ地帯が迫り、思わず腰を浮かした。あとで聞くと、すべては敵機を回避するためだったらしく、改めて背筋が冷えるのを覚えた。

七月十七日、ラングーン大学内の深い森の中に造られた司令部に出向いた。方面軍司令官河辺正三《かわべまさかず》中将に申告のためだったが、司令官はカイゼル髭のみが立派で、顔色も悪く、声にも張りがなかった。アメーバ赤痢《せきり》に罹患《りかん》したあととのことで、その口から、ひとしきりビルマの非衛生的な雨期についてのぼやきが漏れた。

このぼやきに私が心底納得したのは、すべての任務を終えてラングーンを出たときだ。およそひと月の滞在中、雲の間からのぞく太陽を拝めたのは、合計二時間に満たなかった。

烈兵団長の到着までの五日間、ラングーン北方に布陣する軍の状況を、視察する機会をつくってもらった。河辺中将の言葉どおり、どこもかしこも非衛生的で、内地との余りの違いに驚かされた。山林の中に掘られた塹壕《ざんごう》は水浸しであり、洗濯した物は焚火《たきび》で乾かすしかなく、乾いてもすぐ湿気を帯びる。手入れをした軍靴も、翌朝にはかびだらけになった。

私と宮本中佐がラングーンに着いた夜、夕食会に招かれた。同席した若手の参謀たちは、私の任務を知っていたのか、烈兵団長の抗命事件をそれとなく話題にした。私としては鑑定の原則である〈事実をありのままに〉を自分に言い聞かせ、噂話は聞き流すように努めるしかない。とはいえ、交わされる会話の内容には聞き耳が立つ。森や林、烈や弓、菊や祭といった言葉が、否応《いやおう》なく耳に届いた。いずれも軍の略号で、森はビルマ方面軍、林はそれに属する牟田口軍司令官指揮下の第十五軍をさし、烈、弓、菊、祭はその配下の師団を意味していた。

会話の大筋は、総じて烈兵団長の判断が正しく、林の司令部のほうがおかしいというものだった。

夕食会の翌日、私は兵站病院に行き、マラリアや梅毒検査の依頼をした。

被鑑定人の第三十一師団烈兵団長の佐藤幸徳中将が、戦線からラングーンに到着したのは七月二十二日である。翌二十三日、烈兵団長が河辺方面軍司令官に申告に来ると知らされた私と宮本中佐は、数時間前に司令官室に呼び出された。

「間もなく烈兵団長が着く。君たちはそこの部屋に居《お》ってくれんか」

河辺中将は隣の部屋を指さした。中にはいると、机に椅子だけの殺風景な小部屋だ。扉を閉める。隣室の話し声は聞こえない。

「いざとなったら、ここから出て行って烈兵団長を取り押さえてくれ、ということでしょうか」

私は精神病院でよくとられる処置を思い出して宮本中佐に言った。独房に入れられた興奮患者を診察する際、看護士が二、三人背後に控えるのが通常で、事が起こればいつでも対処できるようになっていた。

「十年ばかり前、世間を騒がせた横浜の事件があったろう」宮本中佐が真顔で頷く。

私もその事件は知っていた。梅毒性の脳炎である進行麻痺《まひ》にかかった陸軍中佐が、列車内で軍刀を抜いて暴れたのだ。幸い死人は出なかったが、軍としては面目丸潰れの事件だった。

私と宮本中佐は椅子を扉の近くに寄せ、隣室の様子をうかがった。佐藤中将の入室は足音で分かり、私たちは立ち上がる。申告の内容は聞こえなかった。しかし最後には笑い声が届き、二人で安堵の顔を見合わせた。

　翌二十四日、方面軍の鎌田軍医部長に引率されて迎賓館に向かい、軍医部長から烈兵団長佐藤中将に紹介された。

「わざわざマニラから来たとは、あんた等《ら》も大変だったな。ま、よろしく頼む」

　肩こそ叩かれなかったが、中将から気さくに話しかけられ、私の緊張はいっぺんにゆるんだ。同時に、何か機先を制された気持になった。腹が少し出て肥満気味ではあるものの、がっしりした体格で、私は循環気質型と闘士型が混じった第一印象を受けた。たとえは悪いが、全体としてはどこか大店《おおだな》の主人のような雰囲気を与え、軍人らしいいかめしさが少ない。

　さっそく急ごしらえで診察室にした隣室で、中将の身体的理学的検査を始めた。

「あんたは精神科医と聞いているが、注射もなかなかうまいじゃないか」

　身体的な診察を終えて、採血にはいったとき、中将が私に言った。

「精神科医でも注射はしますし、後日、腰椎穿刺《ようついせんし》もさせていただきます」

「何だね、それは」

　中将はさすがに驚いたようで、眉を吊り上げた。

「腰に太い針を刺して、背骨の中から脳脊髄液を十cc採取します」

「おいおい、背骨に針かよ」

「正確に申し上げれば、骨と骨の間に針を刺します」

「痛くないか」

「多少は痛いですが、泣く程のことはありません」

皮肉をこめた返答に、中将は口をつぐみ、私は多少なりとも溜飲《りゅういん》を下げた気がした。同時に、この短いやりとりで、これは普通の人、つまり何か精神に異常をきたしている人ではない、という直感をもった。

初日の診察はそれで終わり、二日目に本人に対する直接の問診と、中将に同行した副官への面接を予定して、私と宮本中佐は迎賓館をあとにした。

宿舎で、私は宮本中佐が収集した事件の概要を頭のなかに入れた。資料の中には、烈兵団から林司令部に宛てた電報の写しも含まれていた。

インパール作戦の目的は二つあった。ひとつは、インド東部に位置する英印軍の前進基地であるインパールを占拠して、そこにインド革命の志士チャンドラ・ボースの革命政府を擁立することだ。この革命政府ができれば、イギリスの植民地政策に対する独立運動が、インド全土に広がるという目論見《もくろみ》が背後にあった。

第二の目的は、インパールからさらに北に位置する、アッサム鉄道の要衝ディマプールの占領だ。これによって、レドから中国の重慶《じゅうけい》に至る蔣介石《しょうかいせき》援助ルート、いわゆるレド公路の遮断が可能になる。

これらの目的自体は壮大にしてかつ理路整然としている。しかも一石二鳥の妙案である。反面、いかにも机の上で考えられた案という印象はぬぐえない。最大の問題は、インパールが山岳地帯にあり、その後方に控える後方補給路の要所コヒマも、同時に制圧する必要があった点である。

策十五軍林の司令官牟田口廉也《れんや》中将の命令によって、三種の兵団が投入された。弓兵団（第三十三師団、柳田元三《やなぎたげんぞう》中将）、祭兵団（第十五師団、山内正文《やまうちまさふみ》中将）、烈兵団（第三十一師団、佐藤幸徳中将）であり、弓はインパールの南から、祭はインパールの東から、それぞれビルマとインドの国境を越えた。そして烈は、インパールの北にあるコヒマを目ざして、国境に向かったのだ。

この三兵団のうち、最も困難な進路をとらなければならなかったのが烈兵団である。進路には、ヒマラヤ山脈の南端パトカイ－アラカン山系が立ちはだかっている。標高は二千八百メートル、その両側千五百メートル下には谷が横たわり、大河が流れている。ビルマ側にある川が、イラワジ河に合流してアンダマン海に注ぐチンドウィン河だ。しかもこの河は名にし負う激流だった。あとで聞いた烈兵団長の副官の証言でも、牛はもちろん、米俵や二十キロの軍票つづらも押し流したらしかった。

この渡河《とか》作戦が烈によるコヒマ攻略の端緒であり、昭和十九年三月十五日だった。烈兵団長の佐藤中将は師団を三分して攻略作戦を立てていた。北方から進攻する右翼隊、南方から攻める左支隊、そして本部のある中央隊である。このうち進撃が最も速かったのは、宮崎《みやざき》少将の率いる左支隊で、四月五日にコヒマ南方の丘を占領した。ところが右翼隊と中央隊は、その頃やっとコヒマ北方にたどり着いたばかりだった。全軍で総攻撃をかけるにはまだ時期尚早で、左支隊は待機するしかなかった。この間、英印軍はコヒマに野砲、迫撃砲、戦車、火炎放射器を持ち込み、堅固な陣地を築いてしまった。

こうなると装備に劣る烈は、夜襲による肉迫戦を選択するしかない。しかし夜闇に紛れたつもりの攻撃も、照明弾を打ち上げられると、昼間同然の戦いになる。こちらが、やっと運び込んだ山砲を一発撃つと、百発の砲弾が降りそそぐ。悪戦苦闘の肉迫戦は二ヵ月にわたって続く。

戦わねばならないのは敵軍ばかりではない。アラカン山脈は世界有数の多雨の地域で、四月下旬から雨期に入り、五月になると豪雨に見舞われた。マラリアや赤痢、脚気《かっけ》、栄養失調で動けなくなる兵は、日毎《ひごと》に増えていった。

その間にも軍司令部からの進撃命令は次々と届く。第一は、宮崎少将の左支隊を分離して、南のインパール戦線に投入せよという命令だった。そうでなくとも多勢に無勢なのに、味方の軍勢を減じるなど不可能である。烈兵団長は、文字どおり烈火の如《ごと》く怒り、軍司令官命令を断った。それならと、第二、第三の命令、ディマプール進出とアッサム鉄道占拠が届いたが、これも前線からすれば絵に描いた餅に過ぎない。烈兵団長は黙殺した。

この難行軍と死にもの狂いの戦いの間、軍からの食糧と弾薬、衛生材料の補給は、全くなかった。将兵は戦傷のみならず、病気と飢えでバタバタ倒れていく。烈兵団長は、止むなく六月一日、撤退の命令を下した。まずは食糧確保が先決である。南方にある町フミネを目指した。しかしここにもまた軍司令官の命令が届く。直ちにインパール攻撃に向かえというのである。腹が減っては戦《いく》さはできない。作戦は後回しにして真直ぐフミネに向かった。これも抗命とみなされた。

一連の経緯を検討し終えて、宮本中佐と私は溜息《ためいき》をついた。

「これは前線と司令部の認識の差だね」宮本中佐が天井を見上げて言った。「軍からの派遣参謀は兵団視察には来なかったのだろうか」

「問診の際、佐藤中将にうかがってみます」私は当然と思い、答えた。

「いや来なかったのだろう。来ていれば、ここまで事態は悪くならなかったはずだ。もうひとつ、この抗命がなかった場合、烈兵団の兵隊がどうなったかを考えておくのもいいだろうね」

元来外科医の宮本中佐は、精神鑑定がどのようなものか不案内のようだった。過去の精神状態がどうであったか、また現在の精神が病んでいるかどうかを、純粋に判断するのが鑑定の目的だ。宮本中佐は、それをどうやら裁判と勘違いして、私に烈兵団長の情状酌量を示唆しているようにも思えた。

二日目の午前中いっぱいを佐藤中将の問診に当てた。メモなどは一切とらず、数時間の問答をすべて頭のなかに入れるつもりで、私は烈兵団長に対峙《たいじ》した。

「いやあ俺は、東条首相に受けが悪くてね。張鼓峰《ちょうこほう》事件のときも連隊長として派遣された。今度もまた一番悪い所にやらされたよ」

烈兵団長は私に尊大さもみせず、磊落《らいらく》に笑った。このひと言で堅苦しい雰囲気が消え、私は通常の診察態度を取り戻すことができた。

「この作戦にあたって、閣下が最も懸念されたのは何でありましたか」

私は問診の口火をこの質問で切った。前以《まえも》って考え抜いた質問で、この回答にこそ、被鑑定人の知性、情動、論理思考が集約されると判断したからだ。

「それは、何といっても糧秣《りょうまつ》の補給に尽きる。その次が弾薬と衛生材料の補給。食糧は、平地であれば行く先々の町や村で調達はできる。ところが、今度の作戦は山岳地帯だよ。完全武装をしている兵隊が携帯できる食糧は、どう見積もっても三週間分だった。武器と食糧を最大限に携行して、二千五百メートル以上の山を越え、河を渡らなければならない。そこで敵に遭遇してまごまごしていると、糧秣はすぐになくなってしまう」

佐藤中将はひと息で答えた。私が大きく頷かなければ、そのまま小演説になりかねない勢いがあった。

「それで、軍司令部の対応はどうだったのでしょうか」

「牛一千頭の同行だった。牛だったら草を食うので世話はいらないという考えが司令部にはあったのだろうね。しかし、兵隊は全員が牛の扱いに馴《な》れているわけではない。しかも大草原を進むわけでもない。山道での牛は、引いても押しても動かない。敵の砲撃音の一発でもあれば、慌てふためいて、荷物もろとも谷に落ちる。完全に足手まといになった。だからコヒマに着いたとき、手持ちの糧秣は尽きていた」

答えているうちに心中穏やかになったのか、中将は静かな口調に戻った。

「それで閣下はどうされたのでしょうか」

「補給催促の電報を打った。ところが何回打っても、軍司令部は空返事ばかりだった」

そのやりとりの電文の写しは、私の手元にあった。回を増す毎に、電文も語調が荒くなっていた。

「結局、補給はなかったのですね」

「なかった、二ヵ月間」中将は小さく息をついた。「軍医のあんただから分かるだろうが、戦闘すると怪我《けが》人も出る。衛生材料はどんどん消耗する。薬品もなければ繃帯《ほうたい》材料もなくなる。戦傷者や病人が死ぬと繃帯をほどいて、衛生兵たちが煮沸消毒していた。それでも足りなくなると、敵の落下傘の布を裂いて代用していた」

「病気は、どのようなものがありましたか」

私は中将がどの程度、兵の状態を把握していたのか確かめるために訊いた。

「軍医のあんたに言うのも釈迦《しゃか》に説法だが、まずはアメーバ赤痢、ついでマラリアと脚気だ。兵隊が食べていたのは、野草や椰子の芽、バナナの茎。それを米に混ぜて炊いていたので、体力はつかない。ほぼ全員、栄養失調状態になっていた。これで、雨と、文字どおり雨アラレの敵砲弾と戦わねばならなかった」

「それで、閣下は六月一日、撤退命令を出されたのですが、仮にこの命令を下さなかったら、兵団の将兵はどうなっていたと思われますか」

私の問いに、佐藤中将はよく訊いてくれたというように、少し顎を引いた。私は中将の目が赤く潤んだのを見逃さなかった。

「全滅か、それに近いものになっていたろう。あんたは知らんかもしれんが、兵に飢えが拡《ひろ》がると、戦傷も病気も加速度的に増える。軍医からは何度も報告を受けた。雨期で壕の中は水浸しになるのでアメーバ赤痢が蔓延《まんえん》した。露天に眠る兵には、熱帯熱も三日熱も混合感染してしまう。一日中、のべつに高熱が出たり引っ込んだりする。

軍医たちは、アメーバ赤痢にかかった兵でも、一日十五回以下の下痢は下痢と認めなかった。マラリアに至っては、病気のうちには入れなかった。ほぼ全員がマラリアなので、マラリアを病気と認めて後送したら、誰もいなくなってしまう。死んだ兵の人肉食いの報告も受けたが、黙認するしかなかった。患者輸送隊も、担ぐ兵が病気でやられているのでどうにもならない。包囲の中の敵には、輸送機で食糧や弾薬、兵器、兵員が次々と補給される。敵は肥え太るばかり。こっちは補給がないから、痩せ細るばかりだ。

野戦病院といっても、草地をならして担架を並べ、その上に木の枝で屋根を作った程度だ。そこを敵に襲われると、担送者はそのまま残すしかない。護《まも》れるのは徒歩可能な傷兵だけだよ。一時退却して、敵が転進したあと、そこに戻ってみると、重症担架傷兵たちは黒焦げになっていた。敵は、動けない兵に油を撒布《さっぷ》して火を放ったんだよ」

私がそのまま耳を傾けていれば、中将はそんな悲惨な状況をこれでもかというように話しかねない勢いだった。それでは、他のことが訊けなくなる。私は話題を転じた。

「この作戦で、補給ができなかった理由は、閣下自身どうお考えでしょうか」

「理由はいくつかあるだろうが、第一は地理的無知だろうね。アラカン山脈を越える道は、一本しかない。制空権の全くない状況下で、たった一本の道で補給するなど、初めから無理な話だ。それは烈だけでなく、祭や弓も同じで、あっちの補給路はインパール街道一本だ」

「その点、軍司令部も理解していたはずですが、各兵団にはどういう説明がなされていたのでしょうか」

通常こうした質問を一介の軍医大尉が中将にすることなど、絶対不可能だった。私は精神鑑定という枠をいささか越えているとは思いながら、好奇心に抗《あらが》えなかった。

「表向きは、絶対に補給は実行すると言明していた。しかし肚《はら》では、進軍の先々で敵のものを奪取すればいいと思っていたフシがある」

佐藤中将は怒りを抑えて言ったあと、意を決したように言葉を継いだ。「インパール作戦の兵棋演習の席上、弓の兵団長柳田中将が、『この作戦は必敗の自信がある』と言い切ったのを思い出すよ」

「そんなことを言われたのですか」私は驚いて問い返した。

「林の軍司令官は、顔色を変えてこう言い放った。『そんな戦意のない師団長でどうする。俺は支那事変《しなじへん》を起こした当人で、戦争を収拾する義務がある。シンガポールを攻略したのも俺だ。俺はついている男だ。皇祖皇宗の天佑神助《てんゆうしんじょ》我にあり。絶対にやる』と、えらい剣幕だった。柳田中将の予言は見事に適中した。軍人たるもの、過去の軍功をひけらかして作戦をたてると、笊《ざる》のような作戦になってしまう。その見本だよ。飢えて幽鬼のようになった兵が、牟田口出て来い、ぶった切ってやると叫んでいたという報告も耳にした。言っておくが、これは俺の言ったことではないよ」

中将はわずかに口元をゆるめた。こうした微妙な表情は、精神活動のまともな表われだと私は心中納得した。

「補給がなされなかった第二の理由は——」

佐藤中将は微笑のまま、続けた。長い発言のあと、冒頭の論旨にたち戻ることのできるのもまた、正常な思考、それも明晰《めいせき》な思考がなされている証拠だった。

「軍司令官の私的な怨念かもしれん」

「怨念ですか」突飛な言葉に私は思わず問い返した。

「怨念というか恨みというか。こんなことを言えば、あんたに狂っていると思われるかもしれんが」

「いいえ思いません。どうぞ」

私は鑑定作業では中立の立場を守るという原則を忘れて、答えていた。実際、もうこの時点で佐藤中将の人柄に魅《ひ》かれるものを覚えていたのだ。

「軍司令官とは佐官時代からウマが合わなくてね。軍医のあんたには関係ないだろうが、陸軍中枢には派閥があってね。いわゆる皇道派と統制派だよ」

その二つの派については私も仄聞《そくぶん》はしていた。皇道派はいわゆる軍中心の国家改造論者で、窮極の目的は昭和維新的な天皇親政であった。統制派は同じように国防国家建設を目ざしていたが、そのためには政治経済全般を強化して欧州なみの総動員体制をつくらなければならないと考えていた。二・二六事件は、皇道派の青年将校たちが、君側《くんそく》の奸《かん》を討とうとして計画実行されたといえる。

「俺なんかそんな派閥はどうでもよかったんだが、これは周囲が色分けするもんでね。知らないうちに、自分の軍服の色分けが決まるようになっている。しかし軍司令官のほうは、自分から皇道派と称していたから、俺とは大違いなんだろう。だから根が深いんだよ」

私はそれまでのやりとりから、佐藤中将が軍司令官の牟田口中将の名を、直接口にしないように回避していることに気がついた。

「全く、こんな私怨で、前線の将兵がとばっちりを食うなんて、情けない」

中将が唇を一文字に閉じるのを目のあたりに見て、これこそが抗命の動機だったのだと確信した。

「話を元に戻しますが、軍司令部の参謀の巡察はなかったのでしょうか。補給なしで死闘を続けている現状を、軍司令部としては確認しておく必要があったと思われますが」

私は宮本中佐とのやりとりを思い出して訊いた。

「そんなことをする軍司令部であれば、最初からこんな作戦は考えつかんよ。初めから終わりまで机上の作戦だったのだ」

中将は何か言葉を探すように口を一瞬つぐんだ。「実際に作戦によって動くのは人間だ。その将兵の命を思いやれんような司令官は失格だ」

再び口を閉じた中将の目が、すっと赤味を帯びた。

「閣下、ありがとうございました。立ち入ったことまでお訊きして申し訳ありませんでした」

私は坐ったまま深々とお辞儀をした。

「いや、楽しかったよ。お役目ご苦労さん。じゃ、これで放免だな」

「明日、例の腰椎穿刺をさせていただきます」

「腰にブスリ。しかし蚊から刺される程度のものだね」

笑う中将の前で立ち上がって、私は敬礼をした。中将もそれに丁重に応じたあときびすを返したが、戸口の前で振り返った。

「俺も、いくら何でも、精神病では内地に帰れんな」

「はっ」私は返事をする代わりに、踵《かかと》を合わせて敬礼をし直した。

戸が閉まるのを見届け、机に坐り、記憶が確かなうちに、問答の大要を簡単に筆記した。これがあれば、正式な鑑定書の中で一字一句再現できる自信があった。

中将の精神状態に関する私の考えはもう固まっていた。

被鑑定人の態度、表情、言語などは全く正常で、安定している。不安や焦燥の感もない。談話中、連想の遅速もなく、理路整然として迂遠《うえん》、冗漫もなかった。記銘力と記憶力も優れ、感情の不安動揺など微塵《みじん》もない。興奮と抑うつももちろん見られない。意志の抑制も充分で、投げ遣《や》りな点も卑屈なところもなく、将軍らしい立派な態度に終始していた。

とはいえ、これは現時点における精神状態であり、戦闘中および撤退作戦時の精神状態も同じだったとは言い切れない。それは、中将と行動を共にした部下から、様子を聞くことで傍証を得るしかなかった。その日の午後、副官の世古《せこ》中尉との面談を組んでいたのはそのためだった。

面談に当たって、私は仮説をたてていた。抗命の背後に精神の異常があったとすれば、躁状態だった可能性が考えられる。軍司令部の命令を再三拒否できる精神異常は、躁状態に絞られるからである。しかも佐藤中将の身体つきは、躁うつ病の多い循環型の体型の側面をもっていた。

午後に面接をした世古中尉は、若いのにもかかわらず痩せて顔色も悪く、眼光だけが鋭かった。軍医大尉の私のほうが上官のせいもあって、見るからに緊張していた。

私は数時間前に佐藤中将が坐った椅子を世古中尉に勧め、通常の患者家族との面談の要領で話を切り出した。

「軍司令部に、補給の確約は取っていたのですね。取っていたとすれば、その内容はどのようなものでしたか」

「取っておりました」

世古中尉は背筋を伸ばして答えた。「林の参謀長と後方主任参謀からです。作戦発起から一週間後、毎日十トンの補給と、二十五日頃までに二百五十トンを推進補給するという約束でした」

「なるほど。実際はどうでしたか」私は念をおす思いで訊いた。

「全くの空約束でした。コヒマ攻撃に全力をあげている最中も、補給は全くなしであります」

ここで世古中尉は軍衣のポケットから数葉の写真を取り出して、机の上に並べた。

「これがヤギ陣地、こっちがウマ陣地で、これがイヌ陣地です」

写真は汚れていたものの、高台にある敵の砲台陣地は見てとれた。ヤギ、ウマ、イヌというのは、烈兵団が敵陣地につけた仇名《あだな》だろう。

「このイヌ陣地がどうしても陥《お》ちなくて、苦戦したのであります」

言う途中で何かこみ上げるものがあったのか、副官は声を詰まらせた。私はさり気ない風を装って、記録を続ける。世古中尉との面談ではメモをとることにしていた。

「コヒマ三叉路《さんさろ》高地のこれら三陣地を奪わないことには、前進できなかったのです。負傷者は出る、弾薬も消耗していくなかで、四月中旬に至っても何の補給もありませんでした」

「それで佐藤中将閣下はどうされましたか」

「方針を攻撃から防勢に変更されました。やみくもに攻撃するばかりでは、兵の損失ばかりが増えるからです。その一方で、軍司令部に対して補給を求める電報を打たれました」

「電文を命じる際の閣下の態度は、どのようなものでしたか」

仮に佐藤中将が躁状態にあったとすれば、このとき何らかの粗暴な態度が認められるはずだと私は思っていた。

「至って冷静でした。肚の中では煮え返る思いがあったはずですが、表面には出されないお方です」

「なるほど」私はいく分安堵する思いで頷く。

佐藤中将が軍司令部に送った電文は、〈でたらめな命令〉〈司令部の暴虐〉〈鬼畜〉〈猛省を促す〉などの荒々しい言葉に満ちていて、一見送り手側が常軌を逸している印象を与えた。しかし、長期間にわたって戦っている第一線の火線の戦場では、これくらいの言葉のやりとりは当然だったに違いない。しかも相手は約束を破っているのだ。

もうひとつ知りたいのは、軍司令部に抗命した中将が、部下に対してはどういう態度をとったかだ。これが支離滅裂、朝令暮改のようなものであれば、今までの私の感想を一度に引っ繰り返さなくてはならない。

「閣下は午前中の診察でも、軍司令部の約束の不履行と作戦の不備を訴えられましたが、烈の兵団への指揮ぶりはどうだったのでしょうか」

「作戦事項には厳格でした。むしろ厳し過ぎるくらいでした」

世古中尉は机の上の写真を丁重にしまいながら、重々しく答えた。しまい終わったあと、思い出したようにつけ加えた。

「作戦以外のことになると、思いやりの深いところがありました」

「例えば？」

「チンドウィン河渡河の際、犬に飛びつかれて右手を咬《か》まれた兵がおりました。振り払おうとしても咬みついたまま離れず、犬は宙に浮いたそうです。その犬は他の兵が殺したのですが、軍医殿が心配したのは、狂犬病です」

「なるほど」

「狂犬病は想定していなかったそうで、衛生隊は狂犬病の予防接種薬を携行していませんでした。軍医殿は咬傷《こうしょう》の治療のあと、経過観察するしかないと判断されました」

狂犬病の潜伏期間にはバラツキがある。短くて二週間、長ければ二ヵ月以上かかる。しかしいったん発病すれば対症療法しかなく、死亡率百パーセントだ。経過を見るといっても、その兵にとっては安全装置をはずした爆弾をかかえて進軍するようなものだ。

「その報告を受けた閣下は、すぐさま後送を命じられました。まだぴんぴんして歩けるので、患者というには不自然でしたが、後方の兵站病院に衛生兵同伴で向かいました。兵站病院には予防接種薬の備蓄があったからです」

「で、その兵はどうなりました?」

「予防接種をしたあとも、二ヵ月とどめおかれました。狂犬病にはならなかったようで、原隊に追及させようかという電報も来ましたが、閣下は拒否されました。再び単身で渡河して山越えするのも無理なうえ、こっちは食糧弾薬もない負け戦さですから、追及しても無駄だと判断されたのでしょう。その兵は、二重の意味で命拾いしたと思います」

副官は最後のほうで語調を強めて、返事を終えた。

私はゆっくりメモをしたあと質問を変えた。

「軍司令部から約束の補給が全くなされなかった理由については、あなた自身どう判断していますか」

ひょっとしたら世古中尉の口からも、皇道派と統制派の派閥争いの話が出るかもしれないと私は予測していた。しかし違った。

「烈は、もともとインパール作戦では捨て駒だったのです。敵の目と力をコヒマにひきつけておく間に、祭と弓がインパールを占領するというのが、軍司令部の思惑だったとしか考えられません。どうせ捨て駒ですから、全滅しても一向に構わない。武器弾薬食糧は、補給するだけ無駄になる。いずれ死にゆく病人に、飯を食わせる必要などありません」

言い切るとき、世古中尉の土気色の顔がみるみる蒼《あお》くなったのを、私は見逃さなかった。書き取りながら、まさか軍司令部たるもの、一万五千の一個師団を捨て駒にするなど、ありえるはずはなかろう、という気がした。あまりの約束不履行と冷遇とに、世古中尉のほうが被害念慮気味、平たく言えばひがみっぽくなっているのだと私は判断した。

「それでは、撤退を決定されたあとの閣下の様子はどのようなものでしたか」

この質問は、当時の精神状態を推測するうえで欠かせないものだった。

「しばらくは何か考えておられるようで、言葉少なでした」

「なるほど」

「自分たちも心配しておりましたが、ほっとしたのは撤退中ウクルルの町を通過したときです。閣下が軍服の胸に草花を挿しておられました。自分がそれとなく尋ねたところ、原住民に対しての宣撫《せんぶ》工作だよ、と答えられました。そうでなくとも原住民は軍隊に対して厳しい眼を向けているからね、とも言われました。敗残の兵の集まりですから、余裕を見せつけるための草花だったかと思います」

「そうでしたか」

私は佐藤中将が胸に花をつけた姿を想像して、心温まるものを覚えた。中将の心中、宣撫的な意味だけでなく、残った配下の将兵の命を、まがりなりにも救えたという安堵感があったのではなかったか。

「ウクルルあたりの原住民はナガ族で、皇軍によく協力してくれました。撤退する我々に、自ら食い物をもって来てくれる住民もおりました。閣下の宣撫的な態度の成果だったかもしれません」

世古中尉はそのときだけ、懐かしそうな表情に変わった。

面談を始めて二時間は経過していた。私は最後に訊いておくべき質問を切り出した。

「副官の立場から見て、佐藤中将の性格はどう思いますか」

「性格ですか」のけぞるようにして中尉は唸《うな》った。

「人となりです。思いつくままで構いません」

私は補足する。世古中尉の戸惑いももっともで、通常、人は他人の性格など、漠然とらえているもので、いちいち言葉に表わしてまで考えない。

「綿密、周到、論理的、剛毅《ごうき》、誠実――」

副官の口から考え考え出てくる言葉を私は書きつけ、止まったところでさらに訊いた。

「いわば猪突猛進型ですか」

「いえ、反対の熟慮断行型です」中尉が首を振った。

「撤退を閣下が決められたのも、まさにそうだったのですね」

「そうです」中尉は顎を引く。

「参考になる意見、ありがとうございました」

私は軽く頭を下げた。起立した世古中尉に合わせて席を立つ。

「ありがとうございました」

中尉は私に向かい、律義に敬礼をする。私も応じた。

机に坐り直しながら、これで任務の大半がすんだと思った。急に暑苦しさが顔を包み込む。暑さや湿気など、この二日というもの、忘れていたのだ。安堵の裏には、佐藤中将の過去と現在の精神に何の異常も見出せないという感慨があった。当初かすかな疑問としては、佐藤中将が撤退を決定した際、軽躁状態にあった可能性も考えられた。しかし身近にいた副官の証言からも、それは否定される。

翌三日目は、腰椎穿刺のみの検査を組んでいた。

佐藤中将には上半身裸体、診察台の上で左側臥位《がい》をとってもらった。

「これでいいかね」

「背を曲げられて、両膝をかかえる姿勢をとって下さい」

「こうだね」

私の命令に中将は従順だった。私は両側の腸骨突起を確かめ、注射針を刺す腰椎の位置を確認する。アルコールでその部位を消毒した。

「冷たいね。あまり気持のいいものではない」

中将のぼやきは無視して、針先で表皮を切り、第三腰椎と第四腰椎の間に針を押し進めた。背中をエビのように曲げているので、この部位が一番間隙が広いのだが、注意しなければいけないのは、注射針が水平になっているかどうかだ。
五、六センチ突き進んだところで針先に微妙な抵抗を感じれば、そこが硬膜だった。脳脊髄液とその中の脊髄神経を守る、いうなれば袋である。そこを突き破る瞬間、プチッという微妙な感触が指先に伝わる。そうすれば、針をあと二、三ミリ進めればいいだけだ。
「閣下、足先にピリピリとしたしびれはないでしょうか」

「ない」

くぐもった声で中将は答えた。もしそうした異常感覚が走れば、針先が脊髄神経の下方の馬尾《ばび》神経に突き刺さっていることを意味する。その場合、一、二ミリ針を引き戻す必要があった。

「万事順調にいっています」

私は言った。処置する数分間というもの沈黙続きなので、患者は不安に陥る。不安を鎮めるために、私はいつもそう言うようにしていた。

中将の返事はなかった。注射の内套針《ないとうしん》をゆっくり抜き、下に試験管を当てた。わずかに黄金色味を帯びた透明な液が、一滴二滴と落ち始める。

初日の採血で得ていた血液で、ワッセルマン反応を調べていたが陰性だった。これで梅毒はいちおう否定される。血液の塗抹《とまつ》標本も顕微鏡で覗《のぞ》き、マラリア原虫の存在も認めていなかった。従って、血液上はマラリアも梅毒も否定されるわけで、今日の髄液検査はさらに梅毒の陰性を確かめるためだった。

髄液の量が十ccに達したところで再び内套針を入れ、刺すときよりは速い速度で内套針もろとも引き抜く。その痕にはガーゼを当てて、しばらく指先で押し続けた。

「はい、これで終了しました。あとは注射部位をガーゼとテープで被覆しておきますので、三十分ばかり、ベッド上で仰臥位をとって下さい」

私は言い、ガーゼを絆創膏《ばんそうこう》で固定した。

「思ったほどでもないね」

　中将は右肩を寝台に落として天井に向き直り、ほっとした表情を見せた。

安静の三十分間、私は様子を見るために部屋にとどまるつもりでいた。通常ならそれは看護婦の役目だった。

机について窓の外を眺める。つい今しがたまで降っていた雨は止んでいた。しかし空は厚く雲で覆われ、数十分もすればまた降り出すのは必至だった。

「これで俺が発狂したということにでもなれば、軍法会議はおじゃんになるね」

沈黙を埋めるようにして中将は言った。

「そういう結果にはならないような気がします」私は控え目に答える。

しかしその返事には無頓着に佐藤中将は続けた。

「軍法会議は、俺の望むところなんだよ。裁判だから、こちらは思ったとおりのことが言える。歯に衣《きぬ》を着せるようなことはしなくていい。正々堂々と、林のやったことと烈がしたことの、どっちが正しかったかを突き合わせる――」

私は遠目に中将を見やりながら口をはさまずにいた。この発言を注意深く聞くのも、診察の一部なのだ。

「しかし林の司令部はそれだけは回避したいだろうな。いくら強弁したところで、何万という将兵を餓死、病死させた点は明々白々だからな」

私は無言で頷いた。この一点だけは、佐藤中将の精神状態がどうであれ、揺るがしがたい事実だった。

「ただし、軍法会議になれば、喧嘩《けんか》両成敗で俺は死刑になる」

死刑という発言に、私は思わず姿勢を正した。

「俺の抗命罪は、どう弁解したところで消えない。陸軍刑法第三章、第四十二条で、敵前で兵を率いて逃げた司令官は死刑と明記されている。しかし軍司令部の不誠実なやり方も、言い訳したところで消えない。餓死、病死した将兵の数がそれを証明している」

中将は仰臥位のまま述懐した。「全く、前途有望なこれからという若い者たちが死に、俺ごとき年寄りが生き残っては、世がさかさまだよ。山下大尉、そうは思わんか」

私の名前を佐藤中将が口にするのは初めてだった。それまでは、たいてい〈きみ〉や〈あんた〉という代名詞で呼ばれていた。

「閣下はまだ五十一歳です。年寄りだとは思いません」

私は咄嗟《とっさ》に答えていた。年齢は鑑定作業にはいった直後に計算ずみだった。

「そうかな」

中将は呟《つぶや》き、目を閉じた。そのまま四、五分は過ぎただろうか。三十分経過したのを見届けて、私は声をかけた。

「閣下、もう起きられて構いません」

「そうか」

中将は上体を起こして、胸にかけていたシャツに腕を通し、上衣を着直した。

「いや、お世話になった」

「お手数をとらせました。閣下には、どうかお元気で」

私は踵を合わせて敬礼する。中将はそれに応じ、ゆっくりした歩調で部屋を出て行った。

採取した髄液は兵站病院に持参して、ノンネ、パンディ反応、細胞数を調べた。ワッセルマン反応は病院の検査室に依頼した。

結果はその日のうちに陰性と出た。これで、マラリアによる脳症や、梅毒による進行麻痺は完全に否定することができる。

すべての手順が終わった今、明日にでもマニラに戻りたいところだったが、飛行機の便がなく、出発は延び延びになった。交渉係として同行した宮本中佐は、飛行便待ちの無聊《ぶりょう》を利用して、何度も町まで出かけていた。

当初私はマニラに戻ってから鑑定書を書き上げるつもりでいたが、ラングーンの宿舎でまとめ始めた。鑑定人があちこちウロウロして、遊び回っていると陰口を叩かれたくはなかった。

ペンをとりながら、私は自分が書く鑑定書がもたらす結果が気になった。鑑定書と、それが引き起こす事態は全くの別物なので、本来は気にかけるべきではない。しかし今度はそうもいかなかった。

私の鑑定書で佐藤中将の精神状態が正常となれば、軍法会議で抗命罪が成立する。抗命罪は間違いなく死刑だ。鑑定のやり直しはしないと軍医部長から言質をとっているので、私がこれから作成する鑑定書が、いわば死刑宣告になる。

しかし当の佐藤中将は軍法会議を望んでいた。自分の死とひきかえに軍司令部の罪を指弾する覚悟なのだ。

死刑を避ける唯一の道は、中将の精神状態が異常だったと鑑定書に書くことしかない。しかしそうなると軍法会議は開かれず、佐藤中将は軍司令部を弾劾《だんがい》する機会を失ってしまう。

私は迷った。宿舎にこもったものの、筆は進まず、窓の外に降り続く雨脚を眺めるだけだった。

〈事実をありのままに〉、これが私が最後に行きついた結論だった。嘘《うそ》いつわりを書くなど、精神科医、それも陸軍軍医の自分がなすべきことではない。

十日後、全百五十余頁におよぶ鑑定書を書き上げた。鑑定主文は、次のようにまとめた。

鑑定主文

一、作戦中の精神状態は正常であった。時折精神障害を疑わしめるごとき感情の興奮による電文のやり取りがあったが、これは元来の性格的のもので軽躁性の一時的の反応であって、その原因は全く環境性のもので、一過性反応に過ぎない。従っていわゆる心神喪失はもちろん、心神耗弱状態にも相当しない正常範囲の環境性反応である。

二、現在の精神状態は全く正常である。

ようやくマニラに戻れたのは八月中旬で、南方総軍軍医部長棚野中将に鑑定書を提出した。

軍医部長は鑑定書の末尾にある鑑定主文にまず眼を通したあと、前のほうの頁をパラパラとめくった。

「そうか。正常となれば、軍法会議だな」

「鑑定事項にはいっていなかったので鑑定書には書きませんでしたが、現在精神状態は正常とはいえ、心身の疲労は認められます。ですから、法廷に出席するのは時期尚早と思われます。しばらく静養されるのがよいかと思われます」

「そうだろうな」軍医部長は頷いた。「これは私から、鑑定人の口頭伝達事項として伝えておこう」

「お願いします」

私はいくらか肩の荷をおろした気持になり、軍医部長の部屋を出た。静養のあと軍法会議に立つ佐藤中将の姿が思いやられた。

佐藤中将の消息を聞いたのは、その年の十二月だった。ビルマ方面軍司令部付だった佐藤中将が予備役となり、すぐに召集され、今度は蘭印《らんいん》に展開する第十六軍の司令部付になったという話だった。私の鑑定書どおりに精神異常は否定され、かといって軍事裁判にもかけられない、いわば有耶無耶《うやむや》の処置がとられているなという感想を私はもった。佐藤中将からしてみれば、軍事裁判にならないのは不本意かもしれなかった。しかしこのまま推移すれば、陸軍刑法第四十二条による死刑は免れる。私はむしろそのほうを祝福したい気がした。

その後、佐藤中将にどういう措置がとられたのかは、私自身知らない。翌二十年の一月、米軍がルソン島リンガエン湾に上陸、所属する第十四方面軍司令部より、マニラ撤退の命令が下り、ルソン島山中深く分け入ったからだ。

硫黄島に死す

城山三郎

城山三郎《しろやまさぶろう》（一九二七～二〇〇七）

愛知県生まれ。愛知県立工業専門学校の在学中に志願して海軍に入隊。特攻隊の伏龍部隊に配属され、訓練中に終戦を迎える。一九五二年に一橋大学を卒業。愛知学芸大学の教員をしながら創作活動に入り、一九五七年に『輸出』で文学界新人賞を、翌年『総会屋錦城』で直木賞を受賞し、経済小説作家として注目を集める。そのほかにも、『一歩の距離　小説予科練』『指揮官たちの特攻』などの戦争小説、渋沢栄一の生涯に迫る『雄気堂々』、戦国時代の貿易商・呂宋助左衛門の活動を描いた『黄金の日日』などの歴史小説を発表。晩年は、個人情報保護法に反対する活動を行った。

一

昭和十九年七月――。

横浜港は、見るかげもない港、いや、見たこともない港に変わり果てていた。

桟橋は迷彩にくすみ、芝生の緑は剝《は》ぎとられ、夏というのに波止場を行く人の姿は暗く乏しい。にぶく静まった港内には、もちろん外国船のかげ一つなく、N・Y・K、O・S・Kなどの巨船の姿もない。

硫黄島《いおうじま》行きに組んだ船団を除けば、灰黒色に塗られた戦標船《せんぴょうせん》が数えるばかり。それに、機帆船が吹きためられたように鶴見《つるみ》寄りに集まっている。

港口近くに、掃海艇と駆潜艇が一隻ずつ。閑散としていた。思ってもみない港の広さである。藁屑《わらくず》と代用革らしい靴の裏底が、あるともない波に漂っている。海の広さをたのしむように、気ままに行きつ戻りつする。

歓声や楽隊の音が水面を蔽《おお》い、紙旗のちぎれ、テープのはしなどが、にぎにぎしく海を染めた日のあることなど知る気配もない。そして、どちらが港のほんとうの姿であったろうか。

西《にし》には、にぎやかな海のほうがなじみ深かった。ロサンゼルスへ出発の日、栄光に包まれて帰国の日。敗れたとはいえ、ベルリンへの往《ゆ》き帰りも、港は歓迎のランチや小舟、それに水と岸とのけじめもつかぬほどの日の丸の小旗に埋まったものだ。ひとりになっても、西は海をさわがせた。アメリカから大金を払って購入したモーターボートの「ウラヌス二世」を駆り、波の上に波を立て、深夜の東京湾を縦横に引っ裂いて、海を眠らせなかったこともあった。

真夏の太陽の下で、汐《しお》の香だけは几帳面《きちょうめん》に立てながらも、いま海は深々と眠りつづけていた。海の上に、また海近くに人間の居ることも、その人間たちが血なまぐさく殺戮《さつりく》し合っていることも、すっかり忘れてしまったように。船団を眠らせ、駆潜艇を眠らせて、自らも、とろりんとした表情で眠っている。

眠りは、いつか死へ通じるかも知れぬ。この眠りの海へ船出して行くことは、二度と帰れぬことを意味している。たとえそうだとしても、いま西は、その海の静けさをしみじみと惜しみたい気持ちであった。

北満から硫黄島へ。

兵士たちは、もちろん、その行く先を知らない。「フィリピン」とか「千島《ちしま》」とか「父島《ちちじま》」とか、長い暗い船旅の中でさまざまの地名が話題に上った。その中でも「硫黄島」は予想されるかぎりでの最悪の地名であった。臆測《おくそく》の中に「硫黄島」の名をあげることを、兵士たちは縁起でもかつぐように忌みきらった。

六百人の将兵を運んできた輸送船の中は、空《から》の倉庫のようにひっそりしていた。

将兵の大半は上陸している。

横浜にはいると、西はすぐ部下に家族を呼び寄せさせた。十日間の碇泊《ていはく》期間を心おきなく過ごさせるつもりであった。鶴見の寺を宿舎に借り、家族との面会所にも当てておいた。西自身は、最後の二日間を割いて、東京に出て妻子との別れをすませた。

戦車第二十六連隊長、騎兵中佐――四十三歳。同期の中で、昇進の早いほうではない。

そして、いま、同期中、いや騎兵科出身のすべての将校中、最も苛酷《かこく》な運命を引き当てて、硫黄島へ進発して行く。

いや、騎兵将校は西だけではない。もう一人、騎兵科出身の大先輩が――。最高指揮官栗林忠道《くりばやしただみち》中将は、その気魄《きはく》・識見・指揮能力すべて騎兵将校の鑑《かがみ》とされていた。馬政課長時代、「くにを出てから幾月ぞ……」の愛馬進軍歌をつくらせて、軍馬への国民的な関心をたかめさせた人でもある。だが、硫黄島には、馬一匹居ない。全く騎兵を必要としない戦場である。

騎兵の機動力は、すでに戦車のそれにとって代わられている。騎兵連隊は、ことごとく戦車連隊に衣更《ころもが》えした。馬上豊かに疾駆した身が、「機動力」という言葉のいたずらで、油と騒音の密室の中に閉じこめられることになった。だが、その戦車にしても、微々たる火山島の中で、どれだけの機動力を発揮できるというのか。

すでに結論は見えてはいたが、だからといって、西は女々しい感傷には落ちこまなかった。力の限り闘ってみるまでである。部下に動揺を与えてはならない。

それに、硫黄島は帝都守護の最後の防砦《ぼうさい》である。軍人として選ばれてその戦場に赴くことは、光栄以外の何ものでもないはず。

オリンピックのときとはちがい、歓声ひとつない光栄への道。無気味な沈黙と、そして永遠の沈黙との間の懸橋《かけはし》でしかない光栄への道――。

二

「部隊長殿、何を考えておられるのでありますか」

鉄梯子《てつばしご》に高い靴音を立てながら、連隊本部付の見習士官大久保が船橋に上がってきた。

短軀《たんく》。士官学校を出たばかり。西の連隊にはいってからも、まだ日は浅い。角ばった顔に太い眉《まゆ》。きっすいの戦車将校といった感じで、自信にあふれ、物怯《ものお》じしない。

(かつては歩兵が軍の根幹でした。だが、いまは戦車こそ近代戦力の根幹です)

と、赴任の夜の挨拶《あいさつ》にも、胸を張って言った。騎兵上がりの老兵たちに、あわれむような眼の色さえ見せながら。西はゆっくり、

「何も考えてはいない。それより、家族との面会は」

「終わりました」

「終わった？　まだ時間があるじゃないか」

「いつまで会ってても同じことです」

「許婚《いいなずけ》の人も来たのかね」

「いえ……。呼びません」

「どうしてだね。婚約を解消すると言っていたのに」

「両親から伝えてもらうことにしました」

「しかし、時間はあるんだ。当人とじっくり話し合ってやればよかった」

「だめです。女のほうに未練が出るばかりです」

「なるほど。……だが、仮に未練を残すにしても、人間の情として会わずにはおられぬものだが」

「それなら部隊長殿は……」

「妻子には会って来た」

「ほんの短時間じゃありませんか」

「それでいいんだ。おれはもう牡丹江《ぼたんこう》に居たとき、家族と別れを尽くした」

大久保見習士官は、海面に眼を落とした。藁屑がいつの間にか消えている。

「しかし、いま、部隊長殿は……」

「家族のことを思っていたわけじゃない」

「すると、オリンピックのことでも……。自分はまだ子どもでしたが、新聞の写真でおぼえています。父親に横浜へ連れて行けとせがんだものだそうです」

「………」

「優勝なさったときのことは、一生、忘れられぬものでしょうね」

答えぬ西に、見習士官は長靴《ちょうか》の先で船橋の床板を蹴《け》り、

「あのときの馬はどうなりました。たしかウラヌスと言いましたね。象のように大きな馬だとか」

「まさか……。いまは世田谷《せたがや》の獣医学校に功労馬として飼われている。二十五歳。もうすっかりおじいさんだ。昨日、会ってきた」

「すると、二日間のうちに、馬にまで会いに行かれたのですか」

見習士官は、いかにも心外だという顔をした。

西は、懐しそうにすり寄るウラヌス（天王星の意）の暗い栗色のたてがみを切って、懐中に納めてきた。そのことには触れないで、

「昔の馬なんかに会いに行ったおれを、感傷的だと思うだろう。だが、感傷だけじゃないんだ」

　ウラヌスへの懐しさも、もちろんあった。だが、それだけではない。

西は、自分の歩いてきた生涯の底に、彼なりに一筋、銀の糸のように張りつめて光っているものを感じる。それは、未《いま》だに西の頭を丸刈りにさせないものと照応している。誤解も誇張も多い人生であったが、自分以外に生き切れない人生を、西は生きてきた。その心のはりを、ウラヌスの上にたしかめてきた。

　ウラヌスもすっかり老いた。

　体高五尺七寸五分、補助者がなければ乗れなかったばかでかい体も、一回り小さくなり、腰骨の張りが眼についた。

　飼養も運動も十分でないことが、一目でわかった。騎兵の消滅にともない火の消えたような獣医学校の病馬廏舎《きゅうしゃ》のはずれで、彼はいわば飼い殺しの運命にあった。殺されぬことだけが、功労馬の身上でもあるかのように。

　もともと前進力の強いアングロ・ノルマン系の重量馬。父系にサラブレッドの駿馬《しゅんめ》の血がまじり、腰には発達した筋肉が大きな瘤《こぶ》のように盛り上がっていた。

　跳躍力も無類に強かったが、悍《かん》も強かった。騎坐の弱い者は容赦なく投げ飛ばした。このため、名馬でありながら転々と人手に渡っていた。

フランスの博労《ばくろう》の手からスペインの旧貴族へ。スペイン人も手こずって、イタリアの騎兵連隊副官に。副官も乗りこなせなくて、売りに出した。

たまたまオリンピックを前に、陸軍では軍馬補充部の武官をヨーロッパに派遣して名馬を探し求めていた。前回のアムステルダム・オリンピックに国産馬に固執したため、最下位という苦杯をなめ、日本は小馬《ポニィ》に乗って出場したと笑われたりしたためでもある。

オリンピックには負けられぬと、奮起一番、各宮家も馬好きの富豪も、資金を醵《きょ》出《しゅつ》した。数頭の駿馬が買付け候補に上がり、ウラヌスの名もその中に加わった。だが、あまりの癖の強さに、武官は二の足を踏んだ。

馬術監督遊佐幸平《ゆさこうへい》からその話を聞くと、西はすぐ休暇願いを出し、ヨーロッパに向かった。だれにも乗りこなせぬということが、西の心をそそった。

(そういう馬なら、ぜひ自分の金で買わせてください)

二万円近い金をはたいた。

買っての帰り、ミラノ、リユッセルン、アーヘンなど、ヨーロッパ各地での競技に出てみた。まずまずの成績であった。

だが、オリンピックには、スウェーデンのフランケー中尉のウルフェ号、米国チェンバレン少佐のショーガール号など名馬中の名馬ぞろいで、ウラヌスの名は冴えなかった。悍威《かんい》の強いことだけが評判で、西はあえて練習にも用いなかった。

日本チームの持ち馬では、今村安《いまむらやすし》少佐のソンネボーイ号のほうが有名であった。英国産ハンター種の栗毛で、すでにトリノの国際競技で一等賞を得ていた。

昭和七年八月十四日。閉会式直前の午後二時半、十万五千人の大観衆を集めたメイン・スタジアムで大障碍飛越《だいしょうがいひえつ》競技が行なわれた。

墨国《メキシコ》　ボカネグラ大尉―第八障碍で三回拒止、失格

米国　ウォファード中尉―第十一障碍で三回拒止、失格

第三番目に日本の今村少佐が、ソンネボーイ号に乗って出た。だが、第五障碍の横木を腹に当ててからソンネボーイの気力失《う》せ、第十障碍で三回拒止、落馬、失格

瑞典《スウェーデン》　ローゼン中尉―喝采《かっさい》の中《うち》に全コース突破、四個の障碍を落とす（減点十六点）

墨国　メジャ少佐―第二障碍で三回拒止、失格

米国　ブラッドフォード大尉―全コース突破、ただし六個の障碍を落とす（減点二十四点。減点は、拒止三点、三回拒止で失格。障碍を落としたり水濠《すいごう》に落ちれば四点と、一般観衆にも計算できた）

日本　吉田少佐―負傷（出場中止）

瑞典　フランケー中尉（ウルフェ号）―第十障碍で三回拒止、失格

墨国　オルチッツ大尉―第八障碍で三回拒止、失格

十番目にショーガール号にのって、チェンバレン少佐が登場した。うわさされた本命だけのことはあった。ショーガール号は、一度も拒止することなく、障碍を飛び越え続けた。第五障碍を落とし、第六と第十三障碍の水濠に肢《あし》を踏み入れただけ。減点わずかに十二点。

大観衆は息をのみ、ついで拍手と歓声が狂ったようにスタジアムを埋めた。優勝はきまったかに見えた。

その昂奮《こうふん》のさめ切らぬ中を、西とウラヌスはうなりを立てんばかりに飛びつづけた。横木の上で、ウラヌスはその大きな後軀をひねり、ただ一つの障碍も落とさない。

第六障碍の水濠でわずかに後肢をつけ、第十障碍の前で一度だけ停止した。四秒の遅着分の減点一点を合わせても、減点数八点――。

功労馬ウラヌスは、西を認めると、蹄《ひづめ》で床をたたき、光沢のない鼻面を寄せてきた。尻尾《しっぽ》の動かないことだけが、変わらなかった。神経でも切れているのか、ウラヌスは以前から尻尾を振れなかった。

肋《あばら》の透いて見える胴から尾部にかけて、ハエがびっしりついていた。無駄とは知りながらも、西は竹箒《たけぼうき》をさがして、そのハエを追い散らした。箒を戻すと、黒い粒はまた見る間にウラヌスの肌にはりついて行った。ハエはたかをくっていた――。

三

「優勝したとき、部隊長殿は『わたし』じゃなく、『われわれ』が勝ったと仰言《おっしゃ》ったそうですね」

「そう。ウィ・ウォンと」

「え？」

「英語だよ。We won. だ」

「なるほど、アメリカですからねえ」

見習士官は、ちょっとしらけた顔になった。

『われわれ』が、日本選手団をさすのか、それとも日本国民をさすのか、いや、西とウラヌスだけのことをさすのか、西としては、ことさら意識して言った言葉ではなかった。意識しないうちに、その言葉が口から走った。そういう雰囲気であった。

「オリンピックはやはり勝たなくちゃいけませんね」

「そう、勝たなくちゃ」

西は、何の気もなく言った。ベルリン・オリンピックでの惨敗を、見習士官は暗に皮肉るつもりであったのかも知れない。

「戦争と同じですね」

見習士官は重ねて言った。

「うん」

西は、舷側《げんそく》にもたれたまま短く答えた。

(勝たなくては)わかりきったことだ。

バクチ好き、勝負ごと好きの西には、肌でわかっている。大きな勝負をいつもはってきたのも、ただ奔放に育てられたためではない。勝とうという意志があるためだ。「根性がある」と言われ、「負けぬ気の西」と言われた。

本番になると、自分でもおかしいくらい力がみなぎった。それを勝負師根性というのだろうか。勝負師とは何なのか。

西は、十一歳のとき死別した父徳二郎の血を考える。そのとき父はすでに六十六歳。年齢では、祖父と孫ほどのへだたりがあった。

旧鹿児島藩士。幕軍を東北の野に討ってから、明治三年二十四歳でロシアに留学。以後、外交官として三十年に及ぶ海外生活を続けた。波瀾《はらん》の多い明治の歴史を、その体に刻んで生きてきた父であった。

ロシア皇太子が大津で遭難したときには、ロシア公使として諒解《りょうかい》工作。日清《にっしん》戦争に当たっては、ロシアの介入防止。三国干渉・条約改正と、ロシアにあっての外交は戦いの連続であった。外務大臣となり、退任後さらに特命公使として北京《ペキン》で義和団事件に遭遇した。西竹一《たけいち》が生まれたのは、そうした激動の直後、明治三十五年日英同盟成立の年であった。

血の気の多い父でもあった。公務の余暇を割いて早くから中央アジアに探検旅行に出かけ、印度《インド》洋では坐礁《ざしょう》の憂目にあい、マラリヤにも侵された。そして、いつも耐え、いつも勝って行った。

(勝たなくては――)

ロサンゼルスに着いたとき、日本の馬術選手団の心意気はまさにそうであった。他種目とはちがい、一人の予備役をのぞいて、監督以下すべて現役の騎兵将校ばかり。それだけに緊張感もひとしおであった。

上海事変・満州事変と武力による中国進出を続け、国際外交における日本の信用は底をついていた。アメリカ国民の対日感情も、急激に悪化している折りであった。

経済的にも社会的にもまだ下積みの階層である日系移民たちは、いたるところで白眼にさらされていた。「ジャップ！」とさげすまれ、トマトや生卵を投げつけられた。

日系移民の中心ロサンゼルスは、その意味で世界一排日気分の強いところと言われた。そこでのオリンピック――。

(移民のためにも奮闘しなくては――)

送り出す軍部の当事者は、敵前上陸にも似た意気ごみであった。

馬術選手団には、前回最下位という実績があるだけで、勝てるという目算はなかった。勝てない。だが、勝たなくては。

ジャップのあしらいは、散々であった。ホテルでもレストランでも、「ジャップ？ノウ！」と、ドアを閉められた。

馬術監督の遊佐大佐は、全員に軍刀を吊《っ》らせた。ロサンゼルス最高級のホテルであるアンバサダー・ホテルに行って夕食をとらせ、豪華なナイト・クラブへも臆せず乗りこんだ。選手の気分をひき立て、ふるい立たせることにけんめいであった。

選手村へは、二世の子どもたちが、トラックに乗って入れ代わり立ち代わり激励に来た。

郊外の移民部落へ招かれたこともあった。

（日本にはフジ山というきれいな山があり、サクラといういさぎよい花が咲くと聞いています。どうか、おじさんたち、フジ山やサクラに負けぬようにりっぱに戦って、ぼくたちのために優勝してください……）

少しアクセントのずれた日本語ながら、子どもが声をはり上げて激励文を読む。感激して、遊佐大佐などは涙を流したりした。

帰りには、他にあげるものがないからと、大きなメロンや野菜を、自動車の座席いっぱいに積みこんでくれる。勝たねばならなかった。

　夫人同伴で気ままにロス内外を遊び回っている各国選手団にくらべ、日本だけがそうした緊張の連続であった。まさしく戦争である。勝たねばならぬ。

（勝たなくては――）そう、勝つためには、西にとって大いに遊ぶことも必要であった。大いに遊ぶことと勝つこととは同義語である。

　五尺八寸の長身。黒い生き生きした眼、大きな耳、陽灼《ひや》けした三十一歳の顔は、独身と見まがわれた。最も貴族的なスポーツである馬術の選手。六万円の私費を残さず使い切る気っぷのよさ。そして貴族、それも親しみやすい男爵。

（侯爵《マルキ》や伯爵《コンテ》もいるのに、なぜ男爵《バロン》ばかりがもてるんだろう）

　と、仲間は首をかしげた。

　競技前から、「男爵《バロン》・西《ニシ》」は、社交界でもてはやされ、ハリウッドの女優たちにひっぱりだこになった。「排日」の風は、男爵《バロン》に関する限りそよとも吹かず、新橋《しんばし》・柳橋《やなぎばし》でもてるのと少しも変わりなかった。もっとはでやかで、騒々しかった。

　遊佐大佐は、手綱をしめた。選手村宿舎の二階に西たちを押し上げ、自分は階下に陣どって文字通り監督に当たった。

　ある夜ふけ、西は靴をぬいで手に下げ、足音をしのばせて階段にかかったところ、靴が滑り落ち、階段をころげて行った。

（しまった！）西は思わず叫んだ。つぎの瞬間、階下から遊佐大佐の声がきこえた。
怒声ではなく、腹をゆすぶって笑う声であった。
ロサンゼルスから西は夫人の武子に当てて、たった一回、葉書を書いた。
（おれはもてているよ。アバよ）
ただ、それだけであった——。
「見習士官殿！」
後甲板から伝令兵が呼んだ。
「それでは……」
見習士官は西の顔を見た。西は眼も上げなかった。
見習士官は、大げさに踵《かかと》を合わせて敬礼すると、
「なにかア」どなりながら、鉄梯子を下りて行った。

四

寄港して十日目の午後、輸送船団は横浜港を解纜《かいらん》した。

見送る人もない死への旅立ちであった。一隻また一隻。錨《いかり》を巻き、黒煙を未練げになびかせながら、船足重く港口を出る。

突堤の先には、ひとかたまりになって鷗《かもめ》の群れが浮いていた。真夏の午後というのに、風は冷たく、断続的に汐がにおった。

西は上甲板の通風筒近くで、軍刀を杖《つえ》に遠ざかって行く房総《ぼうそう》の岸を眺めた。船橋《ふなばし》はどこか。そして、習志野《ならしの》は。

西はスピードを愛した。自分もろとも爆発しそうなはげしいものを、スピードにたたきこんだ。士官候補生時代からロードスターのオートバイを乗り回した。ロサンゼルスから帰ると、モーターボート「ウラヌス二世号」で、水の上でも暴れ回った。

自動車も、なみのものでは満足できなかった。格も柄も人に負けぬものをと思った。ロールスロイスを買い、さらに当時日本には一台しかない十二気筒のパッカードを買った。エンジンの前正面と、側面につけた予備タイヤは金色に塗り立て、どこでも人目についた。ガソリンを垂れ流して走るような感じの金を食う車であった。

船橋で検問にひっかかったのは、そのパッカードに妻の武子を乗せ、深更《しんこう》二時過ぎに走らせているときであった。

車は運転手に任せ、泥酔した西は武子に頭をあずけるようにして眠っていた。車のとまったのにも気づかなかった。警官の声も夢うつつであった。だが、

（その女は何者だ）という声を耳にしたとき、西は飛び起きた。

（何者だとは何だ）

(きさまこそ何だ)

西は背広姿で頭髪を分けていた。軍人と名のってもとり合ってくれない。

(夜中の二時に軍人がそんな派手な格好で、女を連れて車に乗るか。降りろ)西の態度に警官は激昂《げっこう》し、それがまた西の怒りをそそった。

(来い!)

警官が腕をつかむ。その腕を引き戻すと、警官は簡単に路上にころんだ。

(こいつ)

警官は呼子《よびこ》を吹いた。派出所からはさらに二人の警官が走り出てきた。寄ってたかって西になぐりかかる。西も負けてはいなかった。

どう止めようもなかった。武子は運転手をついて警察の本署へ車を走らせた。

警部に会い事情を話しているところへ、大格闘でふらふらになった四人が現われた。

憲兵が呼ばれ、男爵西中尉の身許《みもと》がわかった。地方の警察ではうかつに相手のできぬ男であった。

警部は警官側の落ち度を認め、そこで皆で呑《の》み直して別れた——。

西は、ふと自分の足もとに眼をやった。

洗いさらされた甲板に落ちる自分の短い影が、ひどく鮮明であった。しぶきが吹き上げ、床板に淡く水滴がにじんで消える。

習志野はどのあたりか。

騎兵連隊・騎兵学校と合わせて通算十年近くを、西はそこで送った。

かつて騎兵士官の育つのは、毎年わずかに二十人。選ばれ抜いた者同士だけに、その仲も親密であった。全騎兵士官を一丸として騎兵会をつくり、騎兵学校の卒業式を記念し、年に一度は集会を持った。

長靴に拍車をつけ、馬上颯爽《さっそう》と指揮をとる騎兵士官は、たしかに諸兵科の花形である。士官たちは、ひとりでに、ある程度、伊達者《だてしゃ》にならざるを得なかった。

（一、服　二、顔　三、馬術）という言葉がある。

騎兵士官たるもの、まず容姿に気を配れというわけである。

服とは体形を言い、顔とは顔ににじみ出る知性を言う。りこうな馬を乗りこなすためには、りっぱな人間としての肉体と識見が要る。

（一、服　二、顔）とは、そういう意味だと説く気むずかしい先輩もあったが、まず大勢はその言葉を額面通りに受けとった。習志野出入りの軍服商人は、一人一人の士官に合わせての服地の選定から型の修整などで、銀座あたりにひけをとらぬ商いをした。

西は、その大勢の先頭であった。演習から帰る日には、軍服商人を必ず待たせていた。

十一歳で父を、十三歳で母を亡くし、少年の日襲爵した西にとっては、伯父《おじ》の後見はあったものの、人生は奔放にして柵《さく》のない馬場であった。酒はそれほど強くはないが、泥酔してよく前後不覚に陥った。その面からも、洋服屋のよきパトロンにならざるを得なかった。

秩父丸《ちちぶまる》の一等サロンでは、ソファを投げとばして、七百円の損害賠償をとられた。けんかの相手には、人を選ばなかった。三菱財閥の岩崎彦弥太《いわさきひこやた》ら三兄弟は、馬好きの富豪として有名であったが、その馬を貸す貸さないの言い合いから、西は取っ組み合いのけんかをした。彦弥太外遊の直前、西が主催しての送別会の席上であった。彦弥太が西の足指に食いついて、ようやく、けんかは収まった。

そうした西の生き方に顔をしかめる騎兵仲間も少なくなかった。

（きざで、わがままで、派手で……）

と、西はきめつけられ、騎兵監から退職の勧告が出そうにもなった。西は騎兵監である中将にもけんかを売り、列車の中でその鼻をひねり上げたりしたためである。

西の行動は、オリンピックの勝利に結びつけられ、それゆえの増上慢《ぞうじょうまん》とみなされた。それだから辛抱してやるという姿勢である。

人は奔放な天性をにくむよりも、勝ったがための増上慢をよりにくみたいものらしかった。

だが、だれがその増上慢なるものを仕立て上げたのか。

ロサンゼルスのスタジアムからはじまって、帰国の船中─横浜港─東京駅。さらに皇居前での祝賀パレード。

麻布《あざぶ》の邸に帰れば、道を埋め庭を埋めての提灯《ちょうちん》行列。邸の中には、盃《さかずき》をかかげた祝賀客が溢《あふ》れて翌朝まで去らず、帰国第一夜は一睡もできなかった。妻と語らう時間さえなかった。

派手好きとはいえ、すべて西がきめたことではなかった。

（勝たなければ──）そして、勝ったがために、それが押し寄せてきた。西はその狂《きょう》濤《とう》のために足をさらわれた。

同じ優勝選手にしても、（水泳は？　三段跳の南部《なんぶ》は？）という比較論が出る。優勝騒ぎが終わったとき、彼らはまた昔の地味な市民の生活に戻ったではないかと。

西もまた昔の生活に戻った。昔の生活とは、いつも爆発しそうな派手な生活である。そこまでボルテイジを上げなければ自壊してしまいそうな生活のことである。ウラヌス二世号もパッカードも、西の昔の生活の延長線上にあった。決して優勝のためばかりではなかった。

だが、人はそれを（勝ったがために）のせいにし、（勝ったためよけいに）と見る。勝手である。気のすむように勝手に見るがよい。

西は弁解がきらいであった。天性の道を驀走《ばくそう》するほかはなかった。勝ったがために向けられてくる憎悪は、いつか負けた日の後には、容赦なく酷薄なものになって襲いかかってくるはずである。西には、自分を待ち受けている奈落の深さが予想できた。そして、それはまさに予想通りにやって来たのだ——。

船は白い泡の帯を両舷いっぱいに投げながら走って行く。ビールの泡そっくりの白い泡。

習志野時代には、毎朝騎乗から帰ってくると、白い泡を口をとがらせて吹きとばし、一息でビールをあけたものだ。

懐しい習志野。だが、西はもう数年、習志野に行っていない。そこではすでに昭和十四、五年ごろから装甲自動車隊ができていた。

西が北海道釧路《くしろ》の軍馬補充部に送られ、さらに北満のハイラル、チチハルで得意の騎馬戦によって匪賊《ひぞく》討伐に明け暮れしているとき、習志野では騎兵の姿は消え、戦車隊への改編が進んだ。馬は無用であるばかりでなく、敵の目標として目立ち、危険であるという見方が主流になっていた。いま西が習志野に行っても、ただ耳を聾《ろう》する戦車のキャタピラの音と、大久保見習士官のようなかつての騎兵とはおよそ縁遠い将校ばかりを目にすることになるであろう——。

右手に白い断崖《だんがい》が現われ、観音崎《かんのんざき》の灯台が見えた。

眼の前を、灰色の羽で風をたたき、鷗が一羽、まっすぐ北へ飛び過ぎて行った。白いお菓子のような胴、飴色《あめいろ》の眼。気どり屋ですまし切った顔で飛んで行く。左手には、見おぼえのある鋸山《のこぎりやま》。

眼をこらした。習志野時代、西がよく遊びに行った浮島《うきしま》は、山の緑と重なり合って、判然としない。

騎兵学校の教官をしていたとき、近くの千葉医大の学生たちと親しくなった。医大の寮は勝山《かつやま》にあり、そこからわずか海ひとつへだてた先に、緑の濃い浮島という小さな無人島があった。

学生たちと島まで泳いで渡り、魚を釣り、夜はキャンプ・ファイアを焚《た》いた。

西は島が気に入った。持ち主である平田という若い網元にことわり、島の洞窟《どうくつ》の中に柱を立て畳を持ちこんで、ねぐらをつくった。

夏が過ぎ、学生たちが去ってからも、西は休みのたびに浮島で暮らした。朝から晩までひとりぼっちで魚を釣る。（あれは何者だ）と、地元の漁師たちが気味悪がった。

網元の平田も同年代。悪役志願で映画界にはいり、父の死後、網元に戻ったという男、型破りで西と気性も合った。

意外に計数に明るいので、ロサンゼルスから帰ったときには、ほぼ二十日間、麻布の邸に来てもらい、泊まりこみで馬術選手団の旅費清算をやってもらった。

西は、馬術選手団の会計係でもあった。金を湯水のように使う西と知りながら、会計係を命じた軍には、別の思惑があった。

貴族の遊びとして生まれた馬術は、何といっても金のかかる競技である。きまった出費以外に、ことごとにテラ銭まがいのものが要る。

（一、服　二、顔　三、馬術）が、別の意味で生きていた。見栄《みえ》をはり、顔をきかすことも必要なのだ。

チームの体面を保つためには、テラ銭をまかねばならないが、さすがの軍にもそこまで見るだけの予算はなかった。

そこで、（会計係を西に任せておけば）という答えが出た。

その思惑通り、西は六万円という気の遠くなるような私費を持って、国を出た。そして、帰るときには一銭も残らなかった。

私費はともかくとして、公用旅費の清算書が必要であり、軍はその提出を求めてきた。

西は狼狽《ろうばい》した。西の場合、会計係とは金をつかい、足らなければ奢《おご》る係りのことであった。財布は持っていても、ソロバンは用意しなかった。記録はもとより、メモ一つとってない。

平田の知恵で、まずロサンゼルス到着の日からの日誌づくりをはじめた。チームの仲間にも集まってもらった。

（あの日はこうして、たしか、いくら払って……）

おぼつかない記憶がしぼり集められ、二十日間かかって、ようやくそれらしい清算書が出来上がった――。

館山《たてやま》沖を過ぎると、船はゆれはじめた。風はいっそう冷たくなり、しぶきが雨のようにかかってくる。

それでも兵士たちは、びっしり欄干にはりついたまま動かない。内地は、黄色の夕もやの中に急速に歩み去るところであった。

西はひとり船首の海を見た。暮色のせいだけではなく、水の色は黒ずみ、そして、ほとんど視野一面にわたって白い歯をむき出していた。

右瞼《まぶた》の上に銀鱗《ぎんりん》が一点光る。航空機のようだ。

よぼよぼの駆潜艇に守られ、船団はそのまま進んで行く。友軍機なのか。識別を急がせねばならぬ。

「見習士官！」

西は、汐風に向かい、声をはり上げてどなった。

五

三日目の朝、船団は父島に近づいた。途中、一度警報が出たほかは、まず平穏な航海であった。

水の色がふたたび緑を帯びはじめたころ、兵士たちがさわぎ出した。木箱でも無数にこわしたように木片が漂っている。その中にまじって、明るい鉛色に光る人間のようなものがあった。

だが、船の白い泡にもまれるほど近づいて、それがマグロなどの死魚であることがわかった。

ほっとした笑い声が散り、西に子どものような笑顔を向ける兵士も居た。西はたまらなくまぶしいものを感じた。

大久保見習士官が走って来た。

「駆潜艇からまた警報がはいっています。敵潜接近の気配ありというのです」

「よし、すぐ退船準備。全員に救命具をつけさせろ」

「しかし、部隊長殿、陸岸はすぐ眼の前です。救命具のほうは……」

「つけたまま上陸したっていい」

「それじゃ、父島の守備隊に対し……」

「無格好だというのか」

「戦車連隊が……。全軍の士気に影響します」

西は憤然として言った。

「つけさせるんだ！」

船尾に敵潜水艦の魚雷を受けたのは、それからものの数分と経たぬうちであった。船は舳《へさき》を持ち上げるようにしながら、ゆっくり沈んで行った。

部下は動揺しなかった。西は、ふたたび浮き上がった船材を集めて筏《いかだ》をつくらせた。水の中で部隊を一団にまとめ、漂い続けること実に五時間。救援船に拾い上げられた。

六百名を越す部隊の中で、行方不明者は二名。

ずぶ濡《ぬ》れの衣服を船長室で乾かしながら、大久保見習士官が言った。

「わずか二名ですんでよかったですね」

「見習士官！」

西は叱りつけた。見習士官は、分厚い胸をあらわにしたまま、とまどったように西を見る。

西は静かに言った。

「部下を持つようになったら、言葉に気をつけるんだ。二名といえども、その兵士たちにとっては一生を失ったわけだ。家族もある。わかったね。一名でも殺したことが問題なのだ」

西はそれだけ言うと、旧《もと》の表情に戻った。

見習士官は、まだ割り切れない顔のまま、

「部隊長殿には、どうして撃沈されることがわかったのですか」

「わかるはずがない。ただ用意させただけだ」

「しかし、おどろきました。救命具まで……」

勝負師の勘のようなものが働いたと言わせたいのか、それとも、木片を見て臆病心が湧いたと言わせたいのか。

だが、そのいずれでもない。黙っている西に、見習士官は、

「自分なら、えらい失態をしでかすところでした」

「いや、そんなはずはない。部下を持てば、自然にそうなる。部下はかわいいものなんだ」

西としては、気恥ずかしくなるような告白であったが、それは実感でもあった。

ウラヌスにも馬術界にもパッカードにも社交界にもないもの――それが、部下にはあった。気ままに愛して、それですむというものではない。

西は、フランスの老少佐のことを思い出した。

ロサンゼルスで日本の馬術チームをアメリカ・チームに最初にひき合わせてくれたのが、五十歳を過ぎたと思われるフランス人の退役騎兵少佐であった。永らくアメリカに住み、そのときは、オリンピック組織委員会の顧問のようなことをしていた。

きれいな英語を話したが、口数は少なかった。美しい銀髪、いつも遠くを見るような煙った眼。右の耳の後ろに銃創と思われる傷痕《きずあと》があった。

老少佐は、サンジエゴにあるアメリカ馬術チームのオリンピック訓練場にも案内してくれた。

染まるような青い海を前に、日本では想像もできぬほど広く整った馬場があり、豪華な宿舎、厩舎《きゅうしゃ》が並んでいた。

チェンバレンらアメリカ選手たちは、愛想よく、しかし、自信に満ちた物腰で日本チームを迎えた。どこから来ようと平気という顔であった。

日本チームは、このときはじめて、ショーガール号をはじめとする名馬の群れを間近く見た。くらべものにならぬほどの駿馬ぞろいであった。

だが、西にとって何より印象的だったのは、駿馬でもなく、馬場でもなく、またチエンバレンらアメリカ・チームとの会話でもなかった。夜にはアメリカ・チームがロサンゼルスで招宴を開いてくれた。排日気分はあっても、スポーツに国境はないという点をことさら誇示するような盛大なパーティであった。

日本とアメリカの両チームがにぎやかに談笑し合っているとき、フランスの老少佐は入り口の壁近くでひっそりグラスを傾けていた。相変わらず遠い眼をしたまま。ひき合わせてしまうと、静物のように引き退《さ》がり、目立つことを何より恐れている感じの異国の老少佐。

一度だけ聞いた名前は忘れ、ただ「少佐《メイジャー》」だけで通っている。

西はグラスを持って話しかけに行った。

（少佐《メイジャー》、フランスは、なぜ障碍飛越競技に参加しないのですか）

（わたしの母国だけではありません。ドイツもイギリスもイタリアも、出場してないのです）

（なぜです。馬術の本場である国々がなぜ参加しないのです）

お世辞ではなかった。チェンバレンはじめアメリカ選手はすべてヨーロッパに留学し、ヨーロッパ馬術に追いつくことを目標にしているのであった。

（男爵《バロン》の言われる通りかも知れません）

老少佐はうなずき、静かな声でつけ加えた。

（しかし、男爵《バロン》、別に勝たなくてもいいのです）

（どうして）

（みんな馬を大事にしています。……アメリカは海を越えた遠い国です。遠いところ

へ大切な馬を送って傷つけでもしたらという気持ちなのです）

老少佐の声にはじめて感情がこもり、血の色が頰に走った。

（男爵《バロン》もご存知のように馬は昔から貴族の遊びです。紳士的騎手《ジェントルマン・ライダー》の気持ちとしては無理からぬことなのです）

西は茫然《ぼうぜん》とした。オリンピックで優勝することよりも、愛馬をいためぬことを選ぶ。その気風を尚《とうと》しとする――それが馬を愛する豊かな心というのであろうか。

（勝たなければ――）ただそれだけの日本。

西は、日本チームが、そして日本そのものが、老少佐の眼に小さく貧しくなって透けて見えるのを感じた。

（勝つもの）ときめこむアメリカ・チームと、（勝たなくては）とあせる日本チーム。二つのチームをひき合わせるとき、老少佐は心の中でどんなうす笑いを浮かべたことであろう。

（紳士的騎手《ジェントルマン・ライダー》）――あざやかな発音であった。オリンピック優勝などというのもほんの一つの基準でしかないという、その世界の広さや厚みを思い知らされた。

少佐はまた、いつもの無表情な顔に戻った。眼も西を避けている。

西としては話題を変えるほかはなかった。

（少佐《メイジャー》、あなたはなぜ光輝あるフランス陸軍から……）

（部下を殺したのです。多くの部下を）

老少佐は二言つづけて言い、それから黙りこんだ。

西は、少佐の耳のうしろの傷のことを思い出した。それは、背後から狙撃《そげき》された傷痕のようである。

西が、（あなたの国《ユア・カントリー》）と訊《き》いたとき、老少佐は、（わたしの母国《マイ・マザー・カントリー》）と言い変えた。彼がアメリカに帰化したかどうかは知らない。ただその後も成り上がり者のために、馬術を教え、審判をつとめるなどして、とにかく馬で細々とくいつなぎ、アメリカで朽ち果てるつもりであることはまちがいない。

やはり競技前、馬好きの富豪が各国の馬術選手をビヴァリイ・ヒルズの邸に招いて、夜会を催したことがあった。

何かの競技の優勝盃《はい》にシャンペンを満たし、それを飲み干した者に当夜随一の美女に接吻させるということになった。

大きな銀の優勝盃であった。シャンペン一本では足らず、さらにいくらか注ぎ足した。だれも飲めなかった。

西が進み出た。強くもないのに根性で飲み、とうとうみごとに飲み干してしまった。満場の拍手。西は胴上げして祝福された。

だが、床に下ろされたときには、もう立てなかった。四つん這《ば》いに這うのがやっとであった。

客用の寝室に運ばれ、朝まで気を失って眠り続けた。

夜会の間じゅう、老少佐はどこに居るのか眼につかなかった。人かげにひそみ、成り上がり者の饗宴《きょうえん》をその煙った眼で見守っていたことであろう。寝室へ運ばれて行く途中から、西は何度か老少佐の生々しい声を聞いた。

(男爵《バロン》……)(男爵《バロン》・西《ニシ》……)

酔いがさめた後にも、その声は西の耳に冷ややかに鳴りひびいた。

(成り上がり者の国が……。何が男爵《バロン》なんだ)

その声が続いてきこえて来そうであった——。

父島で編成し直し、さらに硫黄島に向かう船の中で、このフランスの老少佐のことを西は見習士官に話した。

見習士官の答えは明快であった。

「軍人の屑《くず》ですね。だから、フランスは弱いんです」

敵潜に備えてジグザグ航法をとりながらも、船団は南へ南へと下った。船首に砕ける波の音と、にぶい機関のひびきを耳にしていると、西はふっとヨーロッパにでも遠征に出かけるような錯覚を感じた。

八年前、昭和十一年のベルリン・オリンピック。

そこでも勝たねばならぬはずであったが、結果は惨敗であった。西は大障碍で大きく転倒した。(西も落ちたし馬も落ちた)と言われた。

帰国したその日は帝国ホテルにとまり、西は一言も弁解しなかった。ただ、オリンピックの記録映画『民族の祭典』から西の転倒シーンをカットした旨、映画担当者が説明したとき、西は床を蹴らんばかりにして怒った。

(おれは最善を尽くした。不注意でころんだのではない。なぜそのまま全国民に見せないのか)

西の剣幕に、担当者はあっけにとられた。

西のためを思ってカットしてやったのに。まるで、やんちゃ坊主である。口惜《くや》しまぎれなのか、自虐的なのかと、ただ眼をみはった。

西は弁解しなかったが、西を転倒させたものは、主催国ドイツの勝つためには手段を選ばぬやり口であった。

大障碍に仕掛けがしてあった。三十センチからせいぜい五十センチどまりの深さであるべき水濠が、右寄りの部分を残して、実に一メートル五十センチを越すほど深くえぐってあった。後軀《こうく》をひねり、横木よりはるかに飛んだ西の馬が、その落とし穴で転倒したのは当然であった。

事前にそのことを報《し》らされていたドイツ・チームだけが、右寄りに飛んですべて転倒を免れた。そして、飛び越し前、馬がつまずいたため偶然右寄りに飛んだオランダ将校をのぞき、全選手がそこで転倒し、あるいは落馬した。

（勝たなければ――）どんなことをしても、勝てばいいというのが、ナチス・ドイツの方針であった。

西は、自分のぶざまな転倒ぶりを映画によって一人でも多くの国民に見てもらいたかった。

（あの西が――）と、あきれられ、笑われるのは、承知の上である。ぶざまであればあるほど話題に上り、その結果、ぶざまさの原因を探る声も起こってくるであろう。

西は進んで笑いものになりたかった。伊達者のトップを行く西であったが、そこまで思いつめていた――。

「島が見えてきました」見習士官が、南の水平線を指した。

大きな台地のようにあかね色の雲がのび、その下に、いびつな椀《わん》でも伏せたように島の頭が見えた。擂鉢《すりばち》山ででもあろうか。

兵士たちも、その島影に気づいているはずである。だが、いつもとちがって静かであった。息をつめて、「地獄の島」と呼ばれるその島影のひろがるのに耐えていた。

六

小さな島であった。せまいところでは四十分も歩けば、反対の海岸に出た。いたるところに硫黄のにおいがした。

南西の根もとに、摺鉢山がその名のように摺鉢を伏せたようにそびえ、ついで黒い砂浜が南と西の海に沿ってのびる。

かつて甘蔗《かんしょ》畑のあった島の中央部に、南から第一、第二、第三の飛行場。それをとり巻いて北の岬まで岩山が続いていた。

第一二〇七六部隊、西の指揮する第二十六戦車隊は、島のほぼ中心、第二飛行場の東寄りに布陣した。ほとんど連日のように、B24が編隊を組んで襲って来た。

さし当たっての仕事は、坑道陣地の構築である。アッツ以来の玉砕の戦訓から、地下深くひそむ以外に勝機はないとし、東西八キロ南北四キロという小さな島に延長二十八キロに及ぶ坑道づくりが企てられた。深いところでは、地下十三メートル。摺鉢山の下は七層にくりぬかれた。

岩質はそれほどかたくなかったが、工具としては円匙《えんぴ》一つ。火山島のため地熱が高く、坑道は掘って行く先から蒸風呂《むしぶろ》と変わる。そこへ硫黄の臭気が加わる。防毒面を必要とするところもあれば、十分と続けて作業のできぬ洞窟もあった。

週に一度はあった補給のための輸送船もしだいに間遠になり、やがて、小さな機帆船が忘れたころ来るだけとなった。主食は減量に次ぐ減量。おかずは、ワカメと乾燥野菜。汁の中にも硫黄がにおった。

がまんできないのは、水であった。

真水はスコールによる天水だけ。それも、とくに貯える設備があるわけでなく、スコールごとに大は防水テントから小は飯盒《はんごう》まで持ち出して受けた。井戸にたまる水は、硫黄分をふくんで白く濁っており、下痢患者でない者はなくなった。

間もなく西は、兵員・資材の補給打ち合わせのため、思いがけず内地の土を踏むこととなった。今度こそ最後であった。

明治神宮・靖国《やすくに》神社はじめ、祖先の墓詣《はかまい》りもすませた。

先輩や上司の間にも、それとなく別れの挨拶に回った。

(硫黄島に戦車隊は要らぬ。引き揚げを考えてみないか)

という話も出た。

ふたたび硫黄島への出発の前夜、西ははげしい下痢を起こした。硫黄島へ帰れば、もっとはげしい下痢になる。医者は一日出発を延ばすようにすすめた。だが、西は首を横に振った。

「だめだ。部下が待っている」

三人の子どもの頭を一人一人撫《な》でた。

子どもの眼にも、すでに玉砕へのおそれがあるのを見て、

「玉砕するばかりが軍人の本分じゃない。お父さんは無駄死にしない。生きられるものなら、どこまでも生きて行く」

自分にも言い聞かせるように言った。

硫黄島への飛行機は、木更津《きさらづ》から出る。長男の泰徳《やすのり》は、せめて木更津まで送らせてくれとすがったが、西は許さなかった。

門のところで、もう一度、一人一人の頭を撫でてから、西は軍からの迎えの車に乗った。正確には、死からの迎えの車だった。

ほぼ一年前、まだ牡丹江《ぼたんこう》の部隊長であったとき、西はふいに妻子を呼んでいっしょに暮らしたい衝動を感じた。北海道で、北満で、また外地で、長い別居生活を当然のこととしてきた西ではあるが、その衝動は自分でもわからぬくらい強いものであった。

武子に言いつけ、

(三人の子どもの転校手続きも終わり、長男の泰徳など幼児のようにはしゃぎ回っている)

という返事を受けとったとき、南方への転進の内命が下った。

西はすぐ留守宅へ取り消しの手紙を送ったが、今度は西の心が伝わりでもしたように妻子がきかなかった。

（たとえ一カ月でもいい。荷造りのためにでも行かせてくれ）

という返事。

西は一カ月という期限をきって、妻と長女だけ来満させることにした。その日は、駅へも迎えに行かなかった。

一人住まいの官舎で馬ソリの鈴を聞き、二重の扉を開け玄関に出てみると、雪の中に妻と長女、そして、少し離れて、うなだれるように長男の泰徳が立っていた。

泰徳は、泣きそうな顔で西を見た。

（何だ、ぞろぞろやって来て）

馬丁の手前もあり、西はふきげんに言った。

（ぼく、どうしてもお父さまに会いたかったのです。もし、お父さまがだめだとおっしゃるなら、つぎの汽車でひとりで日本へ帰ります）

泰徳は頰と声をふるわせた。隣りの町から来たわけではない。何年ぶりかに、はるばる海を渡ってやってきたのだ。

泰徳の背後には、一面の銀世界の中に、馬ソリの跡が二筋、長くのびていた。汽車の中、船の中、さらに汽車の中。そして、そのソリの上での泰徳の緊張が痛いほどわかった。

西は泰徳を追い返しはしなかったが、家へも入れなかった。一カ月間、中学校の寄宿舎に住まわせた。

泰徳の顔を見ると、そのときのことが思い出されて、西は苦しくなる。どれほど責められても許されない自分を感じる。

弱気の虫に負けたくなかった。


武子は、車を送り出したとき、すべてが終わったのを感じた。

結婚生活の年数こそ二十年を越すが、同じ屋根の下に住んだのは、その三分の一にも満たなかった。

それだけに、最後の牡丹江での一月の生活は、印象深かった。

一月と期限を切られながらも、武子が麻布の邸をたたみ、牡丹江に出かけたのには、別の事情があった。

大東亜戦争がはじまってから、西家には絶えず憲兵の監視がついた。西が貴族の集会所である虎の門クラブに出入りしていたただ一人の現役軍人であり、また、アメリカに知人が多く、開戦前にはグルー駐日大使も訪ねて来たりしたため、〈親米英派の不良軍人〉の烙印《らくいん》が捺《お》されていたのだ。

武子の行動は、(×日×時、デパートへ) ということまで調べ上げ、それを満州の西へも知らせたりしていた。いやがらせであったが、武子は耐えられなかった。休みなくつきまとうハエをふり払うようにして、武子は夫の懐へ飛びこんで行った。

だが、西は照れ性であった。その日から、妻の来たことを気にしだした。

(防諜《ぼうちょう》上、若い者を町へ出してはならぬ)

と言って、毎夜のように部下を官舎に招いてご馳走《ちそう》した。下士官や兵まで呼んだ。将軍に接するときも運転手に対するときも、西は態度を変えず、それを武子にも守らせた。

〝鬼部隊長〟の渾名《あだな》はあったが、自宅では西はいつも〝おやじ〟であった。武子はまた西に言われて、病兵の世話にも出かけた。武子の素性を知らず、恋文を渡してきた兵士もあった。

三十分と同じところにじっとしておれぬ西であったが、今度だけは腰をすえていた。兵士たちと笑いながらも、肚《はら》をきめて何かをつくろうとしていた。部下であり、部隊と呼ばるべきものを。

短い期間ではあったが、武子は夫とともに尽くすよろこびを味わった。日本での生活では触れることのできないよろこびであった。

それまでの結婚生活、とくに、二十代のそれは、表面的には花やかであった。西は武子に映画女優と見まがうばかりに装わせ、モーターボートに乗せ、パッカードにも乗せた。夏には海水浴、冬はスキーにもスケートにも連れ出した。噴き出すような思い出も多い。

ロサンゼルスからの土産には、部屋の中にはいり切らぬほどの電気洗濯機と、かわいいハワイアン・ギターを買ってきた。

（馬はおれが教えてやる）

と、馬場に連れて行かれ、いきなり障碍を飛ばされた。

（しがみついていればいい。馬が飛んでくれる）と言った。

派手で屈託のない夫であったが、それだけに妻としての悩みも多かった。

（おれはもてているよ。アバよ）の葉書には、照れ性の夫のそれなりの愛情も感じたが、それだけですむ文句でもなさそうであった。（西大尉、金髪美人と雲隠れ）などという記事を一度ならず眼にした。

日本での遊びもはげしかった。新橋・柳橋での浮き名を聞くと、武子は進んで噂の美妓《びぎ》と友だちになり、たくみに西をかばった。

女として、なみたいていでない苦労であり、悲しみであった。

晩年になって、老夫婦、こたつにゆっくり向かい合い、

（あなた、こんなこともあったのよ）

と、茶のみ話に話すことを、ずっとたのしみにもしてきた。

だが、その機会はもう永久に来ない――。

七

昭和二十年二月十四日。

「八百隻から成る敵機動部隊、マリアナを出港す」との無電がはいった。

父島に向かうか、硫黄島に来るか。本土進攻を急げば父島に向かうであろうが、硫黄島には飛行場がある。――兵隊たちは、ささやき合い、そしてきおい立った。

西はこの日、東海岸の岩礁へ釣りに行った。浮島で愛用した釣り竿《ざお》を持ってきていた。

連日の爆撃の影響で獲物が少なく、名も知らないキスに似た小魚が二尾。西はそれを焼かせて、二尾とも大久保見習士官にやった。その日が大久保の誕生日であることを知っていた。

見習士官は何も言わず、魚を食った。

西の釣りについて、彼はかねがね反対であった。二尾の魚が彼の眼に、いやがらせにも、また、ささやかな買収にも映ることを、西は感じていた。それでも贈らずにはいられなかった。

十六日。水平線上に一列に艦影が並んだ。

「戦艦三、巡洋艦九、駆逐艦三十、空母五」などと、伝令兵の一人がその数を伝えてきた。

空には、B29、B24、グラマン、コルセア、ロッキード、ヘルキャットと、米軍機の大ページェントであった。

砲爆撃で全島ゆれ動き、摺鉢山の山容もくずれ、島は大爆発を誘爆して空に吹き飛ぶかと思われた。

十九日午前八時。

西部隊からも望見できる南海岸に、櫛《くし》のように白い航跡を揃《そろ》えて上陸用舟艇群が突入してきた。このとき、西部隊は、戦車三中隊十九輛《りょう》のみでなく、歩兵・砲兵・工兵などを加え、千五百名の混成部隊にふくれ上がっていた。

水際までひきつけて、野砲・迫撃砲がいっせいに砲門を開く。

ひっくり返る舟艇。

だが、その後から後から舟艇群が続き、波打ち際は、米兵で埋まった。そこへ水陸両用戦車が甲虫《かぶとむし》のように上陸してくる。砲弾はおもしろいくらいに当たった。ねらわなくても、米兵を吹き飛ばした。

だが、それも数時間のことであった。

日本軍火器の所在を知ると、敵はそれに数十倍する砲火を浴びせてきた。浜を隔てて健闘していた擂鉢山の砲火も、そのため沈黙した。

その夜から西は、それまで大事にしまっておいたウイスキーを一壜《びん》ずつさげ、最前線の各中隊を回った。笑顔を失わなかった。

二十日には、第一飛行場が落ちた。西部隊は、救援に出動したが、戦車はほとんど敵陣に達する前に擱坐《かくざ》させられた。洞窟寄りにトーチカ代わりにして、粉砕させられるまで応射し続けた。

はげしい戦闘が続いた。

二十二日、敵が平文電報で、苦戦を訴え救援を求めているのを、傍受した。敵の砲爆撃はいよいよ熾烈《しれつ》になり、夜は落下傘に吊るした照明弾が、真昼のように日本軍陣地を浮き立たせた。

二十五日。

西は、三個中隊中、一個中隊しか残っていない戦車隊を率いて、第二飛行場に進出。敵軍を包囲の形で撃退した。

一人の敵兵が逃げおくれ、西部隊の袋の鼠となった。火焔《かえん》放射器を背負っており、射程も届かぬのに、狂ったように火を噴射する。

西は、射撃をやめさせようとした。そのままにしておけば火焔は尽きる。捕虜にするつもりであった。

だが、それより早く、大久保見習士官が騎兵銃で撃った。

西は、傷ついたアメリカ兵を軍医の手に渡すと共に、自ら訊問《じんもん》に当たった。彼は母親からの手紙を持っていた。

(母は、お前が早く帰ってくることだけを待っています)

と、あった。西は、ふっと泰徳のことを思った。軍医に最善を尽くしてくれるようにたのんだ。

坑道の中の連隊本部に戻ると、見習士官は心をきめたように、進んで話しかけてきた。

「部隊長殿は、親米派と言われているのをご存知ですか」

「知っている」

「それなのに、なぜ……」

「あの兵士を助けようとしたのは、そのことと関係はない」

壕《ごう》の外では、ロケット弾と急降下爆撃の音が交互に聞こえ出した。

見習士官はかたい表情のまま、

「今日は自分は昂奮しております。言いたいだけのことは言わせてください」

「うん」

「栗林閣下は、愛馬進軍歌をつくった人。そして部隊長殿は、オリンピック馬術選手。馬にいちばん関係の深いお二人が、玉砕予定の硫黄島に送られたということをどう考えておられるのですか。何か底意地の悪さといったものを感じられないのですか」

感じたところでどうするというのだ。歴史はここまで歩いてきてしまっている。

「光栄だ」西はずばりと言った。

「ほんとうですか」

「帝国軍人として生きる以上、光栄というほかはない」

「この前、本土に戻られたとき、硫黄島から引き揚げぬかという話があったそうですが」

「正式な話ではない。もちろん、おことわりした。いまさら部隊を動かせるものではないし、おれひとり引き揚げられるものでもない」

「部隊長殿は、国際人です。それに、勝負の勘もある人です。それが、おめおめ玉砕にきまっている土地にとどまっておられることがわからない」

「おれが部隊長だからだ」

「これは別のところから聞いたことですが、部隊長殿は開戦前、アメリカに帰化しようとなさったのではありませんか」

思いもかけない質問であった。

「とんでもない」西は苦笑してから、

「ある舞踏家が、アメリカ行きをすすめてくれたことはある。昭和十三、四年のことかな。アメリカの友人たちが、おれを迎えてくれるというので」

「なぜ行かなかったのですか。そのときには、まだ軍馬補充部におられたはずです」

西は黙った。そうだ、あのときには、生きるチャンスが残っていた。それをなぜ選ばなかったのか。

体面や面子《メンツ》も考えたのであろう。やりかけの仕事へのこだわりもあった。だが、いちばん大きなものは、あのフランスの老少佐の姿ではなかったか。魅《ひ》かれながらも、西は第二の老少佐になることを望まなかったのだ。

黙った西をしばらく見守っていてから、見習士官は挙手をして出て行った。

西の部隊本部は、坑道の中の木机と古ぼけた籐椅子《とういす》から成っていた。その横には、寝るためのすり切れた毛布——豆ランプをつけた瞬間だけ、浮島の洞窟生活を思い出させた。

海軍部隊からもらったウイスキーを一口なめ、骨の浮き出た体をその毛布に包むと、西は机の上に横になった。南の島とはいえ、夜明けの冷気はきびしい。その冷気の中で、翌朝、アメリカ兵は死んだ。

二月二十六日。

九年前、西の士官学校同期生を加えて、青年士官たちの蜂起《ほうき》した日である。叛徒《はんと》として彼等が処刑されたのは、その年、ベルリン・オリンピック馬術競技の四日前のことであった。

五・一五、神兵隊と、事件は続いていた。青年士官の集まりである桜会から、西へは一度の勧誘もなかったが、彼なりに考えさせられることがあった。

部下の中に生きがいを求めれば求めるほど、その部下の生活に関心を持った。人事係に命じて、身上調書はとくに詳しくとらせた。

そうした西に、同年代の青年将校の苦悩がわからぬわけはなかった。ただ、西はもっと先を見ていた。統制派と言い皇道派と言う、その争いを非常手段に訴えたところで何が生まれるというのか。

西はいつの間にか老少佐の眼をしている自分を知った。

二月二十八日。

西部隊は、第三飛行場に突入してくる敵と激しく交戦した。そして、十九輛の戦車も、あますところ三輛となった。

八

(勝たなくては――)

二度のオリンピックでは、あれほど思いつめていた。

戦争になってからも、そう思っていた。

だが、硫黄島では、もはやその言葉は通じない。(いつ死ぬか、いつまで生きのびるか)だけが、問題になった。

三月にはいると、日本本土から、『硫黄島将兵を激励する夕』の放送がはじまった。毎夜八時から九時まで。軍歌や行進曲、詩吟、わらべ歌。その間に留守家族の子どもたちが、

(お父さん、がんばってください)と、作文を読んだ。

だが、その父親たちは、洞窟から洞窟へと追い立てられていた。全員戦死した中で、受信機だけが詩吟をうたっている坑道もあった。

生きる希望を求めるように、新しい噂がつくられ、そして消えて行った。

(三月十日、陸軍記念日を期して父島から増援軍が来る)

(三月いっぱい持ちこたえたら、わが機動部隊が救援に来る……)

三月八日、千田少将と井上大佐の指揮する千名の海軍航空部隊が夜襲に出、敵戦車隊に包囲されて全員戦死。組織的戦闘の最後であった。

空襲と砲撃の中で、陣地を移しながら、西部隊は戦いつづけた。

爆撃の音がやむのは、暁方《あけがた》のごく短い一時《いっとき》。島の上には、朝焼け雲に似た硝煙の幕が垂れこめ、空を隠している。

サイパンから、また真珠湾から、敵艦船は数を増すばかりであった。計数に弱い西ではあったが、どこをどう計算しても、はじめから勝てるはずのない戦争であった。

ロサンゼルスからの帰り、西はアメリカ軍将校の好意で真珠湾を上空から隈《くま》なく見せてもらったことがある。防諜ずくめの日本では考えられないことであった。力の相違を思い知らされた。

これが親米派ということなのか――。

口がかわいた。天水も井戸水も、どこにも水がない。洞窟の壁に熱い水蒸気が結ぶ露のような水滴だけが支えであった。

唾《つば》も出なくなり、生米を嚙《か》んで吐くと、白い粉になった。耐えられず、海水を飲むと、かわきはいっそうはげしくなった。自分の尿を飲む兵士もあった。二度から三度で中毒を起こし、発狂した。素裸になって狂乱する兵士も居た。ただ、そうした中でも、西の部隊だけが最後まで軍紀をみださなかった。寸断された洞窟に手榴弾《しゅりゅうだん》が投げこまれ、火焰放射器が襲いかかる。

死体と硫黄のにおい。熱気に蒸されて耐え切れないでいると、ふいに入り口から海水が注ぎこまれた。蒸し暑さから救われる思いで、その水を浴びているうちに、ガソリンくさいにおいを嗅《か》いだ。つぎの瞬間、水面を火が走ってきた。

投降勧告もはじまった。

「ニシさん、出て来い！」

という呼びかけがあったことも知った。

九

三月十七日。

午後七時ごろ、西の妻武子は、末娘を連れて灯火管制で暗い茅ケ崎《ちがさき》の駅に下りた。海岸寄りの松林の中で、西には叔父《おじ》に当たる人が寓居《ぐうきょ》を結んで療養している。その見舞いのためであった。

改札口を出た人びとが、いく人か立ちどまった。駅前のラジオのニュースが、大本営の発表を伝えていた。武子も何気なく耳をすました。

（硫黄島守備部隊は最高指揮官栗林忠道中将以下、全員壮烈なる玉砕を……）

娘の手をひき、海に向かって急いだ。

歩いて行く先々の家々のラジオが、戸の隙間から、なお玉砕の様子を伝えている。涙が流れた。

娘と手をとり合った。泣きながら走った。

月明かりがきれいであった。海は一面、銀色の鏡となって、おだやかに輝いていた。その先に硫黄島が——。

母娘《おやこ》は、声を立てながら、月明かりの道を走りつづけた。

十

だが、このとき、まだ西は生きていた。

栗林指揮官の命令は、残存兵力のすべてに届いていたわけではなかった。西は、十八日、「西部隊玉砕」の電報を父島あて打電した。

(生きられる限り生きる)と言った西ではあったが、玉砕以外に道のないことをさとった。

地下三階まである部隊本部の洞窟内には、三百名の負傷者がうごめいていた。西はその一人一人の枕もとに二日分ずつの食糧を置いて回り、やさしく別れを告げた。動ける部下は、わずかに六十名。

十九日午前二時、かつての守備位置である東海岸の銀明水めがけて出撃した。銀明水付近の壕にまる一日ひそんで機をうかがったが、二十日の夜、ふたたび補給のため、本部の洞窟に戻った。

戻って間もなく火焔放射器による襲撃を受け、負傷兵の大半は黒焦げになった。西も顔半面、火傷《やけど》を負い、片眼を失った。

だが、西はひるまなかった。顔半分を汚れた繃帯《ほうたい》で蔽い、隻眼のまま、その夜また銀明水まで出た。

死を覚悟し、部隊長章はじめ重要書類のすべてを処分していた。内懐にウラヌスのたてがみ。片手に拳銃《けんじゅう》、片手にロサンゼルスで使った鞭《むち》。

三月二十二日。

朝日の昇り切るのを待って、西はその異様な形相で「突撃！」と叫び、壕からおどり出た。

三百メートル走って、猛烈な機銃掃射を浴び、両足をなぎ払われた。左右両足に貫通銃創を受けていた。

「見習士官、おれを宮城に向けてくれ」

西は、おくれて走ってくる大久保にどなった。

弾雨の中で、見習士官は西の体を内地の方角に向けた。

西は、拳銃の銃口をこめかみに当てた。新しく血を吸った繃帯のかげから、隻眼でいたずらっぽく笑い、ついで、引金を引いた。

潜艦呂《ろ》号99浮上せず

山田風太郎

山田風太郎《やまだふうたろう》（一九二二～二〇〇一）

兵庫県生まれ。少年時代から受験雑誌の小説に応募し、何度も入選している。旧制高校の受験に失敗、さらに二年浪人するが合格せず、一九四二年に上京。同年には徴兵検査を受けるが丙種合格となり、入隊を免除された。働きながら受験勉強を続け、一九四四年に東京医学専門学校に入学する。同世代の若者が戦地に送られているのに、自分は丙種合格で医学生であったため学生生活を続けられた経験が、後のシニカルな歴史観の原点になったともいわれている。戦時中の心情は『戦中派虫けら日記』『戦中派不戦日記』でうかがうことができる。戦争の記録としては、『同日同刻』も秀逸である。

妖風神州に満つ

ただ、みる、満目荒涼《まんもくこうりょう》。

ここにあったのは幻の都だったのであろうか。想い出の石、路《みち》、樹《き》、扉、あらゆるものは煙となり、灰となり、まだちろちろともえつづけつつ、横たわり、投げ出され、ひっくり返って、眼路《めじ》のかぎりつづき、ありしとも気づかなかった丘も坂も、武蔵野以前の広茫《こうぼう》たる姿をむきだしにしていた。電柱はまだ赤い炎の柱となり、樹々は黒い杭となり、くずれおちた石のあいだからは、ガス管がぽッぽッと青い火をとばし、水道はむなしく水をふきあげ、そして形容もしがたい茫漠《ぼうばく》感をひろげている風景を、縦に、横に、斜に、上に、下に、まがりくねり、うねり去り、ぶら下がり、みだれ伏している電線が截《た》っていた。

黄色い靄《もや》は、灰か、砂塵《さじん》か、或《あ》いはほんものの煙か、地平線を霞《かす》ませて、その果てに巨大な黒煙の竜巻がまだぼんやりとたちのぼっていた。

（こうまでしたか、奴《やっ》ら！）

海軍中尉、九鬼雄一郎《くきゆういちろう》は、灰燼《かいじん》のなかに切歯《せっし》して立っていた。

昭和二十年三月の中旬である。風はまだ冷たいはずなのに、むうっと息もつまるような熱風がふいてくる。黄色い硫黄のような煙のたちゆらめく空に——碧《あお》い深い空に、まだ火のついた布や紙片がひらひらととんでいる。

路傍に、焦げた手拭《てぬぐい》を頰《ほお》かぶりした中年の女がふたり、ぼんやりと腰をおろしていた。風が砂塵をふきつけても、うつろな眼はまばたきもしなかった。数十年の生活の結晶を一夜にうしなった女ではなかろうか。愛《いと》し子を炎のなかに落してきた女ではあるまいか？

ふと、その女のひとりの瞳《ひとみ》が蒼空《そうくう》にあがると、小さくつぶやく声がきこえた。

「ねえ……また、きっといいこともあるよ……」

あやうく雄一郎は慟哭《どうこく》するところであった。彼はつきとばされたように歩き出しながら、ぎりぎりと鋼鉄の胸板に悲憤の言葉を刻んでいた。

いや！　敵の無差別爆撃を、天人ともに許さざるとか何とか野暮《やぼ》な恨《うらみ》をのべるのはよそう。戦争だ。敵としては、日本人を幾万殺戮《さつりく》しようと、それはきわめて当然だ。さらばわれわれもまた敵を幾十万殺戮しようとこれまた当然以上である。われわれも冷血になろう。眼には眼、歯には歯を以《も》ってしよう。敵よ驕《おご》らば驕れ、きさまらが、人間仲間とはみとめぬ、猿のような黄色い小人の国は、血と涙のむせび泣きを凍らせて、きさまらを、ひとりでも多く殺す研究をしよう……

遠く、近く、サイレンがぶきみな音で鳴りはじめた。

「海軍がんばれ！　海軍がんばれ」

突然前の方から三角の防空頭巾《ずきん》をかぶった女がはしってきて、雄一郎の前に土下座して叫んだ。

「海軍がんばれ——今日は人の身——明日は吾《わ》が身——海軍がんばれ——空襲警報！」

頭巾からはみ出した髪の毛のかげに、きらきら光る眼の異常さに、狂人かとさとったのはそのときである。

彼は横須賀から今日、東京へくる電車のなかでひとり気の狂った老人に会った。老人は、乗客のあいだを泳ぎながら手当りしだいに、名刺様の紙片をみなにくばっていた。その紙には、こう書いてあった。

「天血教御神託による確実なる予言。——昭和二十年七月七日大東亜聖戦は完全なる大勝利を以って目出度《めでた》く終了なす可《べ》し。同日午後三時（日本時間）大統領ルーズベルトは国内暴動の為《ため》横死をなす。国民よ信じてゆめ疑うなかれ——」

雄一郎が暗然としてちかより、ていねいに女の手をとってひきおこしたとき、廃墟《はいきょ》の向うを数人の警防団員がメガホンで絶叫しながらころがるようにはしってゆくのがみえた。

「空襲警報発令！　敵機侵入——」

五分とたたぬうちに西南の空の一角から怒濤《どとう》のような音をたててB29の八機編隊があらわれた。前後左右に高射砲の弾幕が白い花をちらすなかに、銀翼燦爛《ぎんよくさんらん》として北進してゆく。敵ながら堂々といおうか、壮麗といおうか、人もなげなる飛行ぶりであった。突然、蒼空にきらっと匕首《あいくち》のようにきらめいたものがある。わが戦闘機の体あたりだと、はっとして眼をこらした一瞬、最後のB29の胴あたりから、一条の赤い火線が天と地をつないだ。敵編隊はおなじ速度で悠々と北進をつづけている。おちたのは味方機だけであったらしい。まさに鎧袖一触《がいしゅういっしょく》ともいうべき大空の死闘であった。

火燼《かじん》のなかをさまよっていた罹災者《りさいしゃ》の群は、みな物蔭や防空壕へとびこんだとみえて影もない。雄一郎だけが、銅像のように仁王立ちになって空を仰いでいる。B29は北へきえてしまった。太田の飛行機工場へ爆撃にいったのであろうか。

曾《かつ》て雄一郎は南方で撃墜したB29の残骸《ざんがい》をみて驚嘆したことがある。その巨大さとか堅牢《けんろう》さとか、精密さにではない。装備の単純さに対してであった。それは極端にいえば、飛行機にはじめてのる人間にも操縦ができるのではないかと思われるほどであった。

「日本の敗因はここにある！」

と、彼は痛感した。日本軍の精鋭は、航空隊にしても彼ののっている潜水艦にしてもすべて「名人芸」から成り立っていた。したがって、その人が死ねば、そのあとがつづかないのである。ミッドウェー海戦の悲劇は、四隻の大空母の喪失ではなく、それと同時にうしなわれたかけがえのない二百七十機の航空兵にあったとさえいわれるのだ。

機械力対精神力——ああなんたる痴人のたわごとだ。それは同等に対立すべき言葉ではない。機械力そのものが精神力のもっとも高度なあらわれではないか。そんなことも知らないで、日本精神だのみそぎだのいっているうちに、一億個の精神力は、みるがいい、数百機の天翔《あまか》ける機械の下に、息の根もとめて逼塞《ひっそく》しているではないか……

敵機の去った大空に薄雲が出て日が翳《かげ》り、地上は薄暮のようになった。まだ警報発令中なので、真昼の都は、風の死んだ夕暮の海のようにひっそりと息をとめている。ひとり、雄一郎だけが怒りにもえる陰鬱《いんうつ》な表情で、先夜の劫火《ごうか》にとけて、不透明な緑色の飴《あめ》のようになったガラスや浅草海苔のように焦げた畳が散乱している路上をあるいてゆくが、海軍将校の服装なので、彼をとめる警防団員はひとりもない。

本郷妻恋坂《つまこいざか》の宮本公園の下にある彼の自邸が、奇蹟《きせき》的に焼失をまぬかれたという母の知らせは、昨日横須賀でうけとったばかりであったが、それが信じられないような凄惨《せいさん》きわまる焼土をふんでゆくと、思いがけないところから家がみえた。まさに残っているが、周囲が全部なくなっているので、じぶんの家ではないような錯覚におちいった。

ちかづくと、家から妙な歌声がきこえる。歌声というより、御詠歌《ごえいか》或いはお経、いや呪文《じゅもん》といった方がよかろうか。

「さーつーきーのーあーめーでーはーなーけーれーどーもー……」

一人ではない合唱で、なんともいえない哀調と妖気《ようき》をおびた声で、そんな文句がきこえた。

ぎょっとして思わずたちどまり、海軍中尉九鬼雄一郎は苦笑した。

彼の母は神応教の信者だった。この数年のあいだに、陰惨な日本の巷《ちまた》に鬼火のようにふえてきた新宗教の一つである。教祖は、いまは物故したが、雄一郎もいちどみたことがある、上品な、けれどどこか憑《つ》かれたようなところのある、薄気味のわるい白い切下髪《きりさげがみ》の老女だった。

もと宮中の女官だったそうである。教義は、よく知らないけど、祈禱《きとう》して占いめいたことをやるのと、御詠歌調の歌をうたうほかは、他人に親切にするように、とか、毎朝はやく起きて厠《かわや》の掃除をするように、といった風な、別にほかに害をあたえるものとはみえないので、こういう神がかりなもの、占いじみたものを生来きらう雄一郎も、母の趣味として黙認していた。最大の理由は、母ひとり子ひとりの家で、しかも子の自分が必ず死ぬものと予想される戦いの海へ去って、あとにのこされた母が、それで心がやすまるものならば、という思いやりからであった。

魔恋

雪のように灰をかぶった玄関を入ると同時に、母の叫ぶ声が聞えた。

「ああ、雄一郎がかえってきました」

歌声がはたとやんだ。誰か何かいったらしい。

「いいえ、あの子です、戸をあける音でわかります」

足音がばたばたとはしってきて、母の姿があらわれた。彼がかるく挙手の敬礼をするまもなく、

「雄一郎！」

母はよろめくように彼の腕のなかにとびこんできた。

「よく、まあ、かえっておくれだ！」

まだ五十にもならぬ母なのに、なんとその髪の白く変ったことだろう。なんと肩のあたりの肉のおちたことだろう。雄一郎は、わっとさけび出したいような声をおさえて、とぼけた笑顔で、

「どうも、ひどくやられましたね。よくうちがのこったものだ」

「みんな、神さまのおかげだよ。神応教のおかげですよ」

そのとき奥からしずかにあらわれた人影をみて、雄一郎ははっとした。教祖の孫娘の志摩《しま》水絵《みずえ》であった。松平《まつだいら》宮相の邸へ行儀見習にいっているとかで、彫りのふかい蠟《ろう》人形のように美しい娘である。雄一郎がちょっと緊張したのは、前からいくども、志摩家の方から彼の母へ、水絵と彼を結婚させるようにいってきていたからであった。はじめ、なにを好んで若い未亡人をつくる必要があるととりあわなかった雄一郎も、母の熱望と、それからいつか彼が水交社へ出かけようと玄関まできたとき、ちょうど遊びにきていた水絵が、いきなり土間へとびおりて彼の靴をそろえた態度をみて、ふと思いなおしたこともある。しかし、水絵が神応教の最も高貴な巫女《みこ》的存在で彼女の口からもれる神託がいかに効験あらたかであるか、松平宮相ですら彼女には一目おいているという噂をきくにおよんで、ふッつり思いきった。

「雄一郎、いつまで?」

と、母は祈るようにいう。

「なに、明日までですね。いや帰れんと思っとったら壊れた艦の修繕がのびて、一晩でも戻ることができて、まあ、これでもめっけものといえるでしょうな」

ふかい眼で、じっと仰いでいた水絵がいった。

「雄一郎さん、艦が壊れたのは、敵の飛行機のせいでしょう」

雄一郎はどきっとして水絵をみつめた。まさにそうであったのだ。一カ月ばかり前、パラオ島コスソル水道で、夜間ひそかに浮上した彼の乗艦呂《ろ》号99潜は、その瞬間、暗夜の空から飆風《ひょうふう》のように襲いかかってくる敵の中型攻撃機に直面したのであった。魔神とも思われるこの攻撃は、敵の恐るべき電探の威力に相違なかった。

「潜航！」

艦長の絶叫をつんざく機銃弾の青白い閃光《せんこう》が、司令塔の塔壁を旋回する。一瞬に舵《だ》輪《りん》をにぎる操舵手と、見張員の二人が声もなく斃《たお》れ伏していた。

「左メインタンクブロー！」

急速に潜航しかかった艦の後甲板に、爆弾が真紅の火柱をふきあげた。おそらく敵は撃沈したと思ったにちがいない。辛くも沈没はまぬかれたものの、横須賀に帰投するまでは、いまはこれまでと観念するほかはない太平洋の水圧との死闘の連続であったのだ。

「……なぜ、それを知っています？」

「空からあなたのお艦に火の雨がふったとお告げがありました」

水絵は深沈とした声でこたえる。雄一郎はにがい顔をした。

「お母さん、あれはなんです？」

それはみたこともない総桐の簞笥《たんす》と新しい鏡台であった。母はおろおろと水絵の方

をふりかえり、また雄一郎に笑顔をむけ、

「ああ、それかい？　それは水絵さんのものですよ」

「水絵さんのおうちもやけたのですか？」

「いいえ、それは、そういうわけじゃない。この正月からきているのだけどね。雄一郎、それについてお話があるんだよ。ほんとによいときに帰っておくれだった……」

「なんのことです？」

水絵が音もなく雄一郎のうしろに立った。ふりかえると、この娘の冷たい瞳に、どう燃えるのかふしぎなような媚《こ》びの笑いがいっぱいにみなぎって、

「雄一郎さん、……御神託があったのです。あなたとあたしと結婚するようにって」

「なんだって？」

雄一郎はさすがに愕然《がくぜん》として息をのんだが、やがて吐き出すように、

「ことわる！」

と、大声でいいきった。

正面の襖《ふすま》が、向う側から誰かの手であけられて、いっせいにこちらをふりむいている男女の姿がみえた。

頭にぐるぐる繃帯《ほうたい》をまいた男もいるし、防空頭巾をつけたままの女もいる。みんな垢《あか》と煤《すす》にまっくろな顔をして、そのなかから、狂信者特有のきらきらする眼がひかっ

ていた。その向うに仏壇を改造した祭壇があった。

「九鬼さん……それは、いかんですぞ」

と、ひとりの老人が立ってきていった。神応教のこの地区の支部長格の深沢《ふかざわ》という老人だった。

「せっかく、水絵さまがああおっしゃっているのに、罰があたります。あんたはこのあいだの空襲の恐ろしさを知りなさるまいが、この家ののこったのは、神さまのお力ですぞ。水絵さまの花嫁道具がはこびこまれてあったからこそ、神さまがお守り下すったのですぞ……いまもみな話したところじゃった。きょう、あんたがお帰りになったのも、きっと水絵さまと祝言《しゅうげん》をあげられるようにとの御配剤にちがいないと」

「ばかなことを。この家がやけのこったのは公園の樹木のせいですよ」

「公園の木はみんな麻幹《おがら》のように焼けてしもうたわ。神さまのお力です。神さまのお力を信じなさい。御神託にそむいてはなりませんぞ」

「水絵さんとおれと結婚しろということですか。なに、そりゃ御神託なんかじゃありゃしない。こういっちゃなんだが、おそらく水絵さんがおれに惚れとるから、その心がいわせたことですよ」

「もったいないことをいわれる。うむ、ま、そうとしてもよい。では、そのお心をくんであげなされ。御教祖さまのお孫さまが、あんたに対してだけは靴のひもさえむすばれるそうな。ああ、なんちゅうおいじらしいことか……」

「そうおれも思ったこともあるのです。しかし、そういっておれが押《おし》かけ女房をもらわんけりゃならんという法はない。いまの道具をみて、いよいよいやになりました。迷惑です。おことわりします！」

「まあ、おききなさい。先日の空襲さわぎで、三井銀行の大金庫のダイヤルが狂ってひらかなくなってしまったのじゃ。そこへこの水絵さまがゆきあわされて、金庫の前で御祈禱《きとう》なさってダイヤルをまわされたら、それがすうっといちどにひらいたじゃありませんか！」

「ふふ、そりゃ、偶然扉がひらくところへダイヤルがまわったのですよ。とにかくおれはそんな邪教は信じんのです。むしろ、日本をほろぼすものはそれだ、その頭だとさえ考えとるんです」

「邪教？　ぶ、ぶれいな！　お、おそれ多くも、ちかごろ、或る宮家からでさえ、水絵さまをお招きあそばして、神のお告げをおききになりたいとかの御内示があったものを……」

雄一郎は沈痛な顔で、うめくようにいった。

「ああいうお方はひまなんです。日本が滅びるのは当然かもしれん……」

「まだある。去年の秋、やはり御神託があって、或る海軍の少尉さんの結婚は凶だと出たのです。それにもかかわらずその人が強引に結婚してしまった神罰は覿面《てきめん》、それから一カ月とたたないうちに、その少尉さんは戦死なすった。神さまのお告げになった凶は、まさにあたったのですぞ」

「深沢さん、あなたはその少尉の戦死を凶だ、不幸だとお考えになりますか。おれはそうは思わん。そいつはおそらく満足の微笑をたたえながら海へ沈んでいったものと、おれは信じます」

深沢老人は怒りのために蒼白くなって、手足をぶるぶるふるわせていた。雄一郎は冷静である。冷静の底に、この迷信に狂った老人を——いや、非科学的な日本人たちをぶッた斬ってやりたいような憤《ふん》怒《ぬ》を感じていた。

「いったい、神さま神さまとおっしゃるが、神とはなんです？　神はないとはおれはいいません。おれは二年ほどまえ、乗っていた駆逐艦が沈んで南の蒼い海を一日泳いでいたことがあります。そのとき、おれの頭にうかんでいた神は、断じて或る人間が結婚すれば呪いをかけるとか、結婚せんけりゃ罰をあてるとか、そんな酔狂な、おせッかいな、色情狂みたいな神じゃなかった。よろしい、御神託によって、結婚するとします。子供でもできて、また女房に神さまがのりうつって別れるがいいとお告げがあったら、おれはまた、ぽかんとしてその命に従わんけりゃならんのですか？　いや、こんな愚劣な問答をしとっても際限がない。失礼ですが、おれはこれからちょっと寝ますから、みなさん、どうぞおひきとり下さい」

「罰が……罰が……」

老人は口から白い泡をふいた。

「九鬼さん。あんたは、いまに神罰にあたって、足腰たたなくなりますぞ！」

雄一郎は破顔した。

「そうかもしれませんな。だいぶ芸者とあそびましたからな。したがって将来仰せのごとく足腰たたなくなるかもしれませんが、そりゃスピロヘータのせいで、神さまとはなんの関係もありますまい」

深沢老人は足ぶみしながら、雄一郎の母の方をにらんだ。

「あんたはだまっていらっしゃるか？　御子息の不敬のことばをなんと思われます？　神さまのお告げにそむいていいのですか？」

母はおそるおそる信者たちの顔を見まわした。全身がわななき、両腕が信者たちへの恐怖と、信仰の苦悶《くもん》とのためにねじれた。それから彼女は息子の顔をじっとながめた。

「わたしは……神さまにそむいて……地獄におちましょうとも……雄一郎の心にまかせたいと思います」

きえいるような声であった。

そのときまで、蠟《ろう》のように音もなく立っていた志摩水絵が雄一郎のまえにまわって、その眼に見入った。

哀れとも憎しみともつかぬ深淵《しんえん》のような瞳に、さすがの雄一郎が背すじに冷たいものを感じて、一歩身をひこうとしたとき、

「雄一郎さん……たったいま、お告げがありました。ああ……あなたはきょうから五カ月目に亡くなられます」

雄一郎は身をひくのをやめた。かえって一歩ふみだして、声をたてて笑っていた。

「ほう！　まだそんなに生きられますか？　これは長生きできる！　五カ月めですと？　すると、いま三月の半ばだから、四、五、六、七、八と八月半ばになりますな。はははははははは、おぼえておきましょう」

八幡大菩薩

「ワレ出撃ス」

伊号13潜の艦橋の檣頭《しょうとう》に信号旗がひるがえっていた。

これにつづくもの伊号44、伊号361、呂号96、呂号56、呂号99の五隻。開戦以来すでに喪われること百二十隻にちかく、桜花ほころびんとする三月の下旬、秋風星落の日

本潜水艦隊はいま呉《くれ》軍港を出てゆこうとしている。

各艦のマストには「八幡大菩薩《はちまんだいぼさつ》」「非理法権天《ひりほうけんてん》」の旗が烈風にはためいている。「非理法権天」とは、「非は理に勝たず、理は法に勝たず、法は権に勝たず、権は天に勝たず」という意味で、大楠公《くすのきこう》が千早城にひるがえした旗がこれであった。

「帽をふれっ」

桟橋《さんばし》に群がって見送る水兵たちのあいだから、軍艦マーチの歌がおこった。出撃する潜艦の甲板にも、白鉢巻をした兵たちが歌っている。

「トラック照る照るガ島はくもる
　間のラバウル灰がふる……
「ソロモン嵐はよしすさぶとも
　骨を拾いにゃきっとくる……
「やがてガ島にゃ旭の御旗
　仇討たずにゃおきはせぬ……」

しかし、このわずか二年前にうたわれた歌は、いまは遠くすぎ去った青春のなげきに似ていた。ガダルカナル、ソロモンはおろか、マリアナ、フィリッピンまでうしなって、ついに敵の大機動部隊は三月の末から沖縄に襲来し、いまやわが守備隊とのあいだに、阿鼻叫喚《あびきょうかん》の血闘の幕をきっておとしつつある。

「前は、出撃するときも、こう騒々《そうぞう》しくはなかった……」

と、呂号99潜の艦橋に立っていた九鬼雄一郎はにがにがしく呟《つぶや》いた。

「瓶《びん》の水はすくないほど、そそぐと大きな音をたてるのとおなじ理窟ですかな」

と、傍の小羽《おばね》軍医中尉が憮然《ぶぜん》としていう。

「軍医さん、おれはあの旗が気にくわんのですがね」

「どの旗が」

「非理法権天の文句がですよ。天をいちばん下にもってくるところがね。理はすべてに勝つと考えるべきです。天——天佑《てんゆう》だの神機だの天壌無窮《てんじょうむきゅう》だのいっているうちにこの始末だ。日本語の字引からこういう文字を抹殺せんけりゃ、いつまでたっても日本は戦争に敗《ま》けるですよ。半月ほど前、横須賀で一日ひまをもらって東京へ出て、迷信的といおうか非科学的といおうか、愚劣きわまる馬鹿どもがあんまり多いので腹をたててきたものですが、海軍もあんまり大きな面《つら》はできんです。海軍はじまって以来八十年間、夜でも眼のみえる猫の訓練ばかりやって、夜戦なら世界無比だとうぬぼれたとたん、敵サンの方じゃ電探ができてこのざまだ」

「電波探信儀の着想は日本だというじゃありませんか？　それが、どうしてこんなことになってしまったのか……」

「金がない、それは事実だが、また逃げ口上です。日本人にゃ科学の根が育たんのかもしれん。徳川三百年、これほど長い太平時代をもった国は世界にないというのに、その間日本人は何を発明したのか。汽車とまでゆかなくっても、げんに平安朝時代にゃ牛車《ぎっしゃ》があったのだから、牛を馬にかえて、せめて馬車くらい考えつきそうなもんだ！　ところが日本人は身体を労せずして効果をあげることを悪事のように考える。勉強だって暖かくしてうまいものくってやれば能率があがるにきまってるのに、腹をへらして寒いめをして、それが模範のようにいう。いたずらに身心を虐待《ぎゃくたい》してそれを猛訓練だと考えていい気になる。ごらんなさい。ドイツの潜水艦など二タ月くらい、大西洋から印度《インド》洋をまわってきて、シンガポールに上陸すれば、乗組員はへいきな顔でテニスなどやっとるじゃありませんか！　われわれは一ト月も出撃して、帰投すれば半病人です。肉体力や日本のいわゆる精神力には限度があるが、科学的配慮にはかぎりがない。日本人に発明できたのはせいぜい駕籠《かご》か人力車です。そして六尺棒のふりかたと脛《すね》のふりかたのうまい奴をつくって名人と称する。……ああ、なんとあわれな頭だ！」

雄一郎は痛烈な涙のうかんできた眼で、いつしか薄暮にしずんでゆく春たけなわの瀬戸の島山をながめやった。

「いちど敗けんと眼がさめんのかもしれん。いや……敗けてもまださめんかもしれん。……」

ぶつぶつと彼はうわごとのようにつぶやいた。

「しかし敗けてはならぬ。どんなことがあっても、日本は敗けてはならぬ。敗けりゃ、千年、再起の芽は敵につみとられてしまうだろう。……」

「砲術長、大丈夫、日本は勝ちますよ」

突然あかるい声がかかった。ふりかえると志賀という初陣《ういじん》の少年特別水測兵である。年はまだ十八ぐらいだろう。まるい頬をまっかにして、つぶらな眼は空のように澄んでいた。

「ははははは、そうかね。そうでなくってはこまるがなぜだい？」

「艦長がそう申されましたから！」

可憐なばかりに信じきった瞳であった。それから少年らしい無邪気な笑い声をたてて、

「なにしろ、日本にゃ忍術があるんですからね。ヒュードロドロときえちまった忍術使いには、レーダーもきかんと思うんです」

「ふふん、それはそうと、おまえのさげている鳥籠《とりかご》はそりゃなんだい？」

「文鳥です」

「ばか、艦の中にいれたらすぐ死ぬぞ。大の男でさえのびかねないのに……」

「だから、いまのうちに十日分くらいいい空気をすわせておくんです」

水煙をあげ、艫《とも》に白く航跡の尾をひきつつ、潜水艦隊は機雷原や防潜網のあいだをくぐりぬけ豊後《ぶんご》水道から太平洋へ出てゆく。兵たちは名残《なご》りおしげに艦橋をおりた。艦は大角度のジグザグをやりながら、夜の太平洋を一路南下してゆく。夜が明けかかると潜航だ。兵員はもはや呉に帰る日まで、まったく太陽をみることはできない。呂号潜水艦は小型で耐波力も良好でなく、居住性はとくに苦しかったが、そのくせ最も酷使され、消耗もいちじるしかった艦型だった。

いま制空権制海権を敵にうばわれているので、二日めからはもう夜の浮上時間も極度にちぢめなければならない。暗夜といえども、敵哨戒《しょうかい》機の電探に捕捉《ほそく》されるおそれがあるからだ。黒潮から鮮麗な南海特有の緑にそまった波濤《はとう》の下を、六隻の潜艦はしずかに南へ南へとすすむ。

艦内の空気はすでに三十度にのぼっていた。海は表面いかなる荒天《こうてん》怒濤《どとう》の日でもちょっと底にもぐれば太古のごとくしずかだ。が、潜水艦がそれに応じて静謐《せいひつ》をたもち得るのは、潜舵、横舵、メイン・タンク、調整タンク、釣合ポンプ、その他の鋼鉄製内臓の微妙な新陳代謝による。時々刻々に減ってゆく重油、食糧の重量の変化だけでも、それに応じて釣合を調整せねばならぬ。

一方で、浮上のときは艦橋の哨戒員が、潜航のときは司令塔の潜望鏡をのぞく艦長が、一瞬一刻の休みもなく空と海の敵影をさがしもとめている。それでも水面にちょっとあらわれた潜望鏡だけで敵の電探に捕捉されて、突如としてうなりをたてて弾丸がとんでくることがある。三直潜航で、乗組員を三組にわけて、各組が交替で二時間配置については四時間休むということをつづけていても、失われた太陽と、濁った空気と、泥のような暑熱と、偏った食事と、運動不足と、そして針のようにとぎすました緊張の連続のため、日ならずして疲労困憊《こんぱい》して、死をすらおそれないようになる。闘志を喪失して、死んだ方がらくだという危険な弛緩《しかん》がおとずれるのだ。

「……嗚呼《ああ》人さかえ国亡ぶ
　盲《めし》いたる民世におどる
　治乱興亡夢に似て
　世は一局の碁なりけり……」

　士官室の革ソファの上にねころんで、雄一郎は蛍光燈《けいこうとう》に青白い天井をじっとみつめながら、小声で口ずさんでいた。

　うしろには書類を入れた鉄製の棚があり、前のリノリュームをしいた通路には包装紙に赤印や黒印のレッテルをはり、数字を記した無数の罐詰《かんづめ》がつみあげられてあった。たとえば無印の１は餅《もち》で、２は赤飯、青印の202は鰯《いわし》の罐詰で、黒印の307はグリーンピースといった具合である。それに板をわたして、細長いテーブルはその板の上にあった。反対側は二段のベッドで、赤いカーテンの向うでは、いまも混沌《こんとん》たる眠りにおちいっている連中がいるはずである。

「九鬼中尉、休まれないんですか?」

兵員室につづくハッチから、細長い顔をした小羽軍医中尉が入ってきた。雄一郎は頭をもたげて、

「おや、誰か病気の兵がありますか?」

「文鳥がね。呼吸困難だからと志賀水測兵からの往診依頼で……」

軍医は苦笑して、しかし腹の底からうめくように、

「いやあ、これだけ狭いところで、ひとり無為でいるということは辛いもんですなあ!」

「あんたが忙しかったら大変だよ。ひとりふたりが負傷するなんてことは、まあめったにないんだから。ほかの艦とちがって、やられるときは艦ごとドンピシャリだ。むろん、あんたもいっしょだよ。はははは」

軍医はきょときょとと不安な眼を天井になげて、

「南無八幡大菩薩《なむはちまんだいぼさつ》」

と、いった。

帝国忍術部隊

艦内には冷却通風の音と電気モーターのうなりばかりだった。

「砲術長、こんどはいかんと思いますか?」

と、軍医長はおそるおそるいう。雄一郎はこの軍医が、医者らしくものの考えかたが合理的で、こだわりがなくて、ほかの肩肘《かたひじ》いからした、神がかりの将校たちより親愛感をいだいていた。彼がぬけぬけと、

「しかし、砲術長、日本の天皇制がなくならんかぎり、日本人の神がかり癖はぬけませんな」

などというのにも腹がたたなかったが、さすがに戦闘度胸の点だけは、あぶないと思っている。尤《もっと》も、それも軍人ではないから、むりもない。

「いや、大丈夫ですよ。この艦は沈まんですよ」

「どうしてです?」

「はは、東京でね、或る巫女の占いに、八月なかばまでは大丈夫だと出たそうで。……はははは」

「なんだ。砲術長までがそんなことといっちゃしようがないね。尤も、任務が忍術部隊

の輸送だから恐れ入った」

ふたりは苦笑した。苦笑というより悲惨な笑いだった。

この呂号99潜と相前後して海面下を南へむかって進んでいる六隻の潜水艦のうち、護衛にあたっている三隻の呂号潜艦をのぞいては、あとの三隻の伊号潜艦は、海軍のあいだでひそかに「忍術部隊」とよばれている特別攻撃隊を満載しているのであった。

制空権をまったくうばわれて、もはや当分使えるみこみのない落下傘部隊の精鋭に、千葉県の館山で特別訓練をほどこしたもので、またの名を「山岡部隊」という。これに敵の捕虜から得た情報をもとにした知識をあたえ、潜水艦ではこび、大発からひそかに敵の基地に侵入させて、飛行場や火薬庫や港湾設備を爆砕《ばくさい》せしめ、敵の後方を攪《かく》乱《らん》するというわけであるが、その行動をさらに神出鬼没たらしめんがために、民間の甲賀流十何世かの先生をまねいて、なんと忍術を教えこんだということであった。

もとより忍術の正確な本体は合理的な体術ではあろうが、それにしても二十世紀の近代戦に、忍術とはあまりにも時代錯誤であった。しかし、これも、すでに肉弾雷撃隊ともいうべき神風特攻隊、人間魚雷ともいうべき回天特攻隊を採用した海軍の、惨たる苦悶のあがきのひとつであったろう。当時、陸軍では、大まじめに弓や竹槍の訓練まではじめていた。

呉出港以来十三日目、六隻の潜水艦は、ついに目的地たる中部太平洋における敵の大根拠地グアム島をへだたること十浬《かいり》の暗夜の海に忽然《こつぜん》と浮上した。

一艦、また一艦、魔法のようにあらわれるわが潜艦群を、敵は何も気づかないらしい。大型双眼鏡にくいいった見張員は、前方にくろぐろと横たわるグアム島の影をみて、「八幡大菩薩」とおもわずうめいた。

その瞬間、背後から頭上へ、すさまじい火の箭《や》がとんだ。

「敵っ」

絶叫しつつ、愕然としてふりかえる。疾風のごとく殺到してきたのは二隻の米駆潜艇と三隻の魚雷艇だった。みつかる相手もあろうに、機銃、魚雷、爆雷と三段がまえの潜艦殺しの恐るべき敵である。

「潜航いそげ！」

「ダウン、三十度――」

水煙一颯《すいえんいっそう》、狂気のように艦首をななめに海中につっこんでゆく呂号99潜の前後を、夜目にも白く三本の魚雷の航跡がつっぱしって、伊号44潜と、伊号361潜が一塊の火炎と化した。

飛鳥のごとく艦橋から艦内へとびおりる一瞬、雄一郎はいま海面に旋回した火と水の光芒のなかに、蠟のように凝然《ぎょうぜん》とじぶんをみていた志摩水絵の幻影をみとめたように思った。一秒が十分にも感じられる恐怖の一刻である。

「水絵……八月半ばまでといったなッ」

われしらずそううめいて、彼は愕然《がくぜん》とした。

「なにくそ！」

頭上でつんざくような爆雷の音がとどろきはじめた。艦は必死に深度三十メートルから四十メートルにかかる。その刹那《せつな》、艦全部が裂けたかと思われる大音響とともに、艦内が暗黒になった。配電盤の主スイッチがとんで全モーターがとまった。艦は四十五度の急角度で、石のごとく海底へ落下してゆく。

雪崩《なだれ》のように艦内すべての積荷が艦首の方角へころがりおちる。誰か雄一郎にしがみついて、発狂しそうなふるえ声でいった。

「だ、大丈夫ですか？」

小羽軍医だった。

深度五〇……六〇……七〇メートル……。

「大丈夫。本艦の安全潜航深度は百二十メートルだから！」

と、雄一郎はいった。しかし呂号99潜の安全潜航深度は、実際は八十五メートルだった。しかも艦の深度計の針は目盛いっぱい百五十メートルにちかづきつつある。

……

高圧空気のパイプがさけて、気圧が上昇酸素不足のために暗中に兵員の顔は土気い

ろに変っていた。骨までつらぬく艦体のぶきみなきしみがはしった。静寂の恐怖の底に、全頭髪がさかだったとき、

「ゆきあしとまりました！」

と、いう歓喜の叫びがながれた。手提電燈のひかりで深度計を凝視していた潜舵手の声である。

「八幡大菩薩」

軍医がふるえ声でつぶやいたとき、彼はいきなりひっくりかえった。また雪崩のようにくずれもどりはじめた罐詰に足をとられたのである。

艦は反対にしだいに浮きあがりだした。

どこへ？　――敵の駆潜艇の待っている海上へ？　死だ！

執拗《しつよう》な敵の海面をはしりまわる音が水中聴音器にひびいている。「キーン」「シャーシャーシャー……」という特有の推進音から判断すると、どうやら数隻の駆逐艦もあつまってきた。

一難去ってまた一難、パイプがこわれて、必死の破口修理作業のうちに高圧空気がのこり六十kg／㎠になってきた。ぶきみな殺気が、どんよりと艦内にみちわたってゆく。

「艦長、浮上決戦させて下さい！」

ほがらかな、うたうような声がわきあがった。まがうかたなき志賀少年水測兵の声である。浮上したら放してやるつもりか、籠から出された文鳥が、ぱっとまッしろな羽をひろげて、苦しげに艦内をとびめぐった。

炯々《けいけい》たる眼を宙にそそいでいた艦長が大きくうなずいた。

「ようし！　浮上用意――」

みないっせいに白鉢巻をしめなおし、日本刀をひッつかんだ。無数の砲火と雷撃のまちかまえる海面へ、わずか八糎《センチ》砲一門と数梃《ちょう》の機銃をもったのみの呂号99潜は、いま徐々に浮上してゆく。

獅子のあぎとのなかへ、幼児の腕に似た潜望鏡が浮かびあがった。

何事もなかった。

なんたる僥倖《ぎょうこう》、たったいま死の戦いの展開された海面は、竜巻のような夜のスコールにつつまれていたのである。

いったんちょっぴり出た潜望鏡はすぐひっこめられた。霧のごとく海上にけぶり、雪のごとく波に飛沫《ひまつ》を泡立てつつ、スコールは北へ移動してゆく。

突如として、なおあたりの海面を警戒していた米駆逐艦の胴に、轟音《ごうおん》と火柱があがった。どこからともかく、航跡をたてない独特の日本魚雷がはしってきて命中したのである。

誰もが、それがすでに四、五千メートルも遠ざかったスコールの下から発射されたとはわからなかった。

スコールにまぎれて遁走《とんそう》しつつある呂号99潜のなかで、砲術長九鬼中尉が、にやりと笑った。

「一ッちょうあがり、……これぞ、まったく水遁《すいとん》の術か。軍医さん、神応教もばかにならんねえ！」

しかし、これはうれしさのはずみで、志摩水絵の予言があたったのだとは、もとより雄一郎はかけらほどにも考えていない。

が、水遁の術をつかったのは呂号99潜ただ一隻であった。二十世紀の忍術部隊は、驟雨《しゅうう》去って南十字のまたたきはじめたグアム島沖の潮のなかに、惨たる全滅のかばねをただよわせていた。

海底爆撃隊

昭和二十年八月十五日。

潜艦呂号99はまだ生きていた。満身創痍《そうい》をあびつつ、太平洋の底を地獄の虫のようにはいまわっていた。

沖縄を失い、戦艦大和《やまと》を失い、ソヴィエットは怒濤《どとう》の如く満州に侵入し、広島と長崎に原爆おち、日本全土は間断なくB29の猛襲のために焼土と化した。滅失の奈落におちる日が、その日であると呂号99は知らぬ。ただ、夜明けにまだ遠い、暗い海の底を亡霊のごとく黙々とうごいている。

「ああ。……必勝の信念を堅持することの難《かた》きかな」

と、髭《ひげ》と垢《あか》にまみれた顔で、九鬼雄一郎がいった。いったとたんに前歯の一本がぽろりとおちた。長期にわたって潜水艦に乗組んでいると、太陽と新しい空気に不足するためか、みな一様に歯がもろくなってくる。

「信ずるものは、馬鹿と神がかりの奴ばかりだ」

「やっぱり、だめですかな」

と、トランプ占いをしていた小羽軍医がぼんやりした声でいう。雄一郎の歯がおちたのをみても、それをといただす気力もうせはてた顔だ。軍医自身の顔にも、へんな汚ない皮膚病のかさぶたがひろがっている。

「敵サンとおなじ兵器と物量がありゃ、必ず勝つんですがねえ。どっちもおなじ損害をうけりゃ、あちらさんがおさきにのびるんですがねえ」

「そいつだ。その考えかたがいかん」

「なにがです？」

「おそらく日本人はぜんぶそんなことを考えてるでしょう。将来も、敗《ま》けたのは敵の兵器と物量に敗けたので、気力で敗けたんじゃない、など考えてのほほんとすることでしょう。その敵の兵力と物量は敵の頭脳から生み出されたとはちっとも考えないで、……ばかな！　その理窟でゆきゃ、おなじ兵器をもたせりゃ、日本人だってニューギニアの土人に敗けますよ」

雄一郎の激烈な語気に、軍医はちょっと気をのまれた顔になって沈黙したが、やがてその眼がふと曙光《しょこう》をみたようにはればれとひかって、

「しかし、こんどは敵サンも胆《きも》っ玉をでんぐりかえすでしょうな。いつもこっちばかりなぐられっぱなしじゃあんまり不公平だ」

「そりゃおどろくでしょう。しかし……ただ、それだけです」

雄一郎の顔は、その絶望的な語調と反対に、不屈の意志力にあふれた強靱《きょうじん》きわまる炎のような血の色をみなぎらせた。

「それでも、やるんですな。後世の日本人に、この戦争にわれわれがかく戦ったということを知ってもらうために！」

呂号99潜の左右には、いま海底空母ともいうべき伊号400潜と、伊号401潜と、おなじく伊号14潜が潜航してゆきつつあるはずであった。

昭和十七年六月、伊号25潜と伊号26潜が、米本土西岸を砲撃するまえに、おのおの

搭載の偵察機で目標を偵察したことがあったが、これをはるかに大規模にした海底空母の着想は、開戦当時からあって、そのための大潜艦十八隻を建造する計画が決定したのは、十七年の一月であった。各艦に雷撃機三機を搭載するはずであったから、合計五十四機。このための特別潜水艦は航続距離実に四万浬《かいり》というから、パナマ運河へ往復してあまりあるのみか、全地球上いずこの海でも馳《ち》駆して悠々たるはずである。ニューヨーク或いはロンドンの空に突如として、日本の爆撃機五十四機が出現して火の雨をふらせはじめたら、全世界は驚倒どころのさわぎではおさまらないであろう。しかし、これに使用する「晴嵐《せいらん》」と称する爆撃機の製作が意外におくれ、きょうまでにわずかその半数の二十八機しか出来ず、また伊号特別潜水艦もたった伊号400、伊号401、伊号402の三隻しか完成しなかった。

あとは、呉及び佐世保がようやく敵機の跳梁《ちょうりょう》にゆだねられはじめたので中途で或いは爆砕され、或いは建造を放擲《ほうてき》するのやむなきにいたったのである。そこで甲型潜水艦伊13潜、伊14潜をも改造しておなじ目的に使用することになったが、瀬戸内海はすでに空襲激化のためおちおち訓練もできないし、万一敵機によって、潜艦に攻撃機を搭載するという着想が看破されては万事水泡に帰するので、ひそかに富山県の穴水《あなみず》湾にうつしもと伊号8潜の艦長有泉達之輔《ありいずみたつのすけ》大佐を司令官として、八月末パナマ運河を奇襲する計画のもとに、精密な運河の閘門《こうもん》模型によって猛訓練を行っていたが、とりあえず、日本侵攻めざして猛威をふるうハルゼー提督麾下《きか》の58機動部隊の大根拠地パラオ群島のウルシー軍港をたたいて、しかるのちパナマへ遠征しようと、七月十四日、舞鶴を出撃、大湊をへて、トラックへ進出してきたが、そのうち伊402潜は未整備のため参加不能となり、伊13潜はトラックまでに米艦載機に撃沈されてしまったので、いまようやくウルシーめざしてすすんでいる海底空母は、ただ前記の三隻のみであった。

すぐさきにパナマ爆砕の任務をもつ海底空母は、晴嵐特別攻撃隊をウルシーへ発進させたのちは、いつまでも危険な海面にうろうろしていることはゆるされず、ただちに避退するが、万一ぶじ帰艦してくる飛行機があれば飛行機そのものはもとより捨てるとしても、特別訓練をほどこした飛行員の生命は、あたうかぎり再使用したいのはむろんのことであるから、海中に不時着した彼らをひろいあげる艦が別に要《い》る。

呂号99の与えられた任務はそれであった。

「やれやれ、どうもわれわれは貧乏くじをひいたものだ」

と、小羽軍医は、ぶつぶつと愚痴をこぼした。

「後世の日本人と砲術長はおっしゃるが、まだ嫁さんももらわん私なんかにゃ、正直なところ子孫の受けなんぞはどうでもええですなあ。私の一生は、永劫《えいごう》未来《みらい》を通じて、ここにあるものたッたひとつなんですからな。将軍さんや提督さんはええですよ。ありゃあれでじぶんの生涯をかけた花火をうちあげているわけですからな。こっちはつまらんですわ。私なんぞ、きれいな嫁さんもらって、病院でしずかに顕微鏡でものぞいていたかったんですがなあ。とくに潜水艦はいかん。なんにもせんうちに、こっちが病人になっちまいそうだ。むしろ、じぶんの生命を燃焼させるという点では、私なんかよりゃ、あの晴嵐、それから神風や回天の連中の方がしあわせかもしれませんて」

情けない、という言葉を絵にかいたら、こうもあろうかといった顔で軍医は憮然として、

「万物の生命はすべて一つしかない。ひとたび失われれば、永久にかえらない。……いったい人間の世界にゃ、じぶんの生命までささげて他につくす義務があるかしらん、どんな人間にも、どんな物にも、どんな対象にも、それほどのねうちはありそうにもないと思うんだが」

「軍医さん、まあ、こぼすのはよそうよ。もはやわれわれにのこされた武器は不撓《ふとうふ》不屈《くつ》の戦意しかないんだから」

九鬼雄一郎のくぼんだ眼に、燐火《りんか》のように炎がもえあがって、

「それじゃ、子孫のためはよそう。われわれのために、あと三年がんばろう。血と涙をしぼってあと……たった三十六カ月、殺し合いをやろうじゃないですか、かならずそれまでに敵サンの方が音をあげますよ」

そのとき兵員室のハッチから、志賀少年水測兵が入ってきた。蒼い顔にあぶら汗がひかっている。軍医がふりむいて、

「どうした？　また文鳥一水が戦病かね？」

「いいえ軍医さん、こんどは私の腹がいたいんです。右の下腹が……」

「なに、右の下腹が？　どれどれそっちへゆこう」

軍医は少年水測兵をつれて向うへいってしまった。

——夜明け前だ。まだ星屑《ほしくず》をちりばめた巨大な空の下、広茫《こうぼう》たるうねりをあげる海の上に、三隻の海底空母が浮かびあがった。

新しくとりつけられたシュノーケルと巨大な格納庫の姿が異様である。その格納庫の扉が左右にひらくと、すべり出した低翼単発の「晴嵐」がおりたたまれていた両翼をひらいた。全部で八機。八機の晴嵐は音もなくカタパルトで射ち出された。はるかの海上でふたつずつの浮舟《ふしゅう》をみずから海中へなげおとしたのがみえたが、すぐに四七〇キロの速力で、ウルシーの方角の雲の果てへ機影を没し去った。

八月十五日十三時

八月十五日十二時。

潜艦呂号99はしずかに浮上した。四辺渺茫《びょうぼう》の水平線に敵影をみずと潜望鏡でたしかめてはあるものの、不敵なふるまいではある。

が、それは不敵というより決死の行動だったというべきであろう。呂号99潜は、未だ一機も帰投しない「晴嵐」をさがしもとめていたのであった。彼らはウルシーの奇襲に成功したのだろうか、戦果はあがったのであろうか。それとも中途で万斛《ばんこく》のうらみをのんで撃墜されてしまったのであろうか。……いずれにせよ、万死に一生を得てこの指定の海域に不時着したものが一機でもあれば、その搭乗員の生命は、いまやこのオンボロの呂号99潜などよりはるかに貴重なものといわねばならぬ。爛々《らんらん》たる南海の太陽の下に、その貴重品をもとめて未練げにさまよう潜艦呂号99の姿は、たった一枚の金貨を探してうろつく貧者の影に似ていた。

九鬼雄一郎は双眼鏡を眼にあてたまま艦橋にたっていた。前後左右に哨戒員たちが必死に大型双眼鏡で波と雲をながめている。

ふと、後甲板のハッチからあらわれた老兵の手もとをみて、雄一郎はたずねた。彼は砂のなかからひろい出された金魚のように、空気をぱくぱく吸ってから、手の鳥籠をひらこうとしている。

「掌砲！　何をしているか？」

非番の掌砲術長、佐藤曹長は人のよさそうな顔でみあげて、

「はっ。志賀水測兵が、なんかいまのうちに文鳥を空ににがしてくれと申してきませんので、これからはなしてやります」

「志賀水測兵はどうしとる?」

「盲腸だそうで、目下軍医長が手術をやっておられます」

籠からはなたれた文鳥はチチという歓喜の鳴声をあげて、いったん空たかくまいあがり、白い羽が雪のように日にきらめいたが、すぐ途方にくれたようにおりてきて短波8マストの上にとまった。

ふたたびこの艦が潜航したとき、どこへとんでゆくつもりであろうか。おろかしくも人間獣どもが修羅《しゅら》の図をかかるところにももちこんできた南海にも、どこかに美しい、小さな、白い珊瑚礁《さんごしょう》が待っていてくれることであろう。……それでも少年兵の文鳥は、まだ艦のマストからはなれようともせぬ。

十二時三十分。

ふっ——と雄一郎は異様な殺気を感じた。どこに敵がみえるというわけではないが、幾度かの死闘のあいだに得た本能的な感覚であった。

「艦長、もぐってくれませんか」

艦長は爛とした眼でふりかえり、また蒼い海面をみわたして、

「もう五分ぐらい——」

「どうも面妖《おか》しい感じがします。潜航して下さい」

「では、そうしようか」

艦長は伝令に命じた。

「潜航用意――」

伝令が伝声管にさけぶ。

「潜航用意――」

数秒のうちに哨戒員たちはハッチから艦内へとびおりて魔法のようにその姿はきえてゆく。

「両舷停止――」

「電動機減速――」

そのときである。雄一郎は白い炎のもえたつような海面に、またも志摩水絵の幻影をみた。幻影はのけぞりかえって笑ったようであった。はっとして眼をこらす。その下の蒼い濤《なみ》からつつッとひとすじの白い航跡がのびてきた。

「あっ、魚雷だっ」

敵影はなかった。潜望鏡もみえなかった。敵潜による電探雷撃だ。一瞬にそう悟って愕然として、

「潜航急げ！　深度三十――ダウン三十度！」

絶叫する艦長の声をのんで、ダダーンとすさまじい水音をくだきつつ、潜艦呂号99は急速潜航にうつって、頭上に魚雷をやりすごそうとする。このときはやくかのときおそく、轟然《ごうぜん》と艦橋がふっとばされて、司令塔まで奔入《ほんにゅう》してきた水が、一瞬間に、艦長、航海長、哨戒長、信号長と伝令の姿をのんだ。

艦内は暗黒となった。発令所までころがりおちた九鬼雄一郎は、艦が無限に沈下してゆくのを感じた。だめか？　だめか？　ついにだめか？

潜水艦にして敵の潜水艦に撃沈されるほど痛恨のきわみはない。しかし、この戦争では、日本の潜艦が米潜艦にしとめられるものが意外に多かった。居住性に於《お》てこれほど苦痛にみちた潜艦にアメリカ人が熟練するわけはない。精神力で世界無比の日本人こそ最も適していると自負していた潜水艦が。――すべて、電探の有無。それは智者と愚者の戦いのゆえであったろう。

呂号99潜は深度七十でとまった。まもなく油タンクが破壊されたことを誰か知らせた。

海面にひろがる重油にしてやったりと舌なめずりしたのであろう、敵が悠々と近づいてくる音響が頭上にきこえ出したが、まもなく、たしか数隻の駆逐艦と思われる推進音がかけずりはじめ、無数に投下する爆雷の炸裂が、呂号99潜をぎりぎりともみはじめた。

チャポーン、チャポーン！　という投下音。

ダダーン、ダダーン！　というくだける水が何かの破片を艦体にたたきつける音。

名状すべからざる恐怖にみちた七色の交響音。

反対に艦内には暗黒の静寂が凝固した。ジャイロもとまった。扇もとまった。——

無抵抗の恐怖。沈黙の恐怖。

「あはははは、あはははははは」

突然、雄一郎は闇のなかに凄《すさま》じい哄笑《こうしょう》をきいた。上ずった女のような声に、彼の頭に笑いくずれる志摩水絵の幻をみたように思った。

つぎに、その笑い声が兵員室の方からきこえてきたと知って、あれは小羽軍医が発狂したのではないかと直感した。

しかしそれはちがっていた。狂笑のあとから、軍医のひくい、ささやくような声がきこえたからである。

「だれか——手提電燈をもっていないか？　手術をつづける」

その声は、空をとぶ鳥、水をおよぐ魚のように、生命力にあふれる歌声のようであった。声をあげて軍医を抱きしめたい衝動につらぬかれ、闇のなかに雄一郎が這《は》い出そうとしたとき、通信室の方から掌電信長の島田兵曹が、手さぐりでよろめいてきた。

「砲術長。先刻東通のＤ放送が入りました」

「なんだ？」

「本日十二時、帝国は無条件降伏をした旨、大詔《たいしょう》が渙発《かんぱつ》されました」

艦体が号泣するような軋《きし》みをたてた。艦はふたたび沈下をはじめていた。暗黒のなかの死への沈下。凝然とたちすくんだまま、九鬼雄一郎は全身がうつろになるのを感じた。やがてひくくいった。

「なにくそ！」

そして、頭の一隅に、いまはいずこかへ飛び去った白い小鳥の翼をえがいていた。鳥よ！　日本まで飛んでゆけ。そして、わが魂のさけびを日本につたえよ！

「日本人よ！　この戦は科学の敗北であったことを銘記せよ！　頭脳の敗北であったことを胸に刻印せよ！　ねがわくば、鋼鉄のごとき子孫を生め、肉体、精神とも鋼鉄の強靫《きょうじん》さと柔軟さをもった子孫を生め、そして鋼鉄のごとき教育をしろ！　そして……そして……そして……」

潜艦呂号99は二百メートルの深海でこのとき、雄一郎の夜光時計とともに一片の鉄片と化した。

昭和二十年八月十五日十三時。

アンティゴネ

皆川博子

皆川博子《みながわひろこ》　（一九三〇～）

京城（現在のソウル）生まれ。生後三か月で同地を離れ、東京で育つ。東京女子大学に入学するが、病気のため二年で中退。一九七二年、児童文学『海と十字架』でデビュー。翌年『アルカディアの夏』で小説現代新人賞を受賞し、『トマト・ゲーム』が直木賞候補作となって注目を集める。その後、歴史・時代小説、幻想小説、伝奇小説、ミステリーなど多彩な作品を発表。女の情念を描いた『恋紅』で直木賞、幻想譚『薔薇忌』で柴田錬三郎賞、ナチスの陰謀を描く『死の泉』で吉川英治文学賞、一八世紀のロンドンを舞台にした『開かせていただき光栄です』で本格ミステリ大賞を受賞している。

通学班の集合場所になっている提灯屋《ちょうちんや》の前でトラックは停まった。

「ありがとう」運転席の伊作に声をかけ、佐倉梓《さくらあずさ》は荷台から下りた。

「おう」

半白髪を短く刈り込んだ伊作は軽く返した。

毎朝のことだから、互いに挨拶は軽い。

徒歩では四、五十分かかるので、女学校に通うようになって以来、毎朝の習慣になっている。トラックは走り去った。伊作には息子が二人いるが、どちらも戦地だ。

「お早う」

待っていた班の生徒たちと挨拶を交わす。

「遅かったなや、あずちゃん」市村キヨ子が言った。「班長さんがびりっこだ。全員揃《そろ》った。行くべ」

梓は仲間を見渡し、「まだだ」と言った。「ま一人くる」そう言って提灯屋に目を投げた。

表通りに面した引き違いのガラス戸は、数ヶ月前、主が徴用されて以来、内側に白木綿のカーテンが引かれ鍵が閉まったままだった。

その引き戸が開いて、牡丹《ぼたん》色のもんぺに牡丹色の上着の小柄な生徒が出てきた。班の七人はどれも紺絣《こんがすり》や縞《しま》木綿の古着を利用した防空服だ。学則に色の決まりはないとはいえ、牡丹色はひどく場違いだ。

他の生徒と同じに、学校から支給されるカーキ色の戦闘帽の上に、これも支給品の日の丸の鉢巻きを締めていた。左の胸に規定通りの布の名札を縫いつけ、学級と姓名、血液型が墨で記されていた。県立＊＊高等女学校　四年二組　篠井江美子《ささいえみこ》　A型。

前日、梓は担任のピッツから知らされていた。「焼け出されの疎開が一人、うちの組さ入る。通学班はお前の班だ」「東京からすか」「んだ。東京者《もん》は派手でませとるから、他の生徒が悪い影響を受けねよう、級長、気張って見張れや。作業台も、お前のとこさ」そう言ってから、ピッツは「お前も東京者だったな」と思い出したようにつけ加えた。

ピッツという綽名《あだな》の由来は、梓は知らない。

梓の父親は養蚕兼業の農家の次男で、できがよかったので東京の大学に進み、職も東京で得た。結婚し子供も二人生まれ一家をなしたのだが、梓が小学校三年になった年、郷里の家を継いでいた長男――父の長兄――が急死した。年老いた両親の面倒も見なくてはならず、父は梓を連れて帰郷した。

養蚕も畑仕事もそれほど大規模ではない。裏の桑畑から新鮮な葉のついた小枝を伐《き》って始終補給する仕事は下働きを雇っているし、畑も荒い力仕事は作男がやる。

母は、名門中学の四年になっていた兄の世話をするために東京に残った。東京の大学に進ませるには、田舎にこもるわけにはいかない。多分、母は田舎暮らしも夫の両親の世話も嫌だったのだろうと、少し年がいってから、梓は察するようになった。そのおかげで梓は年に一、二度は東京に遊びに行くことができた。功《いさお》は年の離れた妹をあちらこちらに連れて行ってくれた。銀座で洋食を食べたり、映画館に入ったりした。そういう時、母は同行しなかった。梓ったら田舎臭くなって、と母は露骨に言った。

屋根裏が蚕室になっていて、枝つきの桑の葉を敷き詰め、蚕の群れがもぞもぞと葉を食い荒らしている情景は、珍しくもあり面白くもあった。昔は繭《まゆ》から糸をとり紡いで織るのも一家でやったというが、祖父の代あたりから、繭は業者が集めにきて、その後の作業は工場でやるようになっていた。

最初は風習のあまりな違いにとまどったが、地元の女学校に進むころは、梓は女の子も〈俺〉〈お前《め》〉と呼び合うのになじみ、土地っ子と見分けがつかないほどになっていた。

成績のよさときびきびしたリーダーシップを買われ、教師のおぼえめでたく、毎年級長に任じられ、同級生からも一目置かれている。

上も下も牡丹色の〈疎開〉に目を投げ、「べんべんだっちゃ」聞こえよがしに、市村キヨ子が言い、「ピッツにごっしゃがれっぺな」キヨ子の腰巾着《こしぎんちゃく》の白木つや子が応じた。

「揃ったなや」梓は、ことさら数えるまでもない頭数を、一人一人指さして確認し「整列」と命じた。

牡丹色の篠井江美子が列の後ろについたのを目の隅に入れてから「出発」歩き出しながら「歌うべや」梓は音頭をとった。

命一つとかけがえに
百人千人斬ってやる
日本刀と銃剣の
切れ味知れと敵陣深く

振り向くと、最後尾の〈疎開〉は無表情に押し黙り、足並みだけは皆と揃えていた。

「今宵《こよい》またゆく切込隊」と梓は声を張り上げた。

毎朝、工場への道すがら、隊を組んで歌いつつ行くのは、誰からともなく始まった習慣であった。野暮ったいと東京から来た子は内心嗤《わら》っている。そう梓は思い、意地を張って続けた。

　草の葉擦《はず》れもしのびつつ
　身には爆薬手榴弾《しゅりゅうだん》
　二十重《はたえ》の囲みくぐり抜け

塚田絹子《つかだきぬこ》のソプラノが際だった。

　敵司令部のまっただ中に
　散るを覚悟の……

梓は振り返った。〈疎開〉はあいかわらず無表情だった。
塚田絹子は、自分の声に陶酔するように、先立って別の歌を歌った。

　いま鳴る時計は八時半
　あれに遅れりゃ重営倉

和する者はいなくて、塚田絹子の声だけが高らかに流れた。

　今度の休みがないじゃなし

　離せ軍刀に錆《さび》がつく

「塚ちゃん、やめらい。ごっしゃがれっと」キヨ子が咎《とが》めた。

「何で」

「塚ちゃん、休んどったな、あの日」つや子が説明の労をとった。

「工場でよ、工員がその歌歌っとったの。ほたら、工場長がとんできてよ、ひっぱたいたんだわ。非国民だと。憲兵に引っ張られると」

「何でェ？」

秘密を告げるようにキヨ子は声をひそめた。「二番の歌詞、知ってっか」

「知らね」

　薄ら笑っただけで、キヨ子はその先を口にしなかった。

　梓は二番も知っていた。心の中に浮かんだが、もちろん黙っていた。大臣大将の胸先に、ぴかぴか光るは何ですえ。金鵄《きんし》勲章か違います。可愛い兵士のしゃれこうべ。

東京の帝国大学に進んでいた功が、一昨年、学徒出陣で出征した。梓は父と一緒に上京し母と三人で見送ったのだが、その兄が家で身支度をしながら小さく口ずさんでいるのを聞き覚えた。功が出征したので東京に残る口実がなくなった母は夫の実家に移ってきたが、養蚕や畑作の仕事になじめず、夫の両親ともうまくいかず、家の中の雰囲気はぎすぎすしている。

「ごっしゃがれねえのを歌うべ」キヨ子が言い、オーラ、ア、と掛け声をいれて声を張り上げた。

「ばかは死ななきゃなおらないとは、おいらのせいじゃない」と歌い始めると「まったくそうだよ、山でも川でもどんどん進まにゃならなんだ」と他の者が声を合わせた。「苦労察して歌ってくださる皆様ありがとう」軍馬の歌らしいのだが、なんとも意味不明な歌詞で、梓はラジオでも聞いたことがない。キヨ子がどこからか聞き覚えてきて流行らせた。

「山田伍長《やまだごちょう》がよ」歌が途切れたとき、白木つや子がキヨ子に話しかけた。「つやちゃんは、いつもつやつや美《うつく》すいぬ、だと。俺、ほだに美すいべか」まじめな声音だ。

「ふーん」面白くなさそうに、キヨ子は相槌《あいづち》を打った。

去年の夏から学徒勤労動員が始まり、生徒たちは分散して工場勤務をしている。県庁所在の市より列車で二駅南の、梓たちの小さい市には、県立の中学校と女学校がそれぞれ一校ずつあり、中学生はもっぱら松根掘りなどの重労働にあたっている。松の切り株から採取する松根油《しょうこんゆ》は、航空機の燃料になる。双方とも一部の生徒は京浜工業地帯の軍需工場に送られていた。

校舎をそのまま工場にしている学校も多いが、梓が在籍する女学校の建物は兵の宿舎に使用され、一部は軽症の傷病兵の療養所にあてられている。県庁所在地に兵営も衛戍《えいじゅ》病院もある。増員で収容しきれなくなったのだろうか。梓は詳しい事情は知らない。

女学生は時折、教師に引率され傷病兵を慰問する。私的な交際は厳禁されているが、私語を交わす折もある。

歌うのに飽き、雑談が多くなったころ、木造校舎の脇を通りかかった。塚田絹子が立ち止まった。梓は気が重くなった。

校舎の窓を見上げ、塚田絹子は舞台に立ったソプラノ歌手のように両手を胸の前に組み合わせた。そうして歌った。

もしもこの傷　癒えたなら
征くぞふたたび　国のため
その日を待てよ　妹よ
ああ　さらばよ　白衣の

本来なら「我が兄よ」という歌詞を、絹子は「お兄ちゃん」と歌った。毎朝の慣例だ。梓は鳩尾《みぞおち》がくすぐったくなるのだが、だれも笑わなかった。以前慰問に行ったとき、傷病兵の前で絹子がこの歌を歌った。即興でお兄ちゃんと歌詞を変えたら、「めんこいの」とたいそう好評だった。

「毎朝、この傍《そば》を通るから、その時歌います」

絹子は張り切って標準語で言い、傷病兵たちは拍手した。だから、絹子の毎朝の儀式を通学班の仲間は咎め立てしないし、切々と悲しい短調の歌を歌い始めると窓を開けて手を振ってくれる兵隊もいる。しかし、最近では、朝っぱらから五月蠅《うるさ》いとか、気が滅入る歌は止めてくれとか、苦情も出ているらしい。伊作の知り合いが病棟の下働きをしており、伊作を通じて梓の耳に入ってきたのだった。担任のピッツは、兵隊が喜んでいるものと思いこみ、自慢の種にしている。教師に言いつけ口はできないし、絹子に言うわけにもいかない。なまじ内情を聞いてしまった梓は気が揉《も》めるのだが、どう手のうちようもない。

絹子が気分良く歌い終わって、皆は再び歩き出す。

小高い丘の中腹に工場はあった。

入り口が近づいたので、「歩調とれ」梓は号令をかけ、だらだら歩いていたのが兵士の行進のように足並みを揃える。
「敬礼」戦闘帽の庇《ひさし》に手をあげて門衛に挨拶し、雑木林を切り開いただだっ広い敷地に入る。

木造の作業棟が幾つか建ち、その中の一つが勤労動員女学生の作業場にあてられている。急拵《きゅうごしら》えの掘っ立て小屋で、むやみに大きいだけだ。卓球台ほどの大きさの作業台が数十基並ぶ他は何も置かれていない。刃物を研ぐ流しは外にあった。

作業班の構成は通学班とほぼ同じだ。簡単な朝礼を行った後、作業につくのだが、何もすることがない。

去年工場通いが始まった初めのころは、各自に鉋《かんな》や錐《きり》、鋸《のこぎり》などの工具が貸与され、給される木片を規定の寸法に切ったり削ったりしていた。何に使われるのかは知らない。次第に材料がこなくなり、最近ではほとんど仕事がなくて手持ちぶさたな時を過ごすばかりだ。

時たま、板きれや細い角材が運び込まれても、全員には行きわたらず、道具の扱いがうまいとだれもが認めている者に、まず渡される。皆退屈しているから、仕事にありつけるのはちょっとした特権だ。専門の工員にはとぎれず仕事が与えられている、そのお余りが女学生の方にまわってくる。

航空機製作関連の工場などは夜を日に継いでの猛烈な忙しさだと、京浜工業地帯の軍需工場に送られた生徒たちから話が伝わっている。空襲もたびたびだというが、梓の地元では空襲警報を聞いたことはなく、敷地内の崖を利用した防空壕《ぼうくうごう》にも、訓練で入るだけだ。

　この日、五センチ角ぐらいの細い木材が数本ずつ各作業台に配られた。

　ささやかな仕事にありついた。寸法を計り鉛筆で印を付け、小さい鋸で断ち切る。

「俺の椅子に、疎開さ、坐らせるな」

　鉋をかけている梓の耳に、キヨ子の不機嫌な声が届いた。

　作業台ごとに数脚ずつ配された木の三脚は、全員の分はない。要領のよい者が確保する。市村キヨ子は椅子の一つにちゃっかり自分の姓名を墨で書き入れ占有している。

「それ、キヨちゃんの椅子だ。坐らんすな」

　キヨ子に忠実な白木つや子に注意され、牡丹色の篠井江美子は無言で椅子を立った。

　梓はかかわらないことにした。担任教師からして、疎開の転校生を敵視している。皆の前で下手に肩を持ったら、この後自分が嫌な思いをすることになる。

　疎開が椅子を立ったことに満足して、キヨ子は板削りに専念した。

　仕事で割り当てられた材木ではなく、どこかで手に入れてきた板の切れ端だ。四隅に丸みを持たせ、片面に浅い溝を二本入れ、キヨ子が作っているのは自分用の高下駄《たかげた》だ。

せっかく工具があるのだからと、暇をもてあました生徒たちの間で、下駄作りが流行っている。分厚い板の厚みに切れ目を入れ、歯の部分を切り出す一枚板の下駄を試みる者もいたが、桐《きり》のような上質の板ではないので、重くて履きづらいと、薄い高下駄にみな転向した。錐で穴を開け端切れで作った鼻緒をすげると、結構実用になる。

昼休み、思い思いに弁当を広げる。作業台のまわりに屯《たむろ》する者。庭に出て食べる者。町の子はアルミの弁当箱だが、農家の子たちは握り飯が多い。一つが赤ん坊の頭ほどもある。

梓はそれとなく篠井江美子を目の隅に入れた。壁際で横坐りになり、刺繡《ししゅう》入りのハンカチの結び目をほどき、紅《あか》いアルマイトの弁当箱をだした。他の生徒もちらちらと好奇心のこもった目を投げる。中身は麦飯に梅干し一つの黒ずんだ日の丸弁当だった。

午後を、仕事のない篠井江美子は、壁によりかかって横坐りになった姿勢のまま、手持ちの本を読んで過ごした。見まわりにきたピッツは、不快そうに見下ろしただけで何も言わなかった。

帰途は班を組まず、自由行動になる。門を出た女生徒たちは、初めのうちは一塊になっているが、道が枝分かれするにつれ、少しずつ分散されてゆく。篠井江美子は連れ立つ者もなく一人で歩いていたが、二叉《ふたまた》や三叉路《さんさろ》、十字路に出るごとに、不安げになった。道が不案内なのだと察し、梓はさりげなく、その少し前を歩くようにした。

提灯屋の前に着くころは、二人だけになっていた。

「また明日な」と言ってから、「明日ね」と梓は言い直した。わずかな語尾の違いに、江美子も気づいたようで、表情が少し動いた。

何となく別れがたくて、「何の本読んでいたの？」と話題を探して言った。地元の子との会話なら「何読んどったのけ？」と訊くところだが、東京言葉が口にのぼった。母が決して土地の言葉を使おうとしないから、梓は学校と家とでは言葉を使い分けるようになっていた。

「アンティゴネ」

「ギリシャ悲劇ね」

梓が言うと、「そう」仲間を見つけたというように江美子の声が弾んだ。

「でも、わたし、読んでないんだわ」梓の返事には、土地の口調が少し混じった。

東京の家の、功の部屋には蔵書が書棚いっぱいあって、折々に梓も手を出していたが、ソポクレスやアイスキュロス、エウリピデスなどは、タイトルを眺めるだけで、中身にまで知識は及んでいなかった。

「どんな話？」さして興味はないが会話を続けるために聞くと、江美子は声に熱をこめた。

「ごく簡単に話すとね、アンティゴネの兄が、王位を叔父の手から取り戻そうと攻撃したけれど、戦死する。叔父である王は、反逆者の遺骸を埋葬することを禁じたの。彼のために泣いてはならない、城門の外にうち捨てて、鷹《たか》や烏《からす》がついばむままにせよ、って。アンティゴネは、禁を破って城を出て、兄の骸《むくろ》を弔《とむら》うの。そうして掟《おきて》を破った者は死刑だという叔父クレオンに、堂々と言うの。同じ母から生まれた者が死んだというのに、葬りもせず放っておくのは、自分が死刑になるよりずっと辛いって」

店の前での立ち話であった。

「わたし、小学校の二年まで東京だったの」

梓が言うと、江美子の表情がいっそうやわらぎ、「寄っていかない」と誘った。

奥行き三尺の浅い土間のむこうが、一段高い畳敷きの部屋である。店を閉める前は、主がこの部屋で提灯貼りをしているのをよく見かけた。土間の壁にはまだ提灯がいくつも吊《つ》り下がっていた。奥正面には抽斗《ひきだし》つきの棚が作りつけられていた。

提灯と並んで、白牡丹のような服がハンガーに掛けてあるのが目についた。華やかさに、梓は息をのんだ。

「チュチュね」

「そう」

「バレエ習っていたの？」

江美子はうなずいた。「『白鳥の死』って映画、ごらんになった？」

「何年前だったかな、東京さ行ったとき」と言いかけ「東京に行ったとき」と梓は言い直した。「兄が映画館に連れて行ってくれて。『白鳥の死』を踊る場面、きれいだったな」

「わたしもあれを見て、憧れちゃった。アンナ・パヴロワの弟子で日本に亡命していた白系ロシア人の先生につくことができたの。白鳥が死ぬ場面は、パヴロワの『瀕死《ひんし》の白鳥』を取り入れたんですって。わたしの先生、大切なレパートリーにしていたわ。生徒の発表会が毎年あったけど、一昨年、開く直前に中止になって。バレエ教室も閉鎖になったし」

その最後の発表会で、と、江美子は言った。「わたし、『瀕死の白鳥』を踊ることになっていたの」

「あの衣裳《いしょう》で?」

「そう」

「踊るところ、見たいな」

「あれ、難しいの。レコードは持ってきているけれど」

「サン＝サーンスの?」

「そう。『動物の謝肉祭』の『白鳥』」

「レコード、焼けなかったの?」

「荷物は先にチッキでこっちに送っておいたの。でも、荷物制限があるから蓄音機まで送れなくて。レコードだけあっても、宝の持ち腐れね」

「東京の兄が」と梓は言った。「クラシックのレコードを沢山持っていたの。東京に行くたびに聴かせてくれたわ」

その中にはサン＝サーンスもあった。

「兄が出征して東京の家を引き払うとき、母が蓄音機を売り払っちゃった」

〈ちゃった〉という東京言葉を、久しぶりに口にした……と梓は思った。

†

女学校の建物に宿営している兵隊たちが戦地に出動することになり、お別れと慰労を兼ねた学芸会が開かれることになった。江美子が転校してきてから二月近く経った梅雨のさなか、折りよく晴れた。

講堂では全員を収容しきれないので、校庭に仮設舞台が設けられた。演目の種類は多くはない。学年ごとの合唱がほとんどで、独唱もある。どの学年にも塚田絹子のような声自慢はいる。市村キヨ子と白木つや子はラジオで聞き覚えた漫才を披露し、そのほかに、「楠公櫻井《なんこうさくらい》の別れ」「曾我《そが》兄弟」といった短い劇が演じられる。

仮設舞台の裏に幕を張り茣蓙《ござ》を敷いた楽屋で、梓は江美子が純白のチュチュを着けるのに手を貸していた。晴れたとはいえ、地面は雨を吸い込み、茣蓙は湿気ていた。

ここ一月ほどの間に、東京や横浜あたりから疎開してくる生徒が急増し、地元の生徒との間は険悪になってきていた。

一足早く来た江美子は地元の生徒と少しずつ馴染《なじ》み始めていた。馴染んだというよりは、地元の生徒たちの方が好意を寄せるようになったのだった。好意には哀れみが混じっていた。それを敏感に感じているのだろう、江美子はだれとも積極的に親しくなろうとはしなかった。

自分のお喋《しゃべ》りのせいだと、梓は内心責任を感じている。

「ひとりで疎開してきたの？」間借りしているという提灯屋に人の気配がないので、何気なく訊ねたのだった。父は大陸で戦病死し、母といっしょに来ることになっていた、と江美子は説明した。母が手はずをととのえ、家賃も前払いし、かさばる荷物はチッキに出し、入手が困難な汽車の切符も手に入れたのだが、出発間際に空爆を受け、母は焼死した。だから、一人で来たと、江美子はあまり感情のこもらない声で言った。借りているのは店の部分だけで、ここに寝泊まりしている、奥の住まいには提灯屋の一家が住んでいて、炊いたご飯やおかずを少し分けてくれる。そんなことを喋った。

格別口止めされはしなかったから、梓は級友に喋った。悲しい話が大好きな年頃の女生徒たちは、同情心を精いっぱい発露するようになった。

地元の生徒と疎開生徒たちとの対立に、江美子は関わろうとせず、黙って本を読んで過ごしていた。両方が引き入れようとし、危うい均衡の上に江美子がいると、梓は感じていた。江美子もそれを自覚しているからだろう、ますます無口になり、表情を消した。時たま、提灯屋の店で梓と二人だけの時、読んだ本の話やバレエの舞台の話をした。

兵隊慰問の学芸会に、特技のある者は個人でも発表できると知って、「『瀕死の白鳥』踊らない？」梓は江美子をそそのかした。「学校の蓄音機を借りられるから、レコード聴けるわよ」梓自身が聴きたかった。兄の部屋で聴いたクラシックを思い出すと、絨毯《じゅうたん》のにおいだの兄が吸う煙草のにおいも記憶の底からよみがえった。

「許可が下りないでしょ。フランスの音楽だし、バレエは西洋のだし」

「わたしがピッツに頼んでみる」優等生で教師のお気に入りという自信があった。

ピッツは最初、にべもなく却下した。梓は粘った。「フランスの曲だども、振り付けたのは白系露人す。ソ連と関係ねえし、ソ連にしたって今のところ中立条約さ結んでるし。問題ねえすべ」

「ソ連は我が同盟国ドイツの敵だべ」

ヒトラーは自殺し、ドイツはすでに降伏していた。

「我々の敵も同然だっちゃ」ピッツは言った。「亡命の白系露人の中には、赤のスパイもいるっちゃ」

そう言ったものの黙殺はせず、ピッツは一応教頭に相談し、教頭と校長はおそるおそる軍にお伺いをたて、将校の中にクラシック好きがいて許可が下りた。戦時中といえど、いや、戦時中であるからなおのこと、情操教育は必要であると、その将校が他を説得したと、梓はピッツから聞いた。

兄は情操教育のために梓にレコードを聴かせたのではなかった。兄は好きだから聴いていたし、兄が好むものは、何であれたいがい、梓も気に入っていた。将校もたぶん、情操教育というのは名目で、クラシックを聴きたいのだろう、バレエを観たいのだろうと、梓は思った。

机を並べた上に教壇を置いて作った仮設舞台の床は、トウシューズで踊れるような代物ではない。爪先がやわらかいバレエシューズを用いるほかはなかった。「パヴロワへの冒瀆《ぼうとく》だわね」と江美子は自嘲した。

ガタガタの舞台に白いチュチュの江美子が立ちポーズを取ると、客席から嘆声があがった。

十分にゼンマイを巻いた蓄音機のターンテーブルで、レコードがまわっている。梓はそっと針を溝に落とした。

†

マシュマロみたいね、と、蚕を手の平にのせて、江美子は雫《しずく》みたいにすぐに消えそうな笑顔を見せた。泊まっていけば、と梓は誘ったが、やわらかく拒まれた。

伊作がトラックで送っていった。

「帰ってしまったの？」母は残念そうに言った。

母が何かと東京の思い出話をするのが、江美子にはうっとうしかったのではないか。そう梓は思った。

軍が出発した後で、愛国婦人会や父兄会から、もってのほかだと、強い抗議が学校に寄せられたのだった。他の生徒に悪い影響を及ぼす。あんな非常識なことをなぜ許可したのか。校長の責任問題になりそうで、江美子は一週間の停学を命じられた。

慰問学芸会の後、生徒たちは、江美子に讃歎《さんたん》の目を向ける者と反感を抱く者に分かれた。讃歎にも反感がひそんでおり、停学処分が決まったとたんに、反感一辺倒になった。

停学の一週間は日曜日を挟んでいたので、梓は伊作に特別にトラックを出してもらい、江美子を招いたのだった。

帰り際、「停学期間が終わったらまた出席するけれど、工場では、あずちゃん、わたしに口をきかなくていいわよ」江美子は笑顔で言った。「わたしはいつか戦争が終わったら、東京に帰るけど、あずちゃんはずっとこっちでしょ」

梓が級友と気まずくならないためだと気づき、「気ィ遣わんすな」土地の言葉で言ってから、訊ねた。「家、焼けたんでしょ」

「親戚がいるから、居候できると思うわ」

「戦争が終わる時なんてあるのかな」

考えられなかった。百年続いた戦争だってある。たぶん、生きている間には終わらない。戦争のない状態なんて、想像がつかない。そう梓は言った。「でも、最後は勝つよね」

「神風が吹くからね」江美子もうなずいた。

「また、遊びにおいでよ。蚕が繭を作るの見に」

「うん」

停学期間が終わり、通学班に加わるようになったが、江美子と言葉を交わす者はいなかった。梓が話しかけようとしても江美子は目顔でおさえ、ひっそり本を読んでいた。

百年も続く。終わる時は日本が勝っている。そう思っていた戦争が、突然、日本の敗北で終結した。

工場は閉鎖されたので、八月の後半はのんびりした夏休みになった。

校舎は女学校に返還された。九月から授業が再開される。その数日前、梓は伊作のトラックに乗って提灯屋に行った。繭を見せようと招くつもりだったのだが、引き戸には鍵がかかっていた。呼んでも返事がないので、住まいの勝手口に回った。

「疎開の子は、荷物まとめて東京さ帰った」

提灯屋の小母さんは言った。


戦争のない生活が始まり、応召した将兵が復員してきた。梓の一家はひたすら功の帰国を待った。

翌年の春、伊作の次男壮吉《そうきち》が南方から復員した。伊作は壮吉を梓の家に連れてきた。

「倅《せがれ》が戦地で、こちらさんの東京の息子さんの部隊におったんだと。息子さんは分隊長で」

囲炉裏の端に胡座《あぐら》をかいた伊作は、隣に正座した次男を顎で指した。復員兵は青黒く痩せ衰えていた。

「うちの功は、いっしょに帰国しなかったんですか」梓の母はつかみかかりそうな形相で質《ただ》した。

　口の重い息子にかわって、伊作が説明した。「こいつが言うには、佐倉少尉殿はB級戦犯つうことになって、その……」

　母は声が出ず、父が訊ねた。「戦犯……。功が何を」

「民間人を殺したつうて」壮吉は下を向いたままぼそりと言った。「マニラの軍事法廷で……」判決は死刑、と壮吉の声は聞き取れないほど小さかった。

「わたし、マニラに行きますよ」母親は起《た》ち上がった。「功に会いに。母親ですもの。面会禁止なんてことはないでしょう」

「それが……もう、すんだで」

　沈黙がみなを押しつぶした。

　母はふいに隣の座敷に駆け込み、衣装簞笥《だんす》の観音開きの戸を開いて畳紙《たとう》をとりだした。慌ただしく畳紙をあけ、中の着物をひろげて肩に羽織り、その陰で帯を解き始めた。

「何をしている」咎める父に、「マニラに行きます。遺骨を引き取らなくては」腰紐《こしひも》が床に這《は》った。

「落ち着きなさい。落ち着け」父の叱咤《しった》に、母は我に返って畳にくずおれた。

「功から、何か言づては」父が問うた。壮吉は首を振り、逮捕投獄された者には面会が許されなかったと言った。「遺骸がどのように処分されたのかもわからねえのす」「あずちゃん」と、伊作が小さい声で言い、折りたたんだ新聞を渡した。「壮吉が、上野で汽車さ乗る前に買ったども」

梓が広げると、「提灯屋の疎開っ子でねえべか」と伊作は指さした。占領軍のＧＩ相手の街娼《がいしょう》たちが警察に逮捕され、トラックに積み込まれる写真が載っていた。

パーマネントで縮らせた髪にスカーフを巻いた篠井江美子は、荷台に両足を踏み開いて立ち、昂然《こうぜん》と腕を組み、世界を相手に挑みかかるような眼で、前を見据えていた。

梓は母の傍に寄り、肩に手をかけた。「渡航禁止の条令が廃止になったら、わたしも一緒にマニラに行くから。お兄さんの遺骨探すから」

母は拗《す》ねた子供のように肩を揺すって、梓の手を払いのけた。

「きっと、探し出すから」梓は言い、もう一度母の肩に手を置いた。

連鎖反応

―ヒロシマ・ユモレスク―

徳川夢声

徳川夢声《とくがわむせい》（一八九四～一九七一）

島根県生まれ。東京府立第一中学校卒。無声映画の弁士になるため清水霊山に弟子入りし、後に赤坂葵館、新宿武蔵野館の主任弁士を務める。トーキーの出現後は、漫談家や俳優として活躍。ラジオにも出演し、一九三九年の吉川英治『宮本武蔵』の朗読は人気を博した。文筆家としても活躍し、「九字を切る」『有中先生物語』などの小説、『くらがり二十年』などのエッセイを発表。代表作は二〇〇九年に刊行された『徳川夢声の小説と漫談これ一冊で』にまとめられた。詳細な日記を付けており、戦時中の部分を収録した『夢声戦争日記』は、戦時下の生活を知る資料として評価が高い。

1

昭和二十年八月六日、午前八時十五分。

広島鉄道局、貨物専務車掌（職員の間では**カニセン**と略称す）、吉川右近《うこん》は、鉄道病院待合室の長椅子で、丁度その時、居眠りをしていた。

うとうとしていると、いつからともなく飛行機の爆音が聞え始めた。彼は反射的に、一部の意識をとりもどした。だが、つい先刻、警戒解除のサイレンが鳴ったばかりである。味方機かな？

いや、どうも少しオカシイ。妙に解せない気もちで、その爆音を耳で追いかけていた。眼はつむったままで、第三者から見れば、立派に居眠りをしているのである。

――おッ、B29だゾ！

こいつ油断が出来ない、――そう思ったと殆《ほと》んど同時である、――何か上から、おッ被《かぶ》さるようにズウウウンと来て、それが一瞬の間に足の先まで突きぬけた。

2

吉川右近は、この朝、早く起きすぎて了《しま》った。昨夜来、警報の出づっぱりと、蒸し暑いので眠られずとうとう夜を明かして、仕方なく、その日の乗務中のプランなど立て、頃合いを見計らって寝床をぬけ出した。すぐに身支度。鉄道服に、巻脚絆《まききゃはん》、軍靴、戦闘帽というイデタチ。それに事務用カバンを肩にかけ、片手に合図燈《シグナルランプ》、――という と読者は颯爽《さっそう》たる出勤姿を想像されるだろうが、右近の場合はそうではない。

するとことが妙に念入りであって、巻脚絆の片方を巻くにも相当の時間が要る。歩く姿も何所《どこ》か間が外れていて、誰が見ても、これが戦時中の鉄道職員とは受取れない。決して元気が無いワケではない。また、服装が見すぼらしいワケでもない。いや、それどころか当人、実は、なかなかの洒落者《しゃれもの》で、軍靴と雖《いえど》もピカついている。一ツ一ツをとって見ればまず、寸分のスキもないイデタチ、と云《い》えないこともないのだが、どういうものか、一見普通でない印象を与える。

住居は（父親の家だが）、本川と元安川とに挟まれた三角洲《す》の、頭のところで、後年、アメリカの記者が著した『ヒロシマ』なる本の扉に描かれた図によると、殆んど爆心《ばくしん》にあたる所だ。だから、当日もし非番かなにかで在宅してたら、勿論《もちろん》、彼はオダブツであった。

いつものように、家を出ると右に行き、つまり広島駅と反対の方向である西に行って、本川橋をわたり、堺町の停留所から電車に乗った。乗客は酷《ひど》く少々。揺られてるうちに、他愛《たわい》なく眠りこんで了った。何しろ、昨夜は一睡もしていない。終点まで乗るんだから安心して眠れる。ところで、昨夜眠れなかったワケは、蒸し暑いことも大きな理由だが、もう二ツばかり大きな理由があったのである。一ツは、イヤでイヤで堪《たま》らないA女のことであり、一ツはスキでスキで堪らないB女のことである。その二人のことを交々《こもごも》、思い続けていたので、とうとう夜明しになった。

イヤで堪らない女を、思い続けるのはオカしいようであるが、そのイヤなA女との結婚を迫られているのだから、これは思わざるを得ないだろう。A女は、義母の親戚の娘で、山陰産の百姓女で、ヤブニラミである。六年越し中風で寝たきりの父親が、昨夜、廻《まわ》らぬ口で、どうあっても彼女と婚礼せいと云った。

「ワシも、はや長いことはないけエ、安心さしてくれエや。どげんしても、お前がイケンちゅうなら、わが吉川家の安泰のためじゃ、お前は独立して家を出てくれエ。えエか、明後日の朝、役所からもどるまでに、ようジュクリョしての、イナかオウかを、きっぱり返答してくれエ。」

という次第であるから、なんでもかでも、明朝までには、決心しなければならん。

イヤなら家を追ン出ロというのは、少し乱暴のようだが、父親としても無理のないところがある。五年前に倒れて、半身不随になって以来、一家を今日まで持ちこたえて居たのは、主として男勝りの義母の働きがあった。その義母と、右近とは、なんとしてもソリが合わず、そのため右近は家出して、長い間、東京に出ていたのである。それが、戦局の悪化と共に、東京では生活が苦しくなり召集のあったのを機会に、父の家に帰って、そのまま厄介になってるわけだ。召集は、一日行っただけで帰された。そもそも心臓がヘンテコだからである。

義母には子供が三人あった。弟二人に、妹が一人。義母としては、その大きい方の弟に、吉川家を継がせたい腹がある。然《しか》し、父親から見ると、長男の右近は、やはり可愛《かわ》いい。それらの複雑な関係が義母のメイにあたるヤブニラミと、右近との結婚によって、目出たく納まろうというイキサツ。大きい方の弟は、ラヴァウル方面に出征したという消息のまま、生死の程も分らない有様だったので、強気の義母も、そこらで手を打つ気になったのであろう。

当時、呉、岩国、徳山など、すぐ近所とも云うべき都市が、次々にB29の編隊により大爆撃を受け、この分では広島も絶対に、近々危ないという場合、——どういうワケでBが、広島だけ見のがしているのか、いろいろ臆説も飛んで、尚更《なおさら》無気味《ぶきみ》であった、——そんな物騒千万な時に結婚なんてバカな話だと、一応は誰れしも考えるが、また、そういう場合なればこそ、父親も義母もノッピキならない気もちに追いつめられているのでもある。何時《いつ》、死ぬか分らん、だからこそ何かをキッパリ片づけておきたいのだ。

もう一人の女、右近がスキでスキで堪らないという B女は、隣家の嫁であって、その素性の程はよく分らないが、これは右近の目によると絶世の美人である。お化粧なしのモンペ姿がこれほど美しいのだから、もしメーキャップしたら、同じタイプである原節子以上だと右近は思ってる。この前、警戒警報の夜、二人は銀杏樹《いちょうのき》の下で、東京のことなど語り合って以来、右近は彼女の魅力に捕えられて了った。それは、月明の夜だったが、その時、もう少しでキッスせんばかりに近づけた顔の、その妖しき美しさは絶対であった。

——いかん！　この女は人妻である！

そう自分を叱咤《しった》して、からくも危機を脱したのであったが、あの時、もうホンの一寸《ちょっと》ばかり、倫理を無視するか、空間を無視すればあの美しい唇に接することが出来た。どうも彼女は、たしかにそれを期待していたらしく思われる。そう思うと、実に危機を脱したことが無念この上ない。何故、自分は、その危機に突入する勇気が無かったのであろう！　いや、今度だけではない、自分はそうした勇気を先天的に欠いているために、今までに幾十遍、危機を脱して後悔したのか分からない。

小学校の時、お習字の時間に、徳島県出身の先生が、

「この「勇」という字はじゃな、オトコという字の上に、マの字をのせて出来とる。即ちじゃなマオトコをするには勇気が必要であるちう……。」

と、冗《ふざ》けた講義をした。その時、右近は子供ながら苦々しく思った。他の生徒はゲラゲラ笑ったが、右近は白眼《にら》みつけていた。が、最近に到って、屡々《しばしば》、その講義を思い出して、今更の如《ごと》くそれは真理かもしれないと感服するのであった。

B女の夫は、新聞記者であって、シンガポール方面に陸軍報道班員となり派遣されていた。五月二十五日夜の空襲で、池袋の家（御亭主の父の家）を焼出され、やむなく一時、広島の実家に帰ってるのである。そして、ふとしたことから右近と口を利くようになった。右近が一年半ほど前まで、大東撮影所の俳優であった事が分かると、彼女は俄《にわ》かに親しみの度を増して来た。彼女は長谷川一夫ファンなのであった。長谷川一夫ファンが、右近に対して、触れなば落ちん風情を示すということは、少々オカしい。右近なる人物の印象は、凡《およ》そ、長谷川一夫とは正反対の感覚である。

3

右近は、昭和十九年春応召で広島に帰ってくるまで、大東映画撮影所の大部屋に働

いていた。その前は、某歌手の主催するオペラ研究所に通っていた。その前は、某印刷所の図案部に勤労していた。広島の中学校を卒業するや、父親は土地の高等師範を希望したが、一刻も早く、義母と離れたかったので、東京へ出て上野美術学校の試験を受けて落第した。絵を描くことは、子供のころから好きでもあり、また多少の天分もあるかに見えた。これが実に、大正十五年春の話である。だから、昭和二十年現在、彼の年齢は既に三十九歳と相成ってる。前年、広島鉄道局で乗務員、駅手、管理部職員など、大挙募集のあった時、彼は車掌を志願したが、

「とても君みたいな、オトッツぁんでは勤まらん仕事だよ。それに、あんまり、丈夫そうでもないじゃないか。」

と試験官が云った。

「いや、勤まらんことはないと思います。」

「ふン、そりゃね、目下、人員が夥《おびただ》しく不足しとる折からだから、採用せんこともないがね。本当に、十八・九の子供ばかりの中に混って、やり通せるつもりかね？」

「はア。」

「よろしい。それならまず、その頭の髪を坊主刈りにせんけりゃならんが、それが断行出来るかね？」

「はア。」

というので、その帰りにクリクリ坊主になった。長年、大切にしていた美髪が、無残に理髪店の床に散った時、涙がこぼれた。が、うっかりしていて、ツマラン軍需工場などに徴用されては大変だと思ったから、是が非でも車掌になるべきだった。車掌なる職業は、右近の見るところ、なかなかスマートで、威厳に満ちているのである。東京に帰ったところで、再び撮影所入りも覚束《おぼつか》ない形勢だったから、どうあっても父親の家で厄介になりつつ、何かに就職しなければならない。

さて、三ヶ月の速成教育を受けるため、寄宿舎入りをさせられたが、いや、その辛いこと想像の外であった。万事、軍隊式と云いたいが、当時の鉄道職員養成ぶりは、軍隊以上の手厳しさであった。しかも、右近の他にはそんな年配者は殆んど無く、同僚はみな少年たちばかりである。毎日の日課は複雑多岐なる鉄道原則の棒暗記と軍隊的実習教練とであった。こんな筈《はず》じゃァなかったがと、後悔する間もないほど、ピシピシと鞭打たれて三ヶ月が過ぎた。

同僚の少年たちは、始め、クリクリ坊主の四十男を恐れた。が、間もなく馬鹿にし出した。何しろ記憶力が酷く悪いのである。教官に叱られて、ドモリながら応答している右近は、少年たちにとって好い気晴らしであった。普通の人間では、到底、その辛抱が続くわけはない。所が、幸か不幸か、彼は普通の人間と聊《いささ》か変っていた。辛抱強いこと無類という点も、変ってると云えば云えるが、――いや、それもタダ辛抱強いのとは少し違う。普通の人間なら、そんなバカバカしい辛抱はしない、という場合に辛抱強いのである。

とにかく右近は変ってる。大東撮影所三奇人の一人として有名だったが、この三奇人の中、二奇人は、

「おい、オレたちこのスタジオの三奇人だとよ。てッ、何とでも云やアがれだ。こうなったら三奇人で売り出そうじゃないか。何しろ、映画俳優はパーソナリティーが売物だからな。奇人と云われるほどなら、〆《し》めたもんだ。今後、おれたち三人は、大いに提携して売り出そうじゃないか。」

と祝盃《しゅくはい》をあげて喜んだのであったが、吉川右近は、自分が三奇人の一人だと聞かされた時、さっと顔色を変えた。

「奇人？　誰れが奇人なんだ！　なに、僕が奇人だって？　なんたる失敬なことを云う奴があるのか！　僕は断じて奇人ではない。」

と、フンゼン袂《たもと》を分って、以来、他の二奇人とは交際しなくなった。これぞ、たしかに彼がホンモノである証拠であろう。

「どうも、吉川君は、なんだかヘンですね。私は、あの人が高笑いしたのを、一度も見たことがないですよ。そりゃあ、皆が大笑いする時、吉川君も笑い顔とオボしき表情をすることもありますがね、概《おおむ》ね、あの人は笑わないですね。」

「そして、何かしらいつも考えてるようだね。たしかに何か考えてるんだ。が、何を考えてるのか、まるで見当がつかない。」

「吾々《われわれ》と、何所《どこ》か間《ま》が違うんだ。」

「童貞だという話があるんだが、そう云《い》われると、そうかもしれんフシがあるね。」

「まさか、あの年で！　それに、よく見て御覧、なかなかあれで好男子だぜ。」

「そう、あたしもこないだのロケで、つくづくあの人の横顔を見たけど、一寸《ちょっと》、日本人離れがしてるわよ。マルコ・ポーロてなところがあってよ、ほほほほ。」

「鼻が立派だ。いや立派すぎるがね。あの鼻はね、ちゃんと鼻眼鏡の掛かる鼻だよ。しかも、さきの方に行ってヒョイと持ち上ってるところなんか、年増女は一寸頼もしく感ずるぜ。」

「テニスなんかやると、別人みたいに颯爽たるところを示すね。」

「あれで、背丈がもう二寸あったら、正しく二枚目だね。」

「合唱団にも加入してんのよ。」

「ヘンな声を出すだろう。」

「それがどうして、藤原義江みたいな、堂々たるテナーなの、あんまり、あの人だけ堂々としてるんで、みんな笑っちゃった。」

「声楽は本格に勉強したらしい。」

「絵も、本格だぜ。この前の、食堂展覧会の出品なんか、手法は旧《ふる》いけど、アッと云わせたからな。」

「詩も書くそうじゃないの。」

「うん、萩原朔太郎崇拝でね。この前、奴さんの作を見せられたがね、こいつは何のこったか吾輩には解らなかった。」

「哲学も勉強しているらしい。いつも、岩波の「思想」なんて雑誌を抱えこんでな。」

「解るのかい？」

「そいつは解らない。が、とにかく読むことは読んでるね。小説なんて全然、面白くないてんだ。」

「俳句の会にも入ってね。なんでも、ひどく月並みな句を作るかと思うと、実に神韻《しんいん》ビョウボウたる句を作って、選者の水原秋桜一先生も、歯がたたないそうだな。」

「そんなにウマいのか？」

「いやウマイとは違うんだ。奇々怪々なんだな。お筆先みたいなキテレツなものらしい。」

「馬術の会にも入りたがっていたよ。映画スタアは、馬術も心得てる必要があるってワケさね。が、こいつは会費が高いからってんで思い止ったらしい。」

「スタアになるつもりかね。」

「そのツモリもあるらしい。じっと辛抱してれば、何かの機会で、監督などに見出されて、一躍スタアになることがあるかもしれない、と思いこんでるらしいな。」

「日本で、『カリガリ博士』でも撮ることがあれば、さしづめ彼は、「眠り男」だね。こいつはきっとイカセルぜ。奴さん、全身黒いタイツかなんかで、夢遊病者みたいに、スーッと歩いて見ろ、これはスゴイよ。」

まア、こんな風に吉川右近は撮影所の随時随所座談会で、サカナにされるのであった。勿論《もちろん》誰からも悪意はもたれない。その代り、誰れ一人親友も出来ないのであった。

「どうもね、あの男は地球上の人類ではないという感じだね。何所かこう、他の天体から、何かの間違いでヒョッコリ地球上に現れたんじゃないかな。」

と、某監督が評したが、これには一同、唸《うな》って感心したのである。

4

「駅前終点でございます。誰方もお忘れものないように。」

と、車掌が大声で怒鳴ったので、右近はハッと眼をさました。

広島駅のすぐ隣に、煤けた木造バラックの二階建がある。入口に「広島車掌区」と、古びた看板が下ってる。曲りくねった、うす暗い階段を上り切ると、区長室、庶務係、事故係、出勤係など並んでる。その奥に、会議室、兼教室、そして今や兼寝室にもなっている広い部屋がある。乗務員が、そばから兵隊にとられるので、絶えず研習生を補給するため、ごった返している。

所が、今朝は車掌区事務所も、まだ甚だ閑散であった。ガランとした部屋々々に、眠そうな目をショボつかせてる職員が、二、三人しか居ない。掃除夫の老人が、機械的に動いている。

——これは、飛んだキチガイ時間に来たぞ！

と、右近は苦笑した。(苦笑しても、第三者には分らないが)。仕方がない、少し散歩でもして来ようと外に出た。

——さア、今日中に決心しなけりゃならんぞ。A女と結婚するかどうか。

——勿論、あんなヤブニラミと夫婦になんぞなりたくない。然し、家を追ん出されるのは閉口だ。

——ほんとに父親は、めっきり影が薄くなった感じだ。長いことはない。親孝行をするなら今のうちである。

——時に、もしあのB夫人が、おれと駈落《かけおち》をしてくれるとしたら⁉

などと、自問自答しながら歩いているんだが、これも第三者から見ると日本の敗戦について深刻な考慮をしているか、難しい哲理でも思索してるようにしか見えないであろう。

突如、サイレンが鳴る。蟹が足音に驚いて、岩蔭に入るように、右近は大袈裟《おおげさ》に身軽く、傍《そば》の家の軒下に入った。数分で解除のサイレン。ブラブラ歩いて、車掌区の食堂前にさしかかる。中を覗《のぞ》きながら歩いたが、未《ま》だ炊き出しの気配も見えない。それにしても今朝は、少し遅すぎるようだ。左へ行くと鉄道病院、——ふと何か忘れものをしている気がした。

——そうだ。歯の治療を受けよう。

一ヶ月ほど前、某駅で貨物の積みおろしも済んだころ、荷扱手（略称ニセン）が、どうして手に入れたのか分らんが、氷の塊を分けてくれた。七月暑い日で、右近は玉の汗を拭《ぬぐ》いながら、その氷塊の一ツを口に含んで、カリンと嚙んだところ、入れて間もない前歯が二本とも、ポロリと欠けて了った。実は、この入歯も、B夫人と知り合いになったので、急に入れる気になったのであった。数年前時代劇の立廻りをやってる時、剣劇大スタアに斬られて、突っ伏せに倒れる時松の根っこに打《ぶ》つけて、二本とも欠いて了った。

「あら、キリギリスが胡瓜《きゅうり》落したような顔になっちゃったわよ。」

とワンサ女優に冷かされたので、早速、撮影所内歯科医部で、入歯をして貰ったが、老け役をやる時は、反《かえ》って便利になり、お蔭様で当分は、歯ヌケ爺の役ばかりついた。

その入歯は、故郷に帰る時のドサクサで失くなして、面倒だからそのまま放っといた。が、Ｂ夫人の美しさを認めると同時に、キリギリスでは困るということになったのだ。で、鉄道病院の歯科で、義歯をこしらえたのだが、それが氷のためパイとなり、その後乗務の方が忙しかったり、ヤブニラミとの縁談でクサッたりしてたので、病院に行きそびれていた。

昨日、勤務からの帰りに、横丁で、愛するＢ夫人に遭った時も、それがため笑顔をすることが出来なかった。あんまり笑わない右近も、彼女に対してのみは、矢鱈《やたら》と笑顔を見せることにしていたのである。男性たるものは、快活でなければならん、と近来信じているのである。

鉄道病院は、広島駅より遥かに近代的で、淡緑と白の明るい落ちついた大建築である。下足番の老人から、手垢に汚れた木札を渡され、二階の歯科待合室に上って行った。始めて、この病院に来た時は、幾つにも分れた長い廊下で、迷い児になりそうな気がした。

待合室には、ここも時間が早すぎたのか、誰も居なかった。壁一重《かべひとえ》隣りは外科室だが、看護婦たちのオシャベリが、いとも賑やかに響き、医科器具の音がガチャガチャと聞えていた。庭に面してよく掃除された窓ガラスが張りめぐらされ、そこから夏の朝の太陽が、サンサンとして待合室の床の大半に注いでいた。

右近は、ベンチに腰をおろし、両足を存分に伸ばし、戦闘帽の廂《ひさし》をぐっと下げて、太陽の直射をさけると、間もなく眠りこんで了った。

——ヤブニラミと結婚しなければならんか？　いやだイヤだ、絶対にイヤだ。

——B夫人が愈々《いよいよ》、唇をゆるしたら、いや多分ゆるすであろう、その味は……。

5

油蟬《アブラゼミ》が八釜《やかま》しく鳴いていた。

気がつくと、右近は、ベンチ諸共《もろとも》、廊下に投げ出されていた。

なにがなんだか分らない。が、生れて以来、始めての大打撃に出遇《でく》わした、取り返しのつかない破目に突き落された、というような気がした。或《あ》る悲痛な、生命の根本に及ぶ悔《くい》のようなものが、電流の如く全身に充ちた。

「やられた！　やられた！」

と、その瞬間、独り言を云っていた。

このあたりの記憶は、あとになって、いくら想い出そうとしてもなんだか自分ながらアヤフヤで、どうも相当長い間、呆然《ぼうぜん》としていたようでもあり、すぐ吾れに返ったようでもあり、全体に自信がもてない。そのくせハッキリ記憶してることだけは、イヤにハッキリしている。
まるで沈黙の魔法がかけられたように、不意に天地間が静かになった。なにもかも、一瞬にしてウソの如く変っていた。気がついて見ると、自分の鼻先に十七、八の娘が、モンペ姿で倒れていた。右近は、反射的に起き上り、その娘を抱き起してやった。何か云いながら、抱いてやったのだが、何を云ったのか忘れてしまった。
待合室のガラスというガラスは、全部粉微塵《こなみじん》になってる。壁は目茶々《めちゃめちゃ》に破壊され、天井はササクレて、刺々した臓物が、ブラ下っている。つい先刻まで、あんなに賑やかに囀《さえ》ずっていた外科室の看護婦たちが、一人も居なくなってる。いや、居たのかも知れないが、全くシンとなってる。惨憺《さんたん》たる光景を呈してる長廊下に見渡す限り人間が一人も居ない。人々は皆、逃げて了ったのか、死んで了ったのか、それも分らない。
シズカサヤ
イワニシミイル
セミノコエ
ふと、頭にこんな芭蕉の句が浮んだ。
——そうだ、油蟬の声も聞えない。どうしたんだろう。死んで了ったのか、それとも驚ろいて黙りこんだのだろうか？
ただ、太陽だけが、何事もなかったように、カンカンと照りつけていた。所で、こんな大変事に出遇《でくわ》したのに、一人突立ってる自分に、何の異常もないというのは不思議である。そう思ったとたんに、右近は、腰のあたりが少しヘンだと覚《さと》った。手をやって見ると、シビレていて、押すと少々痛い。左の腰から股にかけて、生温かく何かネットリしている。

——やっぱり、やられてる！

ふと、足もとに血がボタボタと垂れているのに気がついた。なんだ、左手が血で真紅に染められているではないか！　上着の左側がボロボロに引裂かれ、房になってブラ下っている。身体中にガラスの破片をかぶっている。

左手の出血が甚だしいので、これを放っておくと死んでしまうような気がして、突《とっ》嗟《さ》に上着を脱ぎ、シャツを引裂いて、グルグルと繃帯《ほうたい》にした。この時、もし彼の日頃を知ってる第三者が見たら、右近が如何にもキビキビした動作であるので、きっと別人かと思わせられたであろう。シャツ布の繃帯は、見る見る真赤な染め模様を進展させた。

——病院の何所かに爆弾が落ちたのだ。随分死人が出たらしい。然し、俺は運強く助かったのである！

右近は、その時そう想った。原子爆弾なんてことは、夢想だにしないのである。ただ、なんとなく今まで想像していた爆撃風景とは勝手が違うようでもあった。

いや、何よりも意外なのはひどく浮き立った気分がすることである。愉快——とも違うが、それによく似た感覚である。

とにかく、こんな所に、いつまで立っていても仕方がない、外に出ようと思った。歩き出すと腰がキリリと痛むので、思わずビッコをひいて行く。

はッは、こいつは好《よ》い恰好《かっこう》だ！

大きな声を出して、笑いたくなった。

——ほほウ、俺は案外、豪傑だったらしいぞ！

真赤に染りつくした左手を見て、右近はそう想った。こんなに血が出てるのに、俺は倒れない。ビッコながら歩ける。この通り平気だ。豆電池の電流ほどに、遠くでオケラが鳴くほどに、そりやいくらか痛むさ。でも平気だ。さて、階段の下り口を見つけようとしたが、こう大道具が一変して了うと、一寸見当もつかなくなる。

——おッ！　血達磨《ちだるま》だ！

これは相当のモノである。顔中ベタに血だらけの男が、廊下の曲り角から出て来て、右近とスレ違った。血ダルマ氏は、右近なんか眼中になく、フラフラと歩いて過ぎた。御当人、自分の物凄《すご》い相貌《そうぼう》には、てんで気がついていないらしい。

——こりゃ、愈々《いよいよ》、タダゴトでない！　俺は、もっと狼狽《あわて》てなけりゃいかん。

そう思ったが、一向利き目がない。

イグナチオ・ロヨラ

ポッカリと、こんな言葉が、明滅するネオン燈《とう》文字みたいに、頭の中に浮び上った。

——イグナチオ・ロヨラ！ なんだ、なんだって、こんな時にイグナチオ・ロヨラが飛び出して来たんだろう？ はてな、今の血ダルマに何か引っ懸りがありそうだな。と思ったが、右近には解けない謎だった。このイグナチオ・ロヨラというのは、東京に居たころ、時々、気紛れに頭の中に飛び出して来て彼を悩ました、人名であることは分ってる。多分、中学で習った西洋歴史に出てくる人物であろうことも分ってるが、何者であるか頓《とん》と思い出せない。歴史の教科書でもめくって見るか、人名辞典でも引けば、簡単に正体が分るに違いないが、右近は何故かそうしたくなかった。そのうちに自然天然と、分る機会の来るのを待ってるんだ。どういう訳で、こいつの名が、折にふれて飛び出してくるのか、さっぱり訳が分らない。少し無気味でもあり、また面白くも思われる。それが広島に帰って以来、バッタリと飛び出さなくなっていたのに、今また突然イグナチオ・ロヨラである。そして、こいつは気になり出すと、当分の間は五月蠅《うるさ》くイグナチオ・ロヨラであって、何をしてても、何を見てても、何を読んでても、何を食ってても、イグナチオ・ロヨラが飛び出すのが常であった。

——まア好い、イグナチオ・ロヨラなんか勝手にしろ。今はそれどころじゃないぞ。とにかく今は、この病院から外へ出るのが先決問題である。

階段の下り口を探していると、何所かで人声がする。懐かしく思って、その声の方に辿って行くと、その男も下り口を探して迷っているのであった。

其所《そこ》は、廊下が建物の一部と共に、吹き飛ばされて、断崖みたいになっていた。すぐ眼下は、緑の庭園で、紅い花や紫の花が、咲き乱れていた。頑丈な建築物が、ケチョンケチョンになってるのに草花は平気で咲いているかのように見えた。

何所からともなく一人、二人と人間が集って来た。皆、下り口を探してる。負傷している。誰かが先頭に立って、下り口の所に案内してくれた。階段は、すぐそこに在ったが、倒れた壁や、ささくれた板切が、乱雑に折り重なっていて、遥か下の方にある感じであった。右近は、率先して邪魔物を搔《か》き退け、投げ去って、大冒険を敢行(自分ではそう思ったのである)、やっとこさと階下に降りた。

階下の廊下は、何処からともなく集って来た、怪人たちが沢山右往左往していた。あとから、あとから人数が増して行くらしい。一人残らず、何所かしら負傷しているようだ。中にも右近の印象に残った怪人は、髪の毛を前面に滝の如《ごと》く垂らしたまま、それを搔きのけようともせず、唄うように何か云ってる女であった。

玄関の所に来ると、ムシの息になって倒れてる人間が、幾人も転がっていた。通りかかる人間は、チラと見るだけで、別に何の感動も受けないらしく、声をかけて見ようとするものすらない殆《ほと》んどの人々が口を利くことを忘れたようであった。

右近は眼《ま》のあたり始めて、戦争の惨禍というものを見たのである。誰かに訴える術もない、憤りのようなものを感じた。敵を憎むというでもない、軍を呪うというでもない、もっと心の底からにじみ出る憤りであった。

広いコンクリートの道に出て、明るい太陽の光を浴びると、急に救われたようにホッとした。病院玄関の地獄図絵は、全然、別世界の出来事のようである。

腰のあたりから、血が吹き出ているような気がした。ズボンの上から、片手でその傷口と思われる辺を押しつけ、片手に拾った竹杖をついて、左足を引きずるようにして歩いて行った。

——こんなあんばいなら、父親も義母も、結婚話を当分は延ばしてくれるだろう。

そう思うと、負傷に感謝したいような気もする。右近が、妙に浮き浮きした、愉快に似た気分になったのは、それが大きに影響していたのかもしれない。

イグナチオ・ロヨラ

——また出て来やがった。B夫人に、この負傷したところを見せたら、なんと云ってくれるだろう。まア右近さんほんとにイグナチオ・ロヨラですわ、とは絶対に云わないであろう?

右近は、危うく吹き出して笑うところだった。

駅前広場に出て、爆撃の惨害が、途方もないものであるのに気がついた。始めは、病院及び、その近傍だけだと思っていたが、どうして、なかなかそんなものではない。駅も一部は破壊され、建物全体に亀裂が走り廻り、使いものにならない態だ。車掌区の建築物も、屋根がスッ飛ばされている。これでは、勤務どころでない、——第一、自分自身、この負傷では**カニセン**事務など思いも寄らない。

そうなると心配なのは吾家《わがや》のことだ。勤務時間中ではあるが、一応、帰宅して見ようと思った。これほどの爆撃を受けたのに、駅前はガランとした感じで、カンカン照りの太陽の下、重い透明カーテンが下されているように、寂《じゃく》としている。確かに、タダゴトでない。

広島駅から、有名な猿猴《えんこう》橋まで、約二丁ほどの間、このあたりは両側に二階三階の旅館が立ち並んでいたのだが、まるで形骸を止めぬまでに、吹き飛ばされている。余っ程、物凄い爆弾であったらしい。

おや、猿猴橋もやられてる。鉄の欄干は飴《あめ》の如く曲り、橋は中断されて渡れなくなってる。附近の家々は、麦煎餅《せんべい》よりも脆《もろ》くペシャンコになってる。

あれ、ペシャンコは、この附近だけでないぞ！　眼の届く限り、ペシャンコだ。いや、これは広島全市がペシャンコらしい。デパートを始め、鉄筋コンクリートの高層ビルは、多少損傷を受けながらも、僅《わず》かに市の一角を守りぬいてるかに見えるが、あとはただ一面の荒涼たる原野だ。風呂屋の煙突が、折れたりしながらも、所々に突立ってるばかりだ。

――これは一体、どうした爆撃だ。

まるで狐につままれたようである。右近は呆然として、中断された橋のたもとに立っていた。勿論、この分では吾家に帰って見たところで仕方がない。見渡しただけで、諦めるよりテがない。

吉川家は広島に住むようになってから、七十幾年かになる。右近は生れてから人生の半分を、この街で過した。家の庭に一本の松樹があり、子供の頃毎年、今頃はその松に、よじ登って蟬をとったものだ。そう云えば、蟬が、このあたりでも、まるで鳴いていない。

庭には土蔵がある。もう古びて、赤肌を見せた壁の所々に、富士山だの、軍艦だの、右近が子供のころ釘《くぎ》で彫ったのが、かすれながら今朝まで残ってた筈だ。死んだ母は、よくこの土蔵の石段の所でお米に混った石だの虫だの取りのけながら、山田の中の、一本足の案山子《かかし》、と、くり返し唄って聞かせたものだ。その優しい声が今でも右近の耳に残ってる。

――中風で寝ている父や、義母や、弟妹たちは何《ど》うしてるだろう？

こうしては居られない、とは思ったが、さて何うしようもない。そして、自分で意外に思うほど、平静みたいな状態であるのに気がついた。元来、右近は慢性心悸昂進《しんきこうしん》症《しょう》であって、すぐ胸がドキドキして、手のつけようもなくなるのであるが、これほどの驚天動地の大事件に出遇《であ》って、心臓は酷く落ちついてるのだ。

出血したので落ちついたのか、待合室から廊下にスッ飛ばされた時に、頭部でもガンと打って少しバカになったのか、それとも、後に到って分明した、原子爆弾の放射線で神経が妙な反応を起したのか、それとも更に、もっと他に原因があったのか、こいつは分らない。

再び病院の方に引返す。燃ゆるにまかせてある。人なき家があった。それは好いが、どうも自分の身体に、段々と、衰えが増して行くらしいのは困ると思った。焔《ほのお》の盛んなる勢を見て、それを痛感した。

数日前、車掌区長から訓示があって、万一の場合は東照八幡宮下に集るよう、言い渡されている。正にこれは万一の場合だ。とりあえず、そこに行って見ようと思った。

駅近くの踏切りを越え、東練兵場に入ると、道路が一直線にのびて、その終点から白い石段が丘を登り、その上に朱塗の八幡宮が、緑の森に囲まれている。いつ眺めても、クッキリ割れた好い景色である。

道行く人が刻々と殖える気配だ。道の傍の草原に、人間が幾つも転がっていた。死体もあるらしいが、大部分はまだ息があって、死ぬのを待ってる風に見えた。唸るものが殆んど居ない。ただ、黙って死ぬまで待ってるらしい。

——待てよ、今は、ビッコを引き、歩いてる俺だが、その俺も、間もなくあんな風になるんじゃないかな？

そいつは有難くない。たしかに有難くないことだが、どうもそうなったらソウナッタで仕方がないことだと思った。今まで、あれほど、死というものを恐れていた右近なのに、不思議と云えば不思議であろう。

——つまり要するに、人間というモノは、余程のバカなのである。こんな戦争を起すなんて。

バカは死ななきゃ治らない

浪花節の文句が、一秒時の長さに縮められて、右近の頭の中で唄われた。

所で、お宮は眼に見えているのに、行けども行けども、同じ遠さにある。足元を見ると、たしかに少しづつ進んでる。喘《あえ》ぎ喘ぎ、よたよたと歩いてるうち、ふと、これはロケーションで、今自分は名演技をやってるんだという気がした。

——そう！　たしかにこんなシーンを撮ったことがあったぞ。

やっとのことで、八幡宮石段下のところに来た。そこには、区長の訓示によって、同僚たちが多勢集まっていた。半分ぐらいは、草原に寝転んで、紙のような顔色をしている。小さな医療カバンを取り囲んだ連中は、血走った眼で、繃帯や、薬品類を奪い合ってる。それでいて、誰れも殆んど口を利かない。

右近が到着した時は、もうカバンは空っぽで、自分の手当をしようもなかった。気のゆるみでもう一刻も立って居られない。木蔭に行って休もうと、二、三歩踏み出したとたん、眩暈《めまい》がして倒れて了った。

灼熱の陽光を吸収して、草は蒸されていた。ギラギラした太陽がまともに照りつけた。暑い！　やりきれん！　と思ったが、身体を動かすのも億劫《おっくう》だ。仰向《あおむ》けになったまま、まじまじと天空を見上げた。風は、かなりに強く吹くようだが、狂人じみた出《で》鱈目《たらめ》な吹き方である。雲が走ってる異様な雲である。

6

イグナチオ・ロヨラ

はッとなって右近は眼をあけた。これはいつまでこうしてても始まらない。鉄道の方からも救済の手がのびそうもない。自分でなんとかしなければならん。広島全市は、もうダメである。あれかこれかと、考え廻した末に、牛田町の親戚を思い出した。母方の親戚であるから、少し遠慮もあるが、そこの叔母さんは親切な人である。

然し、そこまでは二哩《マイル》位ある。この身体で、行けるかどうか分らん。分らんけれども、バヤボヤしてるうち死んじゃあツマラン。いずれは皆んな死ぬ。そんなことは云わいでも分っとる。生きとる中は生きとるべきだ。バカは死ななきゃ治らんかもしれんが、人間が全部バカと定《きま》れば、案外、楽しいかもしれん。イグナチオ・ロヨラが、今日になって盛んに飛び出すのも、俺を生かしておくためかもしれん。

——有難う、イグナチオ・ロヨラ。今度、助かったら、君の名を調べるよ。

竹杖にすがって、立ち上ったが、身体中がメキメキと痛い。眩暈《めまい》がして、またもドッと倒れそうだ。暫く、歯をくいしばり、両眼閉じ——またしても浪花節の文句を思い出し、またしてもロケーションの演技をしているような気がした。これは白虎隊討死のシーンであるか？「こらッ、手を上げて歩け！　馬鹿ッ、手を下げると血が出て了うぞ！」

誰かにダミ声で怒鳴られて、右近は、自分の左手を見た。なるほど、ポタリポタリと血の滴が垂れている。右近は、他人に怒鳴られるのが大嫌いであるが、こいつはなんだか身にしみて嬉しかった。

周囲を見廻すと、急に、人間の数が殖えたようである。往《ゆ》く人、帰る人、みな無言のままで、奇妙な表情をしている。奇妙というより寧《むし》ろ無感情な表情である。火傷《やけど》したように（事実それはヤケドであった）、背中の皮が大部分剝《は》がれて、ヌルリと光った赤肌が、いかにも痛そうに出ている者も、表情はやっぱり無感情みたいである。身体中、泥まみれで、ズロース一本の裸女が歩いて来たが、その右の乳房はゴッソリ削《そ》がれている。そう血は流れていない。その女の表情など、なんだか面白そうであった。饒津《にぎつ》公園に入った。饒津神社は、広島の領主浅野《あさの》氏の祖、弾正長政《だんじょうながまさ》を祭り、本殿、幣殿、拝殿の三建築が、構造の美をつくしている。その三殿とも、その時、バリバリと音を立てて炎上していた。右近は、その焔の熱を頰《ほお》に感じながら、昔のことを想い出した。

春秋の祭礼には、右近の家でも、重詰弁当を下げて、遊びに来たものだ。神社には、能舞台があり、子供のころ見学した、猩々《しょうじょう》の真赤な髪が、今でも眼に見える。祖父を始め、一家には謡曲愛好者が多く、右近の名も、祖父がこの能舞台で、「右近」の稽古していた最中、男児出生とあって、その名をそのまつけたのである。

神社の隣に、何とかという寺があり、その山門の仁王像に、子供のころ紙ツブテを投げつけそれが金網に受止められて、中々仁王様の筋肉隆々たる身体に命中しなかったことなども思い出した。今、その寺も炎上してるらしい。

「右近さん、右近さんじゃないか。」

と、声をかけるものがあるので、その方を見ると、叔父の一人であった。東京の街角で唯《ただ》一度遇《あ》ったきり、もう十年以上も互に無沙汰の間柄だ。ヒョッコリ、こんな所で遇うとは奇縁である叔父も、頭にグルグル繃帯をしていた。嬉しかったが、立止って話をする余裕もなく、ヤア、ヤアと手を振り合って分れた。

やがて、二葉山の裏手に出て、公園外になると、そこに太田川の支流が、透き通る清流を見せる。堤に沿って、桜の木が何処までも植えてある。この辺にくると、道往く人影もまばらであった。無理に歩きつづけるうち、いくらか身体も楽に成って来た。ふと、多勢の声みたいなものが、遠くの方から聞えるので、見ると、遥かに太田川の中流、小さな舟が同じ場所を、クルクルと廻ってる。竿のさし方が拙《つたな》いのであろう。しかもその小舟に、人間が落ちこぼれるほど満載されている。河原の水際には黒い塊とみえる人の群れが、押し合いヘシ合い、舟を呼んでる態で、その塊が円になったり棒になったりしてる。遥かに向う岸にも、石崖のところに黒い人の群が見える。

岐《わか》れ路のところに来た。いつもなら近道の方を行くのだが、到底自信がないので、平坦な遠廻りの途を選んだ。さっきから、イヤな臭いのする煙が、意地悪く、右近の身に、まつわりついてる。空っぽの胃袋が、吐きそうになる悪臭である。どこまでも、つきまとってくるらしい。その上、水道の本管でも破裂したのであろうか、路《みち》が一面に水びたしで、下駄が泥ンコになって了った。

——おや、俺は下駄を穿《は》いてる!

随分迂闊《うかつ》な話だが、今更気がついた。鉄道病院の玄関を出る時、自分の軍靴が見当らないのであり合せの他人の下駄を穿いて来たものらしい。

電柱が横倒しになってて、電線が奔放にもつれ、不自由な足に絡みついてくる。おまけに、行く手に崩れた家屋が道路を塞《ふさ》いで、こいつが猛烈に燃え盛ってる。途方にくれて了った。呆然たるばかりだ。

イグナチオ・ロヨラ

——なに？　引返せと云うんだね。

うんざりしたが、そうするより仕方がない。重い泥ンコの下駄を引き摺《ず》りながら、もとの岐れ道に戻るまで、容易ではなかった。さて改めて近道の方だが、こいつは始めから楽でないと分ってる。歩いてるのが、一体、誰れなのか分らない気もちだ。苦しい、痛い、死にそうだ。然し、それは自分でない、別の動物だという気がする。

——歩いてるのはイグナチオ・ロヨラか？　いや、歩いてるのは吉川右近である。俺が、イグナチオ・ロヨラだ。

この時、右近は半分、意識を失って、ただ止らないボロ機械の如く動いていたのであろう。どのくらい歩いたのか、何時間歩いたのか、自分では分らない。こんとんたる中を、盲目の苦痛が永遠に動いてるんだ。

稲穂の出ている田圃《たんぼ》の畔道《あぜみち》を行く。ともすればヨロケて、田の中に足を突っこみそうになる。突っこんだが最後、打《ぶ》つ倒れて、そのままオダ仏かもしれん。オダ仏も決して悪くない気がして来た。が、こうなったら意地にも、もう少し生きていて、人類のバカさ加減をすっかり見極めたいものだ。人類よ、ザマア見ロ、そう笑ってからオダ仏と願いたい。小川があって、橋が掛ってる。橋というより、腐った材木が並べてある。右近は、暫《しばら》くためらっていた。思い切って渡り始める。ミシミシと折れそうだ。今、落ちたらオダ仏疑いなし。橋が揺れるのか、眩暈がするのか危ない！

橋を渡ると、今度は街がある。人跡途絶えているこの街は、勝手に景気よく燃えていた。もう親戚も間近である。なんとしても、この難関を突破しなければならん。こならばと見当をつけて、とある路地をぬけようとする。忽《たちま》ち、濛々《もうもう》たる黒煙に包まれて了った。ムーッとくる熱風、これはダメだ。引返す。右に左に、焔の追跡を逃れつつも、何度、もう逃げるのは止めようと思ったか知れない。

出た！　広い舗装路に！　さて、これはまた何たる、別天地が、彼の目の前に展開されたことか！

7

山々は、どっしりと構えてる。樹々の深緑。所々に百日紅《さるすべり》。夾竹桃《きょうちくとう》の紅。点々として所謂《いわゆる》文化住宅の朱《あか》い屋根、エメラルドの屋根。頓と油絵の風景画だ。

足元の小径には、豆草が穏やかな風にそよぎ、薄紫の野菜は秋の前触れを咲いている。キリギリスが鳴き、米搗《こめつ》きバッタが道に飛び出す。道の行く手、山のふもとに近く、近代的の小学々舎があたりの建築物中で王者の威容を示してる。その学校の横から、道はジグザクと急坂になり、一寸山の中腹とおぼしき所に、これから訪ねる親戚の家がある。純日本風の平屋建だ。

太陽は、既に大分傾むいて、暑気もすっかりやわらいでいる。が、頭をめぐらせば、黒煙濛々と渦巻く牛田町の焦熱地獄が、相変らずの有様で、更に二葉山の上あたりには、無気味な雲のわだかまるのを見た。まるで右近が立ってる地点に、無形の衝立があって、戦争と平和のシキリをしてるようである。

硝子《ガラス》戸ごしに、誰れかが動いてるのが見える。遠くでよく分らないがどうも叔母さんらしい。スイミツ桃の露の如く、なつかしさがこみ上げて来た。曾《かっ》て、右近は、この母方の叔母に、こんな感情を抱いたことは一度もない。思いきり大きな声で、オバサアアアンと叫んで見たい気がした。何所にそれだけのエネルギーが残っていたのか右近は杖を浮かせて、殆んど一気に急坂を駈《か》け上った。

玄関までくると、右近は強いて平静を装い、ゆっくり硝子戸を開けて、上半身を乗り出して覗きこんだ。

——おッ、此所《ここ》もやられてる。

呆れる思いだ。外から見たのでは分らなかったが、内部は目茶目茶に被害を受けている。一体如何《いか》なる爆撃を行ったのだろう。

「おばさん。おばさアアん。」

と叫んだが、何の応答もなく、静寂そのものである。一寸間をおいて、今度は、遠慮して小さな声に力をこめて呼んで見たが、やっぱり寂としたままだ。はてな？　さっき硝子戸ごしに見かけた姿は、幻覚だったのか？　この家には誰れも人間が居ないようだ。

二度目の声をかける気も起らないので、裏手の方に廻って見た。山の斜面に防空壕の横穴が口を開き、その中から何かコトコトと音が聞えてくる。

「今日はア。」右近の声に、物音がハタと止って、横穴の入口に、ヒョイと女の顔が出た。叔母だ。が、何たる変りようだろう！　真ッ黒に日焼けして、皺だらけの顔となり、怪しきターバンで束ねた髪に、夥《おびただ》しい白毛が見える。

「まアアア！　右近さん！　どうしなさったンの？　ささ、早う上りんさいや。」

と、声は以前と少しも変らず、優しく、美しい。右近は、子供が母親の胸にとりすがるようにこの叔母の腕に抱きついて、わッと泣きたい気がした。何かこの突然の転がり込みに対し、大人らしい挨拶をすべきだと思ったが、何にも云うことができなかった。

「御願いします。」と、頭を下げたばかりである。

縁側に腰をかけて、改めて見廻すと、この家も大破壊を蒙《こうむ》ってることが分る。修繕するにしても大変であろう。叔母は女手一人で、この家に住んでるのだ。

叔母の家はもと、広島市の繁華街にあり、一時は、十数人の世帯であった。それが、幾度かの水害に遇い、つくづく洪水というものが恐ろしくなり、此所なら絶対に心配なしと、山の中腹に家を建てて移った。そのうちに家運頓に衰えて、次々に死に絶え、竟《つい》に叔母一人生き残って、この家を守ってるのである。

やがて叔母は、台所から茶果をのせた盆をもって現れた。

「まア。何しとんなさる、早う上って横にでもなんなさいや。」

右近は、今朝から何も食っていない。ガツガツした態で、茶を一気に飲み干し、もう一杯もらって、それを二口に飲み干すと、塩豆を五、六粒つまんで口に投げこんだ。

それから、そっと腰を上げて、右手で上着やズボンの埃《ほこり》を払い、縁に上ろうとして片足をもち上げたとたん、腰の辺でミキミキと音がして、アッツウと顔をしかめた。叔母に支えられて、ようやく座敷に上るや、たまりかねてゴロリと横になって了った。

暫く眼をつむっていたが、なんだか部屋が妙に明るくなった感じがしたので、眼をあけて見たら、紺碧《こんぺき》の天空が覗いていた。天井がぬけて、屋根がポカンと割れている。屋根瓦が一枚、今にも右近の面上に落ちそうである。頑丈らしい梁《はり》木だけが、頼もしく持ちこたえていた。ふと気がついて見ると、畳だと思っていたのは、板敷の上にゴザがおいてあるに過ぎない。そして、部屋の到るところ、壁土の崩れたのや、板切れや、瓦《かわら》の破片で手のつけようもない光景だ。そこへ市内の知人から依頼されたらしい疎開荷物が、山と積まれている。叔母一人で、これらの混乱風景を、如何《いか》に処分するつもりであろう。

この時、表の方でキンキン響きわたる女の声がした。何かの配給物があるらしい。間もなく慌しい足音がして、十四、五歳の少女が右近の眼の前を走り、台所の方に行って何か早口に云って去った。

そのうち、台所でカタコト音が聞えて、叔母が西洋皿にのせた今配給の握り飯を持ってやって来た。大きな握り飯、しかも二ツである。過労と出血のせいか、食欲がないようである。さっきの塩豆は非常に美味《うま》かったのに。

いくら勧めても、右近の手が握り飯に出ないので、叔母は暫く寄って様子を見ていたが、右近の蒼い顔色を見ると、何かうなずいて起ち上り、縁側に座蒲団《ざぶとん》を一枚おいて、箪笥から純白の敷布を出しそれを拡げてフワリとかけた。

「さア、この上でスコーシ休みんさいや。」

と、手を右近の背中にさし入れた。またしても腰の所がピイインと痛む。叔母に抱えられて、少しずつ小刻みに摺《ず》らせて、蒲団の上に移った。生れてこのかた、これほど蒲団の感触を有難いと思ったことはない。——嗚呼《ああ》、俺はこれで助かったのだ！　これ眼をつむったまま何者とも知れないものに感激した。こうして自分は助かったが、父は何をしてるだろう。義母や、弟妹たちは何《ど》うしてるだろう。恐らくは死んで了ったのだろう。とにかく明日にも、身体の調子を見て、吾家の跡を探《たず》ねて見ねばならない。

B夫人は何をしてるだろう。彼女も死んで了ったろうか？

――はて？　B夫人には、つい今しがた遇ったような気がする。これは何うしたわけだろう？　死体になったB夫人を想像して見たが、その死顔がすぐ右近に向って笑いかける。どうも死ぬような女でない気がする。無事に助かっていて、何処《どこ》かで右近のことを心配しているかもしれない。無事と云っても、負傷はしているだろう。どんな負傷をしたかしら？　まさか、さきほど此所《ここ》へ来る途中、公園の道で出遭った女のような、あんな負傷はしていないだろう。あの女は、ズロースだけの素ッ裸で、乳房がゴッソリ削げているのに、平気な顔をしていたっけ！

――おッ！　そうだ、あの女の顔は、B夫人と実によく似ていたではないか！

そう云えば、あの時、右近も何所かで見た顔だと感じたが、よっぽど神経が何うかなっていたのだろう、それを今まで気がつかなかった。いや、まったく思えば思うほどそっくりだ。まさか、B夫人があんな姿になり果てて、呆然と歩いていたのではあるまい。

慄然《りつぜん》として右近は眼をあけた。

8

眼を開くと、裏山の風景が眺められる。微風が、樹々の枝をやさしく揺り動かし、小鳥が遊んでる。蟬が鳴いている。

静かさや岩にしみ入る蟬の声

また芭蕉の句が頭に浮ぶ。

やがて死ぬけしきは見えず蟬の声

続いて同じ芭蕉の別の句を想い出した。たまらなく寂しくなり、寝返りをうつと、そこに叔母の姿を見た。西陽《にしび》をうけて輝いてる、曇り硝子のこちらに、真ッ黒なシルエットとなって、叔母は頻《しき》りに片づけものをしてる。恐るべき大爆撃の影響も、叔母の精神には毛頭ないものの如く、寧《むし》ろ楽しげに、余念もなく片づけている。

――流石《さすが》にキリスト教徒だ。

今更、右近は敬服したのである。親戚中で、この叔母一人だけがクリスチャンなのであった。それがため、その昔、故叔父との間に離縁問題まで起ったことがあるが、優しい叔母が、これだけは頑として譲らなかったそうだ。エライ女性だ。そう思って見てると、シルエット姿の叔母に後光がさしてるようで、神々しくすら見える。

A女は、この叔母にとってもメイにあたる。A女の家は、芸備線に乗って遥かに山の中であるから、無論、空襲とは没交渉であるわけだ。ヤブニラミの百姓女だが、出来たてのゴムマリみたいに健康である。

——いっそ、俺の一家も死に絶えたなら、A女と結婚して、この叔母の夫婦養子にでもなろうか。

右近の考えは、恐ろしく飛躍する。今朝の午前八時十五分までとは、A女とB女に対する考えが、百八十度転換している。これも或《あるい》は、原子爆弾の放射能の作用で、一種の連鎖反応かもしれない。

腰のあたりがムズムズして気もちが悪くなった。右近は仰向けのまま、両肘を立てて、覗きこんで見たら、敷布が日の丸の旗みたいに紅く染まっていた。早速叔母に、訝《あやま》らねばなるまい、ムズムズは、どうも半風子《シラミ》かとも思われるが、此の際、手の施しようがないから放っとくより仕方がない。

一体、どのくらい時間が経ったか、時計がないので見当がつかない。夕方になったのか、それとも陽が陰ったのか、分らない。

と、警戒警報だ。続いて、空襲警報だ。サイレンのコーラス、聞き馴れているとは云え、今日はまた特別である。

叔母が急いで駈けより、右近を抱き起して、裏山の横穴に連れこもうとする。その時、右近は驚くべき光景を眼下に見て、足が釘づけになって了った。

広島全市が黒煙に包まれ、至るところに、チョロリチョロリ赤い焰の舌が見える。煙は高く高く天に沖《ちゅう》しその下は火の海だ。ゴウゴウゴウという凄《すさ》まじい響きが、海鳴りのように聞えていた。

これは悲しいというより、恐ろしいというより、寧《むし》ろ、勇しいのである。美しいのである。貧弱な右近の語彙では、なんとも形容出来ない壮観であって、彼はただ圧倒されて呆然と見惚《みほ》れるばかりだ。

——おッ、あの海の色は!

火の海、煙の竜巻の右方に、日没後、間もない瀬戸内海の一部が、紫紺と赤銅との、奇怪なる配合をなして、重く淀《よど》んでる。名物の蠣《かき》共は、あの海の底に、今、何を考えてるのであろう。瞬間、右近は萩原朔太郎《はぎわらさくたろう》の「くさった蛤《はまぐり》」を想い浮べた。

半身は砂のなかにうもれていて
それでいてぺろぺろと舌を出している。
この軟体動物のあたまの上には
砂利や潮みづがざらざらと
流れている　ながれている

ああ夢のようにしづかにながれている。
蛤はまた舌べろとちらちらと赤くもえいづる。
この蛤は非常に憔悴《やつ》れているのである。
みればぐにゃぐにゃした内臓がくさりかけているらしい。

焰のベラベラとした舌を見て、海を見てこの詩を連想したのであろうか、ふと右近は、この「くさった蛤」に人類全体を感じ、ぐにゃぐにゃした腐りかけた内臓に、広島市の無数の死体が連想された。

——左様、B夫人も腐った蛤か！

突如、頭上スレスレに、飛行機の爆音を聞いた。右近と叔母とは狼狽《あわ》てて横穴の中に入った。穴の中は真っ暗である。

——左様、俺たちは蛤でなく蟹である。

イグナチオ・ロヨラ

またロヨラが飛び出した。蟹の穴の暗闇に緑色のネオン・サイン。

もしもこの時、右近が叔母に向って、イグナチオ・ロヨラって何でしょう、と訊《たず》ねたら、案外、簡単に謎《なぞ》が解けたかもしれない。何故なら、Ignatius Loyola は、スペインの宗教家で、天文十八年始めて日本へ渡来した、キリスト教の宗派ゼスイト派の開祖であるからだ。ザビエルの名を知るものは、イグナチオ・ロヨラをも銘記すべきであろう。

が、叔母さんに西洋歴史のことを聞いても始らないと思ったか、右近はネオン・サインを頭の中で明滅さしたまま、別に訊ねようともしなかった。

所で、今日、屢々《しばしば》、右近の耳に幻想の如く聞え、幻想の如く見えたイグナチオ・ロヨラの名は叔母さんが知ったら、これはキリスト様の奇蹟《きせき》として、渇仰の涙を流すであろう。そして一層、右近を大切にすることであろう。然し、どうも唯《ただ》の偶然らしいと考えられる。何かの唯物的作用で、右近の病的神経が、一種の強迫観念を越して、五月蝿く出て来たのかもしれない。

強いて心理的説明をつければ、イグナチオ・ロヨラが、日本と関係の深い大宗教家であるということが、中学時代に習った歴史の記憶として、潜在意識下に沈んでいたところで、叔母さんが親戚中唯一のキリスト教徒であることが、潜在意識の外で結びついて、右近をこの山腹の家に導いたとも考えられる。

また原爆の当日、人格の変転を来したかに見えた右近は、それから暫くの期間、ひどく快活な人間になっていたが、それから五年後の今日では、再び、元通りの人格に還元して了った。

もしも、空飛ぶ円盤の中に、最近の報道で云うが如く、他の天体の生物が入ってるとすれば、吉川右近はまさしく、それに適《ふさ》わしき存在であろう。

爆心に近かったので、右近の家も、B夫人も死んで了った。ヤブニラミA女とのことは、あの時放射能（ガンマ線か、ベータ線か、デルタ線か分らんが）の影響ででもあったのだろう。一寸そんなことを思って見ただけの話であった。

出《しゅっ》孤《こ》島《とう》記《き》

島尾敏雄

島《しま》尾《お》敏《とし》雄《お》（一九一七〜一九八六）

神奈川県生まれ。中学時代から同人誌を作る文学少年で、一九三九年に同人誌「こをろ」では阿川弘之らと、九州帝国大学では庄野潤三と知り合う。一九四三年に繰り上げ卒業で海軍予備学生となり、水雷学校で訓練を受ける。翌年、震洋隊指揮官として奄美諸島加計呂麻島へ行き、そこで後に妻となる長田ミホと親しくなる。一九四五年八月一三日に特攻命令が下るが、待機中に終戦を迎える。この三日間の体験は、『出発は遂に訪れず』などにまとめられている。一九五五年、妻の病気の療養のため奄美大島に移住し、その後も鹿児島周辺で暮らしていた。病気の妻との生活は、『死の棘』に描かれている。

三日ばかり一機も敵の飛行機の爆音を聞かない。こんなことは此処《ここ》半年ばかりの間、気分の上では珍しいことだ。その為に奇妙な具合に張合いを失っていた。

三度の食事時に、一定期の巡検のように大編隊でやって来て、爆弾やロケット弾や機銃弾を、海峡の両岸地帯にかけてばらまいて行く。そしてその中間の時刻には少数機でやって来たから、海峡の両岸ではいつも爆音の聞えない時はなかったことになる。言うまでもなく夜は夜で夜間戦闘機がやって来た。それで一日のまる二十四時間飛行機の爆音で耳のうらを縫われてしまった。

それがこの三日ばかり、ちっとも音沙汰がない。

半年もの間寝ても覚めても、その音響ばかりが気にかかり、その音響の状況によって毎日の生活の順序などが按配《あんばい》されていたような、その上に生命に危険のあるその音響が、そして勿論《もちろん》その音響の原因である飛行機がぱったり来なくなったと言うことは、頗《すこぶ》る奇妙に迷って感じられた。それは無気味なことだ。

それに、我々はもうなすべきどんな仕事もなくなってしまった。

戦争の嵐の眼は、我々の頭上を通り過ぎてしまったのではないか。そして我々は圏外に取り残されてしまったのではないか。

もしそうであるとすれば、孤島に残された我々は食糧の確保の計画を立てなければならない。

島民からの食糧の入手が困難であることは明らかであったので、それは我々自身の手で作り上げなければならない。

現実に戦闘がない以上、我々は異常な興奮でいつ迄《まで》続くか分らぬ毎日を過すことは出来ない。我々は普通の神経でその毎日を飲食して排泄《はいせつ》して暮さねばならない。我々は或《あ》る一つの仕事を除いては役に立たない戦闘員であった。

或る一つの仕事というのは、我々が敵から「スイサイド・ボート」と呼ばれた緑色小舟艇の乗組員であることによって運命付けられていたものだ。

長さ五米《メートル》、幅約一米の大きさを持ったベニヤ板で出来上っている、木っ葉舟がそのボートであった。一人乗で目的の艦船の傍にもって行って、それに衝突し、その場合頭部に装置してある火薬に電路が通じて爆発することになっていた。衝突場所がうまく選ばれていた場合には、多分二隻で目標の輸送船一隻を撃沈させることが出来るであろう。もう少し欲を出して軍艦一隻を轟沈《ごうちん》させる為には、近接が成功したとして更にもっと多数の我々の自殺艇を必要とするだろう。そして我々乗組員はそのような戦闘場裡《じょうり》にあって、沈着に、突撃の百米程前方で、針路を絶好の射角に保ったまま舵《かじ》を固定して海中に身を投じてもよいことにはなっていた。もしそんなことが出来るとすれば。

今でこそ不思議に思うのだが、私はそのような目標直前での舟艇離脱という冷静な行動がとれそうにないから、いっそのこと自殺艇と一緒に敵の船にぶつかってやろうと、もうその他にどんな道も自分に許されていないように思い込んでいたことだ。

この一年間というものは、そんな事情で、明けても暮れても、身体ごとぶつかることばかり考えていた。

我々が、この特定の孤島に基地が選ばれて移動して来てからも既に九箇月ばかりが過ぎ去っていて、その間に戦闘準備作業は殆《ほと》んど完成してしまった。最良の状態にではなかったけれど、寧《むし》ろ幼稚極まる状態に於《おい》てではあったが、許された手持の材料ではせい一ぱいの準備は完了し終えてしまった。

誠に色々な仕事が我々の眼の前に生じ、そしてそれを強行して来てももう今はすることがなくなってしまった。本州との輸送連絡は絶たれ、新しい材料で兵器を強化するということは考えられなかった。

ただその時与えられてしまっていたものだけで、最大の効果をあげなければならない。

然《しか》し自殺艇の効果も時期のものだ。計画では三十五ノットも四十ノットも或《あ》いはそれ以上の高速が出る筈《はず》であったものが、我々が受取った時に、既に二十ノット出るかどうかがあやしいのであった。機関やその他の部分品の予備品が補充される見込が失われてしまえば、艇の性能は次第にやくざなものになって来る。

整備の要員も配属されて此の孤島に渡って来ている者だけに頼らなければならないし、彼等《かれら》の技術を不安に思ったところでどうにもならない。

そして我々乗組員にしてみたら一層急場の間に合わせ訓練で速成の教育を受けただけの者ばかりなので、エンジンのことについてすらトラックの運転手程にも知ってはいなかった。

エンジンはさびつき、船体はくさりつつあった。そしてその愛すべき自殺艇は、急《きゅう》拵《ごしら》えに我々が掘り抜いた洞窟に格納されていた為に、常にひどい湿気の中に浸っていた。

艇の寿命も心配なことながら、間に合わせの格納洞窟の崩壊の時期もそんなに遠くはない。

つまり我々の自殺艇がそれを考案した者の予期するような効果をあげる為には、或る時期のうちにそれが使用されなければならなかった。

ああ、その時期も終りに近い頃、我々は敵にさえ見放されてしまったのではないか。

その時期は強引に過ぎ去ってしまうのだから、その時期さえ過ぎてしまえば、我々は自殺艇の乗組員である運命から解放される訳であったが、我々は、というより私は無理な姿勢でせい一ぱい自殺艇の光栄ある乗組員であろうとする義務に忠実であった。

そうでなくなってしまえば、それこそ拳銃一梃《ちょう》だにない戦闘員が出来上ってしまうことになる。

私の眼界は昏《くら》く、拳銃一梃もない戦闘員になることはひどく頼りな気で、そのような場合どんな処置をとってよいか分らない。一箇年ばかりの間自殺艇と共に死んで行くことを稽古して来たのだから、せめてそのつもりで転結しようという呪縛にかかっていた。

それに私が百八十人もの個性の集団の中で、命令する位置が保てたのは、何はともあれ我々の集団の中にあって自殺艇乗組員は総員の四分の一ばかりであり、私はその四分の一の中の第一号であったから、同じ戦闘員仲間の間に於てでさえ奇妙な伝説の中に住み込んでいる結果になっていたからだ。

一種の焦慮。それは艇の腐朽や洞窟艇庫の寿命、そして隊員の食糧問題などの複合から生じていたものだろう。それに私は百八十人が極《ご》く悪い状態に陥《お》ちこんだ場合に、彼らがどんな赤裸々な姿を現わし出すかを冷静に計算してみたことは一度もない。

人々の陥り勝ちないやな傾向を詮索することにそれ程熱心ではなかったかも知れないし、その為に私は現実を認識することに浅く、従って表面は何事も波立たないで、たとえば私の性格のような隊風が出来上っていたのかも知れない。

この事実はおそろしいことだ。一つの隊の性格が指揮官の性格次第で、色々な色がついているとは。自分の体臭は消し難く、而《しか》も私は毎夜名前のない神に祈って体臭の消えることを願った。

そんな日々に於いても、我々がその日その日を生活するための一切の関心を挙げて、そこに集中している敵機の出現が、多分向う側の計画で三日間も見ることが出来ないということは、ひどく不吉なことだ。

いよいよ我々集団自殺者の祭典の時刻が近づいたように思われた。我々のその行為によって戦局が好転するとも考えられなかったが、それでも誰に対してしたか分らぬ約束を義理堅く大事にしていたのだ。我々は犠牲者だと自分に悲劇を仕掛けている気分もあっただろうし、又仮構のピラミッドの頂点で、お先真っ暗のまま、本能の無数の触角を時間と空間の中に遊ばせて、何とか平衡を保とうとしていたのだろう。

既に原子爆弾が広島と長崎に投下されてしまったことを我々は無電で受信していた。

私はその頃の時間の感じに自信がない。時は進んでいたのか、逆行していたのか、或いは又停止していたのか、然しそれを疑ってみたというのではない。ただ私にとって歴史の進行は停止して感じられた。私は日に日に若くなって行った。つまり歳をとって行かないのだ。私の世の中は南の海の果ての方に末すぼまりになっていた。その南の果ての海は突然に懸崖になっていて海は黒く凍りつき、漏れた海水が、底の無い下方に向って落ち続けていた。

私はそこから落下する為に、毎日若くなって行った。而もそこに行く前に、一つだけ思いきった行動を起さなければならない。眠っている間に、そっとそこに突き落して貰《もら》うというわけにはいかない。一米歩く為にも、こちらから身体を起して、重い足を動かさなければならない。

そして時は無気味に進行を止め、毎日の出来事は既に歴史書に書かれていることばかりのように思えた。どんなことが起っても新鮮な驚きを感じなかった。ムッソリーニが虐殺されたこともヒットラーの消失も私にはその意味が分らず、歴史年表の古い記事を読むのと変りがなかった。然しどこでそんなことになる歴史が始まり、そしてその次に何がやって来るかについて私は何も考えることが出来なかった。私の頭の中には猛烈に無気力な空白の渦があった。昨日は今日に続かず、そして又今日は明日に続いて行きそうもない。ただ南方洋上のT島のあたりが絶え間なくどろどろとおどろに鳴り響き、運命の日をのみ待ちくたびれて、一瞬一瞬だけが存在しているようなその日その日があっただけだ。

私の世界が黄昏《たそが》れていたそのような時に、まず広島の運命を知った。それは新型爆弾と報道された。詳しいことは分る筈もなかったが、その爆弾によれば、山も一部はどろどろに崩れ落ち、人間はその光線を受けただけで消失したと伝わった。要するに原子が破壊され（と素人考えをしたのだが）、物質は何もかもばらばらになり土に返ってしまうのだろう。その爆弾の効力の及ぶ範囲などに疑問が持てないこともなかったが、とに角広島市が一瞬に消滅し、そしてそれは又長崎市の運命でもあった。長崎の壊滅ということは殊に私を感傷的にした。私はそこで四年間も暮していたことがあったのだから。

自殺艇乗組員の私にとって、思い出ということの素直な感じはなくなっていたが、それでも長崎壊滅の報《しら》せは暗い終末を一層確定的に予言されたと思った。私は誰の為に死んで行き、そして私の死んだ後には誰が生き残っているのだろう。

不思議なことに、原子爆弾のニュースは私を軽い気持にした。これで私も楽に死ぬことが出来そうだ。それは恥ずべき考えであった。然し私はこっそりそう感じ、之《これ》を口外出来ないという罪の意識を自覚した。

こんなひよわなぼろボートで子供だましの戦闘をしかけて行く蟷螂《とうろう》の斧《おの》の滑稽さが、もっとよりがっちりした必然さのローラーの下で果敢なく押しつぶされてしまう奇妙な安堵《あんど》であった。それに対して尚《なお》あがいて見せろとは要求して来ないだろう。私は未《いま》だ誰かの命令に拘《こだ》わり、その命令に忠実であろうとしていた。

命令を純粋に公式のように自分に課して、未知の世界に対して自分を実験してみようという気持がなくはなかった。然しその気分と平行して、命令されることにはただ臆病であった。命令を出す者への疑いを消すことは出来なかったけれど。

然し原子爆弾の前では、どんな命令も恐らくナンセンスに思われた。

今度の新型爆弾は頗る強力なもので、従来の防空設備では用をなさないから、各隊は速やかにそれに対処すべし、という命令が防備隊司令より発令されても、私はそれを一笑に付し去ることが出来た。

何という奇妙な解放感であったろう。

と同時に、ぐったりと疲労を自覚した。今迄の夥《おびただ》しい犠牲を支払って来たこの戦争がこんなに頼りないものであったのか。

私は思い煩うことを軽くさせられていた。その頃を前後として、敵は空から我々に象形文字で書いた印刷物を配付して呉《く》れた。

それには二宮尊徳《にのみやそんとく》のことが書いてあったり、十二時の時計に形どって向うが次々に奪還し或いは占領した島々が画かれてあった。十時の所には硫黄島の、そして十一時の所には沖縄島の略図がそれぞれ示されていて、その上のところで日章旗がへし折られてあった。時計の針は正に十二時に近づこうとし、其処《そこ》には日本の本土が置かれていた。

我々は沖縄島と本土との間にあって、遂に硫黄島程にも歯牙《しが》にかけられていないのか。そのくせ私はほっとしていた。

或時は我々はポツダム宣言の要約のビラを天から受取った。それにつけても、それを国際公法の知識でどれ程正確に読みとることが出来たろう。それはむしろ滑稽な仕業に思えた。そしてポツダム会談というような歴史事件は、中学生の頃に教科書で既に習ってしまった気がするのであった。そんな古臭いことを何故今頃持出して来て、その要約を空から我々にばらまいたりするのだろうと思った。要するに我々は孤立の世界に追い込まれて、瞬間瞬間が重なって行くに過ぎないだけの生活をしていた。

高い空を四発の大型飛行機が、いやな連想をしか私に与えないにぶい然し太い複合の爆音を散布しながら、一機だけ飛んでいるのを私は石ころの多い浜辺で見上げていた。

高所を飛ぶ大型飛行機はそんなに恐ろしくない。南の真夏の太陽が強く照り、空は気が遠くなるほど青く、而も光を一ぱいに含んでいた。それだけの距離を置いてもその飛行機は、へんに大きく感じられた。ふと私の感覚はしびれ、一切の物音は聞えなくなり、その大きな空のくらげの化物のような物体が、すいすいと移動して私の頭上の方にやって来た。

その透き徹《とお》った感じの機体から、さっと銀粉のようなものが放出された。その瞬間のきらりとした一閃《いっせん》に、私は思わずどきりとして、崖の窖《あなぐら》に走り寄った。

その一閃が原子爆弾に関係した前兆であるかも知れないと考えた。原子爆弾によって、私の肉体の原子が破壊し尽され、どろりと土になってしまうことを期待していたつもりなのに、私の心はみにくい避難の姿勢をとっていた。そしてその姿勢には科学的考慮が殆んど訓練の跡を残していないのだ。

然し空のくらげの化物が飛び去った後で、きらりきらりと綾《あや》なす光彩の変化を見せて空のただ中に広がり舞い落ちて来たのは、敵方からの伝単の贈物に違いなかった。

それはやがて海の上や岬《みさき》の岩の間、畠《はたけ》や溝や豚小屋の汚物のそばなどに汚れ落ちて置かれるだろう。

そのような日々の後に迎えた、三日間の無気味な静寂に私は戻らなければなるまい。無気味なと感じたのは私であって、この孤島の浦曲《うらわ》では、すぐ手の届くついこの間まで、戦争の影響がまだ押し寄せて来ない日々がそうであった。長い年月の間のふだんの山川草木の姿があるだけだ。私だけが日毎《ひごと》の爆音に神経を亢《たか》ぶらせて、山川をしっかり見ることが出来なかった。私のとがった心の中では、その辺のどこを掘り起しても、危険な信管のついた物体が出て来た。

爆音の全く聞えなかった三日のその最後の日は、夏の暑さや、潮の香り、草木のうむれ、鳥の鳴き声、蛙《かえる》の声、干潟のつぶやき、部落なかのかそかな物音、例えば何か槌《つち》を打つ音とか、子供の誰かを呼ぶ声とか、豚の悲鳴や鶏のとき、そんな色々の、ふだんの感覚や物音が、太陽の熱に膨張して、物うく、然し充分に厚い層で、ひしひしと私の身の廻《まわ》りを取り巻いて来たことを、あらためて強く感じた。

それらは非常に切なかった。そして何事も事件らしいことの起きない目立たない平凡な日への郷愁が、私の身体をしびれさせ、原子爆弾に対してはどうすることも出来ないという無抵抗感が、低くにぶい伴奏となって私の身体の底に或る響きの調子を沈めて保っていた。

その日の午後私はからだと心を持ち扱い兼ねた。

隊員の殆んどは、畠の芋造り作業に充てられていた。そんなことしか仕事はなかったからだ。艇隊訓練も次第に間遠に数がへらされていた。勿論《もちろん》暗夜の而も敵の夜間飛行機が偵察に来ないような時を選ばなければならなかっただけでなく、使用度による艇の効率の減落と寿命への接近が頭痛の原因となっていたからだ。それで自殺艇乗組員も亦《また》、芋造りに主力を注ぎ出した。四つの艇隊の間での競争や又他の整備員や基地隊員や本部要員（その中には医務員、通信員、烹炊員《ほうすいいん》、経理員などが含まれていたが）などとの一種の対立が、そのように将来の食糧確保に関係した地味な作業過程にはいると、ぶすぶすいぶり始め出してもいた。

艇隊員はつまり自殺艇乗組員のことだが、彼等の中に、明らかに我々は生き残るであろうという予言をし始めるような者も出て来た。それはいくらか滑稽味を加えて、そして反面狂信的な調子で言い始められた。もっとも彼等は自殺艇の遂行を拒むような要素は少しも匂わせず、自分らがその任務に選ばれていることに特権の意識を抱き、他の隊員との間に待遇の峻別《しゅんべつ》を期待していた。それでその予言というのは、遂には彼等は、突撃の為に出陣するであろう。しかも彼等は生き残るであろう。そうでなければ、或る夜忽焉《こつえん》として敵艦船の蝟集《いしゅう》する沖縄島が陥没するであろう、というのだ。然し彼等が期待するようにたとえ生き残ったとしても、戦争自体が終結しない限り、我々は更に前線に進出しなければならない。既に我々には掌特攻兵というマークがついてしまっていただけでなく、そのような粗い仕事のほかは何も出来ない伎倆《ぎりょう》しか訓練されなかったし、そういう状態でかなりの期間特権的な生活をして虫食《むしば》まれていた。

私は無聊《ぶりょう》であり、ただ待っているだけだ。特攻戦が下令されるその瞬間を、だ。どこか日蔭者《ひかげもの》の生活に似て居《お》り、即時待機で、その時を待っていた。それは頗る不自由であった。そしてそれをまぎらして呉れた敵機の爆音も、もう三日も聞かない。三日の間やって来ないというのは、一体どういうことなのか。

私はひどく末期症的な考え方に陥ってしまう。私は防備隊の司令部に敵状を再三問合わせた。すると敵機の大編隊は、もうこの孤島などは歯牙にもかけずに日本本土の方に向って北上し、そして一仕事の後に又沖縄の方に南下することを繰返しているというのだ。

何かすべてが急転直下の様相を帯びて来たようだ。

だがそのような時にこそ我々の隊への危険は増大して来る。

何気なく孤島の近海に近寄った敵艦船に対して我々は突き当る為にいつなんどき出発させられるかも分らない。

しかし若《も》しものこと、我々の孤島が全然戦略的価値がなくなって、敵は沖縄から素通りで本土の方に行ってしまったら、我々に或いは新しい生活にはいれる途《みち》が開かれるかも分らない。

そんなことを考えながら私は、海辺に近い高見の豁口にある、木小屋の本部の隊長室を抜け出して、ぶらぶら磯《いそ》伝いに、隊の構内を岬の鼻の方に向って歩いて行った。

兵舎は分散して浜辺の小さな谷間を利用して建てられていた。そして浜辺に突出した尾根の岩層の適当な場所を選んで奥行三十米前後の壕《ごう》を掘り、自殺艇を格納してあった。隊のある入江の口は、直接には海峡に向って開かれていない。狭い細長い入江はその袋口のところで直角に折れ曲っていたために広い海峡からの直接の風波も、その折れ首の所でさえ切られて入江の中に直接には影響せず、我々の入江はまるで山中の湖のように思える時があった。視界も入江の中だけに限られ、その限りの狭い範囲では、我々の秘密部隊は隔離された気分になることが出来たし、又実際に我々だけの生活を展《ひろ》げていることが出来た。私は防備隊司令の許可をたてにして、小舟による入江の袋のところの奥の部落と、他部落との交通を禁止していた。我々は軍機部隊だからということによってそれが出来た。

静かな入江うちを浜辺沿いにぶらぶら歩いているうちは、気分は丸く完結し、と同時に義務や責任のことばかりが繰返し考えられ、隊員を厳重に入江うちの隊内に閉じ込めてしまったそのことの報酬のように私も共に閉じ込められていた。

入江うちでは、私は到る処《ところ》で、隊長という位置で表立っていなければならない。

入江の折れ首の地点は、尾根がつき出ていて、裸岩が海の中にまで列を為し、むき出たまま風にさらされ潮に洗われていた。干潮の時は海底が露出して、岩石は痛々しい感じを与えた。そこは丁度細長い隊の構内の片方の端になっていた。我々は其処に番兵を常置した。

私は番兵塔の方に歩いて行った。

そこの番兵には、大抵基地隊の第二国民兵役から補充された三十歳から四十歳以上にも及んだ年配の、この隊では最も下の階級の兵が当った。彼等の仲間は総数五十名ばかりで、既にかなりの社会的地位を持った雑多な職業経歴を有する者たちの集りだが、中でも農業者が一番多く、それに鉱山監督、役場の吏員、巡査、パン製造業者、傘張り、理髪屋、町会議員などの職業を有する者が交って居た。又文盲が二名居た。精神薄弱者も居た。

彼等の服装は一番ぼろで、そして一番下積みの仕事を負担した。彼等は殆んど何らの軍隊教育をも受けないで私の隊に配属されて来た。その主要な任務は、自殺艇の艇庫からの搬出入作業で、最後の運命の日に自殺艇が基地を出払ってしまった後は、もうそれらは二度と再び基地に帰っては来ないのだから、基地隊の彼等は小銃と手榴弾《しゆりゆうだん》だけで陸戦隊を編成することになっていた。

彼等の殆んどは戦闘作業には不向きであると思われた。彼等は規律や訓練を最も嫌った。その代りのように彼等はそれに一番ひどくこたえた。

短期間の間に彼等はどんなにつらい訓練に堪えて来たことだろう。落伍者《らくごしや》の出なかったことが不思議な程だ。

近頃は兎《と》に角一応陽焼けしてたくましくなり、形式的な規律に自分を当てはめてあやしまない程になり、それ迄には見られなかった新規の兵隊のタイプさえ出来上りつつあった。

そして此の頃のように我々の隊が屯田兵の様相を帯びて来ると、彼等の確実な生活の根が段々頭を擡《もた》げ始めたように見えて来た。

入江の折れ首の崖際の岩の上で、私はその老番兵の捧げ銃《つつ》の敬礼を受けた。ひどく生真面目に口をとがらせて前方をにらみつけていた。私は彼の眼の前を通って隊の外に出て行かなければならない。

海は丁度最低潮であった。私は狭い崖際の岩盤の上を番兵のそば近く通らないで、干上った砂浜を遠廻りして外側に出た。

外側は空気が動いていた。

そして眼界が広く開けた。

入江うちが淀《よど》んで凪《な》いでいても、此処に来て足を一歩入江そとの方にふみ出すと、風が耳のうらを鳴って通り、身体の中に飼っている鳩《はと》が自由なはばたきをあげて飛立つ思いをした。

沖合の波は白く穂立ち、かもめがゆるく舞っていた。そして入江は海峡に大きく口を開き、その海峡越しに、はるか向うの島の山容、海岸沿いの県道の赤い崖崩れなどが、痛いようにこちらの気持に手を差し伸べて来た。

入江うちでの重い荷のようなものが背中からはがれ落ち、私は軽々と自分自身になって、何の才能も技能もないままの姿を浜辺に伏せることが出来た。

私は外側の砂浜に身を投げかけて仰《あお》のき、両腕を後頭部の下に組んで、青い空を見上げた。入江うちの隊内でそういう姿勢をとることは困難だ。でもいくらかすぐそばの岩の上の年配の番兵の眼を感じながら私はそうしていた。彼は黙って、いつまでもそのような姿勢でいる私を見ているのに違いなかった。私はこの状態を太陽の光線のように快く感じながらそうしていた。少く共その場合私の姿勢は自由であり、番兵の姿勢は不自由であった。然し私は彼から悪意を感じとることが出来ない程、自分の崩したその姿勢に自然をくみ取っていた。

私は身内がほんのりこげ臭くなるまで、陽に焼けた石と空気を通して来る太陽の熱と、そして磯の香や松風のにおい、舟虫のしょっぱさにまかせて仰のけになっていた。やがて私は身を起して、又歩き出す。海峡の中にぐっと突き出た岬の鼻の方に行こうと思った。

その岬の鼻をぐるっと向う側に廻って行けば、隣りの入江はこちらより広く、そして海峡にじかにその全貌を現わして居り、その入江の奥の部落も大きく、役場や農業会や小学校、駐在所などが置かれているような場所でもあった。

私はどうしてもその部落に足が向き勝ちだ。

この三日間に戦局の様相の末期的現象を強く感ずると共に、私は自分の身体がひどくがたがたになったことを感じた。食欲はすっかり減退した。

本部の中では食事に関心の深い他の士官たちの強い自己主張が、私の食欲を一層減退させるようにも思えた。私の食欲のないのは私の装いであったかも分らない。でなければ私の胃腸は神経障害に原因していたと思われる。私は明けても暮れても或る命令を待ち、それの対策ばかり、空しく胸算用で繰返していたのだから。でも、この自殺艇が最初に使用されたと思われるリンガエンでも、その次の沖縄ででも、体当りの効果があったようでもない。否それは完全に失敗であった。同じ時期に派遣された自殺艇隊で無疵《むきず》で残っていたのは、この孤島に派遣された二、三の艇隊だけになってしまった。我々の艇の効果にしたところで成算のあるはずがない。せめても神経を麻痺《まひ》させて呉れる超高速さえ奪われてしまった自殺艇に、私はどんな期待を持つことが出来たろう。

私は神経衰弱に陥っていた。私自身はそうは思えなかったが、小胆な私がそうでないわけがない。その為に食欲が減じ、顔色が蒼白《あおじろ》くなって来た。他の隊員は連日の屋外作業で逞《たくま》しく陽焼けしているというのに。

身体がとてもだるかった。南海の暑気のせいもあったかも知れないが、海ばたの生活はむしろ我々に快適であった筈だ。

なぜそういう感じを持つに至ったのかは分らないが、司令部の最高指揮官の早急な判断で無意味な犠牲者になる日が遂《つい》に近づいたと私は考えた。さもなければ、戦争の終結を見るだろう。然し自殺艇乗組員にだけは甚しく悲劇的な顚末《てんまつ》しかやって来ないのではないだろうか。その乗組員にとっては末すぼまりの予感がするけれど、一般的情勢は戦争の終末を来すだろう。それがどんな形に於いてであるかは、当時の私は考えることを避けていた。然し我々が出発した後に残った者たちはどんな状態に於いてであれ生命は全うすることが出来るであろう。

何故そういうことになるかというと、敵の機動部隊が、もう我々の孤島に用事はないのだけれども、日本本土への航行の途次、ついうかうかと我々の孤島に接岸航行をするようなことがないとも限らない。行きがけの駄賃に少し示威運動をして置こうと、茶目気のある考えを起さないとも限らない。然し我々の孤島側は余裕のある考え方が出来ないに違いない。その上に完全な電波探知機一台すら手中にしていない貧弱な見張網の報告の綜合《そうごう》の結果、防備隊に居る司令官は遂に我々の自殺艇を使用してみることを決意するだろう。彼は沖縄島への赴任の途次、沖縄島が救うことの出来ない状態に陥ったので我々の孤島に止り、北部南西諸島方面の海軍部隊の最高指揮官になったのだが、此の方面の海軍部隊に彼が認めた艦艇は、我々の自殺艇によって編成された五つの水上特攻隊と、四隻の特殊潜航艇しかなかった。海軍部隊としては、それは何としても奇妙な兵備であった。その他に機帆船で編成された輸送船隊があったが、それがどの程度戦闘に役立つかを真面目に評価することは出来ない。そして末期現象の特攻兵器だけを以《も》って連合突撃隊を編成し、それぞれの隊の指揮官の先任順に序数番号がつけられていた。第一突撃隊は海兵出のQ大尉が指揮官であり、重ねて連合突撃隊指揮官をも兼摂していた。私の隊は第二突撃隊で、この両突撃隊が我々の孤島に基地を有し、そして内地から進出して来たのも同時で、すべての場合に姉妹隊として経過し、訓練期間も他の突撃隊よりはずっと長く、そして事故のないことで完全に近い整備を保っていることが出来た。

総《すべ》ての突撃隊を同時に出撃させることは効果的ではあったが、そうすれば、その後の攻撃兵器は何一つ残らないことになるので、司令官はそのような決心をすることは出来ないだろう。

そこで先《ま》ず最初の火の粉を振払う為に、予備学生上りの指揮官をもつ、第二突撃隊を海峡の外に出して使ってみるのが一番適当であるように見えるではないか。恐らくはそうなるであろう。私にはねばり気のないそのような思考力しか働いて呉れない。その結果、それが無駄であることが分り、第二突撃隊の犠牲の後で、急角度に或る新しい状態が生じて（その頃では、降服という形式が我々には考えられなかったにも拘らず）、戦争は終了することになるだろう。戦争の終了。世界の情勢に盲目になってしまっていた我々にとって、そのことが、どんなに遠い殆んど望み得ない素晴らしい時間と空間、という風に考えられたことだろう。丘の斜面の草原に寝転がることが出来、禁止事項はなくなり、もう今では想像することも出来ない海峡をへだてた向いの島との郵便船の定期が復活するだろうそれらの日々を、何故我々が頒《あか》ち享《う》けることが出来ないことなのだろう。爆音におどおどして逃げ廻っている島民たちや、そして我々。

岬の鼻への途中に、一軒だけぽつんとある人家、そしてその背戸の山は几帳面に耕された段々畠になっていた。その段々畠の風景も時の襞《ひだ》に吸い込まれて、風化されてしまうだろう。その跡に立つ後の世の者が居たとしても、何の感興も湧かないだろうと思われた。村々をつなぐ人の通い道とは関係なく、岬のはずれにぽつんと雨風をしのいでいた一軒家の恐らく最後の住人になるであろう一組の夫婦者が、はだしでいつもまめまめしく過去のしきたりのままのなりわいを続けていることが言いようのない驚きの眼で見られた。いつ見ても、豚に餌をやり、畠を耕し、芋を掘り、塩を焼き、魚をとり、麦をたたいて、余念なく動き廻っていた。私は番兵塔のある岩盤の上から望遠鏡を出して、その動く人間の姿を見ていることを一つのなぐさめとしていた程だ。

また彼等の、空襲を恐れあわてることの大げさなことが、私の心の傷を妙な具合に治癒して呉れた。

　編隊の爆音がきこえると、私の耳は兎《うさぎ》の耳のように敏感になって、かなり前からその音を聞き分けるが、彼らは余程近づいてからでないとそれが聞えないようだ。やがて爆音を確かに聞きつけたとみえ、あたふたと海ばたの崖を利用して作った防空壕の方に走って行く夫の姿が望遠鏡のレンズに写る。そして家の中の方に向って何かを叫ぶ低音の声が、思わぬ近いあたりの声のように私の耳にはいると、またもう一つの背の低い妻が転ぶように夫を追って防空壕に逃げて行く姿が、活人画の一こまのように眺められた。

　私は一度その防空壕にはいってみたが、それは粘土層の赤土を簡単な坑木を入れてくりぬいたもので、ずい分ひまをかけて作ったに違いない。それにしても壕の奥の袋になった所は人二人がやっとはいって居られる程の広さで、湿気を防ぐ為か、板が敷かれその上にむしろが置かれてあった。恐らくは其処で初老の夫婦が抱き合ってふるえているのだろうと思われた。

　彼等の家の柱や縁板が潮風や嵐の為流木のようにさらされていると同じように、歳月の皺《しわ》で渋くなってしまったような一組の夫婦の爆音におびえるその姿は、見ていて気持のよいものだ。

彼等がこの岬の一軒家で生んだ子供たちが未《ま》だ幼い時は、毎朝この家から蜘蛛《くも》の子を散らすように、というのは十人近い子供を持っていたということであるから、きょうだい喧嘩《げんか》をしながら学校通いをしたことだろう。私は、読む本がなくなったので、明治時代の本か或いは古い雑誌でもないだろうかとその家に借りに行ったことがあったが、尋常科とか高等科とかの区別のついていた時代の小学校の国定教科書が、押入れから持出されて来ただけであった。そしてその子供達はそれぞれちらばってしまって、岬の一軒家には初老の夫婦だけになっていた。

その防空壕に、私はNと一緒にはいったことがあった。

Nは、岬を廻った向うの入江の奥の部落に年老いた祖父と二人だけで住んでいる娘だ。Nはすっかり夜が更け果ててから岬を廻って、一軒家のあたりまで私に逢《あ》う為にやって来た。

初めの頃は、私が岬の尾根筋の小さな峠を越してその部落に出かけて行った。そのころ私はその部落にある役場や学校に所用の為に明るいうちに度々出掛けて行った。然しそのうちそんな用事も少なくなり、部落民は山の中に小屋を作って疎開し、私の方は、防備隊司令部の司令官から即時待機の配備につくことを命じられる状態になった。

それで私はNの所へ真夜中に出かけて行くことを始めた。終日私は隊長室で司令官からの命令を待っていて、やがて一日の日は暮れ、夕食もすみ、夜にはいり、そして峠の峰のあたりに月が出て来るのを見ていた。

私はへんに涙もろく、そして依怙地《いこじ》になってしまって、殊に六人の「准士官以上」の気配を嫌悪し始めていた。

夜中の十二時も過ぎると私はむくむく起き上り、靴をはき、懐中電燈《でんとう》と杖《つえ》を持って峠の道を上って行き、そして、東の空が白み始める頃、峠を下って来て、隊長室のベッドの中にもぐり込んだ。

然し、それももう出来なくなった。情勢が悪化したからだ。もうどちらにしろ結着がつけられなければならない。それで、私は隊を離れることが危険であった。釘《くぎ》づけになった私は隊内の入江のほとりをふらふら歩き、頬はこけ、色めが悪くなった。するとNが岬をぐるっと廻って隊の端近くまでやって来ることを覚えた。

私は何とか口実を設けて、入江の折れ首の所の岩の上の番兵塔を出てNと逢った。

それにしてもそれは真夜中に行なわれなければならなかった。浜辺で四季の移り変りとじかに相手をしている生活をするようになってから、私は、夜に月のある夜とそうでない夜のあることを、そしてそれの交替が間違いなくやって来ることに今更のように驚嘆していたが、Nの浦巡のしごとが始まってからは、月は私にとって一層の関心事になった。月のない闇夜の岬越えはどれ程絶望的にそそり立ったものであることか。そして月の衰退に応ずるように、海のふくれ上りが、私の胸の中でも満ちたり退いたりした。

私はもっと天体の学問と、潮汐表《ちょうせき》の算出法に精通して置かなければならなかったのだ。

一方私のその夢遊病者のような深夜の行動に対して、非難をするものと、何故か分らぬけれども許容するものとの色分けを、隊の中にかもし出すようになった。

殊に、本部の士官室の「准士官以上」の間に、私はそれをひしひしと感じ始めた。

非難は徐々に根強く培われた。許容は私に甘いささやきをした。

もう総《すべ》てが無駄になる時刻が近づきつつある。私はそれを砂時計の無慈悲なしたたりのように、私の心をしめつけに来る音として聴いていた。

私は岬を歩いて行った。

白砂が広がり波のいたずらで凹《へこ》んで彎曲《わんきょく》した所。又ごつごつと石ころばかりの小さな鼻。巨石の落下したと思われるような難所。

また海苔《のり》の為にずるずるすべってうまく歩けない崖際があった。

月がなく雨が降りそして私の潮汐表の間違ったひき方の為に丁度満潮の時に難所を通らなければならなかったNが、五時間もかかってやっといつもの所にやって来たことがあった。

そういう風にしてNはいつも、そこを夜中の通い路にしていた。

そこを私は、明るい陽のかんかん照りつけている午後、そして大潮の時の最低潮の今、ぶらぶらと岬を越した向うの部落に足を向けていた。

もう私の姿を、番兵塔の番兵は認めることが出来ないだろう。番兵に、私のあからさまの意志を察知されることはやりきれない。ただもう、あの名のたたないことへの願いばかりが、私の背中を丸くさせていた。

私は今戦闘員なのだ。それは何というちぐはぐな感じだろう。この戦争について私は何を知ることが出来たろう。私の意志は失われ、私の手は汚れてしまい、傾斜をどんどんかけ下りていた。かけ下りるにしてもその動く姿の自分が、こんなにも淀んで停滞して感じられるとは。ただ南の方向に雷鳴のようなとどろき、乱雲の重なり、そしてあやしげな閃光。南から吹いて来る血なまぐさい飢えに、私は私だけではなく恐ろしいことに私の命令で四十八人もの自殺艇を引きつれて、あの世の果ての氷ついた海原の断崖に飛び込む運命にあった。大渦のおどろのとどろきの淵《ふち》に吸い寄せられて行かなければならなかった。

然し、浜辺の石ころを飛び伝いして歩いて行く私は、何も考えていない。

えた。

私は土偶に過ぎない。

ただ、曇天の日の底光りのように、背後で脅かされているつかのまの自由のはばたきに誘われている私に、千鳥の囀《さえず》りは、まだ生きていることを喜んで呉れるように聞えた。

海峡の向うの島山が見える。そして向い合った町の外れにわずかに焼け残ったいらかが陽の光で白っぽく光って見える。その町は海峡をはさんだ両側の島での唯一の町であり、そしてその為に敵の爆撃機が群る鴉《からす》のように、執拗《しつよう》な襲いかかりで主要部は殆んど破壊されてしまった。

その時々の地獄の火焔《かえん》と噴煙を、今は全く見ることが出来ず、静まり返った焼野となっていた。

私は望遠鏡で海峡の向うのその廃墟《はいきょ》の町をのぞいて見る。

南の輝ける真夏の日の島山。然し、海峡には小舟一艘《いっそう》見えず、うねりや小波の穂頭にきらきらと陽の照り返しを受け、底に潮の流れを静かにひそめていた。

今日も爆音が聞えない。

然し、私はふと耳にかすかな爆音を聴いたようにも思った。それは、どもどもと、耳と言うより胸にひびいて来た。もうなれっこになっているその前兆。私のあらゆる神経はその音を捉えようと緊張した。それはごく低いものだが、やがて私の神経は確実にそれを捉えることが出来た。きっと超大編隊の複合音のかすかな先ぶれに違いない。

私は、身体をあらゆる方向に傾けてみた。私の身体が一個の精巧な聴音器であった。そして私がその音の源を対岸の平行した地上の物体に確認した時の安堵のしようはどうだろう。私の下腹のあたりには幾層もの断層があり、色々な現象に対する判断の度に、私はその断層にどすんと落ち込んだり、這い上ったりしているようなものだ。

私は尚も、眼をつぶって海峡の向うの町の廃墟の方に神経を集中した。

爆音は明らかに自動車のそれであることが分った。

安堵がいっそう身体中を這いまわる。その這いまわりよう。

それにしても、あれ程やられてしまった町の中に、誰がどんな用事で自動車なぞ乗り入れたのだろう。恐らく陸軍の作業の何かだろう。まだ人々は向う岸の町で生きている。

もうお互いにどんな連絡も危険であり、別々に生きている此の頃の私は、海峡の向うを忘れ、そして音響は敵の飛行機の爆音の外は無くなっていたのに。

岬の鼻には表情があった。

干潮で岬の鼻の岩はその全貌に近い姿を現わしていたから、波でえぐられた洞穴の様々のとがったかたちを私は認めることが出来た。干上った海藻がからからにひからび、無数の小さな穴には蟹《かに》とも蝦《えび》ともつかぬ小動物が、穴の中や貝殻から身体をのり出して、触角や手肢《てあし》を動かしていた。潮くさい強いにおいが私の鼻を打った。そして尚海水に浸っている部分の洞穴の奥の方で、出たりはいったりしている海水が、地の底ののろいのように、低いつぶやきを続けていた。

私は岩の一番先に立って、足もとの、ふくれ上ったり低くすぼまったりする海の動きをしばらく瞶《みつ》めた。

すると海の水のふくれ上りの律動が、軽く私の身体に伝わって来た。

突端に立つ爽かさ。

又時として打寄せる波の加減で、私はしぶきをからだに浴びた。

やがて、私は一途に、部落の方に向った。

小さな彎曲した白砂のなぎさと崖を一つ越すと、部落の全貌がぱっと開けて眼に飛び込んで来た。

こちら側の入江は我々の入江に比べて、何という構え無しに広い海峡に向って開けていることだろう。岬の方から入江の奥をまともに見ると、殆んど開けっ放しに見えた。我々の閉鎖された秘密げな狭い入江からこちらに廻って来た私は、その開け広げな入江の様子に、暗い考えを見すかされたようなためらいを感ずる。

恐らくは空からも、平たく開けっ放しに見えるだろう。でも何故かまだ爆弾の直撃からは免かれていた。

家々が気がもめる程大っぴらに入江一ぱいに広がって、どう見てもにぎやかな部落らしく、軒を低くして群らがっていた。

入江は最低潮時で、海水は見た眼では入江の半分程までも退いてしまい、浅瀬の為に一丁程もあろうと思われる長い桟橋の基礎柱が、醜く、部落の中ほどあたりから入江に二列縦隊で突き出ているのがはっきり分った。

私は空襲がはげしくなって来た時に、爆撃の目標になることを恐れてその長い桟橋の橋板を撤回することを部落にすすめたが、このような干潮時には少しもそれは役に立たない。海峡の向いとの定期の発動船が通行を止めてからも随分久しい。あらゆる平時のいとなみの施設が蟹の手足をもぐように、もぎとられて来たのではあったけれど。

干潟の或る日の午後。

私は何を考えていたことか。審判の日の近づいた不吉な不安の幾日かのその一日に。然し島の部落の人々は、その干潟の中でいつもの日の干潮時と変りなく、いっぱい出て来て貝ひろいをしていた。まるで穴から出て来た蟹ほどにも向う見ずに、もう三日も飛行機が見えないからと言って、安心して疎開小屋から海ばたに下りていた。(気をゆるめちゃいけない。危い。引込んで居れ)つい私はそう思った。でも伝令や号笛手の居ない所で私の声はものの用に立たない。三日間の静寂に対して私がいくら神経質になっても、部落の人々にとってそれがどうしたというのだろう。私は即時待機のさ中に隊を離れて部落に何の権利があって近づいて行こうとするのか。

私はとうとう部落の中にさ迷い込んだ。岬の方から見た時には、沢山の家々が群れ集っていると見えたのに、中にはいってみると、部落は何となくもの寂しく、樹木と高い生垣が家々のぐるりを厳重にとり巻いていてひとの気配もない。干潟にはあれ程の子供やおとなが出ていても、やはり生活は疎開小屋の方に移っているらしく、部落の中はまるでひと気がなかった。私は生垣にはさまれたまひるの部落うちの細い道を、ぐるぐる歩いた。

何か強いかおりの樹木のにおいが鼻を打って来る。そのにおいは、私の深夜の村歩きの時に、くらがりの静寂の中で、苦しい程に官能をかきたてられたにおいなのだ。私の深夜の夢中遊行に似た愚かな散歩は、いつも今度こそは今宵《こよい》限りであろうというしっとりと重い鎖でつながれていた。

そのにおいは、つまりはNにつながっている。Nは真昼でも、深夜と同じように私を待っているに違いない。Nにとっての生活は、ただ待っていることだけだ。

私もめくらになってしまった。みなしごのNに、此の世の中でたったひとりの孫娘をたよりに生きている年老いた祖父だけを谷の奥の疎開小屋に移させ、Nには部落の中の家に寝起きさせるようにしたのは、私ではなかったか。Nは、年寄りは部落うちは危ないし、危急の時に逃げ出すことが困難だからという理由で、祖父をひとりぼっちにさせてしまった。言うまでもなく、他の部落の人々も大方は山蔭《やまかげ》や谷の疎開小屋に移ってしまっていたのではあるけれど、Nがひとりだけ部落うちの家に夜も昼も止っていることは、どんなに不自然に見えたことだろう。

そのことをNは少しも気づいてはいない。Nは私とのことが部落のひとには誰にも知られていないと思っている。

もう門口が見えている。深夜の気配が、私をそっと足音をしのばせてこの門口に導いて呉れる時にはそれ程に不思議とも思えない道すじが、ひるまの光の下では眼をみはる思いだ。この白昼の下でも消え失せないで残っているとは。こんもりした丈の高い生垣。それは何という名の灌木《かんぼく》か私は知らない。その内部のものを外界にあらわにさらさないで包みかくしていて呉れることに私は身近な安堵をよせかけているだけだ。

平たい石をうめた低い石段を二段ばかり踏んで、構えの中にはいって行くと、Nの祖父がなぐさみに植えた草花が、手入れもわざと省いていた上に此の家の主を失って、延び放題になっていた。

浜木綿《はまゆう》の群れ咲きは化物のような花の群れだ。その強いにおいと白い遊魂が四方に指を広げて何かを求め、また首をかしげて待設けている姿は、私の深夜の訪問の出迎え人であり、私はその浜木綿によって中分のない状態に誘導されていた。

でも真昼の浜木綿は曲もなげに、多過ぎる花をもてあましていた。然し、私はそれを認めてきりりとした気持に立ち直った。

私は浜木綿の門をくぐった。強い甘ずっぱいにおい。それはNのにおいに通い、Nは浜木綿の茎の首をにぎって花々のにおいを顔一面にふりかけたりした。Nも又他の島人と同じように、はだしでいることが自然であった。島人たちがはだしで歩く浜辺や部落の小路《こみち》や庭の中を、私は軍靴をはいてそっと歩く。

偽装のため屋根にたてかけた松やその他の葉の多い木も枯れて赤くなってしまい、そして何遍も繰返されたので庭は朽葉がいっぱい落ち敷いていた。

孤島の天気は雨が多く、雨がすだれのようにたれこめると島は海と天との間に水にけむってとじ込められ圧《おさ》えつけられてしまう。

雨のはれた次の日は、樹木がすくすくと伸びる。

今日は、樹木の伸びる日なのだ。

私は日の照る干潮時の浜辺を、背中を陽にこがして歩いて来た。屋敷はひっそりして、樹木の伸びる時のむんむんするにおいに充《み》ちていた。薔薇《ばら》が乱れ咲き、虫どもがにぶい羽音をさせて蜜を気儘《きまま》に散らして歩く。

私は書院の縁の方に廻る。そして沓脱石《くつぬぎいし》の上を見た。

そしてそこにNの沓がないことで、屋敷うちに誰も邪魔する者のいない合図をよみとった。

私が踏む朽葉はかさと音がして、訪れて来たのは私であるのに、私がその家の主で、不意の訪問客に胸がときめくような錯覚を覚えた。

書院の座敷の障子は開け放されてあった。

座敷の中に縁近く机が置かれ、その上におはじき石が散らばって、書物が開かれたままになっていた。またランプものっていた。粗組みのわくに半紙を貼っただけの簡単なあんどんをかぶせて。

夜は明りが外にもれないように、ランプのしんを出来るだけ短かくし、その上にかぶせたあんどんの上から更に布切れを覆った。そのランプの介在で、私はNを色々な陰影で眺めることが出来ていた。

書院にはひと気がなかった。私は裏手の方に廻った。

じめじめして蒼いかびの生えた屋敷の裏手。厠《かわや》のわきを通り、井戸端のそばのくりやに近づいた。

自然に跫音《あしおと》をひそめた。くりやの中も外から見通せる所にはひと気がなかった。ひょっとしたら、家に居ないのではないか。私はがっかりし、うらみがましい気分が渤《ぼっ》然《ぜん》と湧き上って来るのを覚えた。

(もう本当にどうなることか分りはしない。今夜にも、出撃の命令が下るかも分らない。分らぬ所ではなく、我々の自殺行へのいで立ちの時刻は、手の届くような所にやって来ているに違いない。

これから先の刻々は、今迄のようなそれとは全く違ってしまったのだ。どんなことで急激に絶ち切られてしまうか分らないのに)

私は横手の方の縁に近寄り、何気なくすみの方をのぞいた。

そしてそこに私はNを発見した。

彼女は鼠《ねずみ》ほどの物音をたて、うずくまりながらしきりに何かを食べていた。

私はそれをじっと見た。

スリップ一枚の恰好《かっこう》であった。Nが一日中どんなことをして暮らしているのか少しも見当がつかなかったが、今私はその生活をかいま見た。

彼女は堅い黒砂糖のかたまりを、庖丁《ほうちょう》でかきくだいては口に頬張っていた。Nは今、何も考えていないように見える。空襲のことも、戦争のことも。所で私は戦争のことを忘れた瞬間があったろうか。私の戦闘配置が何であるかをうすうす察し始めたNの夜毎の愁嘆は、今のNのどこにも感じられない。野育ちの猫が人家の食料をあさっているように、私には写った。

人の気配でNは私の方を見た。

「あらっ」

そしてぱっと身体を翻し、中の屋の方に逃げ込んでしまった。それは、猫が人の気配に驚いて逃げて行く時とどんなに似ていたことか。

私は中の屋の方に向って声をかけた。

「ひまがないんだ。すぐ隊に帰らなければならないんだ」

中の屋の方からは、調子は高い、が間のびのした声が送られて来た。

「いやですわ」

私はNの出て来るのを待った。

実を言うと、かなり前から、もっとはっきり言えば番兵塔の番兵の姿が見えなくなった頃からだと思うが、私の身体にはかすかな顫動《せんどう》が起っていた。

私の居ない間にどんな事態が隊内で生じているかも分らない。或いは司令部から私に呼出しがかかっているかも分らない。新しい命令が来ているかも分らない。

刻々が後ろ髪をひかれる思いで此処まで来てしまった。然しNの顔を見ただけで私はもうこらえ切れずに、隊に走り帰りたい気持でいっぱいになっていた。顫動はその運動の振幅を広げ、又何となく遠くにぶく大編隊の近接の爆音が聞え始めたような気になってくる。

「大急ぎで帰らなければいけない用事があるのだ」

Nは縁先にとび出して来た。みけんに皺をこしらえていた。その皺は私を脅した。それは平凡な日常の生活を始めたなら、Nはきっとその皺を発作の度毎につくり出すに相違ない。その皺に私は果てのない退屈の魔の姿をちらと垣間《かいま》見たと思った。

Nは何というあわて方をしていることだ。着物をぎこちなく着て、よせばよいのに帯をしめてきた。着物の柄が大きな明るい那覇風のもので、それはNの身体つきと容貌とにちっとも調和しない。上気した赤い顔に、化粧を施してきた。家の中のくらがりで急いでしたので、白粉も紅も肌にのらず、不調和に濃過ぎた。

それはNをすっかり台なしにしてしまった。さっきの恰好の素顔のままであった時のNにどれだけ惹《ひ》かれたことだろう。夜中のNは妖しげな気配をただよわせていたものを。

私は帰途にあった。

潮は刻々と満ちつつあった。

満潮の時の海は、生ぐさいエネルギーに満ちていた。仮借なく海はふくれ上って来た。

部落を遠ざかると私の胸の中には、Nの私への善意だけが、その他の一切の道化を押しやって強く残った。その善意の悲しみのようなものが、潮のふくれ上りと共に私を圧迫した。

恐らく私は何ぴとに対しても何ものにも値しない。而もこのように振舞っていることは空恐ろしいことだ。

満潮になれば、岬廻りの歩行は難渋になる。又しても夜毎のNの難渋の意味が、鮮かに私を捕える。

そして又殆んど私ひとりが気儘に隊の外へ出歩いていることと共に、私は何かに罰せられている思いにうちひしがれる。

やがて私は番兵塔の見える所まで帰って来た。私がそこを出た時からもう何人の番兵が交替したことだろう。

番兵は私の姿を認めると、型の如《ごと》く敬礼をしただけで、何事もなくもとの姿勢になって勤務を続ける。

私が隊を空けていた間は、何事もなかったのだ。何事もない。これ程豊穣《ほうじょう》な生活がまたとあろうか。何事もなかったのだ。今日一日も辛うじて無事であることが出来るのかも知れない。

私は番兵の見える所の砂浜で腰を下ろし、ただ何となく眼を開いていた。その私の眼に、潮は足許《あしもと》近くまで押し上って来ようとしていたし、又あたりはたそがれて来て、西の空が真赤に色づき、そして少しずつ紫色から灰色へ変化した。

雲は西の方からやって来て、どんどん東の方に移動して行った。

怪鳥のような形の雲が、余光を含んで、変に赤い色をして流れて来た。そして姿を色々に変え、少しずつ消えて行って、不吉な黒味を加えながら東の方に去った。

今宵の夕焼が何故このように特別に私の心に印象づけられるのであろう。

そういう風に夕焼を見ていられることがかけ換えのない楽しいことに思われた。

私は小石をいくつか拾っては、それを海の中に投げてやった。そしてその音をじっと聞いた。

私が腰を上げて隊の方に帰ろうとした時、番兵塔の所をこちらに走って来る伝令の姿を見た。

司令部からの私へ宛てた信令に違いない。私はいつでも受入れの態勢を整えているつもりであった。然し、その時が「今」では少し早過ぎた。もう少し先に延ばされなければいけないと思った。それでその信号が何事でもないようにと願う気になった。

私は伝令が何か言い出す前にこちらから声を出した。

「何だい」

伝令は立ち止って敬礼をしてから言った。

「司令部からの情報であります」

私は未だ余裕が残されていることを知って、深い安堵を覚えた。

(夕飯がゆっくり食べられる)

私は伝令の持って来た受信紙を読んだ。それは、各方面の見張所の報告を綜合すると、有力な敵船団が北上中の模様であり、当方面島嶼《とうしょ》に上陸する算が大であるから各部隊は一層警戒を厳重にせよ。そして特に水上特攻隊は即時待機に万全を期すべし、と書かれていた。

私は、「よし」と声に出して言った。伝令への了解の意志表示だけではなしに、私自身への言いきかせであった。

今度こそは愈々《いよいよ》やって来たと思えた。然し恐らくは此の孤島に真向から上陸するつもりはないだろう。日本本土への行きがけの駄賃に鎧袖《がいしゅう》一触の程のつもりで近接しつつあるのだろう。遂に犠牲にならなければならぬことを少しうらみがましい気味合で自分に言いきかせた。早く本部の私の部屋に帰って、その時の準備の心用意をしなければならない。その時になって、靴をはいたり携帯糧食を持ったりするのが、それをどんな風にすればいいかという事がひどく心掛りであって、ひょっとするとあわててしまって、そんな一寸《ちょっと》したことが出来ないのではないかと心配された。

また命令が全艇隊出動ではなしに、一部分の艇隊のみの出動を言って来た場合に、私はどんな処置をとろうか。

どういう訳か、此の悲劇の破局に於いて、最初のあわてた出動の犠牲の後、事態は急転して、残った諸隊は出動を見ることなく生き延びることが出来るような感じを私は消すことが出来ない。

何故《なぜ》そんな気持になっていたかは分らないし、又残った部隊がどんな形で生き延びられるかを、考える力はなかったが。

私は先任将校であるV特務少尉の第二艇隊を先に出してしまおうかという考えに捉われた。彼は私を軽蔑し、私は又彼がけむたい存在に思えた。このような場合、純粋な戦略理由からでなしに決定しうる命令権が私の胸中にゆだねられていることに私は気分が参っていた。いやなからくりだと思った。而もみすみす私がその犠牲者になることには恐怖があった。V特務少尉を先に出してしまうやり方が、或る快感を伴って誘惑して来る。

本部の士官室では、私の分の夕飯だけが皿をかぶせて残されていた。

私は食慾《しょくよく》はなかった。

外はまぶたに膜がかぶさって来るように、宵闇が重なりつつあった。

私はひとりだけの自分の部屋で、何をする気にもなれないでいた。

私の部屋には、簡易な組立て寝台と白木の机が置いてあるだけで、机の前の板壁に中型の鏡が打ちつけてあり、机の上には機密書類函《ばこ》と一冊の書籍がのっていた。私の日常の仕事はいよいよなくなってしまったから、Nの家から藤村《とうそん》の「新生」を持って来て読んでいた。文字に飢えていた私は、そのねばりのある文章の滋養を、食物のように摂取していた。然し何を読んでも、私には時が停止していて、我身のつたなさがつのって来るばかりだ。

私は鏡に自分の顔を写してみた。

眼ばかりぎょろりとして、頬もこけてしまった。頭髪は未だ刈るほどにはのびていない。無精髭《ぶしょうひげ》がまばらにある。日が暮れた部屋に燈のない暗さも手伝って、私の顔は冷たい鏡の中に、堅い思いつめたとがった様子で沈んでいた。

私は部屋にランプを入れさせようと立上った時に、本部に近い当直室の電話の鈴がけたたましく鳴るのを聞いた。

私は従兵にランプを持って来ることを言いつけて、当直室で当直衛兵伍長《ごちょう》が、司令官からの信令を復唱しながら記録しているのに耳をすませた。

それが、何であるか私にははっきり分った。とうとうその時が来た。従兵がランプを持って部屋にはいって来た。ランプの光で従兵の顔がフィルムのネガのような陰影を作った。

瞬間、私は何をしてよいか分らなかった。私は立上ったり、部屋の中を歩き廻ったり、又椅子に坐《すわ》ったりした。机の上の書物の表題が私の眼にうつる。島崎《しまざき》藤村著新生。それを私が読んだということが、何と無駄事に思えたことだろう。落着かなければならない。世の中が白い。紙のように白い。鏡が何だろう。机が何だろう。Nには逢って来た。まてよ、そうしているうちに今にも大空襲に襲われるのではないか。早く処置をしなければいけない。毎日毎日考えていたその順序通り始めればいいのだ。あわててはいけない。私は手がふるえているのを感じた。

伝令が、ばたばた本部への細い坂道を上って来た。

「隊長。信号お届けします」

私は無理に落着いた態度を見せようとした。

「どれ、とうとうやって来たな」

少し咽喉《のど》のつかえた声が出た。私は受信紙を受けとり、夕食後巡検までのひとときを思い思いの場所で過している「准士官以上」の集合を命じなければならないと思った。

「先任将校と当直将校を呼べ」

「はい。先任将校と当直将校を呼びます」

私は伝令も興奮しているのを感じた。

私は自分の身体が浮上りそうになるのを押えた。部屋の調度が遠のく。

受信紙には、先般発信した敵の情況に対して特攻戦を発動する旨とその方法とがうつしとられてあった。

私は機密書類を函からとり出し、下令された特攻戦法の区分を確認しようとした。そして私は今下令されたのは、一個艇隊のみ出動する場合に当ることを知った。

私の奇妙な予感が適中した。

私の眼の前を、蒼褪《あおざ》めた馬がのろのろと歩いて通り過ぎた。

当直将校がとんで来た。

私は隊内に総員集合をかけることを命じた。入江の両岸に点在しているので、本部の下の広場に総員が集合し了《おわ》るまで、かなりの時間を要した。

「准士官以上」が本部の士官室に集って来た。私はそこに出て行った。

「お待ち兼ねのものがやって来たよ」

私はそう言った。私はせい一ぱいでこらえている何かを感じた。どっとせきを切っておろおろし始めるかも分らないきっかけを押えつけていた。

ソーイン、シューゴー

当番が伝声管でどなっているのが、へんにうら悲しく入江うちの浦々に反響するのが聞えた。

私は六人の「准士官以上」が、みな緊張し過ぎて泣き出しそうな或いは妙にうすら笑いを浮べた表情で私の眼を求めて来ているのを感じた。

私は三人の艇隊長の顔を見た。(誰を最初の犠牲者にしてやろう)

「所で命令は一個艇隊の出動なので、私が先陣をつとめましょう」

私は遂にさいころを振ってしまった。私は先任将校であるV特務少尉の強い視線を殊更に感じながら、私の性格の弱さを認めた。どうせ私の手の汚れついでだ。そんな気分が濃厚に湧いて来るのを感じていた。私はその時に六人の者との間に、深い断層のあることをはっきり知った。私は彼等を憎んでいることも認めなければならない。恐らくは、彼らも私がそういう処置をとる傾斜をすべっていることに憎悪を感じているに違いないと思えた。

「隊長。それはいけないですよ。隊長には最後迄指揮をとって貰わなければ」

分隊士の兵曹長が先ず口をきった。そして私は次々にそういう抗議を受けとった。

私の頭の中に黒い蝙蝠《こうもり》が無数に飛び交う。

「何を言ってるんだ。此の部隊はそういう必要はない。陸戦隊は基地隊長が居ればよいし、残りの三個艇隊は、先任将校が指揮をとれば充分だ。先任将校、願いますよ。どうせつるべ落しに出動の命令が来るよ。とにかく先陣は私がつとめる」

私は自分の言ったことに逆説的な皮肉な調子が含まれているのが、少しいやであった。何も悲壮がることはないじゃないか。ただ私の気まぐれで私と運命を共にしなければならない第一艇隊の十二名の自殺艇乗組員に対して抱いた罪の意識を私は消せなかった。もっと猫可愛がりに可愛がってやってもよかったのかも知れない後悔のようなものに攻められた。

丁度その時、伝令が呼吸を険しくして新しい信令を届けて来た。

「司令部から先程の発令を訂正して参りました」

「何？」私は受信紙を見た。それは、発令された特攻戦法の訂正であった。即《すなわ》ち、一個艇隊だけでなしに、全艇隊出動の準備をなせ、というのだ。

私はなぜかほっとした。

「ああ、全艇隊の出動だ。もう問題はないよ。みんな一緒に出て行くんだ」

私は験《ため》されていることを深く感じた。

験されてばかりいる。然しそれももう終ることだろう。さあ、私は死装束をつけなければならない。

本部の下の広場には、隊員がひしひしとつめかけて来た。何かを叱咤《しった》する声、番号をかける声、急ぎ足で行き交う兵の足音、金属的な物音やにぶい音。それらの物音が圧迫して来る夜気を撥《は》ね返しながら、どことなく、枚《ばい》を銜《ふく》んで舌打ちするような物々しさの気配で、入江の両岸に波紋を広げた。

月が山の肩に登った。

私は部屋の中で死装束をつけた。つまり自殺艇に乗込む為の服装になった。此の一ぺん限りの時の為に、いつもおさらいをしていた順序で、ふだんの略服の上に、飛行服をかぶった。私はその時に、袖やズボンに手足がうまくはいらないようなことになることをどんなに怖れたろう。然しそれも、どうやら右左を間違えずに着け了ることが出来た。ただふと気持が内に向くあの自分の体臭をしみじみと嗅ぐ気分の中で、もうこの服も脱ぐことはないのだという、ひとりぼっちにされた寂しさを感じた。この身のいとおしさ。N。今の私はNが髪振り乱して狂乱している姿をしか想像出来ない。何故か発狂して恥知らずの姿になったNの姿しか瞼《まぶた》に浮ばない。然し恐らく兵火の犠牲になって命を落すこともあるだろう。私はNが死んでしまうことを願った。然し又雑草のようにしぶとく生きていて呉れることも願った。私の後の世の中との唯一の架橋のように思えたのだから。それから飛行帽をかぶり、双眼鏡を首にかけた。力が手足から抜けてしまって、しびれたようにぐったりとなっている自分の肉体を感じながら、然し次第にいつもの時の平常な気持を取戻しつつあることを喜んだ。誰の為に喜んだのかは知らないけれど。携帯糧食や海図入れ、刀、自決用手榴弾などは、指揮艇である私の自殺艇に乗って私と心中することを余儀なくさせられる若い掌特攻兵のS兵曹が、艇に積込むことになっていた。彼は自分の死装束の準備をすると共に、私の身の廻りの世話もやかなければならない。それは誠にあわただしく忙しい、而も従属的な人間関係の中で、彼は最後の陸上での短い時間を送らなければならない。私はいつも彼を凝視していただけだ。私は最後の突撃の前に彼を海の中につき落してやろうかとも思っていたが、その時になってどんな事態になるかは確信がなかった。それは艇隊長艇に限られてはいたが、一つの自殺艇に二人も乗っていることは、最後の瞬間に於いては無駄な滑稽なことに思われた。

　S兵曹が私の部屋にはいって来た。眼をくりくりさせ、少しすねた投げやりの態度がいつもとちっとも変らない。それは私をいくらか力づけた。悲劇を誇張してはいけない。

　私は本部の外に出た。そして月を仰ぎ見た。何という人間事のせせこましさ。沢山の拘束の環《わ》のがんじがらめで、今宵奇妙な仕事を遂行しようとしている自分が、月を眺めて見る自由は残っていた。同じ月の下には敵も居り、又戦争をしていない土地もある。Nもその下に居り、私の今の環境を彼女は知ることが出来ない。昼間のあっけない別れを不満に思っているだろう。月は銀幕に写ったそれのように位置が定まらずに小きざみにふるえて見え、それはさながらNの身体のふるえの経験を呼びさました。然し私はNに関してはつゆほどの後悔も感じてはいない。私は胸のポケットのふくらみを押えてみた。そこにNからのてがみをたたみ込んで入れていた。

「隊長、総員集合よろしい」

当直将校が届けて来た。

本部前の坂道を私は浜辺際の広場に下りて行った。

夜目にひしひしと隊伍の整列があった。

私は芋畠の高みの所に上った。

私はどんな表現をしなければいけないのか。

少し狂信的な甲の高い声を張り上げることが、この場合の人々に心理的な効果を及ぼすのだろうか。

そんな効果は考えないで、自分の性格に合った調子で、この場合も押し通すことは、或いはひょっとすると弾みの足りないひからびた人間らしくないやり方になってしまうのではないか。

然し私には狂信的な声を張り上げることが嫌悪される。全く何でもない事なのだ。やはり私はただ事務的な事情を述べるに留める。時間を節約しなければならない。

特攻戦が下令された。やがて発進の命令が下される迄に、我々は各隊の分担に従って洞窟から艇を出して整備しなければならない。エンジンを点検し整備し終えたならば、頭部炸薬《さくやく》に電路をつなぎ、信管を挿入せよ。然しくれぐれも注意しなければならないことがある。それはM隊のような事故の勃発を充分警戒しなければいけない。不注意のためにM隊は隊長以下十数名の死者を生じた。只今《ただいま》出陣の門出に当って我々はそのような事故を再び繰返し度くない。艇内の湿気の為に電路が短絡するおそれが大きいから、接断器のスイッチを絶対に接につないではいけない。時間は充分にある。恐らくは明朝未明に発進がかかると思われるから、あわてずに落ちついて、確実に整備をせよ。整備の終った艇隊は直ちに俺の所に届けい。かかれい。

基地隊員、整備隊員、本部電信員、衛生員、烹炊員、そして四個艇隊の各々は各隊先任下士官の短い号令で夜の入江の両岸の各々の場所に散って行った。六人の「准士官以上」もそれぞれ自分の分掌する隊の方に散って行った。

私は洞窟の中に設けられた当直室にはいった。洞窟の中は氷室のようにひやりと私の身体を包んだ。戦闘体制にはいって、当直員は全部陸上残留隊員に切換えられた。いつもは艇隊員が当直室に於ても眼立って潮気のある勤務をしていたのだが。

いよいよ我々は基地を後にして出て行かなければならないことが冷たく感じられた。然し私にしてはこの時に及んでもまだ之以上に情報を確かなものにする必要があった。このままで発進が下令されても、何処《どこ》に行けばよいのかは分っていない。

私は防備隊の司令部に電話をかけた。然し司令部でも、私が夕方番兵塔の近くの浜辺で受けとった以上の情報ははいっていないようであった。

私は空虚の中に陥ち込んだ。それは、私の時間の中の或る瞬間の真空の放心であったかも知れない。さて、戦闘はどんなにして展開されるものだろう。その血なまぐささの程度はどんなものなのか。もう直ぐやって来る筈の阿鼻《あび》の世界を私は想像することが出来ない。

その時丁度、姉妹隊である第一突撃隊の隊長、即ち聯合《れんごう》突撃隊指揮官の大尉から電話がかかって来た。彼は待望の時が遂にやって来たこと、此の孤島への駐留以来蓄積した訓練の効果を充分発揮して貰いたいこと、其後の情報は進展せず、付け加えるべきものは何もないから整備もあわてるようなことなく充分慎重にやって貰いたいこと、それで手配はうまく行っているかというようなことを尋ねて来た。

姉妹隊とはいうものの、海兵出の而も先任である彼の為にいつも後塵《こうじん》を拝せられて来たにがさは消すことが出来ない。彼の確乎《かっこ》たる態度は専門兵家に見え、私はいつも素人臭かった。然し最早《もはや》此処に来て、私の兵法と彼の兵法とがどのように違った効果を齎《もたら》すかは見物だと思えた。

私は彼の電話の声を聞き置いた。

然し此処一年ばかりの彼との交際が、彼の飴玉《あめだま》を含んだような声をなつかしいものとさせた。妙なことに、彼と飲酒遊興を共にしたことばかりが思い起されて来た。そして二人でもう一度海峡の向うの町の料理屋で底抜けに酒を飲み、一夜を過すようなことはもう出来ないのだという寂しさを感ずることを私は自分に許した。

自分の直属の第一艇隊の整備状況を見る為に、私は第一艇隊所属の洞窟前に行った。月の光は、熱のない光線を入江の両岸に、隈《くま》なく降り濺《そそ》ぎ、地上の物の貌《かたち》にそれぞれの陰影を与えていた。

その月の光を浴びて、自殺艇乗組員たちが、整備隊員や掌機雷兵の協力で、此の月夜の下の南海の果てを乗り行く自分の艇をみがいていた。

ベニヤ板の船体に何かがぶつかるにぶい音や、試運転のエンジンの低いぶるぶるしたふるえや、空気をひっかく空転の音響が、両岸のあちらこちらから湿っぽい夜気の中に広がり沈んで行った。

誰もが一見無心に目前の仕事に従っているように見えた。

月の光で私は彼等の若い横顔や身体つきをいくら見つめても彼等が今どんな気持でいるのかを知ることは出来ない。

我々の自殺艇が、飛行機のような高速力が与えられておらず、よたよたと木っ葉同然果てしない夜の海を編隊をなして暗い突撃の場に出かけて行くことは、誠に残酷だと思えた。

我々は麻痺を要求した。然し最後のその時が、徐々にやって来るという自殺艇の置かれた条件の為に、我々は素面《しらふ》で、そこに近づいて行かねばならぬことが要求されていた。

再び当直室へ引返そうとして、小さな鼻を廻った時、第四艇隊の洞窟の方角で、乾いた絶望的な猛烈な音響が突発した。

私は腰をかがめ、思わず崖際の方に逃げかかる姿勢をとった。てっきり敵機の奇襲だと思った。敵は今夜の我々の行動を探知し、エンジンの音響を消して近接し、強烈な炸薬を装備した四十八隻もの自殺艇の点在する入江に数個の爆弾を投下しさえすれば、入江中誘爆を生じて一瞬の内に壊滅し去ることを知っていたのか。

その端緒が今出現したと思った。

ほら、今すぐ此の入江は酸鼻の極みに達する。私は何をしなければならないか。私は験されている。甘いヒロイックな調子を含んでいた私の腸に木の杭をぐいと突込まれた。次の姿勢は？　何か命令しなければならない。私の頭は渦巻き、次の瞬間の、事態の変化を待った。

然し、何事も続いては起って来なかった。ただ四艇隊の洞窟の方向に、むくむくと透視のきかない煙幕がもり上り、強い煙硝のにおいが鼻を打って来た。

「四艇隊」

私は大声を張り上げた。

「四艇隊。今の音は何かあ」

四艇隊からは返事がなかった。私は自分の声がヒステリックに入江の水の上にわーんと広がって余韻を残しているのを、たよりなく聞いた。

「でんれい」

「はい」

伝令がとんで来た。
二、三の者がばたばたと四艇隊の方に走って行こうとした。
「待て。行くな」

私はM隊長が、事故の現場にかけつけて誘爆の爆風にあおられて死んだことがすぐ頭に浮んだ。

「四艇隊」

私はまた大声で呼びかけた。私の声だけが甲高く夜の空気に突きささる。

四艇隊の方角から、がやがや人のさわぎ廻る声が聞えて来る。それで私は少しは安心していた。全滅したのではあるまい。

私はまた四艇隊を呼んだ。すると私の呼びかけには間を置いた調子で、四艇隊長のL少尉候補生の声があわてた音声で、然し私の耳には遠く間のびして聞えて来た。

「只今の音は頭部の爆は一つ」

「でんれい」私は伝令をかえり見て言った。

「四艇隊長に連絡をとれ。直ちに人員異常の有無を知らせ」

伝令は闇の中に走って行った。

基地隊長や整備隊長も現場に赴いているだろう。

私は舌打ちした。(何ということだ。この期に及んで)

どきつく胸を押え、ゆっくり四艇隊の方に歩いて行きながら、私は或る打算をしていた。それは此のような事故が、普通の時であれば、私の負わされる責任は甚だ厄介なのだ。然し、今は敵艦船に体当りをしに行こうという矢先だ。従って此の事故は湮《いん》滅《めっ》させてしまうことが出来る。肩の荷が下りるというものだ。然し、この打算は一体何だろう。それは、理のない、不明瞭な盲点でしかないだろう。然し私はその時そういう安心をしていた。

そして、私の身体に筋金が一本はっきりと通り、早く発進の命令の来ることを願った。一刻も早く苛烈な戦闘場裡にはいって行って運命をためして見たい気になって来た。私の血は湧き立って来た。恐らくは私の容貌にも刻薄な凄味《すごみ》を加えて来ただろうと思えた。

伝令が戻って来た。

「隊長。人員異常なし」

「何？　人員に異常がなかったか」

私は安堵の吐息をもらした。と同時に不可解な気分に包まれた。頭部の火薬が爆発したというのは、おそらく兵器の接断器をさわったからに違いない。精神的に顚倒《てんとう》している際であるから、思わず電路系統を混線して、接にしたのだろう。然し、それでいて、一回限りの爆発に食い止め得たのは何故だろう。今の爆発が完全爆発でない事は、其後の他艇への誘爆を生じないことで明らかであるが、それにしても人員に少しも被害を及ぼさなかったということが、私には理解出来なかった。私は現場を見た。しかし、どこから見ても一隻の自殺艇の頭部の船体がわずかに破られていただけだ。

程なくその事情は判明した。それは殆んど奇蹟《きせき》に近いことであった。私はその時ミラクルという外国語の発音が頭の中に座を占めていた。ただ蓋然率《がいぜんりつ》の極く少ないことが偶々《たまたま》その場合に当っていたのだが。

誠に幸運なことに信管だけが爆発し、ほかには火が及ばなかった。従って二百三十瓩《キログラム》もある強烈な炸薬はただ周囲に散っただけに終った。それは想像するさえ肌に粟《あわ》を生じた。若し炸薬に点火していたら、というより信管だけが爆発するなど殆んど考えられないことだが、もし完全爆発していた場合は、近接して置かれた整備中の他の自殺艇は物すごい勢で誘爆し、それは又他の艇隊の艇にも及んで、出撃の寸前で、此の入江の機密兵器部隊は自ら全滅し去っていただろう。

事故を起したという掌機雷の下士官は、基地隊長から詳細にその経過を聴取され、その結果が私に報告されて来た。

その下士官の申立ては殆んど支離滅裂なのに、妙にねばっこい論理を持っていて彼の過失でないことを強く主張しているという。日頃実直な勤務振りを見せていた彼だけにその執拗な主張が気味悪くもある。眼が上ずってあらぬ方を凝視しているので、此の際此の上の追求は、不必要でもあるし、本人にとっても良い結果をもたらさないだろう。現在の環境が異常なだけに、彼を単独で放置せず誰かひとをきめてその行動を監視させることにしてその事件を沙汰やみに付した。

やがて各艇隊共整備の終了したことを届けて来た。

月も中天に昇った。

もう発進の下令を待つばかりだ。

不思議に此の世への執着を喪失してしまった。ただ一刻きざみに先へ延ばされていることが焦燥の種を植えた。即時待機の精神状態を持続することは苦痛であった。今がチャンスだ。今が丁度いい。今なら平気で出て行かれる。

然し命令は来ない。

一通りの出撃準備を終えてしまった後では、することは何もなかった。ただ命令を待っているだけだ。

時が過ぎる。だるい倦怠《けんたい》がしのび込んで来る。気持に余裕が出来る。すると自分たちの置かれた環境が世にも奇妙なものに思えて来た。

全く日常の雰囲気の、異常なことの何もない入江の、夜の静けさの中で、死への首途を待っている。精神や肉体を麻痺させるものを私たちは何も享有していない。それに堪えさせているものはあの二階級特進という名誉のようなものだったろうか。

私は又司令部に其後の情報を求める。然し付加されるべきものは何もない。

それで当直を除いて総員を一先ず休養させることにした。そのままの服装で各自の兵舎で充分に睡眠をとれ。

みんな眠れ。命を捨てる直前であるのに、やはり睡眠をとらなければ気持が悪いということが不満に思える。私たちにとって此の世の最後の一晩位、睡眠の義務から解放されていてもよさそうではないか。

四艇隊長のL候補生は爆発事故について神秘的な気分に支配されているようだ。彼は此の隊の編成当初から居たのではない。最近になって求めて此の隊に志願して来た。何故そうしたか私には分らない。然し丁度艇隊長が一名欠員になっていたので喜んで来て貰った。それで総てが不馴れで事故を起し勝ちであった。彼は私と同じく学徒兵であった。その為に彼とは学生仲間のような話し振りで会話をすることも出来た。

「隊長、御心配のかけ通しで本当に申訳けありません」

彼はそう言った。「然し奇蹟です。何故信管だけの爆発で食い止めることが出来たのでしょう」

「あやうく一足先に行ってしまう所だったじゃないか」

「私は運命に祝福されたような気がします。きっと素晴らしい戦果が上ります」

「まあ充分睡眠をとって置いて呉れ。おや、君眉毛はどうしたんだ」

私は彼の顔付がいつもと変って見えていたのが納得が行かなかったが、ふとその原因を見つけてそういうと、彼はさっと飛行帽を目深におろした。

「恥ずかしいです。さっきの事故の時焼きました」

彼はひどく虚をつかれたようにうろたえ、私に固い敬礼をして、自分の艇隊の方に戻って行った。

私は洞窟内の当直室で頑張ることにした。洞窟内のしんと沈んだ湿気のある空気で耳は圧せられ、恐らく徹夜をしなければならぬことを思うと、このまま眠りこけてしまいたい衝動に強く誘われた。

然し私が眠り込むことは出来ない。

夜が更けるに従って、頭のしんが痛んで来た。私は何も考えて居らず、司令部からの電話を待っていた。

そして宵の口からのどうしても興奮して調子が甲高くなっていたであろう自分の行動が不出来な作品のように凸凹のあるくだらぬものに思われ出した。きんきんした調子だけが抽象されて私の頭の中で余韻を保っていた。そのくせ、一切が古い出来事のように遠く忘れ去って行きつつあった。

特攻戦発動の命令を受けとった後の総員集合や、そして第四艇隊の爆発事故などのことが、あざやかな絵画的な印象を私に残さずに、暗い、眼で確かめることの出来ない音楽的なショックで、私の経験の中になまなましい印象を残していた。それは如何《いか》にも不細工な出来栄として私の経験の中に刻み込まれていた。

私の力の及ばなかったあらゆる可能性の因子が羽虫のように翼をつけて私の頭の中にいやがらせをしに飛んで来る。それがもう遠い遠いことのように思われ始めた。

それらのことと今の私との間には何日も何日も時が過ぎ去ってしまった。或る時代の或る日の夕方に私はそのように出発して南海の果てで死んでしまったのであった。

そして今の私は違った時代の或る日に徹夜をしていて、いつかこんなことがあったようだと回想しているのではないか。私はそんな風なたあいのない想いのとりこになったりした。

洞窟内の空気が鼓膜を圧迫し、夜は更け、時は更に移った。

そしてそれは次第に朝の領分に近づきつつあった。

夜が明けてしまえば、制空権が完全に向う側にある現在の状況下で、私たちの海上行動が無謀であることは言うまでもない。とすると、夜が明けてからの行動は手おくれになる。行動を起すなら今のうちなのに。

司令部は何を考えているのだろう。

然し此の孤島の周辺で海軍の司令部の管下にある見張探知能力は私にも分っていた。又味方の飛行機がどれだけの偵察を為し得たであろう。すると今度の特攻戦発令の正体は、何か非常に子供だましの因子に原因しているのではないか。私はあまりに命令をまともに受けとり過ぎて、浄化させていたのではないか。

私の心に少し罅《ひび》がはいって来る。

もう自分の精神を日常のいつもの通りの何事も起らない安らかさの体制へ切り換えてもいいのではないかという気持がかびのように生えはびこって来た。

つまり今度の特攻戦発動の命令が空手形になりそうだという予感が生じ始めた。

私は今の間に一つの気がかりを処理して置こうと思った。

Nが番兵塔の外の一軒家の近くに来ていることを知らされていた。

それは第四艇隊の事故のあった直後のことだ。公用でいつも部落へ出ることの多い主計兵が私に一通の封書を手渡した。

私はそれが誰からの手紙であるかを直ぐ了解した。

然しその主計兵は何の為に部落へなど出て行ったのだろう。

「誰が部落にやらせたんだ」

私がそう聞くと、彼はおびえるような目付をした。

「分隊士が行って来いと言われましたので……」

「分隊士がNの所にも行けと言ったのか」

「は、あの……」

「よし、分った」

「一軒家の所に来て居られる筈ですから」

「分った。そういうことに心を使うな。お前は自分の兵舎に帰って寝ろ」

私は動揺していた。

おせっかいなことだ。私は分隊士のやりそうなことだと嫌悪した。

腫瘍の原因は私が隣りの部落に女をこしらえていたということ。それが破れて膿《うみ》が流れている。分隊士は何故部落に主計兵を急行させるような処置をとったのか。目的は違う所にある。私は利用されている。人間事の執着でむんとするものを私は嫌悪している。私を非難している眼。私に同情している眼。そして私のそういうことに気づいていない眼。私は審《つまびら》かれていなければならない。そしてそれに対しては私は説明は無い。私はいつもの状態から、引きちぎられて南海の果てで身を引きさかれたかった。正当付けも哀悼も必要ではない。

然しNの壺《つぼ》の中での悲しみを放棄する決心はつかなかった。（ばかやろ、何ということだ）

それは誰に向っての憤懣《ふんまん》であるか私自身にも分らない。

「隊内を見廻る。司令部から命令があったならば、番兵塔の方に大声で呼べ」

私は当直衛兵伍長にそう言って、度々そうであったように深夜の月の傾きかけた青い汀《みぎわ》を番兵塔の方に足早に歩いて行った。

当直室を離れたことは、私の心を不安にした。配置を離れることの不安。そして行先には女が待っているという。その断層を、私は小走りでそこに赴きながら、埋める方法を考えていたのだったろうか。

番兵が私の姿を見て捧げ銃をした。

「俺は海峡の情況を見て来る。当直室から連絡があったら、大声でどなれ」

私は番兵にそう言い捨てて、さくさく浜辺を走った。

そして思わぬ近さに、黒々と人が砂の上にうずくまっている気配を感じた。

私はそれがNであることを認めたので、歩度をゆるめてゆっくり近づいた。

Nは坐ったまま私を見上げ、私はつっ立ったまま、Nの、涙で顔は濡《ぬ》れ、唇がはげしく痙攣《けいれん》している有様を見た。

私の心は冷く其処にはなかった。今に及んではNの体臭がせつな過ぎ、当直室を不在にしていることで私は不安であった。今にも、番兵がどなり出しはしないか。発進命令が今にも下りはしないか。

「馬鹿だねえ。誰におどかされたんだ」

Nは煙草のやにのような皮革臭い私の飛行服姿の下肢の方を殆んど放心したのろまさで自分の掌でさわって見ることを繰返した。そして私の靴に彼女の頬をすりつけようとさえした。

「演習をしているんだよ。心配することはない。お帰り、帰っておやすみ」

Nは私の顔を見上げて、ゆっくり首を左右にふった。それは私がどんなに気やすめの嘘《うそ》をついても知っていますというように見えた。そして静かに私の身体をさわった。

私は自分がひょっとしたら幽霊ではないかしらと思う程、もう此の世の中には亡くなってしまったものを追慕している調子がNの様子に表われていた。

私はNを両手で抱いて立たせたが、Nの身体からは力が抜けていて、私はよろよろした。顔はほの白くいくらか濃い目に化粧をしていた。その化粧のせいで百合の花のにおいに似た香りが、私の鼻を打った。黒っぽいかすりの着物を胸元きつく合わせて紋平《もんぺ》をはいていた。

「いいか。之は演習だからね。心配するんじゃない。夜が明けたらすぐ使いの者をやろう。こんな所に居ないですぐ帰るんだよ」

私はNの身体をゆすぶるようにして、そう言った。

Nはこみ上げて来る嗚咽《おえつ》でがまんがしきれぬもののように、「う……」とあふれ出る涙を流した。

「さ、お帰り。心配することはない。夜が明けたらすぐ連絡するから。僕は今は忙しい。一寸の間も隊を離れる訳にはいかない。いいね。帰るよ。夜が明けたら連絡するから」

私はそんなことを繰返して、私のされるままになって震えているNを放し、隊の方に後ずさりした。

私はNが戦闘には用のなくなった私の短剣を白い風呂敷包にして持っていることに気がついていた。

Nはまたへなへなと砂の上に坐り込み、私の方にすがりつく視線をよこした。

Nはそこで石になってしまうのではないか。

瞼が涙でふくれ上っている。

私はくるりと背を向けると、小走りで、隊内の方に引返した。

（私はどうすることも出来はしない）

訳が分らず悲しかった。

自分の頰にうっすら百合の花の香が残っていることも、何としたことだろう。

八月十四日の暁方、入江が白み渡る頃おいまで、私は当直室の洞窟の中で、頭の中は真空のように冷たく凍りつき、考えることは何もなく、フィルムが断ち切れて逆に回転するような錯覚の中で、千鳥の鳴く音や雀《すずめ》の払暁の囀りを迎え聞いた。

やがて夜のとばりがすっかり拭い去られると、入江の表面は海水の蒸発で葦《あし》の芽のようにけば立ち湯気の幕を一面に敷きつめた如き現象が、まだ弱い朝の光線に孵化《ふか》されて、ゆるくゆれ動いているのが見られた。

少しずつ空気がゆれ動き、夜のびっしり敷きつめた重い空気がそよ風となって霧のように消え去って行った。私は、悪夢を見たのであったろうか。

私は明け方の爽やかさの中で、身体のすみずみが解けて伸びやかになり、充実した肉体が、今日も未だ自分のものであったことに、しびれるほどの安堵の中に浸っていることを感じていた。

恐らくは陽の目のある間は私たちの行動は先に延ばされるであろう。

そして、朝は入江に何事もなくやって来て、その新鮮な感じは、やがて太陽が昇ると共に、だるい日中のいつもの繰返しの中にはいって行った。

何も起らなかったのだ。

司令部から電話がかかって来た。

信管ヲ装備シタ即時待機ノママ第一警戒配備トナセ。

たとえ運命は今日一日の延期であったとしても、昨夜発進していたら、もうしなくてもよかったようなことを、私たちはしなければならないだろう。

昼間は自殺艇を洞窟の中にかくして置かなければならない。第四艇隊の爆発の事故の処置を如何にかたづけたものか。入江の奥にある部落から隊員の慰問の申込が来ていたが、それを受けたものだろうか、どうしたものだろう。それから睡眠を取返して置かなければならない。敵機は今日も亦やって来ないだろうか。そうだ。Nに手紙を書く約束をしていた。入浴しようかな。髭も剃《そ》って置こうかな。

然し此の虚脱したような空虚な感じは何としたものであろう。

信号兵がラッパを首からかけて朝もやのなぎさの方に下りて行った。当直室で彼に時間の到来を合図すると、彼は朝の静かな空気を引きさいて起床ラッパを吹きならした。すると伝令がメガホンで入江の磯辺をどなって廻った。

ソーインオコーシ、ソーイン、シングオサメエ！
ソーインオコーシ、ソーイン、シングオサメエ！

私刑の夏

五木寛之

五木《いつき》寛之《ひろゆき》（一九三二〜）

福岡県生まれ。父が教員をしていた平壌で敗戦を迎え、苦難を重ねて九州へ引き揚げた。早稲田大学に入学するが、学費が続かず抹籍（後に中退）。放送作家や作詞家など様々な職業を経て、一九六六年に『さらばモスクワ愚連隊』で小説現代新人賞を、翌年『蒼ざめた馬を見よ』で直木賞を受賞。一九六九年には自伝的大河小説『青春の門』の連載を開始。フランスの五月革命を描いた『デラシネの旗』他、『大河の一滴』『ゆるやかな生き方』などベストセラーのエッセイも多数。一九八一年には休筆して龍谷大学の聴講生として仏教史を学び、その成果は二〇一四年、『親鸞』三部作に結実している。

1

どこかで銃声がした。一発きりで、後は静かになった。街は暗かった。通行人の足音もとだえ、街灯も消えていた。夜の舗道を、時おり何かが通り過ぎる気配があった。近ごろ急に増えた野犬の群れか、保安隊の警邏班《けいらはん》にちがいない。このH市では、一般人の十時以後の夜間外出は禁止されていた。日本人だけでなく朝鮮人もそうだ。臨時人民委員会の特別許可証を持たずに、夜の街で発見されれば、具合の悪いことになる。その場で射殺されても文句は言えないだろう。

「二十分前よ」

結城《ゆうき》の肩を、うしろから陽子の手が押さえた。

「もうしばらく待て」

と、結城は振り返って囁《ささや》いた。「いま警邏が通りすぎたばかりだ。河岸まで十分もあれば行ける。あせらない方がいい」

「十ヵ月も待ったんだから――」

と、陽子の熱っぽい声が響いた。「私はもう待つのはごめんだわ」

「静かにしろ」

結城は女を制して、道路に面した扉をうしろ手でしめた。それから暗い倉庫の中に向かって、緊張感のため、かすれた声で言った。

「みんな、聞いてくれ」

その倉庫の中には、異様な臭いがこもっていた。それは生きている男や、女や、幼児の、そして、すでに生きていない仲間たちの死臭だ。昨夜までは四十二人の人間がいた。今日は自分を含めて、ちょうど四十人になっている。幼児が一人と、老人が一人、減っていた。二個の死体は、まだそのまま壁際に寄せてある。彼らが暗闇の中から、息をのんで自分をみつめているのを、結城は感じた。

「いよいよ出発の時間だ」

と、彼は殺した声で喋《しゃべ》った。「失敗は許されない。もし、途中で発見されたら、それで終りだ。われわれだけの問題じゃないということを忘れないでくれ。今夜の計画には、六百人以上の連中が参加してる。一組でも逮捕されれば、トラックは出ない。そうなれば、この班はおしまいだ。今年の冬を越した頃には誰もいなくなってしまう。生きて内地へ引揚げられるか、それとも発疹《はっしん》チフスで死んで大同江《だいどうこう》に流されるか、今夜で決まるんだ。声をたてるな。列を離れるな。赤ん坊が泣きそうになったら——」

「言わなくてもいいわ」

と、壁際から女の声がした。「かわいそうでも、口を手でふさげ——そうね?」

結城は何も答えなかった。

「十五分前だ」

男の声がした。あの学生だった。

「わかってる」

結城はうなずいた。闇の中で全員の立ちあがるざわめきがおこった。

「タケシ。きみが先導だ」

「うん」

痩せた少年の影が、扉のすき間から夜の街路に、動物のような身軽さで滑り出た。

「彼が犬の鳴き声をたてたら、物陰にかくれろ」

結城は扉を半分ほど開け、よし、と声をかけた。物音がおこり、黒っぽい服装をした男や女たちが、街路を小走りに横切って行った。最後に残った黒い影が、結城の首に腕を回し、柔らかな体を押しつけて何か言った。強い女の体臭が匂った。

「行くんだ」

結城は陽子の腕をつかみ、倉庫の外へ押出した。

「もう誰もいないな?」

と、彼は暗い倉庫の中を振り返って言った。

誰かが答えたような気がした。結城は、もう一度、同じことをくり返してみた。返事はなかった。気のせいだろう、と彼は思った。残っているのは、二人だけだ。昨夜、いつの間にか呼吸をやめていた山形県出身の老人と、それに赤ん坊の干物が一個。

毎朝、そんな具合に倉庫のスペースが少しずつ楽になってきていた。終戦の翌月に、鴨緑江《おうりょっこう》を越えて南下してきた時には、彼は二百人余りの仲間と一緒だった。北鮮にはいり、このH市まで迂回《うかい》してくると、それが約半数になっていた。そして、この街でストップさせられたままひと冬を過した今は、四十人だけになっている。

結城は、もう一度、その倉庫の重い湿った空気の臭いをかいだ。それは、このH市に収容されて以来、彼には皮膚の一部のようになじみ深い臭いだった。死臭と、饐《す》えた精液の臭い。その臭いの中から、彼はいま解放されようとしていた。爽やかな夜気《やき》の中へ、彼は足音を忍ばせて滑り出た。

〈今日は何日だろう?〉

と、結城は考えた。一九四六年八月二十五日の深夜だ。いまH市内では、十二の日本人脱出グループが、一斉に予定された集結地点へ移動しつつあるはずだった。

遠くでまた鋭い尾を引いて銃声がした。結城は、自分の内股のあたりが、かすかにひきつるのを覚えた。いよいよ明日の夜は、三十八度線を越えるのだ。うまく行くか行かないかは判らない。うまく行かなければ、おしまいだ。とにかく、彼は自分の責任で、それに賭けたのだった。H市駐屯《ちゅうとん》ソ連軍のトラック部隊を買収して、北鮮から脱出する計画に。

セメント塀の陰を小走りに駆け抜けながら、結城はあのいやな咳《せき》の予感をおぼえた。彼は奥歯をかみしめて、その発作に耐えた。なじみ深い喀血《かっけつ》の臭いが、口の中にむっと拡がってきた。

〈どうせおれも長くはないだろう〉

彼は、はっきりとそう思った。

2

「トラックは必ずくるだろうか？」

結城の耳もとで、学生が囁いた。

「さあね」

と、結城は注意深く堤防の上をみつめながら呟《つぶや》いた。「途中で何か事故がなければ来るはずだ」

「事故がなければ？　あんた、よくそんないいかげんなことが言えるな。もし来なければ、どうする」

「失敗すれば引返す。金はちゃんと払ったし、打合わせも済んだ。これでうまく行かなければ、あきらめるしかないだろう」

まさかソ連軍の将校相手に契約書を交すわけには行くまい、と言いかけて、彼はやめた。言ったところで、内地からやってきたこの坊っちゃん学生にわかるはずはなかった。

彼らの班は、最後の金をはたいて今度の計画に賭けたのである。それがいやなら、あの倉庫に坐ってじっと待つだけだ。二度目の冬を。そして、あの発疹チフスのバラ色の斑点が自分の肌に現われるのを待つしかない。

それまでに公式の送還が再開されれば？　だが、それはもう期待できない。引揚げ再開のデマに、これまで何度踊らされてきたことだろう。このH市にはいってから、これで十ヵ月だ。大同江に近いセメント工場跡の倉庫に収容されたきり、そのまま動けない。

それも、あの情報のせいだった。H市まで南下すれば、そこから南鮮への引揚げ列車が出ているというニュースである。それを信じて、満州や、北鮮の各地から引揚げ難民が、続々とH市に集まってきたのだった。

だが、H市から南への列車は動いてはいなかった。それだけでなく、H市にはいったとき、彼らは徒歩で南下することも不可能になった。臨時人民委員会の布告で、日本人の市外への自由移動が禁止されたのだ。

　戦争が終って最初の冬、Ｈ市は頭をザン切りにした北満からの日本人子女でふくれ上っていた。Ｈ市が破裂しなかったのは、その冬流行した発疹チフスのためである。次の年の春になると、引揚げ難民の数はそれほど目立たなくなっていた。だが、引揚げはいつまでも再開されなかった。そして、ふたたび二度目の冬が、二ヵ月後に迫っていた。


「あれは何だろう」

と、学生が結城の胸を摑《つか》んで囁いた。「トラックだ。きたぞ！」

「まて」

と、結城は立ち上ろうとする学生を押さえて言った。「よく見ろ。ヘッドライトが一つしかない。あれはトラックじゃない」

結城は頭をあげて目をこらした。地下をはうようなエンジン音がきこえてきた。

「みんな伏せろ。動くな。保安隊のサイドカーだ」

結城の背後で全員が堤防の斜面にはりついて息をころした。彼らは、大同江の巨大な堤防の、河床に面した斜面にひそんでいた。一メートル近い雑草の間に、四十人の女や、子供たちが昆虫のようにもぐっていた。空は暗く、背後に鋼《はがね》色に光る大同江の本流がよこたわり、その向こう左岸にはかすかな灯火が見えた。金属質の虫の音がきこえた。

「まずい。トラックがくる時間だ。保安隊とかちあうぞ」

学生が唾《つば》をのみこんで囁いた。保安隊のサイドカーは、堤防の上を速度を落して走ってきた。ライトの散光が、彼らの頭上に草の葉を通して落ちてきた。

結城は、額《ひたい》を斜面に押しつけながら、夜光時計を見た。十一時三十分。

〈トラックのくる時間だ〉

その時、堤防の斜面に重い震動音が伝わってきた。底力のある大型トラックのエンジン音が、同時にきこえた。

〈きた!〉

保安隊のサイドカーは、ちょうど彼らの頭の上を通過しようとしていた。トラックはそれと向き合ってやってきた。

周囲が明るくなった。米国政府から対ソ援助の一部としてソ連軍に引渡された、例の大型軍用トラックだ。十個のタイヤの震動が結城の額に伝わってきた。ヘッドライトが頭上で交錯した。彼は両手を握りしめた。

「どうする?」

「動くな!」

と、結城は言った。トラックは速度をゆるめずに下流へ走り去った。保安隊のオートバイも、速度をあげて夜の闇の中へ消えた。

結城は素早く体をおこし、堤防の上へ駆け上った。膝《ひざ》が脱力したように、がくがくした。

学生がうしろから上ってきた。

「行ってしまった――」

と、彼は震える声で言った。「せっかくここまでうまくやったのに。畜生！」

「待て。まだわからん」

と、結城は学生を堤防の下へ押しもどしながら言った。彼はいったん闇の中へ消えかけたトラックのテールランプの行方《ゆくえ》を、じっとみつめていた。その赤い尾灯は、不意に角度を変え、堤防の上で点滅すると彼の視界から消えた。

「もどってくるぞ」

と、彼は唸《うな》った。「ライトを消して、こっちへくる。きみは下へもどれ。近くまでトラックがきたら、マッチをすって合図をしろ」

堤防の上を、黒い巨大なトラックの影が、地響きをたてながら近づいてきた。はっきりとその輪郭《りんかく》が浮びあがった時、草の中でマッチの燐光《りんこう》が走った。

エア・ブレーキの音をたてて、トラックが止った。後退しながら、全員のひそんでいるあたりへ幅よせしてくる。

「第七班だ。ここにつけてくれ」

「結城さんは？」

「ここにいる」

結城はトラックの助手台に近づいて、声をかけた。

「全員で四十名だ。手伝って乗せてくれ。五分おくれている」

「まず金を渡してくれ」

「それは後だ」

「金を受取ってから乗せろと、星賀《ほしか》さんから言われてるんでね」

「早くのせろ。保安隊がもどってくるぞ」

その若い日本人は、ぶつぶつ言いながら助手台を降りた。荷台の背後に回り、ロックを外した。

学生に先導されて全員が堤防から上ってきた。結城は荷物を放りあげるように、子供たちからトラックの荷台に乗せた。はい上ろうとして、何度も滑り落ちる女がいた。リュックサックを落して、それを取りに降りようとする影が、荷台の奥へ突きもどされて声をあげた。

「これで全部だな」

「よし」

結城は若い日本人と一緒に、荷台にかぶせてある頑丈なシートをおろした。その車は、荷台の部分が幌《ほろ》になっているので、外からは何が積んであるかはわからない。

「金を」

と、若い男が言った。結城は腹にむすびつけておいた布の中から、新聞紙包みを抜き出して渡した。それは、彼の班の全員が、あるだけの現金と、貴金属や衣料までを売り払って用意した運賃の半分だった。彼の班の数人の女たちは、その資金の不足分を準備するために、ソ連の将校と何度も寝た。四十人の全員が、今はほとんど着のみ着のままトラックに積みこまれていた。

それだけの金が用意できただけでも、大したものだった。H市にたまっている数千人の引揚げ難民の中で、その能力があったのは六百人にすぎなかったのである。

「あんたもうしろに乗れよ」

「おれは荷主だ。前に乗る」

と結城は言った。若い日本人に続いて、彼はトラックの助手台に乗りこんだ。ハンドルを握っているのは、ソ連兵だった。計器灯の反射で、ひげの濃い、中年の兵隊の横顔が見えた。

「行くぞ」

「よし」

若い男が何かロシア語で言った。ソ連兵は無表情にギヤを入れた。力強い排気音をひびかせて、アメリカ製の軍用トラックは動き出した。四十人の日本人たちが、その荷台に息をひそめて積みこまれているのだった。

トラックは堤防の上を、ライトをつけて加速した。鉄橋のあたりで、さっきのサイドカーとすれ違った。トラックは、エンジンをふかしながら、第二の集結点へ夜の道路をフルスピードで突っ走っていた。

それは、あの星賀悟郎《ごろう》という奇妙な青年に組織された脱出部隊の第七のグループだった。ほかに十一台のソ連軍用トラックが、H市内をスタートしているはずだった。

結城は、フロントグラスの前方の黒い空間をみつめながら、はじめて星賀という男に会った時のことを思い出していた。

3

結城が星賀悟郎を知ったのは、三ヵ月ほど前のことだった。労働供出の割当ての件で、H市日本人会の本部へ出むいた時である。結城は、彼の班に割当てられた供出員数について抗議を申し込みにきていた。

その日、彼は日本人事務所の控え室で、二時間余り待たされていた。会議室で何か重要な会議をやっているらしく、担当者は誰も窓口にいなかったのである。

彼の坐《すわ》っている控え室の隣りが、その会議室だった。ベニヤ板を張っただけのバラックなので、会議室の対話が手に取るようにきこえた。誰か一人の男を、全員でつるしあげでもしているような様子だった。

その日は暑い日で、結城は隣室の話の内容を聞くより、早く用件を済ませたくていらいらしていた。しばらくすると、隣室の男の声が不意に大きくなった。

「おれのやることに反対なら、保安隊にでもソ連軍にでも、突き出したらどうだ、え？」

その青年の声には、一種独特の人を威圧するような響きがあった。

「いま金のある連中から金を取って脱出させるのが、なぜ悪い？　公式送還だなんて騒いでいるが、おれの情報じゃ当分見込みはないな。今は内地も、こっちも自分のことで精一杯の状態だ。南鮮じゃアメリカ軍のやり方に反対して、ゼネストをやろうという騒ぎなんだぜ。このままあと半年も放っておけば、H市の日本人は全員参《まい》ってしまうだろう。だから、まず金のある奴らだけでも、帰国させようというんだ。そうすれば、残った連中の食糧だってもっと楽になるはずだ。そうじゃないか、え？」

結城は、その時はじめて喋っている男が有名な星賀悟郎であることに気づいたのだった。彼はこれまで星賀と会ったことはなかった。だが、その名前だけは以前から聞いていた。

戦後のH市の日本人の間で、星賀悟郎は一種の伝説的な存在だったのである。結城が知っている限りでは、星賀悟郎とは仮名だという話だった。戦争中は、満鉄の調査部にいたと聞いた。中国語と、朝鮮語と、ロシア語が自由に喋れて、頭は抜群に切れるという。射撃の名手だという説も、ソ連軍の将官の友人だという説もあった。

敗戦後、日本人の立場が逆転した時も、星賀悟郎だけは少しも以前とは変らなかったらしい。彼は敗戦直後にH市へ関東軍の軍用機で乗り込んできたのだそうだ。ソ連軍の進駐と日本軍の武装解除に際して、彼はさまざまな役割を果したという。一般の日本人が、道路の端《はし》を歩くような時代に、彼だけは麻の背広に白靴でH市内を歩き回っていた。一般の日本人家屋が接収されている時に、彼だけは以前の支庁官舎の一軒に、数人の女と住んでいるという噂《うわさ》だった。

彼が、なぜそのような立場にあるのか、誰とどのようなつながりがあるのか、H市の日本人たちには全く想像がつかなかったらしい。

結城は、そんな星賀の噂を、単なる作り話としか思っていなかった。そんなことが、日本人に可能なわけがない、と思われたのだ。

その後、結城の聞いたニュースでは、星賀に頼めば、南鮮へ脱出させてもらえるという話だった。

「そんな力をなぜ彼が持ってるんだろう」

と、結城はその時、相手にきいた。

「さあね、とにかく相当な運賃を払えば、彼が何とかしてくれるという話だ。まんざら嘘《うそ》でもないらしい」

「それが本当だとしても、問題は金だな」

「うむ。しかし、不思議なこともある」

と、その仲間は結城に言った。「それほど金のあると思えないグループまでが、彼の世話で脱出しているんだ。現に、おれの知っている未亡人もそんな例がある」

「なぜだろう？」

「わからんな。星賀自身が一種の謎《なぞ》なんだよ」

今、会議室で日本人会の役員たちを相手にやりあっている男が、星賀にちがいないと思ったのは、そのためだった。

〈一度、見てみたいものだ〉

と、彼は思った。会って、彼に少し話を聞いてみたい。そんな男なら、最近の正確な情報も少しは教えてくれるだろう。

結城は、その日、長い間、控え室で会議が終るのを待った。午後の暑さで、目がくらみそうだったが、彼は待ちつづけた。彼には、星賀という男に会って、たしかめてみたいいくつかの問題があったのだった。

隣室から会議を終えた役員たちが出て来た時、結城はその中に星賀らしき男を探した。星賀はすぐにわかった。くたびれた半袖シャツ姿の連中の間に、たった一人だけリュウとした背広の男がいた。目にしみるような白麻のスーツを着て、草色のネクタイを結んでいる。引き緊《しま》った敏捷《びんしょう》そうな体つきで、背が高かった。よく陽《ひ》に灼《や》けた浅黒い肌と、強く光る目と、やや厚目の唇をもっていた。美しい青年だった。結城は、その伝説中の人物のあまりの若さに、ひどく驚いた。どう見ても二十代の青年だ。三十二歳の結城より、いくつか年下にちがいない。

「星賀さん」

と、結城は呼んでみた。もしかすると別人かもしれないという気がしたのだ。

その青年は立ち止って結城を見た。人を射《い》るような鋭い目つきだった。

「おれに用かね」

「結城という者です。あなたにちょっとうかがいたいことがあるんだが」

「何を?」

びしりと、語尾を折るような喋り方をする男だった。

「まず第一に――」

結城が喋り出そうとするのを、星賀は手で制して、

「ここは暑くてかなわんな。外で話そう」

星賀は大股で戸外へ出ると、裏庭のアカシアの老木の木陰に立ち、ネクタイをゆるめた。そこは風通しがよく、ひんやりと涼しい場所だった。

「あんたは一体なにものだい」

と、星賀は何か投げやりな口調できいた。どうでもいいようなきき方でもあり、また注意深く答を待っているようでもあった。

結城は、手みじかに自己紹介をした。北満からやってきた引揚げグループのリーダーであること。現在セメント工場跡の倉庫に収容されていること。労働供出の件で日本人会に抗議にきたこと。

星賀は、真白《まっしろ》なハンカチで首筋の汗をぬぐいながら、表情をかえない顔付きでそれを聞いていた。

「前は何をやっていた?」

「P市の中学で国語の教師を――」

「教師くずれか」

と、彼は言った。「いかにもそんな感じだよな、あんた。ところで、おれに何の用だい?」

あなたに頼めば、南鮮へ脱出する便を計ってもらえるという噂だが、と結城は言った。

「その話か」

星賀は無遠慮な視線で結城を眺めると、唇を曲げて声を立てずに笑った。「その話は嘘じゃない。だが、おれが何のためにそんな危険な真似《まね》をするか、知ってはいるんだろうな」

金のためだと聞いた、と結城は言った。

「そうだ。金もうけだよ。それだけさ」

星賀は、上から結城の目をのぞきこむように見て、言った。「すると、あんたのグループは相当な金を持っているんだな」

結城は黙って首を振った。星賀はぺっと音を立てて唾を吐くと、

「それじゃ話をしても無駄だ。おれは慈善事業をやってるわけじゃないんでね」

結城は黙ってうなずいた。それは最初からわかっていた。だが、彼にはもう一つ星賀にきいてみたいことがあった。星賀が、時には金のありそうにない連中にトラックを用意してやる場合があるという噂のことだった。結城はそれをたずねた。

「なるほど」

星賀は、かすかに微笑した。「よし。教えてやろう。それはこうなんだ」

敗戦で日本人たちの資産や土地は、ほとんど臨時人民委員会に接収されてしまった

のだが、と、彼は語り出した。

「このH市にも、朝鮮銀行券をしこたま抱えこんでいた財閥系の人間がいるのさ。連中はその財産を何とかして内地へ持って帰りたいんだ。ところが外地からの引揚者の持ち帰れる円は、一人当り何千円かに制限されている。そこで、金持ちどもは考えたわけだ。なかなかうまい手をな」

連中は金に困っている引揚者たちの中で、かつて官吏《かんり》だったり、大企業の社員だったりした連中を選んで、金を貸付けるのだ、と星賀は説明した。

「そういった連中は、引揚げても身分が保証されている。連中に高利で金を貸して、その借用証を持って引揚げようという寸法さ。書類に制限はないからな。帰国してから、そいつを取立てようという計算なんだ」

「なるほど」

結城には謎がとけたような気がした。金のない日本人たちに、金を出してやる連中がH市にはいる。星賀はその金を受取って脱出トラックを出してやるのだろう。

「われわれのグループにも金を貸してもらえないだろうか」

と、結城は星賀の顔を見て言った。星賀は眉をしかめて首を振った。

「どうもなあ。あんたらのグループはP市からきたんだろう?」

そうだ、と結城は答えた。星賀はうなずいて、乾いた口調で言った。

「北満から来た連中は体が弱ってるからな。いつまで保《も》つかわからんし、それに発疹チフスが流行《はや》れば、バタバタいくだろう。こいつは日本人に死なれては具合が悪いんでね」

わかった、と結城は言った。彼が礼を言って帰りかけた時、うしろから星賀が声をかけた。

「ちょっと待てよ、あんた」

星賀は結城の肩をたたくと、おたくのグループに若い女はいるか、ときいた。いる、と結城は答えた。

「おれたちの班は、女と老人と子供だけだ。おれみたいな病気もちの痩せっぽちが責任者になっているのは、外に男がいないからさ」

「なるほど」

星賀の目が不意に輝いた。

「若くて体の良い娘を五人ほど回さないか。もちろん、美人ならマダムでもかまわんが」

そうすれば、金融の紹介をしてやってもいい、と星賀は言った。結城は自分の頰《ほお》に、かっと血がのぼるのを感じた。彼は感情を殺して平静をよそおった声できいた。

「女をどうするのかね」

「おれが使う。ある場所でソ連の高級将校相手のクラブをやっているんだ。若い女ならいくらいてもいい。五人ほど世話をしてくれれば、トラックを一台用意するぜ。どうかね」

結城は、じっと目の前の星賀を眺めた。真白な麻の服に、午後の陽ざしがまぶしく反射していた。草色のネクタイ。盛りあがった肩の筋肉。唇にくわえたアメリカ煙草《たばこ》。

「星賀さん」

と、結城は低い声で言った。

「おれがあんたを殴らないのは、おれの方が体が貧弱だからじゃないぜ。おれは、死ぬことだってそれほど怖くはないんだよ」

星賀は、煙草を唇にくわえたまま、横目で結城をみつめた。結城は続けた。

「おれたちは最初二百人以上でP市を出た。鴨緑江を越えて北鮮に入る直前、男たちは連れ去られたんだ。後に残った家族たちの面倒を見るために、男が一人だけ釈放された。一番役に立たなそうな奴がな。それがおれさ。H市にたどりついたときは約半数になっていた。そして今はその半分くらいに減っている。おれは、連行された男たちのかわりに、連中を一人でも多く内地に連れて行かねばならんのだ。それを、もう随分死なせた。だけど、まだ五十人は残っている。連中が一人でも残っている限り、おれは必要なんだ。だから、ここであんたと殴り合って、怪我《けが》をしたりはできない。

だからおとなしく帰るんだ。それを覚えておいてくれ」

喋りながら、結城は激しい疲労感をおぼえた。彼は、あの鴨緑江の岸辺で起こった事件を思い出し、激しいめまいを感じた。渡船の報酬の額で地元民の一部ともめたあげく、乱闘騒ぎになったのだった。彼らのグループの中に途中から合流してきた得体《えたい》のしれない日本人が数人いて、彼らの一人が地元民の一人を射殺したのである。駆けつけた保安隊に男たちは全員どこかへ連れ去られた。残されたのは、結城だけだった。

「妙な人だな、あんたは」

と、星賀が呆《あき》れたような声を出した。「死んだやつは、死んだやつさ。残ってる奴だけ勝手に生きればいい。それに、おれにはみんながなぜ内地、内地と大騒ぎするのかわからんね。どこで生きたっていいじゃねえか。シラミと心中するよりは、ソ連の将校に抱かれて生きてる方が気がきいていると思うがね」

結城は黙って歩き出した。暑かった。水が飲みたいと思った。目の前が赤く見えた。そのとき彼は喉元《のど》に噴きあげてくる熱いものを感じた。あふれるものが、口をおさえた指先からしたたった。彼はその場に坐りこんだ。

「どうした、おい」

星賀が近づいてきて、彼の腕を摑んで引きおこした。結城は激しくせきこんだ。彼は星賀の真白な服に、赤い飛沫《ひまつ》が飛びちるのを見ながら意識を失って行った。

あれが最初の喀血《かっけつ》だった。星賀とは、そんな具合に知合ったのだった。

4

「集結地点はどこだ」

と、結城が助手台の青年にきいた。

「言ってもあんたにはわからんだろう」

青年は前方を向いたまま、隣りのソ連兵に何か言った。

「ダア」

とソ連兵は答えてうなずき、ちらと結城の顔を見た。夜の街路を、幌をおろした軍用トラックはフルスピードで疾走《しっそう》していた。どうやら市内を抜けて、南西の方向へむかっているらしかった。

「検問所は何ヵ所ある？」

「平山《へいざん》まで三ヵ所。それから三十八度線までに一つ」

青年は結城の腕を叩《たた》いて言った。「心配するな。今夜はキャプテンがついている。ソ連軍のスミルノフ大尉が一緒だ。これまでは朝鮮側の民間トラックだったからヤバかったんだ。今度はちがう。軍のトラック輸送部隊だからな。十二台並べて、だあっとぶっとばすさ」

「あんたは誰だい」

「星賀さんとこの若い者だよ。クラブを手伝っているんだ」

「彼の代理かね」

「ま、そういうわけだ。星賀さんは集結地点で引返す。後はおれがついて行くよ」

「あんたは引揚げないのかね？」

「おい、おれを何だと思ってるんだ。おれは日本人じゃない。朝鮮人なんだぜ。どこへ引揚げる必要があるんだ」

日本語がうますぎたので間違えたのだ、と結城は言った。

「おれは内地で生れて二十年東京にいたのさ。去年こっちへ引揚げてきたんだ」

と、その青年は言った。

堤防を出てから二十分ほどたっていた。もうそろそろ真夜中だ。トラックは街を抜け、低い丘陵《きゅうりょう》にそって街道を走っていた。ライトの中に、ポプラ並木の列がどこまでも続いている。小さな河を渡ると、車は左にカーブを切った。丘を切り開いた運動場のような広場が現われた。黒いトラックの影がいくつも並んでいるのが見える。

「ここだ。先に何台かきてるぜ」

結城は時計を見た。零時前五分、時間通りだ。十二台のトラックの集合を待って、午前零時丁度《ちょうど》に出発の予定だ。トラックの白い排気ガスが低く地面をはっていた。二台、三台、四台、——八台まで結城は数えた。こいつを入れて九台だ。あと三台はどうしただろう。

彼らのトラックはバックして横隊のいちばん端に停止した。助手台から青年が飛び降りる。結城も降りてうしろの荷台へ回った。幌をまくってのぞきこむと、いつものあのむせるような臭いがした。暗闇の中に、三十九人の女や子供や、少年がじっと息をひそめている。

「全部予定通りに行ってる。心配するな」

と、結城は言った。

「おしっこに降りていい？」

「駄目だ。もうすぐ出発する」

そこにさっきの青年が呼びにきた。星賀さんが呼んでいる、と彼は言った。

「どこだ?」

「一号車の前だ」

結城はトラックのバンパーに手を触れながら歩いていった。この一台一台に五十人以上の日本人が息をころしている。全部で六百人以上が明日は三十八度線をこえるのだ。

「やあ」

と、一号車の前にいた黒い影が手をあげた。薄明りの中に星賀の顔が見えた。その横に姿勢のいい、すらりとしたソ連将校が立っていた。

「おたくの車がおそいので心配していたんだ」

「乗り込むとき保安隊のサイドカーがきたんでね」

「十台目がきた！」

と、青年が指さして叫んだ。

「あと二台だな」

星賀は、うなずいて結城に言った。「キャプテン・スミルノフに紹介しておこう。こっちは結城さん。七号車のリーダーです」

「はじめまして。ユウキさん」

スミルノフ大尉は流暢《りゅうちょう》な日本語で言った。

「このホシカさんというのが大変悪い人ですからね。わたくしを引きこんで、とうとうこんな仕事をやらせるのです。困りました」

「このキャプテンは、ただもんじゃないんだ。四人部隊の指導教官をやってた男でね。悪知恵にかけちゃあ、生徒が舌を巻くくらいのものさ。悪いやつだが不思議と憎めないところがあるんだ」

「悪いやつ、ホシカさんのほうですね。わたくしはいつも欺《だま》されます」

「十一号車到着」

　と、青年が言った。

「よし。出発用意だ。最後のやつが見えたら一号車からスタートする。結城さん、あんた、おれと先頭の車に乗ってくれ」

「あんたも行くのか」

　と、結城は驚いて言った。「いつもはここから帰るんだろう?」

「ああ、今度はこれまでにない大輸送なんでね。これだけの仕事はもう出来んだろう。最後の仕事になるかもしれんからな。見とどけておきたいんだ」

　夜の広場に集結した十一台の大型トラックは、けもののような底深い唸りをあげて出発を待っていた。スミルノフ大尉が、懐中電灯を中央で点滅させた。各車のエンジン音が一斉に高くなった。

「おそいな」

　と、青年が言った。「どうしたんだろう」

「予定時刻を三分過ぎたぜ」

　結城は腕時計を見て言った。「もしも、一台現われなかった場合はどうなる?」

「ちょっと待った――」

と、青年がのび上って道路の方を見た。

「きたぞ！　見ろ、ほらあれだ」

「よし。乗れ！　出発だ」

スミルノフ大尉が右端の一号車に駆け寄った。星賀と結城もそれに続いた。スミルノフ大尉自身がハンドルを握っていた。隣りに星賀が、そして右端に結城が坐った。

エンジン音が高くなった。米国製の大型軍用トラックは、身震《みぶる》いしながら発進した。後に十一台の車が続いた。約六百人の日本人を乗せて、トラック部隊はいま深夜の街道を、三十八度線へ向けて南下しようとしていた。

5

「いま何時だ」

と、星賀がきいた。

「一時十分。ちょうど一時間走ってる」

結城は助手台から外を眺めながら言った。

「そろそろ検問所じゃないのかね」

「まだだろう」

車は深夜の街道を、重い響きをあげながら走り続けていた。低い土塀や、藁《わら》屋根の農家や、高い丘のシルエットが、ライトの中を流れて過ぎた。

「まず、黄州《こうしゅう》、それから沙里院《さりいん》だ。そのへんから東南に折れて平山。礼成江《れいせいこう》を渡って金州《きんしゅう》を過ぎれば、三十八度線は目と鼻の先だ。夜が明ける頃には、金州まで行けるだろう。トラックはそこまでだ。連中を降ろして、おれたちは引返す。あんたらは、徒歩で三十八度線を越える。向こう側には、日本人の脱出グループ捜索員が出てるから、そいつと接触すれば後は連れて行ってくれるはずだ」

「どこへ？」

「開城《かいじょう》の引揚者キャンプへさ」

「そんなものがあるのか」

「ああ。米軍が面倒みてるテント村があるんだ。そこで待機してれば、次は仁川《じんせん》の乗船キャンプへ送ってくれる。後は船の便を待つだけさ。ひと月以内に内地へ上陸できるだろう」

星賀は、つまらなそうな口調で喋りながら、煙草に火をつけてスミルノフ大尉に渡した。

「ありがとう」

と、スミルノフ大尉は前方を注視しながら日本語で言った。「ホシカさんの話は信用しない方がいいね。この人、悪い人だから」

「お互いさまだ。キャプテン」

と、星賀は自分のための煙草に火をつけて大きく煙を吸いこんだ。「同じ穴のムジナって言葉が日本にはある。あんたも、おれも、同じ穴のムジナさ。どうせ最後はろくな死にかたはしないんだ」

トラックに積んでいる日本人たちから集めた金の半分は、この悪党に渡すのだ、と星賀は言った。スミルノフ大尉は、黙って笑っていた。彼は荒っぽいハンドルさばきだったが、うまい運転をした。

道路がS字型にカーブしている部分で、結城は後続車の黒い隊列を見た。ヘッドライトと、赤い尾灯が十一台、間隔をつめて続いていた。灯火の中を、白い土煙りが縞《しま》を作って流れて行く。変に静かで、奇妙な哀感のある隊列だった。結城は、それを見ながら、ついひと月前の、あの夜のことを思い出そうとしていた。

その年の夏は、急激にやってきた。

六月の下旬まで不思議に涼しく、雨がよく降った。そして、七月の中旬に、気の狂ったような暑さが爆発した。圧縮されたような熱気がH市に渦《うず》まいて、戸外で作業中に死ぬ日本人が少なくなかった。

どうやら息がつけるのは、夜の間だけだった。そんなある晩、星賀が自動車に乗って結城を呼びにきたのだった。

「おれの家にこないか。冷たいビールがあるぜ」

「ビールよりも、食糧を何とかしてもらえないか。この班の連中は労働供出量が少ないというので、配給が半分に減らされてるんだ」

「くたばる奴はくたばる。生き残る奴は生き残る。放っておけ。何も、あんたが目の色を変えることはないさ」

結城は半袖の涼しそうなシャツを着た星賀を眺めて、黙りこんだ。

「どうする？　くるのか、こないのか」

「行こう」

結城は星賀の運転する古い乗用車に乗り込んだ。星賀の住んでいるのは、市の中心地に近い大きなビルの地下室だった。その地下室の一つを使って、星賀は秘密のクラブを開いているのだった。その晩は、客が少なく、数人の日本人の女たちが部屋の隅《すみ》で、ウイスキーの詰めかえをやっていた。密造ウイスキーに焼酎《しょうちゅう》を混ぜて、サイダーびんに詰めるのだ。女たちは、ちらと結城を眺め、不快そうに視線をそらせた。彼女らは、日本人たちと会うのを、嫌がっているらしかった。

「こいつらは、皆おれの女だ」

と、星賀はソファーに股を拡げて坐ると大声で言った。「あの肥えた若い女が幸子。もと電話局の交換手だった子だ。その左の髪の長いのが弓江。亭主はシベリアに引っぱって行かれてる。いい体をしてるが、陰気な奴だ。こっちの色の白いのは、今夜からきた娘だ。おい、おまえ。名前は何といった？」

その女学生のような目の大きな少女は、唇をかんで黙っていた。

「おい。きこえないのか」

「——光子です」

「そうだった」

星賀は顎《あご》をしゃくって、結城に言った。

「こいつは父親がおれのところで使ってくれと売りにきたんだ」

「ちがいます！」

その少女は立ちあがって叫んだ。彼女の持ったサイダーびんから、酒が床にこぼれた。

「馬鹿。気をつけるんだ。商品だぞ」

星賀は変におだやかな声で少女に言った。「まあいいさ。いずれにしても、お前さんの親父《おやじ》は、おれからまとまった金を受取って行ったんだ。あれだけあれば女房と二人で半年はもつだろう。お前さんも、ここで食えるしな」

「わたしは自分できたんです。父も、母も、反対でした」

「そうかい。それじゃ、そういうことにするさ」

星賀は少女の手からサイダーびんを取ると、コップに中身を空けて、水のように一息に飲みほした。手の甲で唇をぬぐいながら、

「あんたもやってみな。ちょっといけるぜ」

結城はサイダーびんに口をつけて、残りの液体を喉に流しこんだ。カッと焼けるような感覚が胃の中で拡がった。

「ところで、結城さん」

と、星賀が言った。「そろそろ、おれの商売もやりづらくなってきたらしい。日本人会の連中が、人民委員会側に何だかんだとおれのことで言いに行ってるそうだ。まあ、連中がおれに腹を立てるのも、わからんことはないがね」

「それは当然だろう」

と結城は言った。「H市には何万人かの日本人がいる。そしてそのほとんどが辛《かろ》うじて生きてる状態にあるんだ。おれたちの班でも、半分は栄養失調で残りの半分は病気もちだぜ。そんな時に、あんた一人だけが自動車を乗り回したりしてるんだからな。これまで誰かに殺《や》られなかったのが不思議なくらいだよ。いくらソ連側とコネがあっても、そう勝手な真似が続くもんじゃないと思うぜ」

「あんたは、おれをどう思ってる」

「恥知らずだと思ってるさ。しかし、おれはあんたに何度か世話になってきた。いつか喀血した時も助けてもらったし、時どきは班のために食糧を回してもらったりもしてる。でも、それはなぜなんだ」

「おれはあんたという人間に少々興味があるんでね」

と、星賀は言った。「あんな女子供ばかりの班を連れて、一人で苦労してるところが面白いのさ。おれと組んで仕事でもすれば、随分いい目にあえるだろうにな。おれは、あんたのそんな偏屈《へんくつ》なところが気に入ってるんだ。今からでもいい。一緒にやらんかね」

「おれは、あんたとは違う人間なんだ。おれがいま考えてるのは、班の連中を一人でも多く内地まで送りとどけること、それだけだよ」

「なんのために？」

「なんのため？　さあ。そいつはおれにもわからんね。ただ、あそこで男たちが全員連れ去られて行った時、おれだけが残された。そのことに男たちは誰も文句を言わなかったんだ。みんな黙っておれにうなずいて連行されて行った。家族を頼むぞ、と彼らの目が言っているのをおれは感じた。その時、おれは決めたのさ。こんなふうにやって行くことをな」

「馬鹿な考えだ」

星賀は片手をのばして、一人の女の胸に触れながら、吐き出すように言った。

「二言めには、内地、内地だ。内地に帰りさえすれば、何もかも思うように行くと思いこんでやがる。おれは日本人だが、日本が嫌いだね。この土地でさんざんいい目にあってきたんだ。風向きがかわれば悪くなるのは当り前だろう。勝手によその土地へ乗り込んできておいて、具合が悪くなると早く帰してくれとギャアギャア騒ぐんだ。そんなに内地が良けりゃ、内地を離れなければ良かったのさ。そうだろう、え？」

それから二人とも長いあいだ黙っていた。結城は、この青年に日本人への敵意を抱かせたものは何だろう、と考えた。いつか聞いた話では、星賀の父親は変り者で、日本人の一人もいない山間の朝鮮人部落でリンゴ園をやっていたという。そこで生れた星賀は、子供の頃から朝鮮語を自由に話し、リンゴ園で使っていた白系ロシア人の老人から、ロシア語を習ったのだそうだ。彼が満鉄の調査部につとめたのも、その語学力が買われたのだろう。

彼の父親や、家族が敗戦後どうしたかを星賀は話さなかった。結城が知っているのは、現在、彼がソ連軍に密着して、およそ敗戦国民らしからぬ豪勢な生活を送っているということだけだった。

「おれもそろそろ商売替えを考えているところだ」

と、星賀は言った。「そこで最後に一つ大きな仕事をやることにした。どうだ、ひとつ乗らんかね」

「いやだ」

「班の連中を脱出させる気はないのか」

「何だって？」

結城は顔をあげて星賀を見た。「冗談か？」

「いや。本気だ」

ソ連軍の輸送部隊を買収して、大がかりな脱出計画を立てたのだ、と星賀は言った。

「トラックは十台以上つかう。一度に五百人くらい送り出すんだ。もちろん、金が払える連中に限るがね」

「うちの班には関係のない話らしいな」

「そうじゃない。あんたの班も乗せてやるよ。もちろん出せるだけのものは出してもらう。足りない額だけ借用証を書いてくれればいい」

「なるほど。例の手だな。だが、身元の保証まではできないぜ。内地へ帰ってからの返済能力も見当がつかんしな」

星賀はかすかに笑って言った。「一台ぐらい、そんな班があってもいいだろう。資本家の方には、おれがごまかしておく。別に踏み倒したって、どうってことはないさ」

結城は、しばらく黙っていた。それから星賀にきいた。

「なぜかね？」

「なにが」

「なんのために、おれたちの貧乏班を助けてくれるんだ」

「さあ」

星賀はあいまいに笑って、サイダーびんの酒をあおった。「金もあるし、女もできた。このへんで慈善道楽でもやろうというところかな」

そして、女学生のような少女に向かって、こっちへこい、と命令し、膝の上に抱き寄せた。

彼は抵抗する少女の胸を押し拡げて、奇妙な笑い声を立てた。結城は目を伏せて、星賀に別れを告げ、地下室を出て行ったのだった。女の艶《つや》めいた笑い声が背後にきこえた。

あれは、七月の下旬頃のことだったろう。そんなふうにして、彼の班にも、H市を脱《ぬ》け出せる希望が生れてきたのだった。

6

スミルノフ大尉が、ハンドルを握ったまま口笛を吹き出した。ソ連兵が行進の時によく合唱する〈カチューシャ〉の曲だ。

十二台のトラックは、速度を落したり、街道を迂回したり、時には橋のない浅い川を渡ったりしながら南下を続けていた。

すでに三時間ちかく走っている。まだ一度も検問所にぶつからないのが不思議だった。

結城は、そのことをスミルノフ大尉にきいてみた。大尉は正確な日本語でゆっくりと答えた。

「最初の検問所は避けて通ったね。自分はこのへんの地理は、何度も通ってよく知っているから。それに、大きな街はみんな迂回している。少し遠回りになっても、それの方が安全だと思う」

スミルノフ大尉の横顔は、端正《たんせい》で知的な感じがした。ハンドルを握った腕の上膊部《じょうはくぶ》に、赤い星の刺青《いれずみ》があった。その刺青と、端正な横顔とは全くチグハグな感じがした。だが、ひどくしっくりしてるような印象もないではなかった。妙な男だ、と結城は思った。スミルノフ大尉の表情には、ある種の冷笑的な翳《かげ》りが感じられる。それは、いわゆるロシア人の持っている体臭とは、かなり違ったものだった。

〈たぶん情報機関に属していた男だろう〉

と、結城は思った。

「なんだか同じ道をどこまでも走っている感じだな」

と、星賀が言った。「朝鮮の地形というやつは、どうもとらえにくいところがある」

「黄州はもうとっくに過ぎたね」

スミルノフ大尉が呟くように言った。「いま沙里院をよけて平山に向かっているところ。このへんから少し警戒した方がいい。車を止めるから、運転台の日本人は全部うしろへ移ってくれ。あんたたちもだ」

スミルノフ大尉は、窓から右手を出して、後続の車に合図をした。人気《ひとけ》のない水田地帯の一本道に、トラック隊は停止した。

星賀は、一号車の荷台にもぐり込んだ。結城は、自分の班の乗っている七号車にもどった。

「おれだ。入れてくれ」

幌の間から少年の手が出て、結城を引きあげた。荷台の中は、真暗《まっくら》だった。むっとする女たちの臭いがこもっていた。

「暑いわ」

と、女の声がした。「走っている間はよかったのに」

結城は手さぐりで積み重なっている人体の間をかきわけ、運転台のうしろへ行こうとして、軟《やわ》らかい肉を何度か踏みつけた。

「結城さん」

と、女の声がした。陽子だな、と彼は思った。

「あとどのくらいかかるの」

「もうすぐだ。夜明け前には三十八度線の手前までつくだろう」

「こっちへきて」

結城は両手で家畜のような人間たちをかきわけて、声のする方へ行った。

「どうした」

「息が苦しいの」

独特の匂いのする陽子の息が、結城の顔にかかった。彼はその女の横に自分の体を割込ませた。

陽子は、友人の電力技師、秋谷の妻だった。結婚して数ヵ月しかたっていない。若い大柄な女だ。敗戦の数日後、秋谷は発電所要員として連行され、そのまま帰ってこなかった。

結城の妻は、その年の夏、はじめての子供を産みに九州の実家へ帰っていた。すでに関釜《かんぷ》連絡船は危険だったので、関東軍の連絡機に便乗させて帰したのだった。結城の教え子の父親が、工作してくれたのである。敗戦後数ヵ月たって、結城と陽子は、自然な形で一緒に行動するようになっていた。

陽子は、色の白い、手足の長い女だった。他の女たちは、ソ連兵たちの暴行を怖れて髪を切り、男の服を着ていたが、彼女だけはそうしなかった。戦争中、まったく見られなかったスカートをはいたのも、口紅をつけたのも、彼女が最初だった。そして、そのために彼女は何度か兵隊に連れ去られ、朝方、死んだようになって帰ってきたことがあった。それでも、彼女は、ほかの女たちのように坊主頭になることを拒み続けた。そんな女だった。

「うまく行きつけると思う？」

と、陽子が結城の耳もとで囁いた。

「大丈夫だ。おれは行けると思う」

「星賀という男を信用してるのね」

「ああ」

「あたしは信用しないわ」

「しかし、現におれたちはこうしてH市を脱《ぬ》け出してるんだ。三十八度線まで、もう一息というところまでな」

陽子は黙って結城の体をさぐった。彼女の手はまっすぐに彼の男性に触れた。その時、車が動き出した。陽子は暗闇の中で、大胆に体を押しつけてきた。奇妙な欲望が結城の中にめざめた。彼は汗に濡《ぬ》れた女の肌に唇を当て、強い匂いを吸い込んだ。

「内地へ帰ったら、奥さんのところへ行くのね」

と、陽子が言った。結城は黙っていた。「あたしは、どうすればいいの?」

どこかで少年の声がした。

「班長――」

「なんだ」

と、結城は答えた。

「金は何人分払ったんですか?」

「四十人分さ」

「三十九人でよかったのに」

と、少年は言った。「さっき、堤防の下でトラックを待ってるときに一人減ってるんですよ。武田さんの子供が――」

「あの子を動かすのは無理だったんです」

と、かすれた女の声がした。「それは最初からわかっていたんだわ」

「それで、どうした？」

「――置いてきたわ」

「そうか」

と、結城は呟いた。

〈三十九人になった――〉

トラックが激しく揺れた。誰も悲鳴をあげるものはいなかった。皆、息を殺して暗闇の中に体を寄せ合って耐えていた。

7

五時。

結城は陽子の腕を振りほどいて、荷台の後部へ回って行った。幌のすき間からのぞくと、空の一部が、不気味な赤味をおびて明るみ始めていた。あたりはまだ暗かった。後続車のライトが、いくつも続いて見えた。トラックは、かなり急な坂道を上りかけていた。左右に、暗い丘陵の影があった。道路は悪く、激しいショックが連続的にきた。

〈もう礼成江《れいせいこう》は渡ったのだろうか？〉

と、結城は思った。Ｈ市を出てから、すでに五時間は走っている。そろそろ目的地に接近してもいいはずだ。

左右の丘陵が切れると、今度は急な下りになった。車は谷あいの赤土の斜面をエンジン・ブレーキをかけながら降りて行こうとしていた。

空の赤さが、次第に黄色味をおびはじめた。低い雲の奇怪《きかい》な織り目が、その周囲に重なっている。まわりの風景が少しずつはっきり見えはじめた。

一度どこかで見たことのある情景のような気がした。前後を小高い丘にはさまれた赤土の斜面だ。車が方向を変えると、左右の低い灌木林《かんぼくりん》が視界にはいった。浅いすり鉢のような地形だった。トラックの列は、うしろの丘の上に一台ずつ現われ、斜面を下ってきた。

スピードが落ちた。先頭の一号車が、停止しているのが見えた。

「着いたらしい」

と、結城がふり返って言った。夜光時計の針は、五時三十分を指していた。

エア・ブレーキのシュッという音をたててトラックが停止した。荷台の中が不意にざわめいた。

「静かにするんだ」

と、結城は言った。自分の声が少し上《うわ》ずっているのを彼は感じた。あたりはかなり明るくなっていた。

一号車の運転台から、スミルノフ大尉らしい男が降りてきた。荷台から最初に姿を現わしたのは、星賀だった。その後に続いて、ぞろぞろ日本人たちが降りはじめた。

「よし。降りるんだ」

結城は幌を開いて、地面に飛びおりた。荷台から少年が続いた。女たちが、こぼれるように降りてきた。他の車からも、続々と人びとが現われてきた。

結城は、一号車のところへ行った。スミルノフ大尉と、星賀がいた。星賀は、少し赤い顔をしていた。ようやく射《さ》しはじめた朝日のせいかもしれなかった。だが、結城は、彼もやはり興奮しているのだろうと考えた。

「おはよう」

と、スミルノフ大尉が機嫌《きげん》のいい声で言った。「うまくやった」

「地図をよこせ」

と、星賀が言い、スミルノフ大尉の胸ポケットから地図を抜き取って拡げた。

「現在地点はこのへんだな？」

彼は念をおすように大尉にきいた。

「そう」

スミルノフ大尉は赤鉛筆を出して、地図の一部に印《しるし》をつけた。そこからまっすぐに赤い線を引いた。

「これが三十八度線。あの正面の丘を越えたら、下に小さな河がある。浅いから歩いて越えられる。その先は、もうアメリカ軍のいる土地だ。急いで移動したほうがいい」

スミルノフ大尉の声には奇妙な陽気さがあった。

「さて、これで、私は約束を果したことになる、星賀さん、今度はあなたが約束を果す番だ」

「悪党め」

と、星賀は笑った。「よし、残りの金を払ってやろう」

星賀はうしろの若い男を振り返り、手をあげた。その日本人の青年は、素早い動作でシャツの下から黒く光るものを抜き出し、スミルノフ大尉に向けた。それは結城たちもよく目にした十四年式の軍用拳銃だった。

「キャプテン・スミルノフ」

と、星賀が微笑して言った。彼の手にもいつの間にか小型の拳銃が握られていた。

「おれもそろそろ祖国が恋しくなったんでね。このへんで、あんたたちとも別れようと思う。いろいろお世話になったが、気を悪くしないでくれ」

「なるほど。そういうことだったのか」

と、スミルノフ大尉は言った。彼の頬には相変らずさっきの奇妙な陽気さが残っていた。

「なるほどね」

「キャプテン・スミルノフ。部下の運転手たちにH市へ出発するように命令しろ。変な真似をしたら自分が危険だとつけくわえるのを忘れるな」

スミルノフ大尉は、目を伏せて、大声で笑い出した。

「早くしろ、お芝居はもういい」

「わかった」

と、スミルノフ大尉は言った。それから、大声で部下にロシア語の命令をくだした。車の横には、それぞれ数人ずつの日本人の青年が、拳銃を手に立っていた。

「これがおれの計画さ」

と、星賀は、結城を見て微笑した。スミルノフ大尉が、何かもう一度叫んだ。トラックの列が動き出した。一号車からUターンして、元きた斜面を土煙りを立てながら上って行った。朝の光の中を、先頭の車が、丘の向こうに姿を消し、つづいて一台ずつ見えなくなって行った。全部のトラックが姿を消すと、後に重いエンジンの音だけが残ってきこえた。

日本人たちが、ぞろぞろと星賀の周囲に集まってきた。どれも、痩せて、兇暴な顔をした連中ばかりだった。男や、女や、老人たちが無言でスミルノフ大尉をとり囲んだ。

「殺してしまえ！」

と、女の声がした。

「そうだ！」

「ロスケめ！」

スミルノフ大尉の顔が白くなった。群衆は星賀を押しのけて、大尉に近づこうとしていた。

「やめろ！」

と、星賀が言った。「つまらんことをするな」

「やっちまえ！」

と、男たちが叫んだ。星賀が、拳銃を群衆に向けて威圧するような声で言った。

「ロシア人の一人や二人、殺したところで何にもならんぜ。それよりも、まず、三十八度線を越えることが先だ。ここでぐずぐずしてると、さっきのトラックに通報されるぞ。いいか。おれの命令通りに移動するんだ」

星賀は、スミルノフ大尉を振り返って、

「しばらくここで我慢してくれ」

彼は若い男たちに、大尉を近くの樹にしばりつけるように命じた。

「いまに後悔するよ、ホシカさん」

スミルノフ大尉は、変に凄味《すごみ》のある声で星賀をみつめて言った。

「よし」

星賀は、そばに転がっている平らな岩の上に立って全員を見おろした。

「まず五列の縦隊を作れ。先頭と後尾が男だ。女は真ん中にはいる。子供と年寄りには二人ずつ左右につけ。あの正面の丘まではゆっくり行く。丘を越えたらまっすぐ突っ走るんだ。荷物はみんな捨てろ。途中で保安隊の警邏に見つかっても止るな。相手がもし発砲したら撃て。それまでは発砲するんじゃない。いいな。とにかく丘を越えたら走るんだ。おれが先導する」

星賀は、群衆をかきわけて、素早い動作で斜面を横切り、丘のふもとから上りはじめた。

全員は五列縦隊を作り、星賀の合図を待った。星賀は丘の頂上にさしかかろうとしていた。赤土の斜面が、朝日を浴びて燃えるように鮮かだった。時計を見ると、五時五十分だった。

結城は自分の班を整理し、人員を数えた。自分を含めて三十九人。

〈最初は二百人いたんだ——〉

彼の頭の隅を、敗戦の日から一年の過ぎた日々が、素早く流れて過ぎた。

「どうしたんだろう?」

と、少年が言った。人びとは皆、かたずをのんで丘の上の星賀をみつめていた。

星賀は、その牛の背のような赤い丘の稜線《りょうせん》に、向こうをむいて立っていた。だらりと両手をさげ、脱力したような姿勢で、彼はじっとしていた。彼は何の合図もしなかった。

「行こう!」

と、隊列の中から誰かが叫んだ。

「まて。合図があるまで動くな」

何分間か死んだような沈黙が続いた。星賀は、丘の上に、さっきと同じ姿勢で動かなかった。

「行きましょう!」

と、女の声がした。陽子の声だった。「ぐずぐずしてると見つかってしまうわ」

「待て!」

と、結城は制した。だが、もう人びとはわれがちに丘へ向けて駆け出していた。子供の泣き声が起こった。母親に片手をつかまれて、その女の子は麻袋のように赤土の斜面を引きずられて叫んでいた。六百人の男や、女や、老人たちが、土煙りをあげて走っていた。それは、恐怖に駆られた家畜の大群の暴走に似ていた。

結城も左右からぶつかってくる腕や頭に押されながら走っていた。空の色は、美しい血の色のような輝きを帯《お》びていた。激しい息づかいと、荒々しい足音と、幼児の悲鳴と、何か兇暴な気配が、彼の周囲にあった。倒れた女の腹を踏みつけて、結城は一瞬よろめいた。それが陽子のような気がしたが、彼はうしろを振り返らずに駆け続けた。

丘の稜線が目の前に迫り、視界が突然ひらけた。

結城は、へたばるようにその場に坐り込んだ。彼の左右には、若い男たちが数人、激しく喉をぜいぜいいわせて足を投げ出していた。ふり返ると、女や老人たちが、昆虫のように丘をはい上ってくるのが見えた。

「あれは何だ！」

と、誰かの叫び声が響いた。「あれは！」

結城は首を回して、丘の前方にひろがる地形を眺めた。薄いもやが少しずつ消えて行き、目の下に、奇妙な光景がはっきりと見えてきた。

白く光っている大きな河だった。それはゆるやかに蛇行《だこう》して左右に延びていた。その河の中央に、黒い、長い鉄橋が二本見えた。鉄橋の左右には、市街があった。東南寄りに、飛行場の滑走路が見えた。

〈見たことがある！〉

結城は何度も目をこすって、その景色を眺めた。彼だけでなく、まわりの連中が、それぞれ、放心したように目をすえていた。

「これは——Ｈ市だ」

誰かが唸るように言った。

「あれは大同江だぞ。そうだ。あの鉄橋を見ろ。おれたちはいったい——」

「畜生！」

と、少年の声がした。「結城さん、欺されたんだ、おれたち」

「そんな馬鹿な——」

と、結城は呟いた。「そんな馬鹿な」

だが、それは確かにＨ市だった。少なくとも南鮮の街ではなかった。

「おい！　星賀」

と、男の一人が叫んだ。「これは一体どういうことなんだ」

「やつを引っぱってこい！」

と、他の男が言った。数人が駆け出し、星賀をつれて来た。

「やられたな、スミルノフの野郎に」

と、星賀は吐き出すように言った。「やつは最初から約束を守るつもりはなかったんだ。おれたちを乗せて、連中は一晩中H市のまわりをぐるぐる走り回ってただけなんだ。おれも途中で検問に会わないのが変だと思っていた。しかし――」

「今更《いまさら》そんなことを言って何になる」

と、一人が怒鳴った。「貴様、よくもおれたちを欺したな」

「欺したのはスミルノフ大尉だ。おれじゃない」

「黙れ！」

と、一人の男が星賀の肩を突きとばした。体格のいい、ひげ面《づら》の男だった。

「おれに触るな」

と、星賀は呟き、拳銃を抜き出した。「欺そうと思ってやったわけじゃない。それに何だ。一から十までおれに頼って来たくせに、今更文句が言える筋か」

「この野郎はソ連軍の将校とグルなんだ。最初から計画してやったに違いないぜ」

「そうだ。非国民め」

「同胞が餓死してる時、こいつは自動車を乗り回してやがったんだ。妾を何人も作って一人だけ好きなことをしてたんだ」

「やめろ」

と、星賀が言った。「てめえら、やりたいことをやる甲斐性《かいしょう》もないくせにギャアギャア言うんじゃない。今度の計画は失敗したんだ。また、もう一ぺんやりゃいいだろう。いくじなしめ」

「なんだと」

男の一人が星賀に体ごとぶつかって行った。二人は土煙りをあげて丘の斜面を滑り落ちた。

「やれ！」

と、誰かが言った。男たちが、丘を駆けおりて行った。銃声がした。男の一人が腹をおさえてうずくまった。そして星賀が足をすくわれて倒れるのを結城は見た。

丘の上では、女や、老人や、子供たちが、黙ってそれを見おろしていた。女たちの目は、暗く陰惨《いんさん》な隈《くま》にかこまれていた。髪を振り乱し、幼児を抱いて、泣いている女もいた。

「欺されたのね、あの男に」

と、背後で陽子の呟きがきこえた。

「そうじゃない」

と、結城は言った。「欺したのはあの男じゃない。スミルノフ大尉だ」

「どっちだって同じやつらさ。殺してしまえばいいんだわ」

その時、丘の下で男たちの輪がほどけた。赤土の斜面に、黒い血の流れが拡がって行った。星賀と、もう一人の男が、朝日の中に奇妙にねじれた形で倒れていた。

男たちは、土煙りを立てて、斜面を滑り降りて行った。彼らはスミルノフ大尉をしばりつけた樹の方へ歩いて行った。

スミルノフ大尉をとりかこんだ男たちの、細長い影が静止した。

乾いた銃声が二発鳴った。しばらく間をおいて、変にこもった一発がきこえた。

結城は無意識に腕時計に目をやった。時計のガラス板は破れて、長針が飛んでいた。

結城は、膝を抱えるように倒れている星賀の体と、黒い血の河を眺め、樹にしばりつけられたまま うなだれているスミルノフ大尉の影を眺めた。

「終ったな」

と、彼は誰にともなく呟いた。「さあ、帰ろう」

「どこへ？」

と、誰かが言った。

「H市へ」

結城は、先頭に立って丘を降りて行った。陽子が続き、少年と、班の連中が続いて降りはじめた。

途中で振り返ると、真赤《まっか》に燃えるような丘の斜面に、ぞろぞろと降りてくる女や、子供たちの痩せた長い影の列が見えた。それは、すでに生きている人間の影のようではなかった。

おれたちはどこからきて、どこへ行くのだろう、と結城は考えた。この土地へ来たのが間違いだったかもしれない、という気がした。

伝令兵

目取真俊

目取真俊《めどるましゅん》（一九六〇～）

沖縄県生まれ。琉球大学卒。警備員、塾講師などを経て県立高校の教師となる。そのかたわら創作活動を行い、一九九七年に沖縄戦の記憶を題材にした『水滴』で九州芸術祭文学賞と芥川賞を、二〇〇〇年には『魂込め』で木山捷平文学賞と川端康成文学賞を受賞。二〇〇三年に作家専業となっている。一貫して沖縄の自然や文化、歴史をベースにした小説を発表しており、『群蝶の木』や『虹の鳥』、自身が脚本を担当し、東陽一監督で映画化もされた『風音』などが代表作。『沖縄「戦後」ゼロ年』『沖縄 地を読む 時を見る』などの評論で、沖縄戦や基地問題についても積極的に発言している。

アパートの階段を下りると、金城は駐車場で足首を回し、膝の屈伸を行った。夜の街を走るのは久しぶりだった。勤めている塾の仕事が終わるのは夜の十時過ぎで、外食して帰るとアパートに戻るのは十一時を回る。食事がてら酒を飲むと一時を過ぎることもざらだった。三十代半ば、独り暮らしでそういう生活をしていれば、体がどうなるかは明らかだった。

「お前、だいぶ変わったな」

金城が勤め始めた五年前を思い出しながらというように、塾長の前里がしみじみとした口調で言った。余計なお世話だよ、と胸の中でつぶやいたが、職場の体重計で測ると体脂肪率が三十パーセントを上回っている。さすがに危機感を持った。翌日、出勤前にショッピングセンターで安物のトレーニングウエアとシューズを買って、とにかくまずは走ることにした。

駐車場を出て、アパート周辺の道を走っていると、二百メートルも行かないうちに息が切れた。中学、高校と野球部に入っていて、大学卒業後、県内の中学校や高校で補充教員をやっていた二十代までは、運動部の顧問やコーチをやり体を動かす機会も多かった。それが今の塾で勤め始めた五年前から、運動らしい運動をやる機会がめっきり減った。スポーツは野球以外にもサッカーやバスケットなど、見るのもやるのも好きだったが、塾では食事以外に外に出ることがない。休みの日も、二日酔いで目が覚めると夕方というのが多かった。

五百メートル走ったあたりで、膝《ひざ》やアキレス腱《けん》が痛み出す。初日から無理をしたら後が続かないな、と思いながら、しかし、意地でも二キロは走ろうと小刻みに足を運んでいた。まだ十一時前だったが、表を歩いている人はほとんどいなかった。アパートの周辺は住宅街で、部屋の明かりが消えている家も多い。沖縄が日本に復帰する前は、米兵相手の特飲街として賑わった所だった。古い建物の中には、以前は米兵相手の商売をしていただろうと思わせる造りの家や店も結構あった。

走っている道の先にパークアベニューの明かりが見えた。日本復帰前はBC通りと呼ばれていて、米兵がよく出入りする飲食店や衣料品店などが、今でも軒を連ねている。テレビや雑誌で沖縄が特集される時によく取り上げられる場所だった。八〇年代に入って、通りのイメージを変えるために外装を白で統一し、歩道や植栽を整備して明るい雰囲気を出そうとしていた。それでも、昼は米兵の家族が買い物や食事をし、夜になると若い米兵達がグループで飲み歩いていて、基地の街の雰囲気が色濃い通りであることに変わりはなかった。

パークアベニューの南側には、嘉手納《かでな》基地のゲートに直結する空港通りがあり、そのさらに南側には中の町という飲み屋街があった。金城のアパートがある北側の方は飲み屋が少なく、米兵の姿を見かけることは余りなかった。ただ、五年前に引っ越してきたとき、どの家も通りに面した窓には鉄格子が入っているのを見て、たんなる防犯というより、米兵に対する警戒心もあるんだろうと思った。

住宅街を一周しアパートの近くまで戻り、どうしようか迷った。膝やアキレス腱の痛みは相変わらずだったが、まだ一キロも走っていないはずだった。あと一周は走らんと情けないだろう。そう自分に言い聞かせ、金城はジョギングを続けた。パークアベニューの明かりが先に見える道まで再び来て、痛みがしだいに酷《ひど》くなり、無理をしなければよかったと後悔した。

一周目よりも一つ手前の道でアパートの方に曲がり、歩くのと大して違わない早さで走っていると、後ろから走ってきた乗用車が金城の横でスピードを落とした。窓を開けて運転席から身を乗り出した白人の若者が、金城に声をかけた。助手席と後部座席に二人、合わせて四人の白人の若者が大声で喋り、笑い合っている。四人とも二十歳前後に見え、沖縄に来て間もない米兵のグループだろうと思った。英語はよく分からなかったが、何を訊《き》いているのかは察しがついた。運転手の若者がハンドルから手を離し、女の腰を抱いて下から突き上げる格好をして見せると、他の三人が体をよじって笑い声を上げる。女とやれる所はないか、と訊いていた。

パークアベニューの南側にそういう店があったように思い、指さしかけた金城は、ある出来事を思い出して手を止めた。三カ月前、北部のある町で、小学生の少女が三人の米兵に車で連れ去られ、暴行を受けるという事件が発生していた。その後、事件に対して抗議の集会やデモが起こる中、米軍の司令官が、三人はレンタカーを借りる金があったら女を買えばよかった、という発言を行った。

新聞でその発言を読んだとき、普段は基地問題について考えたこともなければ、米兵にどうという感情を持っていなかった金城も、怒りが収まらなかった。米軍司令官も自分の発言が火に油を注ぐことになったのを知り、すぐに謝罪して綱紀粛正《こうきしゅくせい》を打ち出した。それでも沖縄の人達の怒りは高まる一方で、全県で十万人近い人が集まって県民大会が開かれ、金城もそういう集会に初めて参加した。

あれから三カ月しか経っていないのに、こいつらは……。いや、司令官の命令に忠実に従っているというわけか。そう考えるとむかむかしてきて、赤ら顔に笑みを浮かべている米兵の顔を殴りつけてやりたかった。しかし、喧嘩《けんか》をやって勝てる相手ではない。金城は米兵達を無視してジョギングを再開した。運転手は車をゆっくり走らせながらさらに話しかけてくる。金城の苛立《いらだ》ちに気づかないのか、あるいはわざと挑発しているのか、助手席の男がハンドルに手を伸ばしてクラクションを鳴らした。車が入れないような狭い路地がないか探したが、見あたらない。運転手はわざと車を寄せてきて、金城の走るリズムに合わせて声を上げ始めた。金城が立ち止まると車も止まる。にやにや笑いながら見ている米兵達の表情は、明らかに馬鹿にしていた。

「腐りアメリカーが、なめるなよ、おい」

にらみつけて吐き捨てた金城の言葉の意味を、米兵達も察したようだった。運転手の若者が中指を突き立て、唾《つば》を吐く。後ろによけたが、唾は金城の右脚の膝にかかった。次の瞬間、金城は運転席のドアを右足で思い切り蹴《け》っていた。ボンという音がし、意外なほど柔らかい感触で爪先《つまさき》がめり込み、ドアが大きくへこんだ。米兵達の笑いが止み、しまった、と思ったがすでに遅かった。ののしるように声をあげ、運転手がドアのノブに手をかけるのを見て、恐怖心が太い棒のように胸を突き上げる。

ドアを開けて運転手が半身を出したとき、金城の体は、逃げなければ、という思いとは逆の反応をした。右肩から車に体当たりすると、ドアと車体にはさまれた運転手は、胸を押さえてうずくまった。自分のやった行為が信じられなくて、金城はドアから離れ、呻《うめ》いている運転手と車内の三人を見た。助手席の男が体を伸ばし、地面に膝をついている運転手に声をかける。呆気《あっけ》にとられた顔で前をのぞき込んでいた後部座席の二人が、金城を見た。助手席の男も顔を上げて金城をにらみつける。三人の怒声とドアの開く音がする前に、金城は走り出していた。

アパート周辺の道には詳しくても、逃げおおせる自信はなかった。毎日軍隊で鍛えられている米兵達と金城とでは、走力も体力も比較にならない。全力で走って十秒もしないうちに肺が裂けるのではないかと思うくらい苦しくなった。後ろを振り向く余裕はなく、路地の角を曲がり、助けを求めて叫ぼうとしたが、声を出せなかった。米兵達の喚《わめ》き声と足音が背後に迫る。今にも襟首を摑《つか》まれ、腰にタックルを喰《く》らわされそうな気がした。捕まれば半殺しではすまない、そう考えると喉《のど》が締め上げられるようで、地面を蹴る脚に力を入れるのだが、腿《もも》が硬直して動かない。

英語の怒鳴り声がすぐ後ろで聞こえた。背中に指が触れたような気がして、反射的に体をねじり、振り払おうとした瞬間、脚がもつれ前にのめった。倒れようとする体に、そばの自動販売機の陰から腕が伸びるのを金城は目にした。缶コーヒーが並ぶ陳列ケースの光に照らされた青白い手が、トレーニングウエアを摑む。強引に引っ張られた金城の体は半回転し、店のシャッターにぶつかろうとする寸前、小柄な人影に抱きすくめられ、口をふさがれた。同時に体を押さえられ、金城は自動販売機の隅にしゃがみ込むと、両足を引き寄せて縮こまった。

大きな足音を立てて目の前を米兵が走りすぎていく。五、六メートル行って立ち止まった三人は、荒い息を吐きながらあたりを見回している。二人は百九十センチ以上ありそうで、割と小柄な助手席の男も筋肉質の体が長袖《ながそで》の上着を着ていても分かる。

長身の男の一人は、走りながら上着を脱いだのか黒いTシャツ姿になっていて、二の腕に彫られた刺青《いれずみ》が金城を威嚇する。もう一人の長身の男が自動販売機の方を見て動きを止めた。見つかった、と思った。背後から抱きしめている腕が、動くな、という意思を伝える。口を押さえられていなければ、叫び声を上げていたかもしれなかった。こめかみが脈打ち、眼の奥が激しく痛む。ゆっくりと近づいてくる長身の男は、眉《まゆ》がなく、眼窩《がんか》に溜《た》まった闇《やみ》の奥から憎悪が噴き出しているようだった。他の二人もその後に付いてくる。金城は目を見開いて三人を見上げた。

一メートルほど手前まで来て、米兵達は立ち止まった。眉のない男が金城の胸ぐらを摑んで引きずり起こし、拳《こぶし》を腹に叩《たた》き込む。前に崩れる背中に刺青の入った腕が振り下ろされる。地面に倒れた自分の体に三人の靴がめり込む様子が脳裏をよぎり、金城は立ち上がって逃げようとしたが、脚に力が入らなかった。背後から抱える腕に、落ち着け、というように力が加わる。立ち止まったまま三人は、いぶかしげな表情をして金城を見ている。やがて、小柄な男が何か言うと、三人は元の道へ引き返していった。男の一人が自動販売機を殴りつけ、プラスチックの割れる音と振動に金城は首をすくめた。

三人の喚き声や足音が聞こえなくなっても、金城はしばらく動けなかった。自動販売機の陰になってはいても、見えないほどの暗がりではなかった。どうして三人が気づかなかったのか。いや、自分を欺き、恐怖をより大きくするために、見えなかった振りをして隠れているのではないか。そう考えて金城は、自動販売機の陰から三人が歩いていった方をのぞき見た。民家の門柱に付けられた明かりに照らされた通りに人気はなかった。

ふと、いつの間にか口を押さえていた手が離れているのに気づいた。振り返ると二メートルほど離れた道の真ん中に小柄な人影が立っている。十四、五歳の少年のような体をして、衣服はあちこち破れ、胸から腹にかけて黒い染みができていた。所々泥もこびりつき、元はカーキ色をしていたことがやっと分かる。すねに巻いた布や爪先の破れた靴。沖縄戦の記録フィルムに出てくる日本兵のような格好をした体には、首がなかった。

身動きできない金城に正対した首のない体は、踵《かかと》を合わせ背筋を伸ばして、気をつけの姿勢を取った。勢いよく上がった右手が鋭く曲がり、見えないこめかみのあたりに指先をそろえて敬礼する。答礼もできずにその姿を見つめた金城は、上着の胸に広がっている染みが、首から流れた血の跡だと気づいた。首のない体は下ろした手を脇腹のあたりに構え、回れ右をして走り出した。暗い道を遠ざかっていく後ろ姿が、角を曲がって見えなくなっても、金城は動けなかった。

道の向こう側から車のライトが近づいてくる。金城は我れに返って立ち上がった。

脚がしびれて膝がぐらついたが、車に乗っているのが四人組の米兵かもしれないという恐怖に駆られ、金城はアパートに向かって死に物狂いで走った。

カウンターに並んで座っている大城は、金城の話を聞き終わると、泡盛のグラスを口に運び、しばらく考え込んでいるようだった。カウンターの中では、マスターの友《とも》利《り》が自分も泡盛を飲みながらグラスを洗っている。午前二時を回って、店の中にいるのは三人だけだった。

店の名は「クロスロード」といった。パークアベニューから一つ南の通りにあり、カウンター席以外には、二人がけと四人がけのテーブルが二つずつあるだけの小さな店だった。店が開くのは八時だったり十時だったりバラバラで、三、四日続けて閉まることも珍しくなかった。店の奥には特別に注文したらしい大型のスピーカーが据えられていたが、実際に店内にかかっている音楽は、壁に掛かった安物のスピーカーから流れる有線放送だった。酒は缶ビールと泡盛しか飲めなかったし、つまみもポテトチップスやミックスナッツ、チーズなど、調理も何もしないで出せる物ばかりだった。

金城が職場の同僚から聞いた話では、三、四年前までは、マスターの作るカクテルは評判がよくて、北部や那覇《なは》から来る客もいたという。明け方になっても満席のことも多く、オリジナルのカクテルで賞をもらったこともあるという。そう聞かされても、今ではまったく想像できなかった。

ただ、金城は投げ遣りな店の雰囲気がけっこう気に入っていた。二年近く前から店に通い始め、週に二、三回は顔を出していた。ろくな物を出していない分、値段も格安だった。塾の同僚は、高額の軍用地料をもらっているらしいから商売なんてどうでもいいんだろう、と噂《うわさ》していたが、あながち勝手な憶測とも思えなかった。

店に来るのは、金城と同じように一人で静かに飲むのが好きな男ばかりで、よく顔を見せるのが十人くらいいた。カウンターで隣り合わせになっても会話を交わすこともなく、ぼんやり考え事をしたり、テーブル席で本を読んだり、メモ帳に何か書き込んだりしていた。たまに米兵や本土から来た観光客がドアを開けることがあったが、メニューの少なさと店の雰囲気に呆《あき》れて、一時間もしないで引き揚げるのが大半だった。そういう客が出ていくと、金城を含めた常連客は鼻で笑っていたが、友利は無表情のままだった。

その日は、塾の経営者に誘われて居酒屋で飲んでの帰りだった。車は塾の駐車場に置いてあったので、どっちみちタクシーで帰るのだからと、久しぶりに店に寄ってみた。ジョギング中に米兵達とトラブルがあってから、アパートの近くで飲むのは一カ月以上控えていた。カウンターに一人で座っていた大城が会釈したので、金城はその隣に腰を下ろした。金城と大城は月に四、五回は店で一緒になった。大城は市内の高校で歴史の教師をしているということで、カウンターで隣り合ったときなど学校や塾のことを話すことがあった。オリオンの缶ビールを頼むと、マスターの友利は目も合わさずにグラスと缶をカウンターに置いた。

「受験指導で忙しいでしょう」

しばらく店に顔を出さなかった理由を、大城はそう解釈していたらしかった。少し迷ってから金城は、ここならいいか、とジョギングの最中に体験したことを話し出した。誰かに話したいと思いながら、職場では口にしなかった。聴いているその場では、怖がったり、面白がったりして見せるだろうが、陰ではどういう噂が流れるか知れたものではなかった。生徒にまで噂が広がると厄介ごとにもなりそうだった。この店の中なら支障が出ることはないだろう、と金城は思った。

ジョギング中に車に乗った米兵のグループに声をかけられ、ちょっとしたトラブルがあって追われる羽目になった。トラブルの内容については金城は曖昧《あいまい》にした。女を買おうとしたことに腹を立てて注意すると、運転手が唾をかけたのでつい車のドアを蹴ってしまった、とだけ言って、運転手の体をドアにはさんだことは隠した。三人の米兵に追われて、日本兵の格好をした首のない少年に助けられたことについては詳細に話した。

聞き終えた大城は、困惑した表情で金城を見た。自分をからかっているのか、たんなる笑い話として聞いてほしいのか、対応の仕方に苦慮しているようだった。金城の方も、いきなり笑われたり、よくできた話ですね、とあしらわれたりしたらどうしようか、と不安になった。泡盛の入ったグラスを手にしたまま言葉を探している大城を見て、あれは本当にあったことだよな、と金城は胸の中で自問した。夢や錯覚のはずがなかった。精神に変調をきたしたのでもないかぎり、自分が見たのは間違いないと確信していた。

「それで、その後米兵達とは会ってないんですか」

大城の最初の言葉は、金城の予想とは違っていた。

「いや、まさか、会ったりしたらどういう目にあわされるか分からんさ。いや、正直言うと、あれからジョギングもやってないし、アパートの周辺も歩かないようにしてるわけよ。今日も帰りはタクシーで帰ろうと思ってるくらいで……」

あわてて余計なことを言い過ぎた、と金城は相手が苦笑を漏らしたのを見て思った。大城はすぐに真剣な表情に戻り、主人に泡盛をもう一合頼んだ。金城も缶ビールを頼み、カウンターに二つが置かれると、それぞれ自分のグラスに注いでゆっくり飲んだ。

「米軍の部隊のローテーションは半年でした？」

大城の問いに金城は、そんなもんだろう、と曖昧な知識のまま答えた。

「じゃあ、まだしばらくはこの近辺で飲み歩けないですね。この店なら安心でしょうけど」

大城は少し言い間違えたかなと思い、そっとマスターを見たが、友利は何の反応も示さなかった。

「そんなに心配ばかりしても仕様がないとは思うがな。連中もトラブルを起こしたら軍歴に傷が付くし、少女への事件もあったからな、簡単に手出しはできんと思うが……」

自分に言い聞かせるように言ってから、金城は、むしろ運転手に怪我《けが》をさせたのが厄介やさ、と思った。

「そうですね」

大城はうなずいてグラスに氷と泡盛を足した。それっきり、二人とも自分の考えに沈み込んだように黙った。ふいに友利がつぶやくように言った。

「伝令兵ですよ」

マスターから話しかけられたことなどなかったので、金城も大城も驚いて顔を上げた。友利はグラスを拭《ふ》きながら、誰にともなく話し続けた。

「昔、沖縄戦のときに、師範学校や中学校の生徒たちが、鉄血勤皇隊として戦いましたよね。その中に伝令兵になった生徒達もいるんですよ。日本軍の陣地から陣地に、命令を伝えるために戦場を走り回った生徒達がいて、その一人がこのあたりで戦死したという話なんですがね。艦砲の破片でやられたのか、首がざっくり切れて、体はうつ伏せに倒れていたらしいですが。頭はどこかに吹き飛ばされたのか、見つからなかったそうです」

友利の年齢は四十代半ばくらいと聞いていた。ふさぎ込んでいなければ、三十代と言ってもおかしくないのに、と金城はいつも思っていた。ただ、久しぶりに顔を見たその夜は、年齢以上に老けて見えた。話している間、友利はずっとうつむいて無表情のままだった。

「それで、今でもまだ戦争が終わったことを知らない伝令兵の幽霊が、日本軍の陣地を探して、このあたりを走り回っているという話が伝わってるんです」

「そうなんですか」

感心したような大城の言葉に、友利が顔を上げ、二人の背後を見た。後ろのドアが開く音がし、伝令兵の幽霊が入って来たような気がして、金城は背筋に寒さを覚えながら振り向いた。顔をのぞかせたのは黒人の若者だった。店内を見回すと無愛想に三人を見て、入らずにドアを閉めた。

しばらく沈黙が続いた。大城が少しうわずった声で友利に聞いた。

「マスターはその伝令兵の幽霊を見たことがあるんですか?」

友利はグラスを拭いていた手を止めると、うつむいたまま眉根を寄せる。また失敗したか、というように大城はグラスを口元に運んだ。友利は布巾を丁寧にたたんでカウンターに置くと、グラスや酒瓶が並ぶ棚の横に目をやった。米兵のサインが書かれた一ドル紙幣が何十枚もピンで留められている。昔、店が米兵達の溜まり場だった頃、記念に貼り付けていったものだった。

その上に三枚の写真パネルが掛かっていた。黄ばんだ白黒の写真には、どれも燃え上がる車とそれを囲んでいる群衆が写っている。それが一九七〇年の十二月に起こったコザ暴動の写真だということは、金城にも分かった。初めて店に来たときに、米兵も飲みに来るだろうにずいぶん挑発的だな、と金城は驚いたが、最近は気にも留めなくなっていた。写真パネルの所に歩いていくと、友利は手を伸ばして右端の一枚を下ろした。埃《ほこり》を吹き払い、カウンターに置くと、大城が身を乗り出して眺めた。

「コザ暴動でしょう。復帰の直前に起こったんでしたよね。十周年か何かのときに、テレビの特集で見たことありますよ。米兵の車を七十台以上焼いたんですよね」

友利は黙ってうなずいた。金城の世代にとっては、日本復帰前の記憶はほとんどなかった。コザ暴動も歴史上の出来事として知っているだけだった。暴動が起こる前に米兵による事件が相次ぎ、犯人が治外法権下のように無罪になった。そのことに、沖縄の人々の不満が鬱積《うっせき》し爆発したのだと、金城は何かの本で読んでいた。

炎上する数台の車を囲んでいる人の中には、手を叩いたり、両手を突き上げたりしている者もいて、噴き上げる炎の音や喚声、指笛が聞こえてきそうだった。混乱の中で撮られたせいか、写真は少しぶれていて、一人ひとりの顔ははっきりしなかった。それでも何名かが笑っているのは分かった。友利が群衆の一人を指で示した。あちこち破れた衣服や脚に巻いた布、軍服を思わせる格好は、まわりの人達とは明らかに違っている。今にも走り出しそうに腰をひねり、左足の先を地面から浮かせたその体には、首から上が写っていなかった。金城は、自分の表情が強張《こわば》るのが分かった。

「本物ですか？」

そう訊いた大城は、黙ったままの友利を見て、気まずそうに笑った。

「でも、これは炎や光の加減で顔の所が写らなかった可能性もありますよね」

大城の言葉に友利はうなずいた。

「可能性は何だってある。でも、この服装は……、日本復帰前だって、もうこういう格好をしている人はいなかった」

友利は静かな口調で言うと、パネルに見入っている。その横顔を見つめ、金城は口を開いた。

「同じですよ、私が見たのと。確かに同じ格好をしていました」

友利は金城に顔を向けた。たるんだ皮膚に陰が刻まれ、かなり疲れているように見えた。感情が抑制された鈍い表情をしているのに、眼の奥に鋭く固い光がある。脇の下に汗が流れるのを感じ、金城は体を引いた。

「この写真は、胡屋《ごや》十字路からプラザハウスに向かう途中で撮られたものなんだが、あんたが伝令兵を見た場所を教えてくれないか」

友利の口調は低く柔らかだったが、有無を言わさない切迫感を金城は感じた。中央公園の近くにある空手道場の向かいの道に入り、雑貨店の前に置かれた自動販売機の所だと金城は教えた。地図を書きましょうか、と言うと、だいたい分かる、と友利は答えて、写真パネルを元の場所に戻した。

カウンターに立った友利は、缶ビールと泡盛、小皿に盛ったミックスナッツを金城と大城の前に置いた。サービスだよ、と言うのに、二人は恐縮して礼を言った。いつものマスターからは想像のできない対応に、二人はかえって緊張した。その緊張をほぐすように、大城がわざと軽薄な口調で言った。

「戦争が終わったのも、自分が死んだのも知らないんでしょうね。でも、その伝令兵は今も何を伝えようとしてるんですかね」

「そんなの誰にも分からんさ」

友利の不愉快そうな口調と表情に大城は、また失敗したか、という顔をした。

二人が店を出ると、友利はドアに閉店の札を下げ、鍵を閉めた。グラスや小皿を洗い、灰皿を片付ける。売り上げを計算し、つまみや酒の残りを確認してから、グラスに泡盛を注いでカウンター席に座った。久しぶりに話をしたせいか、気持ちがざわめいていた。テーブルの片づけや床の清掃は翌日に回すことにした。ロックで三杯飲むと酔いが回ってくる。写真パネルに目をやった友利は、立ち上がると右端の一枚をはずしてカウンターに戻った。泡盛を飲みながら首のない男の姿を眺めていると、父のことが思い浮かんだ。

この写真を撮った頃、友利の父は市役所に勤めていた。酒も博打《ばくち》もやらない実直な人で、母の話では、職場では曲尺《ばんじょうがに》という渾名《あだな》を付けられていたという。仕事が終わるとまっすぐ家に帰り、庭の手入れをして盆栽に水をやる。夕食後はテレビを見るか、近くの海に夜釣りに行く。そういう生活の繰り返しだった。休みの日には、趣味の写真を撮りに、北部や南部の景勝地に出かけることがあった。そういうとき、小学生の友利も一緒に連れて行ってもらった。叱《しか》るときも決して手を出すことはなかったので、友利も妹達も父親のことを好いていた。

一九七〇年十二月二十日の夜だった。友利達が住んでいたコザ市の胡屋《ごや》を中心に、住民が米軍関係車両を七十台以上放火するという暴動が起こった。深夜、雨戸を叩く音に起こされた父は、職場の同僚から事情を知らされ、すぐに着替えるとストロボの付いたカメラを持って表に出たという。友利はずっと寝ていて、後で母から話を聞かされた。

父が帰ってきたのは空が白み始めた頃で、冬だというのに下着がびっしょり濡れていたという。シャワーを浴びてから、居間に座って興奮が冷めやらないまま、炎上する車やそれを囲んで喚声を上げている人々の様子を、父は母に話し続けた。

写真を撮ったときに、ストロボの光に驚いた人達が、警察と思い込んで逃げたり、逆にカメラを奪うために向かってきたりしたので、そのたびに逃げるのに必死だったらしい。しかし、そうやって苦労して撮った写真の大半は、手ぶれがあったり光量不足で父をがっかりさせた。どうにか見られる写真を引き伸ばしてパネルにすると、コンクールに出すのだ、と母に自慢していたという。それらは写真仲間の評判もよく、マスコミも借りに来たという。けれども、父はコンクールに出すことなく、パネルを押し入れにしまい込んだ。

ある夜、居間のテーブルに置いたパネルをルーペで見ていた父は、突然呻《うめ》き声を漏らした。傍らでアイロンがけをしていた母が見ると、怯《おび》えたような目で写真を見つめている。どうしたのか訊くと、パネルを母の前に置き、ここを見てみ、とパネルの中央部を指さしてルーペを渡した。

燃え上がる三台の車両を囲んで、人々が手を叩き、指笛を吹いている。中にはカチャーシーを踊っている者もいる。夜空に白く噴き上げる炎が、人々の姿を照らし出している中に、一人の異様な姿があった。それは逃げようとしているようにも、踊りだそうとしているようにも見えた。戦争中の格好をしているのも変だったが、何よりも頭部が写っていないのが、母には理解できなかった。

何ね、この人？

そう問いかけた母に父がした話は、母も初めて聴くものだった。

戦争の頃、中学校で学んでいた父は、米軍が沖縄に上陸する直前、鉄血勤皇隊員として日本軍の中に組み込まれた。米軍との戦闘が続く中、父達は弾薬の運搬や食糧の炊飯は元より、銃を取って戦闘に参加したり、伝令兵として戦場を走り回ったりしていた。国のため、天皇陛下のために命を捧げるのは当然のこととして、父は自分も一軍人のつもりで死ぬ覚悟をしていた。

同じ部隊に伊集《いじゅ》という同級生がいた。家が近所で子どもの頃から仲がよかった。受験勉強も一緒にやり、互いの家に泊まりあって、父は兄弟のようにさえ思っていた。小柄だが足が速いので、伝令があるときには伊集はいつも真っ先に使われていた。

五月に入り、雨が数日続いた午後のことだった。伝令の命令を受け、伊集が壕《ごう》を出ていって一時間以上経っていた。とうに戻っていい時間なのに、と父は気が気でなかった。外は艦砲射撃の弾着が激しく、何かあったのではないか、と不安が募る。次の伝令が発せられたとき、父はすぐにその役を希望した。もし、伊集が途中で怪我をしているのなら、役目を果たした後に、自分が壕まで連れ帰るつもりだった。

激しい雨で森の中に掘られた壕の周囲には水が流れ落ち、足を取られないように斜面を下りるだけでも大変だった。命令書の入った筒を肩から斜めに提げた鞄に入れ、父は目的の陣地に向かって走った。百メートル行く間に、足を取られて五回以上も泥の中に這《は》った。それ以外にも、飛来する弾の気配に何度も泥の中に体を埋めた。逃げる途中で被弾した住民の遺体が、まだ生々しい肉の色を見せて散乱しているのを、父は恐れも哀れみも抱かずに見ながら走り続けた。

目的の壕に着き、命令書を渡して戻ろうとしたとき、夕方になれば米軍の攻撃は止むから、それから戻った方がいい、と一人の上等兵が忠告した。その言葉に感謝して、父は陣地を出た。暗くなってしまえば、どこかで助けを求めている伊集に気づかないかもしれない。そう思うと、自分の安全を顧みる気持ちになれなかった。

土砂降りの雨で、飛来する砲弾の音が聞きづらかった。米軍は予定の時間までにありったけの弾を撃ち込むというように、激しい攻撃を加えていた。幼い子どもを三人連れた女と老女が、泥の中に倒れているのを父は見た。女や子どもの体は四散し、小さな手足がもぎ取られて雨に打たれ、どこの部分かも分からない肉や内臓が水溜まりに落ちている。赤黒い水に雨の飛沫《ひまつ》が上がっているのを見ても、悲しいという感情が起こらなかった。それよりも、どこかに伊集が横たわり、助けを求めていないか、というのが気になった。

ふいに体の右側に焼け付くような痛みと風圧を感じた。次の瞬間、体が浮いた。とっさに大きく口を開けると、鼓膜を突き抜けて音の塊《かたまり》が頭蓋《ずがい》の中にぶつかり、口から飛び出す。半回転して背中から落ち、全身が麻痺《まひ》して動かず、雨が顔を叩く感覚だけがあった。そのまま父は気を失った。

息苦しさに顔を上げると、父は泥の中に腹這いになっていた。いつの間にかうつ伏《ぶ》せになって、泥に顔を漬けていたらしかった。咳《せ》き込んで泥を吐き、手で顔を拭《ぬぐ》ってまわりを見回した。手を突いている水溜まりに赤黒い血が流れ込んでいる。二メートルほど離れて、うつ伏せに倒れている体があった。鋭い刃物で切断されたように首が付け根から無くなっていて、雨に打たれた傷口から血が流れ続けていた。手足や体には傷らしいものは見当たらないのに、青白い骨がのぞく首は肉の生々しさと冷厳な死を見せつけている。あたりを探したが、頭部は見あたらなかった。

顔は確認できなくても、うつ伏せの体を見た瞬間から父は、その遺体が伊集のものであることを確信していた。四つん這いになって近づき、肩のあたりに手を伸ばしたが、触れることができなかった。至近距離への弾着は続いていて、同じ場所にとどまっているのは危険だった。後で必ず埋葬に来るから、と心で約束して、父は壕に走った。

しかし、その約束を果たすことはできなかった。その夜に移動命令が出て、部隊は島の南部に向かった。伊集の遺体を埋めに戻ることは不可能だった。その後、伊集の遺体がどうなったか、父には知る術《すべ》もなかった。

そういう話を友利は母から断片的に聞かされていた。写真のことや、ある時を境に父の行動が異変をきたした理由を母から詳しく聞いたのは、父の死後のことだった。

写真に写った首のない人影を、伊集に違いない、と父は母に言った。それから毎晩のようにカメラを手にして街に出るようになった。帰ってくるのは深夜の二時、三時になってからで、翌日が休みのときには明け方になることもあった。そういう生活が一、二カ月も続くと、仕事にも支障が出る。もともと体は丈夫な方だったが、睡眠時間が激減し、夜の街を四、五時間も歩き回っていれば、体調を崩すのは当然だった。フィルム代や現像代もかさみ、父と母の口論も絶えなくなった。

その頃、小学生の友利の目にも、父が突然変わったのが分かった。口数が少なくなり、夜になると何かに憑《つ》かれたような目をしてカメラを手に外へ出ていく。休みに友利を連れてドライブに行くこともなくなった。一緒に家にいると息苦しくて、父が外に出るのを友利達兄妹は喜んだ。

毎夜、街で写真を撮っていた父は、いきなりカメラを向けられ、フラッシュの光を浴びせられた米兵や飲み屋の男達から殴られることもあったらしい。時にはフィルムを抜き取られたり、歩いて帰るのがやっとというくらいの怪我をしたこともあったという。それでも、父は夜の街頭で写真を撮ることをやめなかった。

伊集という同級生が伝令兵として今も走り続けているのを自らの目で確かめ、カメラに収めようとしているのだということは、母も分かっていた。ただ、親友に限らず、肉親を亡くした人がいくらもいる中で、父がこんなにも伊集という同級生のことにこだわるのが、母には理解できなかった。母も祖父や伯父を沖縄戦で亡くしていて、戦死した同級生もたくさんいた。辛いのはあんただけではない、という思いを父に抱いた母は、こんな男には見切りをつけようと何度も思ったらしい。それでも最後の一線で踏みとどまったのは、三人の子どもがいたことと、父の気持ちを否定することまではできなかったからだという。

父のそういう状態は六年と少し続いた。その間には役場の仕事も辞め、いくつか仕事を変わったあと、小さな飲み屋を始めていた。退職金を注ぎ込んだ飲み屋は、実際には母の手で切り盛りされていた。仕込みや客への応対は丁寧にやっても、十二時前にはカメラを手に出ていく父を、母は当てにしていなかった。昼は給食センターで働き、夜は店をみていた母の苦労は、並大抵のものではなかったはずだった。だが、その頃中学生だった友利に、母のことを気遣う余裕はなかった。

諍《いさか》いが絶えず、深夜にしか帰ってこない両親と友利が話をすることは、ほとんどなかった。中心に大きな穴の開いた家にうんざりして、夜は仲間と一緒に街で遊び、学校でもかなり荒れた状態だった。学校から呼び出しの通知がきても、父はまったく無関心で、母も忙しさにかまけて対応しようとしなかった。それがますます友利の行動を悪化させた。何度呼び出されても学校に来ない両親を、担任や生徒指導部の教師は友利の前で小馬鹿にし、こんな親だからお前みたいな奴が生まれるんだ、とか、親からも見放されたか、と薄笑いを浮かべて言った。そういう教師達に憎悪を抱く一方で、自分に無関心な両親への怒りも募った。沖縄の施政権が日本に移り、貨幣がドルから円に変わるのと石油危機などの経済危機が重なって、沖縄全体が急速な変化に軋《きし》みを上げていた。そういう中で、友利の家も崩れる寸前だった。

それがどうにか維持できたのは、父が突然、カメラを処分したからだった。ゲート通りの質屋にカメラを売ると、夜の街を出歩くこともなくなった。カメラを買ってきたのと同じように急なことで、自分の考えを家族に話すこともなかった。

以来、父は店の仕事に没頭した。一年もすると店は結構繁盛するようになり、生活が安定するにつれて、父と母の仲も自然によくなった。高校生になっていた友利は、時々店の手伝いをするようになった。勉強はまったくついていけなかったので、手に技術をつけなければと思い始めていた。成績も出席日数もぎりぎりで卒業すると、昼は調理の専門学校に通い、夜は店の手伝いを続けた。

六十歳を過ぎて父が店に出なくなってからは、母に手助けしてもらい友利が店を継いだ。数年後、父が死んだのを機に、友利は店を居酒屋からカクテルバーに改装した。二年かけて知人の店に通い、カクテルについての知識と技術を学び、資金も十分めどを立ててのことだった。苦労をするのは分かっていたが、その頃の友利には困難を乗り越えていこうという意欲がみなぎっていたし、何よりもこの仕事が自分に向いているると思っていた。すでに店に出なくなっていた母も、あんたの好きにしたらいいさ、と資金の援助をしてくれた。

仕込みから深夜の片付け、酒癖の悪い客やビール一本で何時間も粘る米兵達への対応など、経営だけでなく肉体面や精神面でも厳しい状態が続いた。それでも仕事には満足していた。高校の後輩だったヨシミと結婚し、五年かかって気をもんだが子供も生まれた。イズミと名付けた娘とヨシミ、母の四人で実家で暮らし、このまますべてがうまくいくものと思った。あの日までは……。

友利は写真のパネルを壁に戻すと、グラスに残った泡盛を流しに捨てた。時計を見ると四時を回っている。明かりを消し、外に出てシャッターを下ろした。一月末で沖縄では一番寒い時期だったが、暖冬なのか薄手のジャンパーでも寒さはしのげた。アパートまでは五分も歩けばよかった。階段を上って三階の部屋に入ると、暗い室内に赤い光が点滅している。明かりを点け、留守電を再生するとヨシミの声が静まりかえった部屋に響いた。

印鑑、押してくれました？　なるべく早く送ってくださいね。

キッチンテーブルの上の封筒を見る。中には離婚届が入っている。一週間前にヨシミから送られてきて、三日考えた後に印鑑を押し、封筒に入れて宛名を書いた。糊《のり》がなかったので封を閉じないまま四日の間テーブルに放ってあった。

奥に行くと六畳二間があり、敷きっぱなしの布団のまわりにゴミが散乱している。生ゴミは残さないようにしていたが、週刊誌や新聞、ビール缶やペットボトルは、朝起きてチリを出すことが延び延びになる間に、床の半分以上を埋めてしまった。三日前から使っているバスタオルの臭いをかいで、少し湿っていたが手にして浴室に入った。

シャワーを浴びながら、コンビニに糊を買いに行かなければと思った。これ以上引き延ばしてはいけないのは分かっていた。ふいに、笑いながら玄関に走ってくるイズミの姿が目に浮かび、あふれ出した涙を友利はシャワーで流した。ヨシミの腕に抱かれた生まれてまもないイズミ。犬に怖がって泣いているイズミ。保育園でダンスを踊っているイズミの姿が、次々と目に浮かんでくる。触っただけで壊れてしまいそうな体を恐る恐る抱いたときの感触。耳の奥に残る笑い声や泣き声、ささやき。友利は顔にシャワーを浴び続けた。

三年前の夏の夕方だった。店で開店の準備をしているとき電話が鳴った。泣きながら何か言っているヨシミの言葉が分からなくて、どうにか聞き取れた病院の名をタクシーの運転手に告げた。

集中治療室に入ったときには、すでに幼い体は冷たくなっていた。保育園から帰ってきて、ヨシミが夕食の準備をしている間一人で庭で遊んでいた。何かの拍子で門から出たときに、無免許で乗り回していた高校生のバイクにはねられた。目立った外傷もなく、病院に運ばれるまでは話もできたというのに、容態が急変した。そういう説明を医者やヨシミから聞いても、納得できはしなかった。

その日以来、友利もヨシミも元の生活には戻れなかった。イズミが死んで一年が経ったとき、友利の母が、早く次の子を作れ、次は男の子を生め、ということを口にした。それがヨシミの心の根を折った。怒りを見せることもなく、心底から疲れきった表情でヨシミはうなだれ、友利ともいっさい口を利かなくなった。そして、このままだと自分もあなたも駄目になるから、という置き手紙を残して家を出ていった。

浴室から出ると、髪をドライヤーで乾かし、セーターの上からジャンパーを着て、友利は封筒を手に取った。今日こそは投函しなければと思い、封筒をジャンパーのポケットに入れて玄関を出た。

別居してから二年近く、ヨシミの心の傷が癒えたら、友利は再び一緒に暮らすつもりだった。ヨシミも当初は同じ気持ちだったと思う。しかし、友利は事態を改善する努力を行わなかった。いや、行い得なかった。母の顔を見ると怒りが噴き出し、妹夫婦に同居を頼んで実家を出、アパートで独り暮らしを始めた。日増しに酒量が増え、まともな食事をとらなくなり、自分が駄目になっていくのが分かった。だが、生活を立て直す気力がわいてこなかった。

ヨシミとも、母や妹達とも連絡を取ることが日を追って少なくなり、この半年はヨシミに電話をかけることもなくなっていた。店はどうにか開けていたが、かつての自分なら唾棄するような状態だった。四時過ぎにアパートに帰ってくるとビールや泡盛を飲み、酔いつぶれて午後の四時や五時まで眠り続ける。食事は日に一度か二度、外食やコンビニの弁当ですませ、体から酒気が抜けることがなかった。

アパートの近くのコンビニに入り、糊を探していた友利は、文房具の棚の端にインスタントカメラが並んでいるのを目にした。少し考えてから、友利はカメラを一つ取って籠に入れ、ビールやウィスキーを足してレジで支払いをした。

店を出ると駐車場の隅で、糊のキャップを取って封筒を閉じた。アパートを出てから歩いている間、絶対にためらってはいけない、と自分に言い聞かせ続けていた。友利は入口の横にある郵便ポストに封筒を投函すると、一度使っただけの糊をゴミ箱に捨てた。腕時計を見ると五時半を回っている。缶ビールを開けて飲みながら、友利はアパートとは逆の方向に歩き出した。

パークアベニューまで来ると、友利は左右を見渡した。通りに人の姿はなく、二十メートルほど離れたベンチに黒猫が座り友利を見ている。無人の通りを見ていると、急に寒さが体に染み込んだ。この通りをヨシミとイズミの三人で数え切れないくらい歩いたのだと思い、いたたまれなくなって急いで通りを渡った。

北側の住宅街を足早に進むと、金城の言った場所はすぐに見つかった。雑貨店のシャッターはかなり錆《さ》びていて、鉄パイプで作った庇《ひさし》も日除けのビニールが破れている。店の前には段ボールが乱雑に積んであり、コンビニの明るさや清潔さに比べて、寂《さび》れていく店の様子が友利には痛ましかった。街灯の少ない暗い道に自動販売機が光を放っている。その前に立つと、友利はビールを飲み干して缶を屑籠《くずかご》に放った。コンビニのビニール袋からインスタントカメラを取り出し包装を破る。右手にカメラを持って、友利は販売機の奥の隅に向けてシャッターを切った。フラッシュが三度、四度と光を広げる。カメラを下ろすと残光が目に残り、隅の暗がりに緑の輪が浮かんだ。

何かが写るとは思わなかった。モーターの音が響く自動販売機の側面と錆だらけのシャッター、店先のコンクリートの床、隅にあるのはそれだけだった。自分がやっていることのバカバカしさを自覚しながら、そうせずにはいられなかった。友利は右手で持ったカメラを目の前に上げ、あと二回シャッターを切った。

カメラをコンビニの袋に入れ、アパートに戻ろうとパークアベニューの方を向いたとき、小さな人影が体のすぐ横を走りすぎた。幼い女の子の後ろ姿が、自動販売機の光を受けて暗い道に浮かび上がる。黄色いスカートの下で小さな足が跳ね、赤いゴム草履の裏が二度、三度と見える。白い上着の背中の上には黒い髪が揺れている。

イズミ。

友利は叫ぶと、後ろを追って走り出した。次の瞬間、女の子の姿は消えた。立ち止まった友利はまわりを見回し、足音が聞こえないか耳を澄ました。冷気は音を伝えるのをやめてしまったように静止している。今にも叫び出しそうになるのを抑え、友利は乱れた呼吸を整えた。それからゆっくりと歩いてあたりに小さな人の影を探し、それが見えないのを確認すると、コンビニの袋からインスタントカメラを取り出した。まわりの道や家並みに向かって繰り返しシャッターを切っている間、手の震えが止まらなかった。写真を撮りながら、首のない伝令兵の写真を目にしてから、父がカメラを手に夜ごと街に出ていったことが、やっと理解できたような気がした。

もうすべて遅いのだ。

そうつぶやくと友利は、カメラをジャンパーのポケットに入れ、中央公園に向かって歩いた。公園は高台にあった。中に入ると木々の間を抜け、南側の丘にある展望台の階段を上った。展望台からは市街地が一望でき、実家の屋根も見える。事故の前日、仕込みを終えて開店するまでの短い合間に、友利は家に戻るとイズミを連れてこの展望台に上った。手すりにもたれてイズミを抱き上げ、実家の屋根を指さすと、笑いながら真似をする。その笑顔が目に浮かび、柔らかく温かな体の感触が掌によみがえる。

街の明かりは少なく、その上の空も星の光はわずかだった。友利は缶ビールを開けて一気に半分まで飲んだ。コンビニの袋に残ったウィスキーの小瓶を取り出し、蓋を取って缶ビールに注ぎ込む。時間をかけて飲み干すと、袋に缶と瓶を戻して足元に置いた。ジャンパーからインスタントカメラを出し、実家の方に向けてシャッターを切る。フィルムは二枚残っていた。二度目のフラッシュの光が消えると、友利は市街地を眺め、カメラをコンクリートの床に置いた。

酔いが回り、立っているのもやっとだった。ジーンズからベルトを抜き取り、手すりに掛けて輪を作る。手すりに背中をつけてもたれると、ベルトの輪に首を通した。はずれないように顎《あご》に食い込ませ、ゆっくりと腰を落としてベルトが切れないのを確かめてから、体重をあずけた。体から力が抜け、重く沈んでいく。もう手を上げることもできないと思うと、薄笑いが浮かんだ。いや、笑ったのは心の中だけで、内圧で膨れ上がった顔の皮膚はちりちりと弾けるような痛みがあり、笑みを作ることはできなかった。笑いが消えた後、不安と恐れを覆い尽くして寂しさが広がっていく。それもやがて消えていった。最後に、とーたん、と呼ぶイズミの声が聞こえたような気がした。

突然、体が浮いたかと思うと、喉に食い込んでいたベルトがはずれた。背中を二度、三度と強く叩かれ、気道を広げて流れ込んだ冷気が、肺を押し広げていく。四つん這いになって友利は激しく咳込み、嘔吐《おうと》した。酒精と酸の臭いが鼻をつく。胃が波打ち、喉が鳴り、口から垂れた液と涙が吐瀉《としゃ》物に落ちる。冷たい掌が友利の背中をさすり続ける。友利は手で目を拭うと、傍らにしゃがんだ人の足を見た。布製の靴の破れた爪先から親指がのぞいている。泥にまみれた靴の上は、ズボンの裾《すそ》を布で巻いてあって、ゲートル、という言葉が脳裏に浮かんだ。

掌が背中から離れ、折り曲げられていた脚が伸びる。友利は顔を上げた。勢いよく踵が合わされ、気をつけの姿勢を取った体は、まだ少年のものだった。肘《ひじ》を上げて敬礼した少年兵の指の先に、白み始めた夜空が見える。靴底が湿った音を立てた。きびすを返した少年兵は、両腕を脇腹に引きつけ、リズムよく足を運んで展望台を下りていく。

友利は四つん這いのまま這っていき、展望台の階段と公園の様子を見た。芝生の敷きつめられた広場、雑草の茂る花壇、葉の落ちたクワディーサーの木が並ぶ遊歩道。

首のない少年兵の姿はすでになかった。

友利は立ち上がると、よろめきながら手すりの方に戻った。インスタントカメラを拾い上げ、手すりに体をもたせかけて市街地を眺めた。東の空に黄金色の光が広がり始めている。紫がかった弱い光が街を包み、実家の屋根を見分けることができる。友利はカメラを見つめ、指先でなでた。それから、ゆっくりと腰を上げると、カメラを手すりに叩きつけた。一度では壊れず、三回叩きつけてプラスチックのケースを割ると、フィルムを引き出し、展望台の下に投げ捨てた。膝が崩れ、コンクリートの床に座り込んだ友利は、声を嚙《か》み殺して泣いた。

戦争はなかった

小松左京

小松左京《こまつさきょう》（一九三一〜二〇一一）

大阪府生まれ。京都大学在学中に同人誌「京大作家集団」に参加、そこで三浦浩、高橋和巳らと交友を持つ。同時期に、モリミノルなどの名義でマンガも刊行している。大学卒業後は、雑誌記者、ラジオ番組の台本作家などを経て第一回空想科学小説コンテストに応募した「地には平和を」で努力賞を受賞、一九六二年に「易仙逃里記」が「SFマガジン」に掲載されてデビュー。その後『日本アパッチ族』『果てしなき流れの果てに』『虚無回廊』などを発表し、日本SF界の第一人者となる。一九七四年に『日本沈没』で日本推理作家協会賞を、一九八五年に『首都消失』で日本SF大賞を受賞した。

1

その会合におくれて出た時、彼はすでに少し飲んでいた。——ちょっとした客があって、汽車の時間まで、小一時間ほどバーで相手をし、それからいそいで会合にかけつけたのだが、タクシーの混雑も手つだってひどくいらだった。いらだちのあげくが、中華料理屋の座敷のある二階へかけ上る時、踊り場から一、二段あがった所で、足をふみはずして転倒した。——壁に頭をうちつけて、ほんの一、二秒間気が遠くなったが、それだけの事だった。ボーイの手をかりずに起き上り、いたむ腰と後頭部をさすりながら、やっと二階へ上ると、席は階段を上ったとっつきの部屋で、今の物音におどろいて顔を出したのが旧友の一人だった。

相変らずそそっかしいな、といった揶揄《やゆ》と笑声にむかえいれられ、あちこちから、よう、とか、オス！　などと親しげな声をかけられながら、腕をひっぱられて、もうかなり杯盤狼藉《はいばんろうぜき》となった座敷にもつれこみ、そのまま人いきれと煙草《たばこ》の煙と、笑声や蛮声のたちこめる席にとけこんだ。彼もすでに、少し酔っていたし、座では、学校時代の無茶のみのピッチで盃《さかずき》がまわっていた。つづけざまに盃がさされ、ビールのコップが押しつけられ、つづいてコップで日本酒をすすめるやつがあり、中の一つはたしかにウイスキーだった。

たちまち彼は、したたか酔いはじめた。酒は強い方だったが、その場の雰囲気《ふんいき》の方が彼を酔わせた。——集まっているのは、旧制中学時代の、それもあまり秀才連中をふくまぬ、運動部や、札つきの不良や、及落すれすれ組ばかりだった。戦争中はなぐられ通しで、戦後は中学生のくせに煙草を吸い、進駐軍の煙草やチョコレートやガムのブローカーをやり、家のものや学校のものをもち出して、何でも売れる闇市《やみいち》で売りとばし、その金で葡萄糖《ぶどうとう》入りの揚げ饅頭《まんじゅう》やズルチン入りのぜんざいを食い、バクダン焼酎《しょうちゅう》を飲み、制帽だった戦闘帽の、てっぺんの布にベットリ油をぬって前後をピンとがらせ——当時「航空母艦」とよばれていたスタイルである——上衣《うわぎ》の襟《えり》ボタンをはずして、よその中学の生徒に、面《めん》を切ったの眼《がん》づけしたのと関係つけて、バッジや金や腕時計をまき上げ、しかえしの果し状をもらって、バットやチェーンや短刀や自転車のギアでわたりあい、しまいには日本刀まで持ち出して——威嚇《いかく》のためだけだったが——ばかみたいな乱闘をした。そういった仲間の中の、予科練がえりの二人は、やくざにさそわれて、中学生ピストル強盗の第一号となり、現場を見つかって、弱腰の警官はまいたが、MPに誰何《すいか》され、一人は助かったが、もう一人は射殺された。——あの大空襲の中を生きのび、予科練で特攻隊になるところを生きのび、やっと戦争が終った矢先に十六歳と何カ月かで死んだのである。——別に親しくはなかったが、その男のことをひょいと思い出してしまうと、その顔が、まだ十六、七の童顔のままであり、そうか、あいつの年をとった顔というのは、見られないのだ、と思うと、眼頭がツンときた。

それといっしょに、いろんなことが脈絡もなくどっと思い出されてきた。——ざあっと空気をふるわせる焼夷弾《しょういだん》の絨毯《じゅうたん》爆撃、眼も鼻もあけられないほどごうごうと吹きまくる、火と熱い灰のつむじ風、焼けあとの泉水の中で、きれいな顔をして死んでいった赤ン坊、道を歩いていた彼らをはっきりとねらっておそいかかり、二〇ミリ機銃の猛烈な掃射をあびせたグラマンの、油切ったプロペラ・スピンナー、豆ばかり食って、教師や上級生や軍人になぐられ、旋盤の熱い切り粉で眼球をきずつけられながら、竹槍《たけやり》特攻で死ぬ気でいたやせこけた中学生たち……そんな記憶に、もっと酔いしれるためか、おいはらうためか、彼はまたもやグイグイ飲んだ。——酔っぱらって、次第に昔と今の境界がぼやけ、情なくなり、腹だたしくなり、——たえがたいほどつらくなり、泣きたくなり、——そしていい気分になってきた。

座の方も、すでに乱れに乱れ、胴間声《どうまごえ》で歌がはじまっていた。校歌や、応援歌や、女学生を歌った猥褻《わいせつ》な数え歌のたぐいである。彼もいっしょに手をうって、蛮声をはりあげたが、どうも、そんな歌では心の中のもやもやが、おさまりそうになかった。で、一区切りついたところで、一段と声をはり上げて、リードをとった。

命一つとひきかえに、千人万人切ってやる……

空襲も最高潮に達した昭和二十年の終戦直前、ラジオが流しはじめた「切りこみ特攻隊」の歌である。——この歌が流れだすと、大ていブザーが鳴って、軍情報の空襲警報で中断されることになっていた。歌といっしょに、灼《や》けただれたまっ青な夏空や、大地の底からひびいてくるようなB29大編隊の爆音、高射砲の音、といったものが、思い出されてくる。——みんなもすぐ、ついてくるだろう、と思ったのに、座はわいわいいうばかりで誰もいっしょに歌おうとしなかった。

「おい、よせよ」と誰かが酔っぱらった声でどなった。「なんだ、その歌は」

「忘れたのか？　だらしねえ奴だ」と彼は少しむくれていった。「じゃ、おい、予科練の歌を歌おう、みんなも歌えよ」

彼は立ち上ると、旧制高校の歌い方の要領で、大きく手を打ち合わせて歌い出した。

若い血潮《ちしお》の予科練の
七つボタンは桜に碇《いかり》……

戦時中は、あまり好きな歌ではなかった。——だが、いま歌うと、胸の中にあついものがこみ上げてくる。なまぐさく、汗くさく、戦場に捨てることにきめられた若い血の、うずくようなやり場のない男くささにみちた歌である。戦前の寮歌のように戦時中の青春の歌だ……。

「おい、お前も歌えよ」彼は、横にいた男の腕をつかんで立たせようとした。

しかし、その男は、迷惑そうに腕をふりはらった。

「知らんよ、そんな歌……」

「ばか、この歌知らねえやつがいるか！」と彼はどなった。

「おい、玉置《たまき》、予科練がえり、いっしょに歌おう」

厠《かわや》か何かに立ちかけた玉置は、彼に抱きつかれてよろけた。

「それ、歌え——今日もとぶとぶ霞ケ浦《かすみがうら》にゃ……」

「はなせよ」玉置は眉をしかめた。「なんだその歌は——きいたこともない。もっとほかの歌ならいっしょに歌う」

「きいたこともない、だと？」彼は、むかっ腹をたててわめいた。「お前が、この歌を知らん？　予科練がえりのくせに、何をとぼけてるんだ？」

「ヨカレン？」玉置はうるさそうな顔をした。「なんだ、それは？」

「おい、お前、おれをからかう気か？」酔った勢いで——このごろはめったにないことだったが——彼は玉置の胸ぐらをつかんだ。「戦争中、お前が予科練にはいる時、おれたちみんな、駅へ送りに行ってやったじゃないか。——お前は、真珠湾《しんじゅわん》水中攻撃隊のまねをして、行ってまいります、といわないで、行きます、といった」

「いったい何の話だ?」玉置はいぶかしそうに、眉をしかめた。「何をいってるのか、さっぱりわからん。戦争中って……いつの戦争だ」

　彼は完全に逆上した。——とぼけるのもいいかげんにしろ、とわめくと、玉置にむしゃぶりついた。しかし、玉置の方はそれほど酔っておらず、彼の腕をつかんだ。テーブルに脛《すね》があたり、皿《さら》小鉢《こばち》が鳴った。たちまち二人は、まわりの連中にわけられてしまった。

「よせよせ、玉置」と誰かがいった。「こいつは酔っぱらってるんだ」

「なんだ、この野郎、……」玉置は抱きとめられながら青い顔をして、眼を光らせた。

「戦争だの、予科練だのわけのわからんことをいって……」

「お前こそ何《な》ンだ!」彼も青くなってわめきかえした。「あの戦争を、知らんようなことをいって……」

「まあ、おちつけよ、紺野《こんの》」と幹事役がいった。「お前、今日少しおかしいぞ」

「だって、……みんなきいたろう? こいつは、とぼけておれをからかいやがった」

彼は、唾《つば》をとばして言った。

「ほら、みんなも行ったろう。玉置が予科練に行く時、おれたちで旗もって、送ってやったじゃないか……」

誰も肯定しなかった。――かわりに、いぶかしそうな視線が、あっちこっちから彼を見つめた。

「行ったろう？――おぼえているだろう？」彼はわめいた。

「ほら、今うたった予科練の歌をうたって……そうだ、帰りに空襲警報ぬきで、いきなり非常退避の半鐘が鳴って、おれたち防空壕《ぼうくうごう》にとびこんだら、すぐそのあとで艦載機がわんさとやってきて……」

「おかしなやつだな」と幹事はいった。「何をわけのわからんことをいってるんだ――玉置を送って行ったって？　いつの事だ？」

「中学三年の時だ……」飲みすぎであばれたため、顔から血がひいて行くのを感じながら彼はいった。「ほら、おれたち工場動員に行く直前さ」

「工場動員？――中学生のおれたちが、なぜ工場なんか行ったんだ？」

「きさままで、とぼけるのか！」泣くような声で、彼は叫んだ。「戦争を忘れたのか！　あの大東亜戦争を……」

どうかしているぞ、こいつは――というつぶやきがまわりできこえた。――さっき階段でころんで、頭がおかしくなったんじゃないか……。

「よしよし、まあ酔いをさませ」幹事役が、わけ知り顔で、肩をたたき、水のコップをさし出した。「なにをどう思いちがいしたのか知らんが、おちついてよく思い出してみろ。な。——おれたちの若いころに、戦争なんてなかったじゃないか」

一瞬、彼はひるんだ。——青い顔をして、呆然《ぼうぜん》とまわりを見まわした。しかし、彼をとりまいて、見つめているのが、たしか中学時代の仲間にまちがいないとわかると、酔いの底から、どうしようもない衝動がこみ上げてきた。——ちくしょう、きさまたちまで、よってたかって、おれをからかうのか、とわめくと彼はまたあばれ出し、たちまちみんなにおさえつけられ、したたか吐き、吐くと同時に、なにかのつっぱりがはずれて苦しい泥酔の底に意識がしずんでいった。

2

翌日はむろん、ひどい宿酔《ふつかよ》いで、会社を休んだ。午《ひる》すぎても呻吟《しんぎん》しつづけ、やっと起きて水を飲み、たちまち吐き、それでもその時やっと峠をこした。昨夜あれから、誰がどうやって家へ送ってくれたか皆目記憶になく、ただここ四、五年来の大失態をやった悔恨だけが、いやにはっきりしていた。だが、その悔恨の原因になった事は、まだ苦しさにたえることに手いっぱいの意識の、隅《すみ》の方に押しやられていた。

夕方、ようやく起き出してすわれるほどになった時、前夜の幹事役の一人から見舞いの電話があった。

「荒れたな」

とむこうは気の毒そうにいった。——面目ない、と彼は口の中でいった。

「ゆうべは、どうかしてたんじゃないか。まったくおかしかったぜ」と相手は少し安心したようにいった。「きいたこともない歌を歌って、みんなに歌えといったり、玉置にからんだり、ありもしない戦争を、あったといいはったり……」

それで、一切がよみがえってきた。——またはげしい宿酔いに似た症状が、腹の底から湧《わ》き上ってきて、冷や汗が全身にふつふつとふき出して、知らぬ間に受話器をおいた。

ではあれは、泥酔の中で見た悪夢ではなかったのか？

少しおちついて考えようとしたが、体が芯《しん》からゆれているみたいで、すわっておれずに畳の上にひっくりかえった。世界がぐるぐるまわっているような気がした。

そんなばかなことはない、……そんなばかな！

彼は焦燥と不安にかられて、猛然と起き上り、部屋にはいってきた妻につっかかるようにきいた。

「お前、戦争中は小学生だったな？」

「戦争中？」妻はびっくりしたように彼を見た。「戦争中って——何のこと？」

「お前、小学生の時、学童疎開をしたろう」

「学童……なにをしたですって？」妻は耳に手をあててききかえした。

「お前……」彼は息をのみこみ、苦い唾液《だえき》ものみこんだ。

「お前、あの戦争おぼえてるだろう？　二十……三年前にあった、ほら、あの大東亜戦争……」

「いったいどうなさったの？」妻はあきれたように首をかしげた。「二十三年前なんて、——いったいどこの国の戦争よ？」

「日本とアメリカだ！」彼はついにどなってしまった。「日本が……昭和十六年十二月八日に、ハワイの真珠湾を攻撃したんだ。アメリカ、イギリスと戦争になった。ものすごい空襲をされて、日本が負け……」

「あなた、まだよっぱらってるの？」妻はちょっと不安そうな表情になって、彼の顔をのぞきこんだ。「日本とアメリカが戦争したなんて……そんな話、きいたことないわ。空襲だの、日本が負けたなんて」

「じゃ……」彼は、あえいだ。「じゃ、二十三年前に何があった？　いってみろ！」

「さあ、何があったかよくおぼえてないわ。そんな昔のこと……」妻は、そんなことかまっていられない、といったように立ち上った。「夜までおやすみになったら——

顔色が、まだまっさおよ」

寝るどころではなかった。胃がうずき、頭がガンガンし、足もとがふらつくのに、無我夢中で服を着て外へとび出した。

生理的な吐き気に、今度は心理的なそれがくわわり、彼は何度も電柱につかまって胃液をはいた。

なんのためにとび出してきたかを、やっとさとったのは、商店街の大きな書店の前を数歩通りすごしてからだった。——ひきかえしてとびこむなり、彼は心おぼえの書《しょ》棚《だな》の前へ行って、せかせかした眼つきで見上げた。

なかった。

その一廓《いっかく》に、たしかまとめてあったと記憶する、戦史、戦争小説のたぐいはすべてなかった。新刊書の方にも、そういったものは、きれいさっぱり消えていた。文庫の目録をとりあげて読んだが、『野火』も『真空地帯』も『戦艦大和《やまと》』も、心にのこる戦争文学の名作の名はすべて、きれいさっぱり消えていた。戦争の二字を見て、はっと見なおすと、トルストイの『戦争と平和』だった。マルロオの『人間の条件』はあっても、和製のそれはなかった。

こんなことがあっていいものだろうか——と彼は、貧血症状で視野が紫色にせばまるのを感じながら、胸の底でつぶやいた。――しかし、あの大戦争がなかったのだとしたら、――日本の運命をかえ、社会を上から下までまきこみ、かつてないみじめな敗戦の民族体験をあたえた、あの大戦争が、なかったのだとしたなら――あの痛烈でいたましい精神の記録もまた、存在しないのは当然だ。

いったん、外へ出て、五、六間ふらふらと歩いて、今度は玩具店《がんぐてん》の前で足がとまった。――吸いよせられるように中へはいり、ぎっしりならんだ、プラモのセットの箱を丹念に見た。永遠のベストセラーといわれた、「戦艦大和」のキットは、はたしてなかった。武蔵《むさし》も、陸奥《むつ》も、零戦《ゼロせん》も、……かわりにあるのは、米国軍用機、自動車、商船のキットばかりである。また気づいて、本屋へひきかえす途中、念のためにレコード屋にはいった。軍歌集ははたしてなかった。――書店へもどって、奥の参考書類の棚から、歴史年表と『日本現代史』をぬき出し、買ってかえる途中、その二冊をにぎりしめて、彼は不安と悪寒《おかん》にふるえた。――じっくり研究してみなければならぬ。もし、あの戦争が、本当になかったとしたら、昭和史はどうなっているのか、大戦争ぬきで、今の日本の社会はどうやって出現したのか？

3

ところが、それがどうしてもわからなかったのである。――その夜、そのまま読みつづけたが、いくら読んでも、何がどうなったのか、雲をつかむようでさっぱりのみこめない。二・二六事件あたりまでは、実にはっきりしている。彼の、うろ憶《おぼ》えの記憶通りだったのだが、そこから先が、いくら年表をながめ、昭和十二年から二十年へかけての条《くだ》りを読んでもさっぱりわからないのである。――とうとうつかれてねてしまい、翌日は会社を休んで、もう一度目を皿のようにして読んだが、わからない。そのもどかしさは、昔、むずかしい術語と表現をつらねた哲学書、数式のいっぱいつまった近代数学や理論物理の専門書を、人間の書いたものだから、わからないはずはないと思って、悪戦苦闘して読み、字面《じづら》も文章も、ちゃんとその部分の意味だけは追って読みながら、全体としては、まったく、雲をつかむようで、何べん、読みかえしても何が書いてあるのか皆目わからなかった――そのもどかしさに似ていた。二・二六以来の歴史は何のことやらさっぱりわからない。そこにあるのに理解できない。――ヒットラーやムッソリーニといった名を年表で見つけ、彼らがどうなって何をしたかを理解しようとしたが、たしかなのは、そういう名の男がいたということだけで、世界史の流れはまるっきり、彼の理解を絶したものになっている。何かわずかな手がかりでもつかみだそうと、無理に努力をつづけていると、はげしい偏頭痛におそわれるのだった。

　これはいったいどうしたことだろう？　彼はついに、歴史の本を投げ出して呆然と自問した。ただ一つ——その雲をつかむような現代史の中で、たった一つだけ、はっきりわかった事がある。それは——

　大東亜戦争はなかったということである！

　すくなくとも、そこに書かれている歴史の中に、一九三〇年代から四〇年代へかけて、世界の人をまきこんだあの大戦争は存在していなかった——単に記録に存在しない、というだけでなく、彼の友人たちの、彼の妻の、記憶の中にも、まったく存在していない——つまり、彼らの人生の中で、まったく体験されていない、ということによっても、それは、歴史的事実として、存在しなかったと思われる。

　これはいったいどうしたことだろう？　彼はまた吐き気を感じて眼をつぶった。

　これを、いったいどう考えたらいいのか？　彼は吐き気に堪《た》え、頭蓋《ずがい》がぶよぶよになっているような、はげしい頭痛に堪え、必死になって思念をこらし、考えを整理しようとした。——一つの考え方は、彼が、異る世界の異る歴史の中に、とびこんでしまった、という考え方である。だが、そんな、ＳＦのようなことが、実際に起るとはどうしても考えられない。もし、あの時まで彼の属していた世界と、全然別な歴史をもった世界にとびこんだのなら――つまり、大東亜戦争がなかった歴史の中にとびこんでしまったのなら、もっとほかに、それまで彼の見知っていた世界と、ちがった現象がいっぱいあっていいはずだ。あの時期に戦争がなかったとすれば、そこから歴史は大きくわかれ、決してこういった社会になっていなかった、と思われるからである。世の中が、もっとちがったものになっているはずだ――にもかかわらず、現実は、彼の昔から知っている社会とちっともちがっていない。街の様子も、妻子も、友人も、彼の日常生活の連続も……ただちがっているのは、この社会が、二十三年前のあの戦争を経験していない、ということだけだ。

もう一つの考え方は、戦争は本当にあったのだが、誰かが――いやなにかが、その戦争の記録と記憶を、一切消去してしまい、生じた歴史の断層をうまくごまかしてつなぎあわせた、と考える方法である。記録という記録を一切消し、みんなに戦争のことを、あとかたもなく忘れさせる、といった事は、とても人間わざではないし、もっともありそうもない事だが、しかし、すくなくとも、今の社会が、彼があの同窓会の日まで知っていた社会とまったく同じである、という事の説明はつく。あの大戦争による、日本の社会的精神的変動なくして、今日の社会は考えられないからである。

――さらに考えつづけると、まだいくつかの考え方が見つかった。前の二つの考え方を、それぞれＡ、Ｂ、とメモに書きつけ、つづけて別の考え方を書きつけた。

Ｃ　戦争は本当にあったのだが、なんらかの理由で、みんなが突然そのことをかくし、記録を抹殺《まっさつ》した。

Ｄ　戦争は、本当はなかったのだが、自分の精神が異常をきたし、ありもしない戦争の妄想《もうそう》を抱《いだ》くようになった。

Ｅ　あの同窓会の転倒と泥酔以来、自分がまだ悪夢を見つづけている。

ＣもＤも、ありそうもないことだったが、とにかくこの三つの考え方は、超自然的な現象を仮定しなくてもいいところが、もっともらしく見えた。

とにかくこれで、とっかかりらしいものはできた。ＡＢＣＤＥ、五つのケースを仮定して、それから彼は、つかれたように、戦争がなくなってしまった原因をさがしもとめはじめた。

ばかな事をはじめたものである。

会社の仕事も、半分おっぽらかし、人に会い、図書館の記録をさがし、ついには何をさがしていいかわからなくなって、あてどもなくうろつきまわった。社に出れば、記憶をたどって誰彼なしにひっつかまえ、

「課長、あなたはたしか、学徒兵で、特攻隊の生きのこりだったでしょう」とか、

「部長、あなたはたしか、海軍少佐で、戦艦にのって、ミッドウェー海戦へ出撃しましたね」とかきいたがかえってくるのは、いつでもいぶかしげな視線と、

「君、そりゃいったい何の事かね？」

という返事ばかりだった。

彼は新聞社の友人をたずね、古い新聞の縮刷版を見せてもらったが、当時の新聞記事はやはり濛々《もうもう》として、彼にはさっぱりわからない事ばかりだった。

「いったい、なんだってそんな馬鹿な妄想を抱いたんだ」と友人は眉《まゆ》をしかめてきいた。

「戦争はなかったからなかったんだ。――それが、お前の話をきいていると、その大ナントカ戦争が、なければならなかったというようにきこえる。なぜそんなおかしな事を考える？」

「だって……」といいかけて、彼はちょっとつまり、思いなおしてまたしゃべった。

「だって、それがなければ、いまの、この日本の状態は考えられないじゃないか？それがなければ……どうして、現にいま日本が主権在民の民主主義国家であり、天皇が象徴になり、徴兵制が廃止になり、平和憲法ができ……」

そこまでいって、またつまり、今度はそれこそ堰《せき》が切れたようにしゃべり出した。

——あの、暗い、前近代と近代の間を動揺していた日本、陰鬱《いんうつ》な権力と軍事力に押しつぶされ、ひきずられつつあった軍国主義日本が、大戦争と敗戦という破局にぶつからずに、どうしてそういった暗いものの数々をふきとばすことができたか？　どうして現在、アメリカとの軍事同盟にあるのか？　どうして現在……軍備負担がすくなくて、世界第三位の工業国であり得るのか、どうして、あの家族制度がくつがえされ、農地が解放され、思想・言論・結社の自由が許され……。

「そうだよ」と友人は当然の事のようにいった。「だけど、現実は、そんな大戦争がなくても、そういう風になったんだ。それでいいじゃないか」

そんな……と彼は口をパクパクさせ、汗をうかべて抗議した。——そんな安直にことがはこぶはずが……。

「じゃ、いったい、君のいう〝戦争〟があったとしたら、どういう風になったんだ」

と友人はいった。

ふたたび彼は、滔々《とうとう》としゃべり出した。知識と記憶を洗いざらい動員してしゃべった。日本が、いかに戦争にのめりこんでいったか、軍が、権力機構が、支配階級が、いかに国民をひきずって行き、いかに周辺諸国民に悲惨な目をあじわわせ、いかに国民に犠牲を強《し》い、いかに敗れ、敗れたことによって、戦後日本はいかなる変化をこうむったか——昭和十年代から現代にいたるまで、顎《あご》がくたびれるほどしゃべりつづけた。「ふうん……」と友人は眉をしかめ、口をとがらせて首をひねった。「よくできた話だ。なかなか辻褄《つじつま》があってる」

　しかし――と友人はいった。

「どうして、日本がこうなるためには、君のいう戦争が、不可欠だったんだね？　そんなものがなくても、こうなり得た歴史のコースだって、充分考えられるじゃないか？　そして現に、こうなっているから――君のいま見ている通りの状態になっているから、別にいいじゃないか。それに、おれにいわせれば、そんな大戦争が本当にあったら逆にとてもこういう世の中になったとは思えないがね」

　彼は名状しがたい混乱におちいった。――戦争ぬきで、現行憲法ができた。戦争ぬきで、天皇人間宣言と、財閥解体、農地解放、軍部解散、家族制度の変革、民主主義体制ができた。――そんな事はあり得ないと思っていたが……だが、戦争ぬきで、そういうことがあり得た可能性も、存在したとするなら……。

　混乱はしたが、まだ彼はあきらめはしなかった。彼はなおも丹念にしらべてあるいた。この世のどこかに、あの大戦争の痕跡《こんせき》が、かすかにでものこっているのではないかと思って……心おぼえの墓地に、あの大戦の戦死者の墓や、忠霊塔がのこっていないかとしらべあるいた。――しかし、日清《にっしん》日露のそれはあっても、第二次大戦のものはなかった。たしかに星のマーク入りのそれがあったと記憶する場所には、別の墓がたっていた。

とうとう彼は、広島にまで足をのばした。そこでかつて数回訪れた平和公園を見た時は、動悸《どうき》がたかまった。――しかし、そこは市民公園の名で、彼の記憶では原爆記念館だった建物の中は、単なる美術館になっており、原爆ドームはなかった。被災者住宅街は、ただの陋屋《ろうおく》群になっていた。あとかたもない焼野原になったはずの旧市街は、一部のこっており、一部は火事でやけ、一部は都市計画で撤去されたという返事をもらった。――二十万の命をうばい、日本人の胸底に名状しがたい傷痕《きずあと》をのこしたあの惨事は、誰も知らなかった。――二十年八月六日の、あの原爆投下はなかったのである。

彼は次第に、まちがっているのは自分ではないか、と思いはじめた。――いわば「風化」ともいうべき現象である。この世の、自分以外のすべての人々は、あの戦争のなかった世界を、自明のこととうけいれ、日本はそんな大戦争をしなかったからこそ、日本は現在こうなったのだと信じている。いや、そんな大戦争にはいりこむことがあり得たなどと、想像することさえないのだ。そしてそれはそれで、あの三十年以上前から連続し、ちゃんと辻褄のあっている世界なのだ。――その世界の中で、自分だけただ一人、人々と異質の記憶をもち、その体験が、唯一絶対のものであると思いつづけてきた。だが、だからどうだというのか？

「いつまで会社の仕事をいいかげんにするの?」とうとうたまりかねた妻がいった。「課長さんが、休職にして、療養させたらどうかっていってきたわ。――二十何年も前に戦争があったかなかったか、なんてことはどうでもいいじゃないの。戦争があってもなくても、今の生活の方はおんなじなんでしょ? 家を買う手金は打っちゃったし、昔の戦争がどうこういうことより子供たちのために、現在のことと、これから先のことを少し考えてくれなくては、こまっちゃうわ」

まったくだ――と、彼はしらじらとした団地の昼を、窓からながめながら思った。――世の中には、別になにも変ったことはない。団地というこの奇妙な（彼の考えでは戦後的）住宅も、都心にあふれかえる自動車も、高速道路も、新幹線も、超高層ビルも、東海道メガロポリスも、ヒッピーやサイケデリックやピーコックといった風俗も、テレビの人気番組も、彼の会社での仕事も、すべて彼が、あの衝撃的な事件にであう前とおなじであり、事件の前とあとで、かわったところはどこにもない。日常生活の流れとしては、別段、なに一つ変化はなく、すべてはあの事件の前と、まったく同じように流れて行く。唯一つかわったといえば、あの戦争に関する記録や文学が、彼の蔵書の中のものもふくめて、一切合財《がっさい》世間から消えうせてしまっていることだが、しかしその事は、他のすべての社会的営為には、何の影響もあたえていないし、「たった一つかわった所がある」といって混乱し、さわぎたてているのは、この世界の中で、彼一人なのだ。世の人々は、それらのものが、消え失せたとも思っていない――彼らにとっては、そんなものは、はじめからなかったのである。

それならば別に、どうということはないではないか？　現在の、眼前にある世界、この日常、この生活が何もかわっていないなら、戦争があったかなかったか、そんな昔の事は、どうでもいいではないか？　彼一人、いまだになまなましく想起される戦争の記憶をもち、他のすべての人々は、まるっきり持っていない――その些細《ささい》な不一致を除けば、彼は別に何の支障もなく〝今までどおり〟世間の人々とつきあい、くらして行くことができる。会社で仕事をし、妻子をやしない、やがて郊外に、ささやかな家を買って住み、役付きになり、停年になり、観光旅行で外国を見て歩き、おだやかな晩年をむかえるだろう。それならば……固執したところでどういうこともない記憶を、あくまでいいたて、人々といいあらそう必要がどこにあろう？

彼の方で、その相違点に目をつぶり、記憶を一人の胸にたたんで、他の人々と同じようにふるまい、これまで通りつきあって行けば、すべてはまるくおさまる……。どっちにしても、それは「すんでしまった」ことであり、たとえ彼の記憶の方が正しくて、本当に戦争があったことが、みとめられても、今さら何がどうかわるものでもない。

――とすれば、戦争があったかなかったか、いまさらいいたてても詮《せん》ない事ではないか？

いや、そんなことはない！　夜半、突如として寝床の上にはね起きて、彼は歯噛《はが》みしながら心に叫んだ。夢とも思えぬ夢の中の轟々《ごうごう》と燃えたける火焔《かえん》と煙と熱い灰のむこうにひびく、焼け死んで行く何万人、何十万人の人々の、遠い阿鼻叫喚《あびきょうかん》を彼ははっきりきいた。一万メートルの清澄の高空から、金属に包まれた業火《ごうか》を、無差別に、機械的にふりまくものたちと、地上で焔《ほのお》にまかれ、高熱のゼリー状ガソリンにまといつかれて火の踊りを踊りくるい、つむじ風にまい上るトタン板に首をきりさかれる人たち、髪の毛がまる坊主にやけ、眼をむき出し、舌を吐き出し、ふくれ上って死んでいたセーラー服の女学生、灰燼《かいじん》と化した家財と、飢餓と危険と疲労の中に荒廃して石と化した心、一瞬の灼熱《しゃくねつ》の白光ときのこ雲の下に、やけただれた肉塊となり、炭となり、一団のガスとなって死んでいった何万もの人々……。南海に、荒野に、雲の果てに死んでいった何百万もの兵士たちと、その兵士たちの行なった破壊と殺戮《さつりく》、大地の上にうちこまれた何千万トンもの鉄塊と火薬によってもたらされた国土と生活の破壊、そして破壊と動乱におしひしがれて行った何億もの魂の苦悩――これら一切の、血ぬられた歴史の激動が、もしなかったとするならば、戦争を通じてあらわにされた「世界」と「人間」のもう一つの側面――まがまがしい、血に飢えた「機械」としての世界と、弱々しく醜悪で英雄的で盲目的な人間の姿に対する、すべての人々の共通の認識と記憶がなければ、たとえ表面的にはまったく同じ「現在」が出現していたとしても、その世界はどこか根本的に、重要なものを欠落させているのではないか？　この世界には、どこか痛切なものが欠けている、と彼は思った。あの時期、世界をおおった、大いなる苦しみを通じてなされた、精神の苦悩にみちた転換、何千万、いや何億もの同胞の流血によってあがなわれた「つらい認識」が、そしてそれを通じて獲得された、おぞましいきびしさが、根底的に欠けているように、彼には感じられた。

だから、いわねばならない、と彼は決心した。もし、この世界が、その事を忘れてしまっているのなら、思い出させてやる必要がある。もし、この世界が、本当にあの戦争の体験をもっていないのなら、「告知」してやる必要がある。この社会――たとえ、結果としては、まったく同じ「社会」であっても――をつくり出す過程の中により苦渋と悲惨にみちたもう一つの歴史のコースがあり得たということ、そして、彼はそういった世界にかつて生き、それを見、つぶさに味わってきたのだ、ということを。――この世界の中で、あの大戦争の悲惨と、そこに提出された巨大な問題について知っているのが、彼一人だとするならば、同胞のためにも、彼はその事をみんなに告げ知らせる義務がある。

彼は、材木屋にいって、角材をかってきて、大きなプラカードをこしらえ、それをかついで日比谷《ひびや》の角に立った。それにはマジックで、大きくこう書かれていた。

戦争はあった、
多くの人々が死んだ、
日本は敗《ま》けた、

行きずりの人々の、好奇の、あるいは冷ややかな無関心のまなざしの中で、彼はそのプラカードをたかくかかげ、声をからしてしゃべりつづけた。——特攻隊で死んで行った、自分の先輩たち、彼の目撃した、空襲あとの死骸《しがい》の山、栄養失調で死んで行った人々、面白がっているとしか思えない機銃掃射に、頭蓋をふっとばされて死んだ小学生、飢餓と蒸発、広島長崎の惨禍、言論・思想の弾圧と、拷問の中で死んでいった人々、占領地での軍隊の暴虐、敗走と玉砕……思いつくままに、とめどもなく、彼は道行く人にしゃべりつづけた。言葉につまると歌をうたった。「わが大君に召されたる……」とか、「ああ、あの顔で、あの声で……」とか「ラバウル航空隊」「月月火水木金金」「米英撃滅の歌」「勝利の日まで」とにかく知っている戦時中の歌を全部歌った。——声はつぶれ、涙がこぼれた。憔悴《しょうすい》し、無精鬚《ぶしょうひげ》だらけになった彼は身をよじり、絶叫して人々に理解してもらおうとした。——戦争はあったのだ、ということを。

あるいは「あの戦争の悲惨を経験したもう一つの日本」というのがあるのだ、ということを……。

「日比谷の角の、あの狂人」の噂が、その界隈の勤め人の間で少しひろがりかけた四、五日目、ようやく警官がやってきた。——すぐあとから、精神病院の患者護送車もやってきた。連れて行こうとする連中に、彼はあらがい、警官や医局の連中の腕をつかんで、必死になってしゃべった。

「きいてくれ。ほんとうなんだ、二十数年前、大戦争があって、ここいらへんいったいも焼野ケ原になり、日本は負けたんだ……」

まあまあ、とか、わかったわかったといって、みんなが彼を車に連れこもうとすると、突然彼は眼をギラギラ光らせ、一人の医局員を指さしてさけんだ。

「わかった!——やっとわかったぞ! お前たちやっぱりかくしていたんだな。——あの戦争のことを……この世の中からかくしていたんだ。おれは見たぞ。お前……お前憲兵だろう! その腕章に……」

「これが?」と医局員は、十字のマークのはいった腕章をさした。

「いま見たんだ、その腕章をうらがえしてみろ! その裏にはたしかに、憲兵の腕章が……」

医局員と警官は顔を見あわせ、ちょっと眼くばせした。——急に乱暴になった動作で、医局員と警官は、両側から彼の腕をとって、強引に護送車につれこんだ。彼はあばれながら、まわりにたかった野次馬にむかってなおわめきつづけた。
「みんなきいてくれ！　戦争は本当にあったんだ。——思い出してくれ、きいてくれ！」
ドアをしめようとすると、あばれて逃げ出し、四、五メートルにげてまたつかまってひきもどされながら、彼は頭をふり、しゃがれた声をはりあげて、のどいっぱいに歌った。
花も蕾《つぼみ》の若桜、
五尺の生命ひっさげて
国の大義に殉ずるは
われら学徒の面目ぞ……
ドアがしまるまで、その歌声はきこえており、ドアがバタンとしまって、護送車が矢のように走り出しても、なお流れているみたいだった。——しかし、それを見送る人々の顔には、あれはいったい何の歌だろう、といぶかる気配さえ見られず、車が行ってしまうと、人垣《ひとがき》はすぐくずれ、日比谷の角は、なにごともなかったように、のどかな春の午後の表情にかえって行った。

編者解説

末國善己

二〇一五年は、太平洋戦争の敗戦から七〇年の節目の年となる。敵兵と戦ったり、飢えや病気で苦しんだりした前線の兵士も、空襲の被害にあった銃後の市民も、実際に戦争を経験した世代が減り、戦争の記憶も薄れつつある。ただ、先の大戦の評価をめぐっては、アジアを欧米の植民地支配から解放する道筋を作ったとする肯定派と、アジアを蹂躙《じゅうりん》した侵略戦争だったとする否定派の議論が、ますます盛んになっている。ただ肯定派も否定派も、実際の戦争を知らず、観念だけで戦争を語ろうとしているので、どこか机上の空論のように思えてならない。このような時代だからこそ、立ち止まって先の大戦とは何かを考える必要があるのではないだろうか。本書『永遠の夏』は、ノモンハン事件から現代まで、戦争を題材にした名作を一四編セレクトし、歴史の流れがたどれるよう年代順に並べた。本書を切っ掛けに、先の大戦への理解が深まることを願ってやまない。

柴田哲孝「草原に咲く一輪の花」

（『THE WAR 異聞 太平洋戦記』講談社）

日本軍とソ連軍が戦ったノモンハン事件の知られざる真相に迫る歴史ミステリー。
作中でも指摘されているように、ノモンハン周辺には重要な都市もなければ、地下資源があるわけでもない。それなのに、なぜ日ソ両軍は何もない平原でわずか一三キロの国境線にこだわり、多数の死者を出す激闘を繰り広げたのか？　この謎が、戦前にハルピンの特務機関に属し、甘粕正彦の命令で特殊な任務に従事していた男の証言から解き明かされていくので、謀略戦を題材にしたスパイ小説としても楽しめる。

坂口安吾「真珠」

（『坂口安吾全集 03』筑摩書房）

一九四一年の真珠湾攻撃は、日本海軍の空母から発進した航空隊による奇襲が有名だが、二人乗りの特殊潜航艇「甲標的」五隻による攻撃も行われた。「甲標的」の乗員九名は未帰還兵となり、一九四二年三月に「九軍神」として大きく報じられ、「九軍神」を称える文学作品も次々と発表された。本作もその一つである。
真珠湾攻撃のニュースをラジオで聞いた安吾は、「僕の命も捧《ささ》げねばならぬ」と興奮している。その一方、作中で一度も「軍神」という言葉を使っていないことからも分かるように、ファナティックな愛国心とは距離を置き、必死の覚悟で真珠湾へ向かった兵士を静かに鎮魂しようとしていて、その想いが胸を打つ。なお、「甲標的」に乗り組んだ残りの一人・酒巻和男少尉は、アメリカ軍の捕虜になったため、当時はその存在が秘匿された。

大岡昇平「歩哨の眼について」

（『大岡昇平全集２』筑摩書房）

著者は一九四四年に召集され、陸軍二等兵としてフィリピン戦線に送られ、マラリアが猖獗《しょうけつ》を極めていたミンドロ島のサンホセ警備隊に配属となり、中隊本部附暗号手として警備任務に就いている。本作は、この時期を描いた作品である。前線で、歩哨として見ることを強制された「私」は、次第に敵の曳光弾《えいこうだん》と星の区別が付かなくなってしまう。敵襲への恐れが、重要な知覚である視覚さえも簡単に歪《ゆが》めることを明らかにした本作は、戦場で兵士が感じる恐怖を端的に表現している。

田村泰次郎「蝗」

（『田村泰次郎選集 第４巻』日本図書センター）

輸送班に所属する原田軍曹の視点で、いわゆる従軍慰安婦を描いている。前線に向かう原田たちの列車には、新しい戦死者のための遺骨箱と五人の朝鮮人慰安婦が乗せられている。この設定だけで、著者が、戦争を語る時に誰もが目を背ける〝死《タナトス》〟と〝性《エロス》〟をテーマにしていることが分かるはずだ。任務に対する責任感なのか、慰安婦（特にその一人のヒロ子）に安らぎを感じているからなのか、自身にもよく分かっていないが、原田は絶対に慰安婦を抱こうとしなかった。原田が慰安婦を人間として扱っているだけに、慰安婦を抱くためなら略奪も厭《いと》わない前線の兵士たちの〝性〟への渇望が浮き彫りになっていくのが、興味深い。

近年、従軍慰安婦の問題は、強制連行の有無だけが議論されがちだが、本作を読むと、慰安婦の輸送に軍が関わっていたことも含め、強制連行は慰安婦問題の一部に過ぎず、戦争と〝性〟という広い視野を持つことが重要であると納得できるだろう。

古処誠二「糊塗」

（『線』角川書店）

工兵部隊の富下一等兵が、作業中に敵機の機銃掃射を受けて死亡した。富下の教育係「戦友」を務める今野上等兵は、自分が銃剣で刺殺したと主張するが、その証言は矛盾に満ちていた。今野はいつもミスばかりする富下を恨み、本当に刺殺したのか？それとも後方に送られようと、嘘《うそ》の証言をしているのか？　この謎を軸に物語が進み、意外な真相も明かされるので、ミステリータッチの作品となっている。

やがて明らかになるのは、敵の攻撃で大量の物資が失われているのに、その現実を無視して個人の失敗を糾弾する組織の体質や、戦争に勝つことより組織防衛を優先する倒錯的思考である。現実よりも観念を重んじる傾向は、日本軍だけでなく、現在まで続く日本型組織の問題ともいえるだけに、本作は日本（人）論としても見事だ。

帚木蓬生「抗命」
（『蛍の航跡　軍医たちの黙示録』新潮社）

一九四四年、インド駐留イギリス軍の拠点インパールを攻略するため、日本陸軍は三方向から進軍するインパール作戦を決行する。この計画は当初から補給の難しさが指摘され、その危惧通り補給が滞り多くの餓死者、病死者を出して失敗した。第三一師団を率いた佐藤幸徳は、撤退の進言を無視し、作戦継続を命じる司令官の牟田口廉也に激怒し、独自の判断で撤退を決める。これが、日本陸軍初の抗命事件となる。本作は、軍医大尉の山下實六が、佐藤の精神鑑定を行った実話をベースにしている。

佐藤の見識と人柄に魅かれる精神科医の「私」が、佐藤を死刑が確実な軍法会議に出さないため精神異常と鑑定する報告書を書くか、司令部の罪を告発するため軍法会議に出たいという佐藤の願いを叶えるため、診察通り正常の診断を下すかで迷う展開は、狂気に陥っていたのは無謀な作戦を継続した牟田口なのか、部下を救うため抗命罪を覚悟で撤退した佐藤なのかの問い掛けにも繋《つな》がっている。戦時下における狂気とは何かを問うテーマは、現代とも無縁ではないので、重く胸に響いてくる。

城山三郎「硫黄島に死す」
（『城山三郎 昭和の戦争文学 第一巻 硫黄島に死す』角川書店）

ロサンゼルス・オリンピック馬術大障碍《だいしょうがい》の金メダリスト西竹一中佐を主人公に、硫黄島の戦いを描いている。物語は、硫黄島へ向かう西中佐が、半生を回想する形で進んでいく。西中佐は、スポーツや自動車を愛し、アメリカ滞在中は派手に金を使う享楽的な人物だが、家に帰ればよき家庭人だったので、現代の若者に近いといえる。戦前の軍人とは思えない価値観を身につけていた西中佐が、死地ともいえる硫黄島へ堂々と赴く展開は、戦争と現代社会が決して無縁でないことも教えてくれるのである。

本作の戦闘シーンは、分量としては多くないし、描写も扇情的にならないように抑制されているが、簡潔にして冷静な文章が、過酷な自然環境で水の入手も難しい地獄のような戦場で戦った兵士たちの苦しみを、まざまざと見せつけてくれるのである。

山田風太郎「潜艦呂号99浮上せず」

（『山田風太郎ミステリー傑作選5　戦艦陸奥〈戦争篇〉』光文社文庫）

太平洋戦争中、日本軍はアメリカの工業力に対抗するため、訓練で兵士の技能を高め、さらに兵器や兵士が足りなくなると、その不足を精神力で補おうとした。職人技で国力の差を埋めようとした無謀さについては、戦時中から批判があり、「毎日新聞」（一九四四年二月二三日）は、「敵が飛行機で攻めに来るのに竹槍《たけやり》をもっては戦い得ないのだ」と指摘している。未来予知ができる新興宗教の女教祖の求婚を断った合理主義者の九鬼中尉が、自らが乗り組む潜水艦のマストに「八幡大菩薩《はちまんだいぼさつ》」「非理法権《ひりほうけん》天《てん》」という天佑《てんゆう》を求める旗が掲げられているのを目にする本作も、精神論で工業力に勝るアメリカに挑んだ日本を皮肉った作品といえるだろう。戦後七〇年、日本社会は最後に九鬼中尉が願ったような国になったのか、考えずにはいられない。

皆川博子「アンティゴネ」

（『少女外道』文春文庫）

実家の農家を継いだ父に連れられ、田舎に引っ越した東京育ちの佐倉梓。地元の生活に馴染んだ梓は、女学校の教師に、東京から疎開してきた篠井江美子の世話を頼まれる。学徒動員で工場労働はしているが、通勤の途中で傷病兵のために歌を歌う同級生がいたり、江美子の部屋でチュチュを見つけた梓が、兵隊慰問の学芸会で江美子にバレエをするように勧めたりと、梓の周囲には戦時中とは思えないのどかな雰囲気が流れているので、驚かされるのではないか。猪瀬直樹《いのせなおき》『土地の神話』には、田園調布では一九四四年一一月に、レコードでベートーベンのシンフォニーを聞くイベントが開かれたとあるので、学芸会でバレエを披露することも実際にあったかもしれない。

梓の日常が平穏で、古き良き少女小説のように輝いているからこそ、終戦後に梓と江美子が見舞われた悲劇には衝撃を受けるはずだ。戦争や敗戦で最も被害を受けるのは、弱者であるという現実を突き付けたラストは、強く印象に残る。

徳川夢声「連鎖反応 ヒロシマ・ユモレスク」

（『徳川夢声の小説と漫談これ一冊で』清流出版）

広島鉄道局の貨物専務車掌・吉川右近は、広島駅の近くで被爆し、自宅へ帰るため地獄絵図のような広島市街を横断することになる。右近の目の前に広がっているのは、廃墟となった広島であり、死体の山が築かれている悲劇的な状況なのだが、頭をよぎっているのは、原爆によって父親に押し付けられているA女との縁談が断れるという希望と、隣家に住む美貌の人妻B夫人へ抱く淡い恋心、そして突然浮かび上がった「イグナチウス・ロヨラ」という言葉なのだ。著者は、どこかとぼけた右近を描くことで、原爆で亡くなった多くの市民も、右近と同じように平凡な日常を奪われたことを強調している。そして、ユーモアの被膜に包んで原爆の悲劇を提示するという独自の視点を用いた本作は、〝核兵器廃絶〟といった教条的なメッセージとは異なる根源的なレベルにおいて、核兵器の恐怖に迫ることにも成功しているのである。

島尾敏雄「出孤島記」

（『島尾敏雄全集 第6巻』晶文社）

ベニヤ板で作った船艇の先に爆弾を付けたボートを使う特攻隊の隊長「私」が、出撃命令を待っている期間の心情を綴《つづ》った作品。既に広島と長崎に原爆が投下され、日本の敗戦は目前に迫っているのに、特攻で死ななければならない絶望と、それでも国のために死んでみせるという気概に引き裂かれた「私」の葛藤は、著者の実体験を基にしているだけに生々しく、特攻で死んだ兵士、あるいは特攻の待機を命じられた兵士の心情を、確実に現代に伝えている。原子爆弾という最新兵器が、広島、長崎の市民を殺戮《さつりく》したばかりなのに、「私」の目の前にあるのは、ベニヤで作られたボートだけ。大量死と個人の死、大量殺戮兵器と安普請のローテク兵器――この対比が、「私」が直面している生と死をめぐる苦悩を、よりクローズアップしているのも忘れてはならない。本作は一九四五年八月一三日から一四日までを描いているが、続編として一四日と一五日を描く「出発は遂に訪れず」、一六日からの三日間を描く「その夏の今は」が発表されているので、併せて読むことをお勧めしたい。

五木寛之「私刑の夏」（『五木寛之小説全集（第五巻）裸の町』講談社）

太平洋戦争の敗戦で、外地（台湾、朝鮮、満州、南洋諸島など）で暮らしていた日本兵や民間人は、故国に帰ることになった。ただ、敵国に占領された地域からの脱出は難しく、抑留、強奪、強姦《ごうかん》の被害にあった日本人は少なくない。本作は、朝鮮半島の東北部に滞在していた日本人約六〇〇人が、ソ連軍将校とコネがある闇屋の仲介で、一二台のトラックを連ねて三八度線を目指す物語で、著者の体験が基になっている。そのため、アジアの盟主から敗戦国の国民に転落した日本人の肩身の狭さ、いつ敵兵や現地の民間人に襲われるか分からない不安もダイレクトに伝わってくる。

国際謀略小説では、非合法な武器や情報を持って国境を越えるスリリングなシーンが描かれることも多いが、本作の逃亡行も、トラックを用意したソ連将校は信頼できるのか、本当に三八度線が越えられるのかが鍵になっているので、圧倒的な緊迫感がある。ラストにはどんでん返しも用意されており、ミステリーとしても秀逸だ。


目取真俊「伝令兵」（『面影と連れて 目取真俊短篇小説選集3』影書房）

嘉手納《かでな》基地の近くでジョギングをしていた金城は、米兵三人とトラブルになり、追われることになる。その危機を救ってくれたのは、首のない少年の幽霊だった。やがて幽霊は、沖縄戦で徴用された学徒兵「鉄血勤皇隊」の少年で、伝令兵として戦場を走り回っていたところを、米軍の艦砲射撃で命を落としたことが分かってくる。

一九七〇年に米兵の交通事故が切っ掛けとなったコザ暴動の時にも現れたとされる幽霊は、沖縄戦からコザ暴動を経て、現代の米軍基地問題まで、本土の負の遺産を押し付けられてきた沖縄の〝怨念〟の象徴となっている。それだけに、沖縄戦と現在の基地問題が地続きであることも、実感できるのではないだろうか。

小松左京「戦争はなかった」

（『小松左京全集完全版 15 飢えた宇宙 戦争はなかった』城西国際大学出版会）

本作は、戦中派の「彼」が、同窓会へ向かう途中の階段で転倒し、頭を打ったことで第二次大戦がなかった別の世界に迷い込むパラレルワールドSF、あるいは不条理ホラーとでもいうべき作品である。「彼」と同世代の著者は、第二次大戦に敗れた反省から、民主的な平和国家になるはずの日本が、わずか五年くらいで、民主化や非軍事化の流れを否定するいわゆる「逆コース」の方向に進み始めた現実を目の当たりにしたはずなので、戦争の記憶を持たない国というアイディアは、非常にリアルな恐怖だったように思える。そして、実際に戦争の記憶と戦争の悲劇が忘却されつつある時代を生きる読者は、本書のメッセージを真摯に受け止める必要がある。

【編者略歴】

末國善己《すえくによしみ》

一九六八年広島県生まれ。明治大学卒業、専修大学大学院博士後期課程単位取得中退。時代小説・ミステリーを中心に活躍する文芸評論家。著書に『時代小説で読む日本史』（文藝春秋）、『夜の日本史』（辰巳出版）、共著に『名作時代小説100選』（アスキー新書）などがある。編書に『国枝史郎伝奇風俗／怪奇小説集成』『山本周五郎探偵小説全集』『岡本綺堂探偵小説全集』『戦国女人十一話』『小説集　黒田官兵衛』『小説集　竹中半兵衛』（以上作品社）、『軍師の生きざま』『軍師の死にざま』（作品社・実業之日本社文庫）、『軍師は死なず』『決戦！　大坂の陣』（実業之日本社文庫）、『志士　吉田松陰アンソロジー』（新潮文庫）などがある。

実業之日本社文庫 ん25

永遠《えいえん》の夏《なつ》 戦争小説集《せんそうしょうせつしゅう》

2015年2月15日　初版第1刷発行

著　者　柴田哲孝《しばたてつたか》、坂口安吾《さかぐちあんご》、大岡昇平《おおおかしょうへい》、田村泰次郎《たむらたいじろう》、古処誠二《こどころせいじ》、帚木蓬生《ははきぎほうせい》、城山三郎《しろやまさぶろう》、山田風太郎《やまだふうたろう》、皆川博子《みながわひろこ》、徳川夢声《とくがわむせい》、島尾敏雄《しまおとしお》、五木寛之《いつきひろゆき》、目取真俊《めどるましゅん》、小松左京《こまつさきょう》

発行者　村山秀夫

発行所　株式会社実業之日本社

〒104-8233　東京都中央区京橋 3-7-5 京橋スクエア

電話 [編集]03(3562)2051 [販売]03(3535)4441

ホームページ http://www.j-n.co.jp/

印刷所　大日本印刷株式会社

製本所　株式会社ブックアート

フォーマットデザイン　鈴木正道(Suzuki Design)

ISBN978-4-408-55214-9（文芸）